KB239141

연인에게 생긴 일

연인에게 생긴 일

채영주 소설집

문학동네

차례

미끄럼을 타고 온 절망

,

변명이 될 수 있을지 모르겠지만, 그 여름 내 나이는 겨우 스
물한 살이었다. 나는 알 수 없는 젊음의 열병에 사로잡혀 남도
지방을 여행하고 있었다. 한 도시에서 우유배달로 몇만 원을 움
켜쥐면 다른 도시로 옮겨가 새로운 풍물을 구경하였고, 돈이 떨
어지면 식당 종업원이나 당구장의 볼보이로 침식을 구하였다.
운이 좋을 때면 음악다방의 견습 디제이 일을 얻어 뮤직박스에
들어앉을 수도 있었다. 그럴 때면 하루종일 헤드폰을 끼고서 씨
씨알이나 다이어 스트레이츠를 듣곤 했다. 이유는 한 가지, 현재
의 나를 벗어나고 싶다는 것이었다. 아니 그래야 한다는 것이었
다. 이십일 년의 삶을 버텨오는 동안 나는 단 한 차례도 내 두
어깨에 지워진 기대들로부터 자유로워져본 적이 없었다. 나는

마치 동물원의 돌고래처럼 좁은 수영장을 돌며 약속된 재주나 부려대는 삶에 절망하고 있었던 것이다.

　그녀를 만난 것은 그렇게 돌아다닌 도시들의 어느 한 골목 룸살롱에서였다. 지하로 내려가는 계단 입구에는 꼬마 색전구들이 주렁주렁 매달려 반짝이고 있었고, 웨이터를 구한다는 조잡한 광고문이 붙어 있었다. 일자리가 필요하기도 했지만 보다 강렬하게 나를 끌어당긴 것은 어두운 계단을 타고 올라온 음악이었다. 그곳에서는 뜻밖에도 저니의 〈오픈 암즈〉가 흘러나오고 있었다. '어두컴컴한 이곳에 당신과 나란히 누워 당신의 심장박동을 내 가슴으로 느끼며……' 나는 계단을 내려갔으며 룸살롱의 문턱을 넘어서서 실내를 돌아보았다. 아직 이른 시각인 까닭인지 홀에는 사람이 없었다. 한 명의 여급만이 무대 위에서 마이크를 붙잡고 노래 부르고 있었다. 아니, 노래 부르는 시늉을 하고 있었다. 노래와 음악은 모두 전축에서 재생되고 있었으니까. 그러나 그녀의 모습은 그저 시늉만 하고 있다고 말하기에는 너무 심각하고 진지했다. 그녀는 마치 저니라는 그룹을 끌어안고 그들의 심장박동을 모조리 느끼고야 말겠다는 듯 간절하게 두 팔을 벌리고 있었다.

　내가 가까이 다가가도 그녀는 노래를 멈추지 않았다. 나는 그녀의 허벅지 앞 어디쯤에 멈추어 서서 그녀를 지켜보았다. 그녀는 놀랄 만큼 가느다란 몸매를 갖고 있었다. 그런데 그 몸매에서는 또 놀랄 만큼 강렬한 매력이 뿜어져 나오고 있었다. 아라비안 드레스를 입은 모딜리아니의 인형 같았다고나 할까. 그녀가 한 차례 팔다리를 휘저으면 옷자락 사이사이에서는 수십 가지 나비와 꽃의 향기들이 스며나왔다. 노래가 끝날 때까지 나는 그녀를 바라보는 것 이외의 일은 생각할 수 없었다.

"어떻게 오셨죠?"

마침내 노래가 끝났을 때 그녀가 물었다. 그녀는 그제서야 내 존재를 깨달았는지 당황하고 있었다. 나는 입구의 구인광고를 보고 들어왔노라고 대답해주었다. 그녀는 뜻밖이라는 듯 두 눈을 고쳐뜨고 나를 훑어보았다.

"경험이 있으세요?"

"이런 곳은, 처음입니다."

"이런 곳은…… 아는지 모르겠지만 여긴 웨이터씨 월급이 없어요. 수입이라곤 팁이 고작인데 여름엔 손님도 많지 않아요."

"상관없습니다. 잠자리와 식사만 해결되면 됩니다."

그녀는 눈을 내리깔았다. 나는 그녀가 좋아지는 느낌이었다. 그녀는 말수가 적어 보였으며 그건 바로 내 취향이었던 것이다. 하지만 그 느낌은 한순간에 나를 불안하게 만들었다. 그녀에 비해서 나는 너무 왜소한 어린애라는 생각이 들었다.

"옥상으로 올라가보세요. 거기 안채가 있어요. 사장님을 만나서 말씀드리세요."

돌아서기에 앞서 나는 그녀와 몇 마디를 더 나누고 싶었다. 노래하는 모습이 너무 아름다웠다라든가, 〈오픈 암즈〉는 나 역시 무척 좋아하는 노래다라든가, 혹은 그녀의 이름을 알고 싶다라든가. 하지만 나는 결국 아무 말도 꺼낼 수 없었다.

사장과의 면담은 간단했다. 사장은 옥상의 난간 앞에 놓인 의자에서 거리를 내려다보고 있었는데 그에게서는 세월의 비린내가 풍겼다. 어둡고 습한 세월을 지혜롭게 살아남은 사람에게서 맡을 수 있는 교활과 비겁의 냄새였다. 그의 이두박근은 두텁고 단단해 보였으며 두 눈가는 순종적으로 늘어져 있었다. 마흔이나 되었을까. 나는 그에게 일을 하고 싶다고 말했고 그는 심드

렁히 아래위를 훑어보았다. 몇 가지 질문 끝에 그는 내가 숙련된 웨이터는 아니지만 윤이 나게 요령이나 피워댈 위인도 못 된다는 사실을 알게 되었다. 그는 내게 주민등록증을 복사해오도록 지시했다.

그날 저녁부터 나는 그 룸살롱의 가족이 되었다. 내게는 옥상 안채의 왼쪽 끝방이 주어졌다. 절반은 헛간이고 절반은 마루장판을 깔아논 그 방에는 겨울이면 두세 명의 웨이터들이 아늑한 살림을 차린다고 했다. 또 내게는 하루 두 끼의 식사가 제공되었다. 오전이 끝날 무렵에야 겨우 기지개를 켜는 그 집 식구들에게는 오후 한시쯤 먹는 첫 끼니와 다섯시경의 두번째 끼니가 전부였던 것이다. 두번째 식사가 끝나면 아가씨들은 몸단장에 들어갔고, 나는 지하실로 내려가 영업준비 작업에 들어갔다. 바닥을 쓸고 닦고, 테이블을 닦고, 냄새가 지독한 곳에다는 쑥을 태웠다. 그러느라면 맥주와 마른 안주 배달부가 고개를 디밀었다. 나는 사장이 지시한 일정량이 매일 유지되도록 물건을 받았다.

"영업이 시원찮나봐요?"

배달부는 나를 탐색하듯 조심스럽게 물었다. 나는 역시 조심스럽게 대꾸해주었다.

"손님이 없어요. 여름이잖아요."

그가 돌아가면 이젠 계단 입구의 꼬마 색전구들에 전원을 연결시켜야 했다. 매일처럼 불을 밝혔지만 그 전구들은 또 거의 매일처럼 말썽을 부리곤 했다. 마지막 작업은 전축을 켜는 것이었다. 사장의 지시에 따라 나는 주현미나 나훈아의 음반을 올렸다. 아주 가끔은 블론디의 〈콜 미〉를 얹을 수도 있었다.

그 밖에도 몇 가지 일들이 없지는 않았다. 영업시간중에 나는 손님들의 룸으로 술과 안주를 날라야 했으며 달아난 아가씨들도 다시 불러주어야 했다. 그들이 돌아간 다음이면 바닥에 떨어져 짓이겨진 과일조각들을 치워야 했고, 소파 구석에 처박힌 팬티가 어느 아가씨의 허벅지를 미끄러져 나온 것인지도 고민해야 했다. 새벽 서너시쯤 영업이 끝나면 뒷정리를 하고 셔터를 내리는 것도 내 일이었다. 하지만 그 모든 일들의 총량은 대수로운 것은 아니었다. 하룻저녁 고작 두세 개의 룸이 찰 뿐이어서 한량처럼 뒷짐을 지고서도 해치울 수 있었던 것이다. 나는 그 정도의 일이라면 하루 두 끼의 식사와 잠자리가 궁색한 대접은 아니라고까지 생각했다. 계절은 아직 여름이었고, 내게는 서둘러서 가야 할 곳도 없었으니까. 여유로운 시간의 대부분을 나는 나의 모딜리아니를 관찰하는 데 할애하곤 했다. 그녀는 여전히 인상적이었고 향기로웠으며 말수가 적었다. 특히 나를 향해서는 아무런 말도 건네지 않았다. 나는 안타까이 그 침묵을 지켜보아야 했다.

며칠이 지나면서 그러나 나는 그곳에서의 생활이 생각처럼 평화롭기만 한 것은 아니라는 사실을 깨닫게 되었다. 갑자기 일이 많아졌다든가 사장이 나를 험하게 대했다든가 하는 따위가 아니었다. 몸을 파는 데 익숙해진 아가씨들과 함께 하는 삶이 어떤 것인가를 나는 미처 모르고 있었던 것이다.

옥상 안채의 구조는 너무 단순하여 아무런 상상력의 개입도 허락하지 않았다. 서쪽을 향하여 일렬로 세 개의 방이 늘어서 있었다. 오른쪽으로부터 사장 부부의 방, 아가씨들의 방, 그리고 내가 사용하게 된 헛간 겸 웨이터씨의 방이 있었다. 그러니까 내 방은 북쪽 끝에 위치한 셈이었다. 사장 부부의 방 오른쪽으로는 주방과 간이 샤워장이 설치되어 있었다. 그와 같은 일자형 구조는 모든 사람들에게 공평하게 일몰을 구경시켜준다는 장점은 있었지만 계절별로 달라지는 한반도의 기후와는 아무런 조화도 이루지 못했다. 남동쪽에서 불어오는 여름 바람은 그곳에서는 완벽하게 차단되고 있었다.

일자형 구조의 또 한 가지 단점은 어느 누구에게도 사생활을 보장하지 않는다는 것이었다. 방을 나서면 나는 언제나 벌거벗은 일군의 아가씨들을 맞닥뜨려야 했다. 물론 그건 계절 탓이었겠지만, 그녀들은 옷 입기를 좋아하지 않았다. 밤시간의 짙은 화장과 몸단장을 보상받기라도 하겠다는 듯 낮시간만큼은 자연으로 돌아가길 원했다. 팬티와 브래지어 차림으로 드러누워 김수희를 들었고, 고스톱을 쳤다. 그녀들은 또 희뿌연 비닐 한 장으로 만들어진 간이 샤워장에서 아무렇지도 않게 물을 끼얹기도 했는데 그럴 때면 그나마 팬티와 브래지어마저 붙어 있질 않았다.

다행스럽게도 나의 모딜리아니는 다른 아가씨들과는 달랐다. 특별한 경우가 아니면 나는 그녀가 속옷 차림으로 돌아다니는 모습은 볼 수 없었다. 그녀는 짤막한 핫팬츠라도 입는 편이었고, 사타구니를·벌린 채 대청바닥에 널브러지는 일도 없었다. 샤워장을 향할 적에도 커다란 타월로 가슴에서 허벅지까지를 감쌌고, 그 타월로 비닐 칸막이를 가리는 것도 잊지 않았다. 하지만 나를 가장 힘들게 만든 것은 바로 그녀였다. 다른 아가씨들은 설사 칸막이를 열어두고 샤워를 해도 눈길이 가지 않았지만 그녀가 등장하기만 하면 나는 똥 마려운 강아지처럼 시선 둘 곳을 찾지 못하는 것이었다. 괜스레 줄담배를 피기도 했고 난간 앞에 서서 거리를 내려다보기도 했다. 물소리는 또 왜 그리 크게 울렸던지. 아가씨들이 함께 고스톱을 치자고 청할 때마다 내가 사색이 되어 거절했던 것도 사실은 그녀 때문이었다. 그토록 자연스러운 풍광 속에서 나는 감히 그녀에게 다가갈 용기가 없었던 것이다.

닷새가 지나지 않아 한 가지 해결책이 찾아졌다. 그건 그 세상을 벗어나는 것이었다. 아침에 눈을 뜨면 나는 곧장 거리로 나섰다. 대략 아홉시나 열시경이었는데, 그 시간이면 그녀들은 모두 개구리처럼 두 다리를 벌리고 잠에 빠져 있었다. 나는 골목골목을 누비기도 했고, 교회나 유치원의 마당에서 나무 그늘을 찾기도 했다. 근처에 강이나 개울 따위가 있었다면 좋았겠지만 아쉽게도 그런 건 찾아지지 않았다. 오후 한시쯤, 첫 끼니 시간이 되면 나는 옥상으로 올라갔다. 식사가 끝나면 다시 살그머니 빠져나와 나만의 거리로 돌아갔다.

"자넨 밖에 여자친구라도 만들어둔 모양이지?"

한번은 밥숟가락을 놓자마자 신발을 신는 나에게 사장이 말했다. 그는 벌써 식사를 끝내고 두어 명의 아가씨들과 고스톱판을 시작하고 있었다. 이제는 누구도 내게 고스톱을 청하지 않고 있었다. 나는 그저 멋쩍게 웃어주고는 밖으로 나갔다.

그러나 바깥 거리를 헤매고 다니는 동안도 내 생각은 여전히 그곳 옥상 위의 작은 세상에 머물러 있었음은 아무도 알지 못했다. 나는 내 삶이 처음 맞닥뜨린 기묘한 세상의 사람들에게 매료되어 있었다. 그들에게는 삶이 순간순간의 장면들로만 이루어져 있었다. 아무런 과거나 미래도 없었고, 계획도 없었다. 시간이라는 것 자체가 실종되고 없었다. 적어도 그렇게 보였다. 함께 누워 김수희를 열창할 친구가 있으면 좋았고, 화투가 있으면 좋았고, 밤시간을 책임지고 팁까지 안겨줄 손님이 있으면 좋았다. 다른 건 아무런 의미가 없었다. 나는 십여 년의 교육으로 복잡하게 뒤엉킨 내 교양을 원망했다. 그리고 그녀는, 나의 모딜리아니는, 내 생각을 그곳에 묶어두는 수문장이었다. 그녀가 떠오를 때면 나는 괜히 얼굴이 붉어졌다. 그녀가 그곳에 어울리는 사람이라고는 선뜻 인정할 수 없었다. 하지만 다른 한편으로는 그곳을 가장 화사하게 밝히는 인물이 바로 그녀 같기도 했다. 그녀는 그곳이 곧 세상이며 세상이 바로 그런 곳임을 내게 가르쳐주려는 사람 같았다. 나는 몽상 속에서 조금씩조금씩 그녀에게 다가갔지만 그녀는 오히려 멀어지고 있었다. 그녀는 두 팔을 벌렸지만 그건 나를 향한 것이 아니었고, 내 간절한 눈빛을 싸늘한 침묵으로 외면하곤 했다. 나는 스스로가 경멸스러워질 지경이었다. 그때까지 여자와 잠을 자본 일이 없었다는 사실은 또 얼마나 수치스레 여겨졌던가. 그런 생각들에 빠져 있었으니 내가 낮 시간을 옥상의 작은 세상에서 보낸다는 것은 요원한 일이었다.

단체 피서가 결정된 것은 두 주일이 지난 어느 날이었다. 아침인지 점심인지 모를 식사를 마친 자리에서 사장은 사흘 후인 일요일부터 이박삼일 간 바캉스를 갖겠노라고 선언한 것이었다. 장소는 대천 해수욕장이라고 했다. 아가씨들은 환호성을 울렸고 사장은 산타클로스처럼 흐뭇한 미소를 머금었다.

"어때. 자네도 함께 갈 텐가?"

그가 내게 그렇게 묻지만 않았더라면 아마 나는 당연히 함께 가는 줄로 생각했을 것이었다. 우린 한가족이었으니까. 하지만 불쑥 던져진 그 질문이 나를 불확실하게 만들었다. 나는 머뭇거리며 이마를 문질렀다.

"글쎄요, 이박삼일간이라구요……"

사장은 나를 바라보았다. 사장뿐 아니라 그 자리에 모인 모든 눈들이 내게 모여들고 있었다. 어색한 침묵이 찾아왔다. 나는 시선을 떨어뜨리고 목덜미의 땀을 닦았다. 그들의 눈길이 내게 요구하는 것은 무엇이었을까. 그들은 내가 함께 가길 원했을까, 그렇잖으면 빠져주기를 원하는 것이었을까. 어정쩡히 시선을 들다가 나는 그녀, 모딜리아니와 눈길을 마주쳤다. 그녀는 보일 듯 말 듯 코웃음을 짓고는 고개를 돌렸다. 그건 아주 짧은 순간의 작은 일이었지만 내 기운을 꺾기에는 충분했다. 나는 그들이, 혹은 적어도 그녀는, 나의 동행을 원치 않는다고 생각하지 않을 수 없었다. 하기야 젊고 발랄한 아가씨들의 피서에 덜 떨어진 총각 혹 하나가 붙어 보기 좋을 일도 없지 않겠는가.

"사실은 따로 하고 싶은 일이 있습니다."

사장은 여전히 의중을 알 수 없는 눈빛으로 고개를 끄덕거렸다.

"좋도록 하게."

그때부터 이틀 동안 그들은 드물게 부산했다. 음식도 장만했고 피서에 필요한 물건들도 샀다. 수영복을 입어보고 서로 품평회를 여는가 하면 선글라스를 끼고 평상에 눕기도 했다. 선탠로션을 바르고는 부지런히 몸을 굴려대었다. 마치 그날을 위하여 일 년을 기다려온 사람들 같았다. 나는 그 부산함에 끼지 않은 게 다행스러웠지만 가끔은 아쉬운 기분이 들기도 했다. 그들과 어울려 함께 부풀어올라보는 것도 나쁜 일은 아니었을 텐데…… 그런 곳 그런 분위기에서라면 좀더 자연스럽게 모딜리아니와 가까워질 수도 있을 텐데. 낮시간을 늘 거리에서 보내었던 탓에 나는 그녀에게 말을 건넬 기회를 잡기가 쉽지 않았던 것이다.

따로 하고 싶은 일이 있다던 얘기도 빈말은 아니었다. 그들이 떠나자 나는 곧장 두어 블록 떨어진 길모퉁이의 화실을 찾아갔다. 하릴없이 거리를 배회할 적이면 나는 곧잘 그 화실 앞에서 아폴론과 시저의 소묘들이 나붙은 창유리를 올려다보곤 했다. 그러면서 익숙하게 목탄을 움직이는 내 모습을 그려보곤 했다. 심경의 평화와는 무관히 그 무렵 나는 내 삶에서 무언가가 결핍되어 있음을 절실히 느끼고 있었던 것이다. 화실 원장은 친절한 영혼의 소유자였다. 오랫동안 그림을 벗해온 사람은 모두 저렇게 될까 싶을 정도로 깊고 잔잔해 보였다. 서울을 떠나온 이후 처음으로 나는 내 형편을 설명했다. 많은 말을 하지 않아서 그는 나를 이해해주었다. 그곳에서 그림을 배우고 싶다는 부탁도 기꺼이 들어주었다. 나는 이전의 도시에서 식당 종업원 일로 벌었던 마지막 비상금 이만 원을 꺼냈다. 그는 그 돈으로는 어차피 한 달치 수강료도 되지 않으니 넣어두라고 말했지만 나는 제발 받아달라고 우겼다. 그는 내 자존심을 생각해선지 받아주었다. 하지만 그 후 한 달 반 동안 그가 내게 베풀어준 배려는 아무리 많은 돈으로도 계산할 수 없을 만큼 고마운 것이었다.

그 이박삼일 동안 나는 잠시도 화실을 떠나지 않았다. 아그립파와 아리아스와 줄리앙을 그렸다. 투구를 쓴 여인도 그렸다. 그 중에서도 특히 나를 사로잡은 것은 줄리앙이었다. 그 얼마 전에 나는 스탕달의 위대한 소설 『적과 흑』을 읽은 터였고, 줄리앙 소렐이라는 위선적인 영웅에 흠뻑 젖어 있었던 것이다. 줄리앙이라는 석고상이 과연 그 소설의 줄리앙인지 어떤지는 확인할 길이 없었지만 나는 아마 그럴 것이라고 믿기로 했다. 원장은 내가 그 공간을 마음껏 사용할 수 있도록 허락해주었다. 틈틈이 데생 방법도 가르쳐주었고, 4B연필을 움켜쥔 지 겨우 서너 시간이 지난 초보생이 감히 줄리앙을 그리도록도 허락해주었다. 밤이 깊어 달빛도 사라지면 나는 화실 한 귀퉁이의 골방에서 새우잠을 잤다. 몸은 피곤했지만 내 영혼은 한없이 행복했다. 몇 달

만에 비로소 나는 가족을 그리워했고, 꿈속에서 그들을 만났다. 서울에 두고 온 친구들도 생각했다. 물론 그 언저리에는 언제나 모딜리아니의 가녀린 조상도 걸쳐져 있었다.

그들이 피서지에서 돌아왔을 때 나는 한결 건강해져 있었다. 내 삶의 이지러진 모퉁이에서는 파릇한 새싹이 돋아나고 있었고, 나는 다시 세상을 사랑할 수 있을 것만 같았다. 정확히 무엇인지는 알 수 없었지만 세상에는 돌고래 쇼보다 아름답고 의미 있는 방식의 삶도 존재할 법해 보였다. 또 나는 그녀에게 보다 솔직한 관심을 가질 수도 있을 것 같았다. 그녀는 여전히 냉정했지만 그게 그녀에 대한 나의 호감을 가로막을 이유는 없지 않겠는가.

그날 밤엔 손님이 일찍 끊어졌다. 두 개의 룸에 두 팀의 남자들이 들어왔지만 일찌감치 돌아갔다. 자정이 넘어서자 이제 더 이상의 손님은 찾아올 것 같지 않았다. 아가씨들은 가게 맞은편의 라면집으로 밤참을 먹으러 가기도 했고 홀의 테이블에서 화투패를 떼기도 했다. 나의 모딜리아니는 무대 위에서 전자오르간을 만지작거리고 있었다. 조심스럽게 몇 개의 건반을 눌러서 〈오픈 암즈〉를 연주하고 있었다. 그녀는 곧잘 엉뚱한 음을 눌렀지만 몇 번의 시행착오를 거쳐서 정확한 음을 찾아내곤 했다. 언젠가 나는 우연히 그녀의 꿈을 엿들은 적이 있었다. 연수라는 아가씨와 나른한 잡담을 나누는 중이었는데, 그녀는 피아노를 배워 교습소를 여는 게 소망이라고 말했다. 그래서 아이들을 가르치며 아이들처럼 살고 싶다고. 연수라는 아가씨는 깔깔거리고 웃었지만 나는 괜히 눈물이 돌았다.

〈오픈 암즈〉가 가까스로 절반에 다가갈 즈음 나는 무대로 올라가볼 생각을 했다. 건반에 매달린 그녀는 가장 소박하게 무장

해제된 모습이었고, 그런 그녀에게 말을 붙인다면 적어도 찬서리는 맞지 않으리라 기대한 것이었다. 화투패에 열심인 두 명의 아가씨들을 곁눈질해 보며 나는 슬금슬금 무대 쪽으로 다가갔다. 그런데 내가 거의 무대에 다다랐을 때, 계단 쪽이 소란스러워졌다. 몇 명 남자들의 구둣발 소리가 쿵쾅거리며 내려왔다. 나는 재빨리 입구로 달려가 공손하게 허리를 굽혔다.

"어서 오십시오!"

들어선 남자들은 모두 다섯 명이었다. 하지만 그들은 예사롭지 않았다. 다른 손님들은 들어서기가 무섭게 구석진 밀실과 아가씨를 찾았는데 그들은 홀의 한가운데 테이블을 차지하고 앉았다. 그것도 모두 함께 앉는 게 아니라 한 남자만 앉았고 나머지는 양쪽으로 갈라섰다. 영화 속의 호위무사들처럼. 패를 떼던 아가씨들은 조용하게 기가 죽었다. 모딜리아니만이 여전히 무대 위에서 오르간 건반을 눌렀다. 그러나 그녀의 연주에서도 작지 않은 동요가 느껴졌다. 나는 일단 다섯 개의 물수건과 메뉴판을 들고 앉은 남자에게로 갔다.

"주문하시겠습니까?"

"맥주 가져와."

남자는 씹어뱉듯 말했다. 그의 나이는 고작해야 나보다 네댓 살 위로 보였다.

맥주와 기본안주를 테이블에 내려놓고 나는 다시 입구로 돌아가 섰다. 무언가 심상찮은 일이 벌어질 조짐이었지만 내가 할 수 있는 대비라고는 그것뿐이었다. 앉은 남자는 맥주를 들이켰고 그의 왼쪽에 선 남자는 열심히 잔을 채웠다. 패를 떼던 아가씨들은 여전히 화투를 나누고 있었지만 그건 그러고 싶어서 하는 몸짓이 아니었다. 패라도 계속 떼지 않으면 더 무서운 일이 벌어지리라 두려워하는 모습들이었다. 모딜리아니는 벌써 몇 번째인지 '그래서 난 이제 당신에게로 왔어요'라는 부분을 연주하고 있었다. 고장난 레코드처럼, 커졌다 작아졌다 부르르 떨리기도 하는 소리로. 설사 앞으로 십 년쯤 피아노를 치지 않더라도 그녀는 그 부분을 완벽하게 기억할 것이었다. 난 차라리 음악을 크게 틀어버릴까도 생각했지만 좀더 지켜보기로 했다.

그렇게 얼마가 지났을까. 앉은 남자가 불쑥 맥주병을 집어던졌다. 두 아가씨들이 앉은 테이블을 향해서였다. 맥주병은 다행히 그녀들을 비켜 지나가 벽면에 부딪쳤다. 유릿조각과 술이 사방으로 튀었고 아가씨들은 비명을 질렀다. 남자는 그녀들에게 욕지거리를 퍼부었다.

"야이 쌍년들아. 손님이 오셨는데 거기서 그렇게 화툿장이나 만지작거리고 있을 거야? 그게 네년들 직업이야? 발딱 일어나서 가랑이를 벌리란 말이야."

나는 청소도구를 들고 맥주병이 깨어진 곳으로 갔다. 유릿조각들을 쓸어담고 밀걸레질을 했다. 그러는 사이에도 남자의 욕지거리는 멈추지 않았다. 그러자 왼쪽에 서 있던 남자가 다른 한 명에게 눈짓을 보냈다. 지시를 받은 남자는 무대 위로 올라가더니 모딜리아니에게 공손하게 허리를 숙였다. 그는 아마 그녀를 자신의 보스에게로 모셔가려는 모양이었다. 그러나 모딜리아니는 그에게 눈길조차 주지 않았다. 별수없이 그는 자리로 돌아왔고, 왼쪽의 남자는 앉은 남자에게 결과를 알렸다. 전자오르간은 계속 '그래서 난 이제 당신에게로 왔어요'를 연주하고 있었다.

"야, 너, 이리 와봐."

마침내 내 차례가 되었다. 앉은 남자가 나를 불렀다. 사정은 알 수 없었지만 나는 내가 해야 할 일 정도는 알 것 같았다. 유 릿조각들을 쓸어담다가 얼핏 나는 사장을 보았는데 그는 출구 밖 벽에 몸을 숨기다시피 하고 있었다. 내 눈길과 마주치자 손 가락 하나를 입술에 붙이고는 사라져버렸던 것이다.

"맥주 맛이 이게 뭐야. 이 새끼야, 누가 널더러 병뚜껑을 따 래. 김빠진 맥주에다 물까지 타서 내놓는 걸 내가 모를 줄 알 아?"

그는 나를 타작하기 시작했다. 뺨을 갈기고, 주먹으로 명치를 때리고, 구둣발로 허벅지를 찍고. 술이 꽤 취했음에도 불구하고 그의 손찌검은 매서웠다. 게다가 그의 부하들은 내가 웬만큼 멀 어지려 하면 다시 밀어다 두목 앞에 세웠다. 나는 아픈 소리를 내지 않기 위해 입술을 깨물어야 했다. 한 벌뿐인 내 셔츠와 바 지는 엉망이 되고 말았다. 내가 세번째인가 쓰러져 무릎을 꿇었 을 때 모딜리아니의 목소리가 들렸다.

"그만 돌아가세요."

그녀의 목소리는 작지만 단호했다. 나를 때리던 남자는 손길 을 멈추고 그녀를 바라보았다. 그들은 잠시 눈전쟁을 벌이는 듯 했다. 남자는 사뭇 진지하게 눈동자에 힘을 주었지만 그녀 시선 의 투명한 벽을 무너뜨리지 못했다. 그녀가 말을 이었다.

"그만 돌아가세요. 그리고 분명히 기억하세요. 다시 한번 여 길 찾아오면 전 죽어버리겠어요."

그녀는 무대에서 내려와 홀을 가로질러 나가버렸다. 그것으로 사건은 종결되었다. 그녀가 사라지자 다섯 남자들은 썰물처럼 빠져나간 것이었다. 그제서야 기지개를 켠 두 아가씨들의 불평 을 통해 나는 그들이 그 도시 뒷골목 회장님의 아들 일행이라는 사실을 알 수 있었다.

잠시 후 현장에는 없었던 한 아가씨가 나타나 사장의 전갈을 전했다. 그날 영업은 그것으로 끝이라고 했다. 아가씨들은 모두 옥상으로 올라가버리고 나는 셔터를 내렸다. 홀을 정리하고 셔츠에서 뜯겨나간 두 개의 단추를 찾는 데는 이십여 분이 걸렸다. 하지만 나는 아직 잠자리에 들 형편이 아니었다. 단벌 유니폼인 셔츠와 바지를 다음날 다시 입으려면 미리 빨아두어야 했던 것이다. 옥상의 불은 모두 꺼져 있었다. 셔츠와 바지를 벗어 들고 나는 조용히 간이 샤워장으로 향했다. 소리나지 않게 물을 붓고 비누를 풀고, 비누가 옷자락으로 스며들기를 기다리며 담배 한 개비를 물었다. 그런데 그때 어디선가 두런거리는 말소리가 들려왔다. 아가씨들이 잠자는 가운뎃방으로부터였다. 그녀들은 누군가를 흉보고 있었다.

"그래가지구야 어디 가서 밥이라도 빌어먹겠어? 자기가 무슨 영화 주인공이나 되는 줄 아는지."

"원래 동작이 굼뜨잖아. 맥주 한 병 갖고 오는 데도 온갖 폼을 다 잡고 황소처럼 느릿느릿하니."

"거기서 그렇게 인상 쓰면서 맞고만 있을 처지냔 말이야? 죽는시늉을 하며 빌어야지……처음부터 그랬어. 웨이터가 조금만 분위기를 맞췄더라도 그렇게까지 험악하진 않았을 거야."

"누가 아니래. 사장님은 어쩌자고 저런 달팽이를 채용했는지 몰라."

그녀들의 굼뜬 달팽이가 누구를 가리키는 것인지는 뻔한 일이었다. 나는 아주 조용히 일어나 계단을 내려갔다. 살롱의 깜깜한 홀을 지나 주방으로 들어갔다. 그리고 그 한구석에 쪼그리고 앉았다. 두 뺨으로는 눈물이 흘러내리고 있었다. 그 몇 달 동안 많은 일들을 겪었지만 눈물이 흐르기는 처음이었다. 나름대로는 그녀들을 성의껏 대했고 그녀들에게서 호의적으로 받아들여지기를 기대했는데 뜻밖에도 그녀들은 모든 비난을 내게 퍼붓고 있었던 것이다.

계단을 내려오는 조심스런 발소리가 들린 것은 몇 분이 지나지 않아서였다. 홀 입구의 작은 불이 켜졌다. 나는 숨을 죽였다. 그러나 발소리는 결국 내가 쪼그리고 앉은 주방까지 찾아오고 말았다. 나는 모딜리아니의 어색한 시선을 올려다보아야 했다. 그녀는 한숨을 내쉬고는 주저앉았다. 우리는 두어 걸음 사이를 두고 비스듬히 마주보게 되었다. 나는 너무 창피해서 눈물을 닦을 생각도 들지 않았다. 한참 만에 그녀가 퉁명스레 말했다.

"룸도 많은데 하필이면 주방 구석에서 이러고 있어요?"

그 말을 듣자 나는 문득 웃음이 나왔다. 그녀도 장난스럽게 웃었다. 그제서야 나는 눈가를 문지르고 담배에 불을 붙일 수 있었다. 그녀도 내게서 담배와 성냥을 건네받고는 기다랗게 연기를 내뿜었다. 그녀는 그날 밤의 일을 사과했다. 그런 사태가 발생한 것은 전적으로 자기 때문이었노라고. 나는 그런 일은 마음에 두지 않아도 좋다고 말했다. 그러자 그녀가 덧붙였다.

"여기 아가씨들이랑 사이좋게 지낼 생각은 포기하세요. 웨이터씨랑은 코드가 틀리니까요."

"제가 뭘 잘못했습니까?"

"여긴 워낙 폐쇄적인 곳이라 외부에서 들어온 사람들과의 관계는 두 가지밖에 없어요. 친구가 아니면 적이 되는 거죠."

"친구가 되려면 어떻게 해야 하나요?"

"간단해요. 이십사 시간을 몽땅 함께 사는 거예요. 혼자서 일찍 일어나지도 말고, 거리로 산책을 나가지도 말고, 고스톱판이 벌어지면 웃통을 벗고 끼어들고, 아가씨들 팬티가 드러나 보인 .

다고 눈길을 돌리지도 말고……"

"바캉스도 함께 가구요?"

"바캉스도 함께 가구요."

"하지만."

"알아요. 댁 같은 사람에게는 그처럼 끔찍한 고문이 없을 테죠. 그러니까 포기하라는 거예요."

그녀는 내 눈을 빤히 쳐다보더니 담배연기를 빨아들였다.

"학생이죠?"

나는 더이상 그녀에게 끌려다닐 수만은 없었다.

"그 남자랑은 어떤 관계인지 물어봐도 될까요?"

"아무런 관계도 아니에요."

그녀는 여전히 장난스럽게 웃으며 고개를 저었다.

"그럼 이상하군요. 아까 그 사람이 술을 마시는 동안 계속 '그래서 난 이제 당신에게로 왔어요'라는 부분을 연주했었잖아요?"

"그래서 난 이제 당신에게로 왔어요? 그게 뭐죠?"

"오픈 암즈의 가사 말입니다."

"난 가사의 뜻은 몰라요. 그냥 따라서 흥얼거릴 뿐이에요."

나는 그녀를 이끌고 무대로 올라갔다. 전자오르간의 스위치를 넣고 그녀가 고장난 레코드처럼 되풀이했던 부분을 들려주었다. 그랬더니 그녀는 두 눈을 동그랗게 떴다.

"피아노를 칠 줄 아는군요!"

"엉터리예요. 기타를 조금 치는데 그 지판을 피아노 건반으로 어설프게 옮길 정도죠."

"아주 엉터리는 아닌 것 같은데요. 부탁이에요. 저도 좀 가르쳐주세요."

"남을 가르칠 정도는 아니에요."

"부탁이에요. 네?"

내 얄팍한 실력으로 그녀를 가르친다는 건 예의에 어긋나는 일이었다. 하지만 열의에 찬 그녀의 두 눈을 보며 무작정 거절한다는 건 더 무례한 일 같았다.

이튿날부터 그녀는 내 제자가 되었다. 친구를 갖고 싶었던 내게 그건 좀 엉뚱한 선물이었다. 하지만 아무튼 대단한 일이었다. 나는 그녀를 가까이서 느낄 수 있게 되었고 그녀와 제법 다정한 대화도 나눌 수 있게 되었던 것이다. 더구나 우린 모두 사람들 눈에 띄는 걸 원하지 않았기에 영업이 끝난 후라든가 아침 이른 시각을 이용하곤 했는데, 어둡고 조용한 공간 속에서 그녀와 단둘이 호흡을 맞출 적이면 나는 내 여행이 시작된 이유는 바로 그 순간에 있지 않았나 생각할 정도였다. 그녀는 성실하고 예민한 제자가 되어 스승의 가르침에 귀를 기울였다. 나는 각각의 장조가 세 개의 화음코드를 가지고 있으며 각 장조의 나란한 조라고 불리는 단조들이 또 세 개씩의 화음코드를 갖고 있음을 설명해주었다. 따라서 대부분의 노래는 여섯 개의 화음 속에서 이루어지노라고. 그 여섯 개의 화음들이 어떻게 서로 연결되며 빠져나가는가를 느낄 수 있게 되면 노래를 이해하는 건 훨씬 쉬운 일이 되노라고. 그녀는 신기한 듯 눈동자를 굴렸다. 건반들을 누르며 화음의 움직임을 느끼려 애썼다.

오래지 않아 그녀는 두 손을 모두 사용해서 오르간을 칠 수 있게 되었다. 왼손으로 삼박자의 왈츠리듬을 누르며 〈오픈 암즈〉의 시작 부분을 연주할 수 있게 되었다. 그녀는 스스로의 진보에 감격해서 눈물을 흘렸다.

"맙소사. 이젠 정말 악기를 연주한다는 기분이 들어요. 이 보답을 어떻게 하죠?"

물론 내게는 보답 같은 건 필요 없었다. 그녀와 시간을 함께 보낼 수 있다는 사실만으로도 나는 충분히 행복했던 것이다. 그녀 역시 그 점을 모르지는 않았을 것이었다. 하지만 그녀를 제자로 삼은 이후로 내게는 현실적인 반대급부가 돌아오지 않은 것도 아니었다. 언제부턴가 그녀는 술손님이 나갈 적이면 그들의 어깨를 붙들며 코먹은 소리를 앙앙거리곤 했다. "웨이터씨 수고하는데 팁 조금만 주고 가. 응 오빠." 그러면 더러는 오백 원이나 천 원을 그녀에게 건네주었다. 그녀가 그러자 다른 아가씨들도 가끔씩 나를 챙겨주었고, 덕분에 나는 이삼일에 천 원쯤의 팁은 만질 수 있게 되었다. 그 돈으로 이백 원짜리 라면 야식을 사 먹을 수도 있게 되었고 이틀에 한 갑씩 청자 담배도 사 필 수 있게 되었다.

두세 주가 지나면서 사람들은 우리 관계를 눈치채게 되었다. 특별한 관계가 있었던 건 아니지만 아무튼 그녀와 내가 함께 오르간을 친다는 사실을 알게 되었다. 그들은 그 사실을 유쾌해하지 않았다. 더러는 드러내놓고 빈정거리기도 했다. 사장은 내게 무거운 헛기침을 했고, 의심 많은 그의 아내는 부엉이 같은 눈으로 나를 노려보았다. 나는 그녀에게 오르간 교습을 좀더 조심스럽게 해야 하지 않겠는가 물었다. 차라리 공개적으로 초저녁의 손님 없는 시간을 이용한다거나. 다른 사람들 눈에 대단한 비밀이라도 있는 것처럼 행동할 필요는 없지 않겠는가. 하지만 그녀는 개의치 않았다. 오히려 더 빈번하게 교습을 요구했다. 영업이 끝난 새벽마다, 그리고 이른 아침 눈을 뜨자마자. 심지어는 몸을 가누지 못할 정도로 취한 새벽에도 그녀는 나를 끌어다 오르간 앞에 앉히곤 했다. 그때는 미처 알아차리지 못했지만 그녀는 아마 나보다 많은 것을 내다보고 있었던 듯했다. 우리의 은밀한 교습이 머지않아 끝날 운명이며 또한 다시는 돌아오지 못할 운명이라는 것을, 그때 이미 그녀는 감지하고 있었던 게 아닐까.

어느 날 아침 교습이 진행되고 있었을 때 그녀는 내 나이를 물었다. 내가 스물한 살이라고 대답하자 그녀는 피식 웃었다. 자기가 두 살 위니 누나인 셈이라고 말하더니 서로 말을 놓는 건 어떻겠느냐고 물었다. 물론 둘이 있을 때만. 나로서는 거절할 이유가 없었다. 우리는 멋쩍게 말을 텄다. 그리고 그녀가 다시 물었다.

"그런데 넌 어쩌자고 이런 바보짓을 시작한 거야?"

"바보짓이라니?"

"떠돌이 무전취식객 노릇 말이야."

난 그녀에겐 무어든 솔직해지고 싶었다. 그래서 한숨을 쉬었다.

"내 삶이 어디로 가고 있는지 도무지 알 수 없었어. 구태여 어딘가로 가야만 하는 것인지도. 삶이 시작되자마자 난 좁다란 계단을 오르고 있었거든. 끝이 없이 이어진, 게다가 오르는 것말고는 아무런 다른 일도 생각해낼 수 없는 계단을."

"그게 그렇게 불만이었어?"

"숨통이 조여들었어. ……다른 방식의 삶이 있을 거라 생각했어. 매일처럼 한두 개씩 정해진 계단을 오르는 것말고."

그녀는 고개를 저었다.

"누구나 그런 회의에 젖어들 때가 있겠지. 하지만 세상엔 어차피 두 가지 종류의 삶밖에 없어. 매일처럼 한두 개씩 정해진 계단을 오르는 것, 아니면 미끄럼을 타고 한없이 추락하는 것.

물론 두번째 것은 아주 짧게 끝나기 마련일 테고. 그 둘 이외의 무엇이 또 있다면 한결 낭만적인 세상이 될 수도 있겠지만."

"겨우 두 살 위라고 세상을 다 산 사람처럼 얘기할 필욘 없잖아. 그런데 그 미끄럼을 타고 한없이 추락하는 삶이라는 건 어떤 거지?"

내 질문에 그녀는 빙그레 미소지었다. 그리고는 다시 오르간 건반 위에 손가락을 얹었다. 그것으로 끝이었다.

그 무렵 그녀는 내 삶의 전부라고 말할 수 있었다. 오르간 교습 시간은 삼사십 분에 불과했지만 나의 하루하루는 그 시간을 위하여 존재하고 있었다. 그 밖의 시간들에도 사정은 마찬가지였다. 그녀가 아름답게 치장한 밤시간이면 나는 충성스런 시종이 되어 그녀를 모셨다. 그녀의 부름에 공손하게 고개를 숙였고, 그녀가 담배를 물면 재빨리 성냥불을 켰다. 화실에서 이젤을 앞에 두고 앉았을 때면 또 나는 언제쯤이면 감히 그녀를 그릴 수 있을까 하는 꿈에 젖어들곤 했다. 만약 누군가가 다시 내게 계단을 오르는 것과 미끄럼을 타고 추락하는 것 이외에 어떤 삶이 세상에 존재하는가를 물었다면 나는 망설이지 않고 이렇게 대답했을지도 몰랐다. 그녀를 생각하면 어김없이 찾아오는 내 가슴의 두근거림 같은 삶이 어딘가에 있을 거라고.

그같은 시간은 그러나 길게 지속될 수 없는 법이었다. 어느 새벽 내가 홀을 정리하고 있을 때 사장이 들어섰다. 그는 두어 차례 무거운 헛기침을 한 다음 내게 더이상 홀을 청소할 필요가 없노라고 말했다. 그의 아내가 나를 내보내기로 결정했다는 것이었다. 나는 이유를 물었고 그는 불경기를 탓했다. 요즘 같은 형편에는 한 명이라도 식구를 줄여야 하노라고, 아내가 그렇게 말했노라고. 물론 그건 진짜 이유가 아니었다. 매일처럼 넓은 홀을 청소하고 술손님 시중을 드는 대가로 내가 축내는 것이라곤 비어 있는 방의 먼지 약간과 하루 두 공기의 밥뿐이었으니까.

사장의 결정을 전해들은 모딜리아니는 담담하게 고개를 끄덕였다. 예감하고 있었다는 듯. 어쩌면 그녀는 나보다 먼저 그 사실을 알고 있었을지도 몰랐다.

"잘됐어. 어차피 네가 오래 있을 곳은 아니야."

그녀의 무덤덤한 반응은 나를 슬프게 했다. 그런 기색을 감추려고 나는 용감하게 말했다.

"맞아. 사실 너무 오래 있었어. 진작 떠났어야 했는데…… 그런데 네 오르간 교습은 어떻게 하지?"

"상관없어. 네가 섭섭해할까봐 얘기하지 않았지만 요즘 난 오르간에 싫증을 느끼던 참이야. 늘지도 않고, 별로 소질도 없는 것 같고."

"무슨 소리야. 넌 정말 열심이었잖아."

"그러는 척했지. 그래 이젠 어디로 갈 거야? 다시 더 남쪽으로 내려갈 거야? 여수나 해남으로?"

"글쎄. 어디로든 가게 되겠지. 하지만 어쨌건 넌 피아노를 계속해야 돼. 아이들을 가르치면서 아이들처럼 살고 싶다고 말했잖아. 만약 싫증을 느꼈다면 강사가 엉터리여서일 거야. 난 원래 누구를 가르칠 실력은 못 되거든."

"알았어. 생각해볼게. 남 걱정만 하지 말고 너도 열심히 살아. 나 같으면 이젠 서울로 돌아가고 싶을 거야."

이틀 후 나는 그곳을 나왔다. 들어갈 때처럼 작은 가방 하나를 울러메고서. 배웅하는 사람들의 표정을 어떻게 읽어야 할지 나는 알 수 없었다. 후련함, 섭섭함, 무관심, 질투 등등이 미묘하게 조금씩 섞여 있었다. 하지만 그곳을 나와서 내가 곧바로 그 도시를 떠난 것은 아니었다. 나는 그림을 배우던 화실로 들어갔다. 사정 이야기를 들은 원장은 내게 화실에 머물면서 그림공부를 좀더 하라고 말한 터였던 것이다. 형편이 허락하는 대로 언제까지든지. 뿐만 아니라 그는 어느 틈엔지 나의 일자리까지도 알아봐주었다. 그가 자주 드나들던 카페의 여주인에게는 열 살배기 아들이 하나 있었는데 그는 재빨리 그녀를 설득하여 나를 놓치기 아까운 가정교사로 만들어준 것이었다. 보수가 많은 일은 아니었지만 끼니를 때우고 담배를 사 피기에는 모자라지 않는 벌이였다. 나는 원장에게 감사하며 열심히 그림을 그렸다.

그렇게 지나가는 하루하루가 편안하기만 한 것은 아니었다. 룸살롱을 나오기는 했지만 화실은 그곳에서 불과 세 블록 떨어진 곳에 위치해 있었고, 내 가슴속에는 여전히 모딜리아니의 모습이 담겨 있었다. 눈을 질끈 감고 오 분만 걸으면 나는 그녀를 만날 수도 있었던 것이다. 실제로 나는 밤늦은 시각 몇 차례 그쪽으로 걸음을 옮긴 적도 있었다. 계단 입구의 꼬마 색전구들이 보일 즈음이면 가슴을 쿵쾅거리며 멈추어 서곤 했다. 행여 그녀의 모습이 보일까 기다랗게 목을 뽑곤 했다. 실제로 한번은 그녀를 본 적도 있었다. 가느다란 허리에 물빛 원피스를 휘날리는 뒷모습이었다. 나는 두 주먹을 불끈 쥐었다. 그러나 그뿐, 나는 결코 그녀에게 다가갈 수가 없었다. 이유는 알 수 없었다. 특별한 일이 있었던 것도 아니고, 어색한 이별을 나눈 것도 아니었는데.

그녀를 그리겠노라고 결정한 것은 그렇게 십여 일이 지난 저녁이었다. 내 가슴속에는 아직 제법 선명한 그녀의 인상이 남아 있었고, 그게 사라지기 전에 화폭에다 옮겨보고 싶었던 것이다. 나는 어서 밤이 오기를 기다렸다.

마침내 자정이 되고 화실에는 아무도 남지 않게 되었을 때 나는 화판을 뒤집었다. 뒷면에는 내가 새로 준비해둔 새하얀 종이가 붙어 있었다. 조명을 어둡게 하고 우두커니 앉아 나는 그녀를 생각했다. 그녀의 눈빛을 생각했고 기다란 목과 어깨를 생각했다. 그녀는 금세라도 손에 잡힐 듯 그곳에 있었다. 그러나 시간이 흐를수록 그 모습은 모호해졌다. 얼굴의 중심은 어디에 있으며 가로와 세로의 비율은 어떻게 되는가 따위를 생각할수록 그녀의 윤곽은 더 흐려졌다. 나는 새삼 사물을 투시하는 내 직관의 보잘것없음에 절망하였다. 나는 도무지 그녀에게 다가가는 방법을 알 수 없었다. 그녀는 선명하고 구체적인 존재였지만 동시에 가까이 다가갈수록 사라지는 안개와도 같았다. 나는 그녀라는 거대한 늪에서 좌초하고 만 느낌이었다. 그렇게 두 시간이 지났을 때 종이에는 겨우 예닐곱 개의 선이 그어져 있을 뿐이었다. 그건 물빛 원피스를 입고 하늘거리던 그녀의 뒷모습을 닮아 있었다. 혹은 꽃다발을 묶은 나비 리본을 기다랗게 세운 모습 같기도 했다. 나는 바닥으로 내려와 몸을 눕혔다. 새우처럼 꼬부리며 잠에 빠져들었다.

시간이 얼마나 지났을까. 다시 눈을 떴을 때 내 앞에는 그녀 모딜리아니가 앉아 있었다. 나는 얼른 일어나 허벅지를 꼬집었다. 꿈이 아닌 듯했다. 그녀가 빙그레 웃었다. 그녀는 두 무릎을 팔로 감싸안고 그 위에다 턱을 얹고 있었는데 맥주 냄새가 풍겼다.

"언제 왔어?"

"금방."

그녀는 결코 금방 온 모습이 아니었다. 나는 두 시간 동안 끙끙 앓은 결과가 겨우 나비 리본을 닮은 예닐곱 개의 선이었다는 사실에 안도했다.

"많이 마셨어?"

그녀는 목을 젖히며 화사하게 웃었다.

"조금. 하지만 말짱해. 오늘 무슨 일이 있었는지 알아?"

"무슨 일이 있었어?"

"알아맞혀봐."

그녀가 자랑스럽게 얘기할 일이 어떤 것일까 고민해보았지만 알아낼 수 없었다. 내가 고개를 흔들자 그녀는 실망했다는 듯 삐죽이 입술을 내밀었다.

"오픈 암즈를 완주했어. 두 손으로, 한 곳도 틀리지 않고."

"정말 그랬단 말이야? 축하해."

나는 더할 수 없이 기뻤다. 룸살롱을 나오던 날 그녀가 오르간 연습을 그만둘 것처럼 보였던 까닭에 더욱 그러했다. 그녀는 등뒤에서 소줏병을 꺼냈다.

"한 모금 할래?"

술을 잘 못 했지만 나는 용기를 내어 몇 모금 마셨다. 목구멍이 싸아 해졌고 이젠 꿈이 아니라는 느낌이 확연해졌다. 그녀가 말했다.

"언젠가 미끄럼을 타고 추락하는 삶이 어떤 거냐고 물었었지?…… 그건 간단해. 계단에서 발을 잠깐 헛디디면 그렇게 돼. 계단 밖은 온통 식용유가 홍건한 미끄럼이거든."

"식용유가?"

"그래. 뭐 다른 종류일 수도 있겠지. 재봉틀 기름이라든가 참기름이라든가. 재밌는 얘기 하나 해줄까. 한 여자아이가 있었어. 그앤 삶이 자기에게 요구하는 집착들이 싫었어. 그앤 그냥 구름 속에서 술래잡기하듯 살고 싶었는데 그렇게 살도록은 허락되지 않은 거야. 그애가 찾아낸 타협은 그러는 척하자는 거였어. 집착하는 척, 정말 그러지 않으면 살 수 없을 정도인 척. 하지만 쉬운 일은 아니었어."

나는 다시 불확실해졌다. 꿈이 아닌 게 분명한지. 그녀의 눈빛은 바닷가의 노을처럼 아스라해지고 있었다.

"가장 끔찍했던 건 다른 사람들의 집착마저도 받아들여야 한다는 사실을 깨달았을 때였어. 친구와 가족, 특히 엄마의. 엄마는 그애에게 항상 선명한 존재가 되기를 요구했어. 학교에선 공부 잘하기를, 그래서 두드러지기를, 학교를 그만두었을 땐 엄마의 미용실에서 미용기술을 익히기를, 그래서 훌륭한 기술자가 되기를, 손에 잡히는, 그래서 엄마가 다른 사람들에게 우리 딸은 무엇무엇이요라고 내세울 수 있는 존재가 되기를. 그 집착은 지칠 줄 모르고 이어지는 거야. 점점 더 단단하게. 여자앤 가능하면 흐릿한 존재로 남고 싶었는데. 게다가 장난 삼아 만난 남자애는 한 달이 지나지 않아 장래를 떠들어대기 시작했어. 결혼하고, 아이를 셋쯤 낳고, 큰애는 법관을 시키고, 둘째는 의사를 시키고, 막내는 바이올리니스트가 어떨까. 그리고는 글쎄 뭐랬는지 아니? 함께 늙어 백발이 되면 서로의 머리를 염색해주자는 거야. 맙소사, 벌써 두 사람이 아교로 접착이라도 된 것처럼 말이야. 그앤 달아나지 않을 수 없었어. ……지루하지?"

"아니."

나는 진심으로 대답했다. 그녀는 소줏병을 기울였다.

"그런데 그건 집을 떠나서도 달라지지 않았어. 점원으로 들어간 양품점의 여주인은 그애를 친딸처럼 대했어. 십 년이고 이십 년이고 함께 일하다가 자기가 죽거든 가게를 이어가달라고 부탁했어. 그앤 여주인을 좋아했지만 그런 생각은 견딜 수 없었어.

양품점 옆에는 오래된 세탁소가 있었고 그곳에는 붙박이장처럼 들어앉아 하루 열 시간씩 양복을 다리는 남자가 있었는데 어느 날 그 남자가 이십칠 년째 그 일을 계속하고 있다는 얘기를 듣고 그애는 점원일을 그만뒀어. ……그리고 몇 가지 일을 더 거치다가, 술 따르는 여자가 되었어."

"집착이랑 제일 거리가 먼 일 같아서?"

"글쎄. 그렇게 생각했겠지. 하지만 그것도 사실과는 달랐어. 술집에는 또 수많은 남자들의 집착이 기다리고 있었거든. 남자들은 툭 하면 무릎을 꿇고서는 함께 살자고 애원하는 거야. ……그래서 두 번이나 동거도 해보았지만 사정은 더 나빠질 뿐이었어."

"그런 애가 왜 오픈 암즈라는 노래는 좋아했을까? 두 팔을 벌린다는 건 누군가를 껴안고 싶다는 얘긴데?"

"그런 뜻인 줄 알았으면 좋아하지 않았을 거야. 그앤 그게 껴안았던 사슬을 풀고 자유롭게 한다는 뜻으로 생각했거든. ……오늘밤엔 참 바보 같은 이야기를 많이 했구나. 그만 가서 자야겠어."

그녀는 비틀거리며 일어섰다. 대화가 중간에서 뚝 잘라진 느낌이었지만 나는 그녀를 붙들 수 없었다. 그녀는 집착을 혐오했으며 오고 싶으면 오고 가고 싶으면 떠나는 자유인이었던 것이다. 내가 할 수 있는 일이라곤 그녀를 부축하여 계단을 내려가 평지에 안착시키는 것뿐이었다. 그러나 그러고서도 그녀는 여전히 비틀거렸다. 거리 쪽으로 두어 걸음 옮기다가 문득 그녀가 고개를 돌렸다.

"여자랑 자봤니?"

"아니."

그녀는 눈살을 찌푸렸다. 어쩐지 그녀를 실망시킨 느낌이 들어 나는 얼른 덧붙였다.

"옛날 여자친구가 펠라티오를 해준 적은 있어."

그녀는 고개를 저었다.

"난 그건 좋아하지 않아. 숨이 막히거든. ……그런데 이상하지. 네가 다시 찾아오지 않으리란 걸 알고 있었는데도 그게 자꾸 섭섭했어. ……잘살아."

나는 아무런 대꾸도 할 수 없었다. 그녀를 끌어안고 싶다는 생각으로 두 다리가 떨리고 있었다. 그녀는 휘적휘적 밤거리 속으로 사라졌다.

화실로 올라온 나는 다시 이젤 옆에 쪼그리고 누워 잠을 청했다. 오랜 노력 끝에야 잠을 이루었다. 그리고 꿈을 꾸었다. 꿈속에서 나는 다시 룸살롱의 웨이터가 되어 있었다. 그 도시 회장님의 아들이라는 사람이 찾아와 그녀 앞에 무릎을 꿇고 동거를 애원했다. 그녀는 냉담하게 오르간을 두드렸다. '그래서 난 이제 당신에게로 왔어요……' 그러다가 그녀가 말했다. "다시 한번 찾아오면 전 죽어버리겠어요." 다음 장면에서 회장님의 아들은 다시 홀을 들어서고 있었다..그는 또 무대 위의 그녀를 향해 무릎을 꿇었고, 그녀는 정성들여 〈오픈 암즈〉를 완주했다. 연주가 끝나자 그녀는 화실로 나를 찾아왔다. 우리의 대화는 현실과 똑같았다. 현실에서처럼 이야기를 자르고 일어난 그녀는 밤거리를 지나 룸살롱의 홀로 내려갔다. 그녀는 천장의 샹들리에에 새끼줄을 묶고 동그란 고리를 만들었다. 그리고는 대롱대롱 매달렸다. 그녀의 시신은 냉담한 미소를 머금고 있었고, 주변으로 맥주 냄새를 풍기고 있었다.

잠이 깼을 때 창밖 아침 거리로는 비가 내리고 있었다. 하늘은 어두컴컴했고 나는 오한을 느꼈다. 나는 그게 꿈이 아니었음을 확신하고 있었다. 그저 꿈이었다고 말하기에는 너무 선명하고 생생했던 것이다. 나는 그곳으로 가보아야 한다고 생각했다. 가서 그녀에게 무슨 일이 있었는지를 확인해보아야 한다고. 그러나 한 시간쯤 어깨를 떤 다음 내가 취한 행동은 가방을 꾸리는 것이었다. 친절했던 화실 원장을 위해 나는 가까스로 종이쪽지 한 장을 남겼다.

'살아 있다는 게 더이상 두렵지 않게 되면 다시 찾아뵙겠습니다.'

삼십 분 후 나는 그 도시를 벗어나고 있었다. 행선지도 알 수 없는 여름 버스의 덜컹거림 속에서 나는 두 팔을 감싸안고 떨고 있었다. 제발 모든 게 꿈이었기를 빌면서. 새벽의 꿈도, 그녀의 방문도, 내가 그 도시에 잠시 머물렀던 기억도, 모두 우중충한 날의 짧은 꿈이었기를 빌면서. 변명이 될 수 있을지 모르겠지만, 그 여름 내 나이는 겨우 스물한 살이었다.

도시의 향기

1

그 오피스텔은 처음부터 기분이 나빴다. 주인이라는 노신사는 전세금의 잔금을 모두 건네받고도 무엇이 못 미더운지 구층까지 따라 올라와 이 구석 저 구석을 기웃거렸다. 그러다가 곤돌라에서 내려지는 내 짐을 보고는 한 가지씩 만져보았다.

"이게 다 뭔지 모르겠구려. 여기다 철공소를 차리려는 건 아닐 텐데. 그림을 그린다고 하지 않으셨던가요."

그가 미심쩍은 손길로 만지작거린 것은 둥그렇게 말린 커다란 동판과 전열기, 에칭 프레스기 따위였다. 하기야 수십 년을 가면을 뒤집어쓰고 산 듯한 딱딱한 얼굴의 늙은이가 언제 그런 물건들을 접할 기회가 있었을까. 나는 그것들을 그가 다시 손대지 못하도록 한쪽 구석으로 치웠다. 그러자 그가 멋쩍은 표정으로 다른 이야기를 했다.

"바로 옆집에도 젊은 남자가 혼자 살아요. 그런데 그 친구 질이 아주 형편없어요. 원래 전세로 내놓은 것이었는데 하도 사정을 해서 사글세로 주었더니 글쎄 여섯 달이 넘도록 코빼기도 뵈지 않는 거예요."

그러니까 그때가 그 남자에 대한 이야기를 들은 처음이었다.

"저쪽으로 좀 비켜주시겠어요."

"요즘은 숫제 집에도 없는 모양이에요. 전화를 해도 통 받지를 않거든요. 혹시 그 사람 보거든 나한테 전화 좀 하란다고 전해주시구려. 아니, 그러지 말고 현선생이 나한테 직접 알려줘요. 전화하란다고 할 사람이 아니니까."

나는 그러겠노라고 대답해주었다. 그러나 그것은 전적으로 의미가 없는 대답이었다. 내가 왜 남의 집 복잡한 사정에 끼어든단 말인가. 여섯 달치가 밀렸건 육 년치가 밀렸건 그건 전적으로 자기네가 알아서 할 일이 아니겠는가.

그 노신사가 사라진 순간부터 이미 나는 옆집 젊은이니 사글세니 하는 것들은 말끔히 잊고 있었다. 책상과 침대와 비키니장을 어디다 두어야 할 것인가만 골똘히 생각할 따름이었다. 그런데 그 옆집의 젊은 남자라는 존재는 그처럼 간단히 잊혀질 인물이 아니었다. 바로 그날 저녁부터, 사방에 어둠이 내리고 바람소리만이 허공을 맴돌게 되면서부터 그는 내 앞에 자신의 존재를 들이밀기 시작했다. 그의 집으로부터 요란한 전화벨 소리가 들려오기 시작한 것이었다.

눈가림식으로 대충 만들어진 오피스텔 건물의 벽이 얼마나 얇은가는 아는 사람이면 모두 다 알고 있으리라.

전화벨 소리는 아주 집요했다. 대여섯 번이나 혹은 열 번쯤으로 끝나는 법은 결코 없었다. 이 코딱지만한 오피스텔에서 도대체 그 작자가 어느 구석에 숨어 있다고 생각하는 것이었을까. 서른 번, 사십 번을 넘어서 오 분이나 십 분까지 이어지는 경우도 있었다. 그리고 잠시 숨을 돌린 다음 다시 시작하는 것이었다.

첫날 저녁은 그래도 그런 대로 넘길 수가 있었다. 짐을 정리하느라 나는 제법 부산했고 내 쪽에서도 적지 않은 소음을 만들어내고 있었기 때문이었다. 이따금 손을 멈추고 커피를 한 모금씩 마시며 나는 전화벨 소리가 그 밤만의 특별한 사정에서이기를 빌었다. 그러나 형편은 그렇지가 못했다. 이튿날도 그 이튿날도 그 소리는 여전했다. 다른 소리는 아무것도 없었고 오직 전화벨 소리만이 끈질기게 꼬리를 물었다. 마치 텅 빈 공동묘지에 홀로 일어난 망령처럼 바람과 함께 춤을 추는 것이었다.

도무지 나는 아무런 일도 할 수가 없었다. 가까스로 동판을 자르고 작업대에 고정시킨 다음 뷰린을 집어들면 나는 그것으로 무언가를 갈기갈기 찢어버리고 싶어졌다. 옆집의 남자를, 옆집을, 혹은 그 전화를. 그러다가 그 충동을 이길 수 없어지면 나는 아예 밖으로 나가버렸다. 무턱대고 걷다가 몇 주 전까지 강사 일을 했던 미술학원으로까지 갈 때도 있었다. 그러나 돌아와보면 나를 기다리는 것은 여전히 지긋지긋한 그 전화벨 소리뿐이었다.

밤마다 나는 그 집으로 달려가 초인종을 누르고 현관문을 두드리고 싶었다. 다만 그 집 안에 아무도 없다는 것을 너무 잘 알고 있었기에 그러지 않았을 뿐이었다. 빈집 앞에서 벨을 누르고 소리를 지르다가 내가 미쳐버리기라도 한다면 손해를 보는 쪽은 나였으니까. 하지만 그 같은 밤이 열흘쯤 이어진 어느 날 저녁, 나는 들고 있던 뷰린과 스크레이퍼를 내동댕이치며 문을 열고 나갔다. 어느 사이 내 손에는 커다란 망치가 들려 있었다.

초인종을 몇 차례 누르고 현관문을 몇 차례 걷어찬 다음 나는 다짜고짜 망치로 문의 손잡이를 내려찍기 시작했다. 그의 문을 뜯고 들어가 전화기를 박살을 내야겠다는 결정에서였다. 그런데 그 순간 놀라운 일이 일어났다. 전화의 망령만이 홀로 춤추는 공동묘지가 스르르 손잡이를 돌리더니 열리기 시작한 것이었다. 그 문틈의 가득한 어둠 속으로 얼굴을 내민 것은 한 젊은 남자였다. 내 모습을 아래위로 훑어보더니 그는 불쾌한 표정으로 물었다.

"무슨 일이야."

잠시 동안 나는 충동과 충격의 틈새에서 할 말을 찾지 못했다. 그가 집에 있었다니.

"무슨 일이냔 말이야."

"집에 있으면서 왜 전화를 안 받는 거요.."

"그게 댁이랑 무슨 상관이야."

그의 노골적인 반말지거리에 화가 난 나는 함께 반말을 하기로 했다. 그는 나보다 어려 보이지는 않았으니 손해볼 일은 아니었다.

"전화 소리 때문에 일을 할 수가 없어. 받지 않으려면 줄을 뽑아버리든지 전화기를 부숴버리든지 할 일이지 왜 듣고만 있는 거야."

그는 한심하다는 듯 나를 한번 쳐다보더니 문을 닫고 들어가 버렸다. 나는 다시 몇 차례 초인종을 누르고 현관문을 걷어찼다.

그러나 그 문 너머는 공동묘지로 되돌아간 듯 아무런 반응도 돌아오지 않았다. 그런 종류의 소음에 그가 얼마나 익숙한가를 깨달은 나는 일단 현장에서 철수하기로 했다.

우선 나는 커피를 끓였다. 놀라움과 분노를 약화시키기 위해서는 무언가 단순하고 차분한 일을 할 필요가 있었기 때문이었다.

그윽한 향기를 풍기며 커피잔이 입술 가까이 다가오던 순간 문득 나는 주인 노신사가 하던 이야기를 떠올리게 되었다. 혹시 그 사람 보거든 나한테 전화 좀 하란다고 전해주시구려. 아니, 그러지 말고 현선생이 직접 알려줘요. 전화하란다고 할 사람이 아니니까…… 나는 전세 계약서를 뒤져 서초동 어디에 있다는 주인집의 전화번호를 찾아내었다.

"그래요. 고마워요. 내 지금 당장 달려가리다."

노신사는 흥분해서 전화를 끊었다.

정확하게 삼십 분 후, 다시 그의 집 초인종이 울렸다. 나는 문 앞으로 가서 가만히 귀를 기울였다. 안에서는 역시 아무런 응답이 없었고 그러자 늙은이의 고함소리가 들렸다.

"나요. 집주인이오. 안에 있는 것 알고 왔으니까 어서 문을 여시오."

그는 손바닥으로 문짝을 두드리며 소리쳤다. 나는 내심 미소를 머금고 있었다. 잔소리쟁이 늙은이도 이따금은 써먹을 데가 있구나 생각하며.

이윽고 문이 열리고 노신사의 성난 목소리는 문짝 너머로 사라졌다. 나는 다시 한잔의 커피를 만들어 향기를 들이켜며 기분 좋게 담배를 붙여물었다.

노신사가 내 방으로 찾아온 것은 불과 오 분 남짓이 지나서였다. 나는 반갑게 그를 맞아들였다. 그를 좋아해서가 아니라 결과가 궁금했기 때문이었다. 심지어 나는 인삼차를 만들고 담배를 권하는 것도 성가시게 느껴지지 않았다.

"어떡하기로 하셨습니까."

"어떡하긴요. 내보내야죠. 저런 골칫덩이는 더이상 안고 있을 필요가 없어요. 오래 묵을수록 더 많은 말썽만 만들어내는 암적인 존재라니까요.."

"그래서, 두말없이 나가겠다던가요."

"안 나가면 어떡하겠어요. 이젠 사글세 밀린 돈이 보증금도 다 까먹게 생겼는데."

그는 차 한 모금을 기분좋게 마시고는 주머니에서 열쇠 한 꾸러미를 꺼내어 보여주었다.

"열흘 시한을 주었어요. 무조건 나가라구요. 그러지 않으면 인부를 불러다가 짐을 모두 내다버리겠다구요."

"잘하셨군요."

나는 진심으로 그를 칭찬해주었다.

"잘했다기보다 당연히 할 일을 한 거죠. 아마 공자가 내 입장이었다 하더라도 다른 도리는 없었을 겁니다."

"물론입니다. 그렇구 말구요. 그런데 시간이 이렇게 늦었으니 일찍 가서 잠자리에 드셔야겠습니다."

궁금했던 점을 알게 되었고 또 그 결과에 몹시 흡족함을 느낀 나는 이제 더이상 늙은이와 노닥거릴 생각이 없었다. 만약 그가 술이라도 한잔 청하고 이팔청춘 적 이야기라도 늘어놓기 시작한다면 그 뒷감당을 누가 다 하겠는가. 노인은 눈치가 아주 없지는 않았는지 어정쩡히 엉덩이를 들고 일어섰다.

그를 엘리베이터 앞까지 바래다주고 돌아오는 길에 나는 공동묘지의 문이 다시 열려 있음을 보았다. 문제의 젊은 남자는 내 집 문간에 팔짱을 끼고 서 있었다. 어깨와 머리를 비스듬히 벽에 기댄 채.

"그러니까 댁이 바로 이 집 세입자였구먼."

내게 말하는 것인지 허공에다 말하는 것인지 아무튼 그는 그런 소리를 했다. 그러더니 흘끗 곁눈질로 나를 쳐다보았다.

"소주나 한잔 하지 그래. 이렇게 알게 된 것도 인연인데 말이야."

나는 아무 대꾸 없이 내 집 안으로 걸어들어가 문턱에 걸쳐 있는 그의 어깨를 밀치고 문을 닫았다. 조금 전 그가 나에게 보여주었던 사람 대접법 그대로였다.

2

그날 이후로도 그의 집으로부터 울려오는 전화벨 소리는 여전했다. 오 분씩, 때로는 십 분씩, 숨이 넘어가는 꼬마아이의 발작처럼 울려왔다. 그리고 그 소리는 내 신경체계를 파산 직전까지 몰고 가곤 했다.

한 가지 위안이 되는 것은, 그가 앞으로 열흘 후면 그 집을 떠나리라는 사실이었다. 하지만 그것도 완전한 위안이 될 수는 없었다. 그런 종류의 사람들은 마지막 순간까지 마음을 놓을 수가 없었다. 눈앞에서 아주 사라져버리기 전까지는 그가 어떤 다른 생각을 품고 있을지 아무도 짐작할 수 없기 때문이었다.

그나마 전화벨 소리가 잦아들 적이면 나는 작업대에 앉아 마음을 가라앉히려 애써보았다. 정면 벽에 걸어둔 커다란 바다장어의 사진에 시선을 모아보았다. 그것을 보고 있노라면 잠시는 그럭저럭 머리가 맑아질 때도 있었다. 해양 수족관의 개관 기념식 때 구입한 그 사진에는 아주 커다란 장어가 칠십 센티 남짓의 몸통을 바위 틈으로 내밀고 있었다. 바위 속이 그의 은신처인 셈이었는데 드러난 부분 이외에 그의 몸통 길이가 얼마나 될지는 상상하기 힘든 일이었다. 그리고 바로 그 점 때문에 나는 그에게 빠져들고 있었다. 드러난 부분과 드러나지 않은 부분과의 일치, 연장, 상호 지탱…… 그는 과연 죽음의 비밀을 알고 있을까.

그런 생각을 하노라면 나는 조금씩 무엇을 어떻게 시작해야 할지를 알 수 있을 것 같았다. 선의 윤곽이며 깊이, 부피들의 상호 비례 관계 등을 어렴풋이 볼 수 있었다. 그런데 그런 순간은 아주 잠깐이었다. 그 느낌을 갖기 시작할 무렵이면 어김없이 다시 전화벨이 울리기 시작하는 것이었다.

더욱 어처구니없는 일은 그 전화들 중 어떤 것은 그의 집이 아니라 내 집, 바로 내 작업대 곁에서 울리곤 하는 사실이었다. 열댓 번이 울린 후에야 그것을 깨달은 나는 혐오감을 가득 담은 눈으로 전화기를 내려다보았다. 왜 바보같이 전화선을 뽑아두지 않았을까. 전화란 것은 내가 누군가의 번호를 누르기 위해서만 존재하는 게 아니었던가. 나 자신의 필요성에 의해서.

그러나 물론 나는 전화선을 뽑는 일 따위는 하지 않았다.

"저예요."

이틀 걸러 한 번씩은 꼭 그녀의 목소리가 수화기를 타고 흘러나왔다.

"무슨 일이야."

"그냥요. 저녁은 드셨어요."

"먹었어."

"저, 지금 클라라에 나와 있어요. 쇼핑하고 커피 한잔 마시는 중이에요."

"난 작업이 바빠."

"알았어요. 다시 전화할게요."

그녀는 내가 지난번 미술학원에서 일반인 반을 맡았을 때 내 밑에서 배운 학생들 중의 한 명이었다. 특별히 두드러질 일이 없는 수수한 여자였다. 다만 한 가지 장점이라면 돈이 많고 남편이 없어서 때워야 할 시간이 많다는 점뿐이었다. 일찍 결혼을 했는데 남편이 교통 사고로 사라지는 바람에 청상과부가 되었다고 했다.

수업이 끝난 후에도 그녀는 화실에 남아 몇 시간씩 그림을 그리곤 했다. 혹은 다른 여자들과 노닥거리기도 했고 그녀들마저 돌아간 다음이면, 다른 여자들은 대부분 남편이 있었다, 혼자 창가에 앉아 책을 읽기도 했다. 『여성 센스』니, 『우먼 자신』이니 하는 탁월한 교양잡지들을. 그러다가 내게 저녁을 사기도 했다. 그러다가 어느 날인가는 내 자취방까지 따라와 밤을 지새고 가기도 했다. 그런 부분에 대해서 나는 조금도 거리낄 일이 없었다. 그녀와 나의 관계는 어떤 식으로도 해석이 되었다. 굶주린 남자와 여자가 함께 식사를 하는 일이랄 수도 있었고 제자가 스승에게 감복한 나머지 몸으로 보답하는 일이랄 수도 있었다. 또 실제로 나는 이불 속에 누워서도 그녀에게 예술의 가장 큰 원리 중 하나인 쾌락에 대해서 강의를 해준 것이었다.

그런데 문제는 그녀가 그 관계를 일상화시킬 것을 은근히 요구하면서 발생하기 시작했다. 이를테면 그녀는 두 사람의 결합을 이야기하기 시작했다. 그녀는 내가 경제적으로 풍족하지 못

함을 잘 알고 있었기에 자신의 경제력을 미끼로 다가들기 시작한 것이었다. 함께 살면서 자그마한 레스토랑이라도 하나 운영한다면 내가 아무런 걱정 없이 그림에 열중할 수 있을 것이라고.

물론 그녀의 제의는 유혹력이 있었다. 그러나 내 속에는 또 다른 한 인간을 받아들일 자리가 없었다. 내 삶에는 애당초 인간들에게 할당된 부피가 있었다. 그런데 그 부피는 나 자신만으로도 이미 넘쳐나고 있었으므로 도무지 또 한 사람을 구겨넣을 여지가 없었던 것이다.

나는 그녀에게 그런 이야기를 했다. 아주 냉정하게, 결혼 같은 건 꿈도 꾸지 말라고. 그러나 나는 이런 말도 덧붙였다. 네가 원한다면 가끔 나를 만날 수는 있어. 술도 같이 마시고 잠도 같이 잘 수 있어. 내가 구태여 그런 말을 한 것은 내게도 아주 가끔은 그녀가 필요하기 때문이었다. 정액이 배꼽까지 차오르면 어딘가 쏟아부을 곳이 필요하기 때문이었다.

3

드디어 그날이 왔다. 그가 집을 비워야 할 날이.

주인 노신사가 다녀간 다음날부터 달력에다 하나씩 가위표를 치기 시작했으니 그것은 틀림없을 일이었다. 나는 전에 없이 이른 아침부터 잠을 깨어 설치기 시작했다. 마치 그가 떠나고 나면 세상 모든 것이 내 소유가 되기라도 하는 듯.

그가 나가리라는 부분에 대해서는 나는 이제 거의 의심을 갖지 않고 있었다. 내 걱정과는 달리 그는 지난 열흘 동안 예전과 다를 바가 없는 차분함을 보였다. 전화를 여전히 받지 않았다는 점만을 제외한다면 나무랄 데 없는 모범 세입자였다. 그는 야밤에 벽에다 못질을 하지도 않았고 양철 긁는 소리 따위로 신경을 건드리지도 않았던 것이다.

그런데 나의 그 같은 낙관은 너무 이른 것이었을까. 그날 오후 세시경, 나는 누군가가 현관문 두드리는 소리를 들었다.

문 앞에 서 있는 인물은 바로 그 기분 나쁜 젊은 남자였다. 그는 복도에 자질구레한 짐을 잔뜩 쌓아두고 있었다. 나는 무슨 용건이라도 있느냐는 듯 코 아래로 내려다보았다. 그가 말했다.

"자네, 강남의 일급 룸살롱에서 여자를 데리고 나와본 적이 있나."

그는 내게 악수를 청하는 듯 손을 내밀고 있었다. 나는 그 손은 못 본 척하고 그의 얼굴만을 뚫어져라 쳐다보았다. 갑자기 무슨 엉뚱한 소리를 하려는 것이었을까. 그러자 그가 빙그레 웃으며 다시 말했다.

"내 장담하지. 자네는 그런 적이 없었을 거야. 하지만 내가 기회를 만들어주지. 탤런트 뺨을 왕복으로 갈기는 미끈한 팔등신 계집애를 붙여주지. 내 잡동사니들과 나를 사흘 간만 맡아준다면 말일세. 자네도 알겠지만 나는 이 추운 겨울에 갑자기 집 없는 천사가 되어버렸거든."

"자네가 무슨 수로 그런 여자를 붙여주겠다는 거지."

"그런 건 아무것도 아니야. 식은 죽 먹기야. 나를 한번 믿어보라구."

"그런 능력이라도 있다니 다행이로군. 그럼 그 능력한테 오늘 밤을 어디서 보낼 건지 상의해보게나."

나는 문을 닫고 자물쇠를 잠갔다.

잠시 동안 나는 그가 다시 문을 두드리거나 초인종을 누르기를 기다리고 있었다. 만약 그런 일이 일어난다면 지체없이 경찰에 전화하리라 생각하며. 그런데 그는 더이상 나를 성가시게 만들지는 않았다.

그로부터 나는 아주 행복한 상태가 되었다. 문밖이 조용했을 뿐 아니라 전화벨 소리 따위도 없었다. 모든 것은 태고의 정적을 되찾았고 나는 원시의 평화를 느낄 수 있게 된 것이었다. 내 사랑하는 바다 장어도 바위 틈으로 얼굴을 내밀고 눈을 끔벅거리며 유토피아의 도래를 축하해주었다. 나는 다시 물끄러미 그녀를 쳐다보며 그녀를 어떻게 동판 위에다 옮길 것인가를 생각해보았다. 수십 가지의 즉흥적인 도안을 그려보았고 각각의 선이 갖게 될 두께와 깊이 등도 골라보았다. 몸통의 절반 이상을 죽음 같은 바위 속에 묻고 사는 이의 외로움을 어떻게 표현해야 할 것인가가 내게는 가장 커다란 질문이었다.

그렇게 몇 시간이 지나갔을까. 나는 문득 배가 고픔을 느끼며 작업대에서 몸을 일으켰다. 시계는 어느 사이 아홉시를 가리키고 있었다.

벽걸이에서 파카를 집어들고 나는 무엇을 먹을까 고개를 갸웃거렸다. 이런 날은 고기랑 소주 한잔으로라도 자축을 해야지. 입가엔 흐뭇한 미소를 머금고, 머릿속으로는 제육볶음의 달콤한 향기를 떠올리며 나는 문을 열었다. 그런데 그 문 밖에는 뜻밖에도 전혀 예상하지 못했던 상황이 벌어지고 있었다.

그는 아직도 사라지지 않고 있었다. 사라지기는커녕 오히려 그 자리에 뿌리라도 내리려는 듯 터를 잡을 준비를 하고 있었다. 그는 복도에다 몇 장의 신문지를 깐 다음 그 위에 자신의 이부자리를 펴고 있었던 것이다.

나는 그 모습을 잠시 멍하게 보고 있다가 식당으로 갔다. 그러나 자축 따위를 할 기분은 이미 멀찌감치 달아나고 없었다.

돌아오는 길에 보니 그는 이부자리에 드러누워 이불을 코끝까지 덮어쓰고 있었다. 나를 보고도 그는 아무런 말도 하지 않았다. 나 역시 아무 얘기 없이 들어와 문을 잠갔다.

그러나 불과 삼 분이 지나지 않아 나는 다시 문을 열고 그에게 말했다.

"두 가지 조건이 있어. 첫째, 정확하게 사흘 간만이야. 아주 정확하게. 둘째, 이유 여하를 막론하고 내 전화는 사용할 수 없어."

내가 그를 들여놓기로 결정한 것은 자비심이라든가 측은지심 따위에서가 아니었다. 애당초 나라는 인간은 그런 것들과는 거리가 멀었다. 다만 나는 승리자로서의 우월감을 느끼고 있을 따름이었다. 당당하고 자랑스런 교만함. 너 따위는 처음부터 내 상대가 아니었다, 그러니 설사 네가 사흘쯤 내 집에 들어와 있더라도 나는 눈 하나 깜짝하지 않는다……

그가 짐을 모두 들여놓기까지는 삼십여 분의 시간이 걸렸다. 나는 작업대에 앉아 내 사랑하는 바다장어를 바라보고 있었다. 이따금 곁눈질로 보니 그는 제법 힘을 쓰고 있었다. 그러나 짐이랬자 이불 보따리와 자잘한 잡동사니가 전부였으므로 그다지 대수로운 일은 아니었다.

짐을 모두 들여놓은 그는 침대 발치에 자신의 이부자리를 깔았다.

그날 밤 그는 아주 조용했다. 나에게 아무런 말도 건네지 않고 곧장 잠자리로 들어갔으며 잠시 후엔 잠에 떨어진 듯했다. 하루종일 짐을 정리하고 이리로 저리로 옮겨다녀 피곤한 까닭이었을까. 잠이 든 후에도 그는 코를 곤다든가 이빨을 간다든가 하는 잡스런 소음도 내지 않았다.

길 잘든 국민학교 학생처럼 천장을 바라보고 누워 얌전하게 잠을 잤다. 정적의 평화와 우월감에 겨웠던 나는 그 밤 무척 많은 일을 할 수 있었다. 다시 수십 장의 바다장어 도안을 그려내었으며 그 그림들은 갈수록 그럴듯한 모양으로 가다듬어졌다. 죄책감 따위는 없었다. 내가 왜 그를 위해 신경을 소모시킨단 말인가. 더구나 자청하여 사글세를 들어온 주제에 여섯 달씩이나 월세를 내지 않았던 것은 그의 잘못이 아니었다.

4

전화벨 소리에 나는 잠을 깨었다. 침대 머리를 손으로 더듬어 수화기를 들고 보니 전화는 그녀로부터 온 것이었다.

"여태 잤어요?"

"그래. 지금 몇 시지."

"열한시 삼십분이에요. 그만 일어나세요."

나는 수면대를 벗고 기지개를 켰다. 목 뒤가 조금 뻐근하기는 했지만 그런 대로 괜찮은 아침이었다. 지난 밤에 일을 많이 한 탓이었으리라.

"안 나갈 거죠. 뼈를 좀 샀어요. 지금 가서 아침 해드릴게요."

"그래……"

그건 반가운 제안이었다. 나는 그러라고 대답을 하려 했다. 그러나 그 순간 침대 발치에 깔려 있는 이부자리가 보였다. 이불 속에는 여전히 한 인물이 웅크리고 드러누워 있었다.

"고맙지만 안 되겠어. 친구가 오기로 되어 있거든."

"친구가 온다구요?"

그녀는 사뭇 놀라운 듯 되물었다. 그녀가 놀라는 것도 무리는 아니었다. 내 주위에는 집에까지 놀러올 만한 친구가 없었지만 또 내가 친구를 불러들일 만한 위인이 못 된다는 것을 그녀는 잘 알고 있었기 때문이었다.

"어떤 친구예요?"

아마 그녀는 내게 다른 여자라도 생긴 게 아닐까 의심하는 모양이었다. 하지만 나는 이런저런 설명이나 변명을 늘어놓고 싶지는 않았다.

"어떤 친군지 알아서 뭘 할 거야. 할 일 없으면 화실에 나가서 그림이나 그려."

전화를 끊고 샤워를 한 다음 나는 라면 하나를 끓여 먹었다. 그는 여전히 이부자리에 누워 꼼짝도 않고 있었다. 나는 작업대로 가서 간밤에 그린 도안들을 다시 살펴보았다. 그리고 그 중에서 하나를 골라 동판 위에 옮기기로 했다. 추상화시킨 것보다는 오히려 그 모습을 생생하게 보여주는 쪽이 마음에 들었다.

색연필로 먼저 동판에도 윤곽선을 그렸다. 대체적인 모양은 그럴듯했다. 그리고는 뷰린과 스크레이퍼로 하나씩 하나씩 선을 만들어가기 시작했다. 원래 나는 작업속도가 몹시 느린 편이었다. 그런데 그날 아침은 무슨 신바람이 났는지 뷰린이 판 위에서 춤을 추었다. 아주 잠시 만에, 삼십 분이나 한 시간 정도가 걸렸을까, 나는 두 개의 바위를 새겨넣을 수가 있었다. 그것도 바다장어의 몸체와 맞붙어 있는 아주 중요한 두 바위를. 거무퇴퇴해진 손가락으로 이마의 땀을 문지르며 나는 담배 한 개비를 꺼내어 물었다. 그런데 그때 등뒤에서 무언가가 움직이는 소리가 들렸다. 소스라치게 놀라 돌아보니 그가 이불 위에서 엉거주춤 몸을 일으켜 앉아 있었다. 또다시 나는 그를 잊고 있은 모양이었다. 짜증과 안도가 엇갈리는 느낌으로 나는 라이터를 켜고 담배에 불을 붙였다.

그는 조금 전 내가 했던 것과 똑같은 동작을 순서대로 따라했다. 화장실로 가서 소리나게 소변을 본 다음 물을 내렸다. 그리고는 자신의 짐을 부스럭거려 라면 한 개를 꺼내었다. 싱크대에 내가 처박아둔 냄비를 부시는 소리가 났고 가스레인지 켜는 소리가 났다. 물론 그 소리들은 내 신경을 바짝 긴장하게 만들었다. 갑자기 나는 내 방 안에 어마어마하게 성가신 존재가 들어와 있다는 것을 깨닫게 된 것이었다. 애써 그를 무시하려고 동판만을 들여다보며 눈동자에 힘을 주었지만 나는 그가 김치도 없는 라면 한 그릇을 다 비울 때까지 단 하나의 선도 제대로 새기지를 못했다.

아침식사를 마친 그는 이제 세수를 하고 양치질을 했다. 그 모든 절차가 끝날 때까지 나는 최고의 인내력을 발휘해서 기다렸다. 그런 다음이면 그가 어딘가로 나가주리라 기대하며. 그런데 그것은 나 혼자만의 바람인 모양이었다. 양치질을 마친 그는 다시 이부자리로 돌아와 드러눕는 것이었다.

그에게로 등을 돌리고 있었지만 내 귓전으로는 그의 모든 움직임이 소리가 되어 들어왔다. 돌아눕는 소리, 다리 사이로 이불을 끼는 소리, 담배를 물고 성냥을 켜는 소리, 심지어는 눈동자를 멀뚱거리며 천장을 쳐다보는 소리까지 들렸다. 나는 일단 작전상 후퇴를 하기로 했다. 파카 주머니에 몇 푼의 돈과 담배를 쩔러넣고 거리로 나갔다.

저녁 시간이 훨씬 지나서야 나는 집으로 돌아왔다. 주인과 객이 뒤바뀐 듯한 떨떠름한 기분을 안고. 내 기분을 한술 더 뜨려는지 그는 이부자리 곁에 작은 상을 펴두고 소주잔을 기울이고 있었다. 텔레비전에서는 설운도의 노래가 쿵짝거리고 있었고 전기 프라이팬 위에서는 제법 삼겹살까지 노릇하게 구워지고 있었다. 파카를 벗으며 나는 우선 텔레비전부터 껐다. 그런데 그는 여전히 주인 같은 표정으로 내게 말을 건넸다.

"늦었구먼. 저녁식사는 했는가."

기막힘이 지나쳐 나는 웃음이 나오려고 했다.

"아주 유쾌하게 즐기고 계시는구먼."

"인생이 다 즐기자고 사는 것이지 별것 있겠는가. 이리 와서 소주나 한잔 받게."

방안에는 삼겹살 익는 냄새와 담배 냄새가 가득 차 있었다. 어차피 일을 하기에는 틀린 상황이었다. 다시 나가버리기도 멋쩍어진 나는 엉거주춤 잔을 받고 앉았다.

"내일모레 옮겨갈 곳은 결정이 되었나?"

"왜, 내가 자네를 내쫓고 눌러살기라도 할까봐 걱정되나."

그는 내가 받아든 잔을 채우며 빙그레 웃었다.

"염려하지 말게. 여기서 살라고 가랑이를 잡고 늘어져도 그럴 생각은 없으니까."

내심 나는 안도의 한숨을 내쉬었다. 소주 한 모금을 마시고 그가 구워놓은 삼겹살 한 점을 집어먹었다. 그러자 그가 다시 말했다.

"자넨 아주 이상한 일을 하는 것 같군."

"뭐가 이상하다는 건가."

"방 분위기도 그렇고 책상 주변에 널려 있는 물건들도 그렇고 말이야. 꼭 옛날에 히로뽕 제조장에 견학 갔을 때 느꼈던 분위기 같거든."

나는 피식 웃음을 터뜨렸다.

"히로뽕 같은 소리 하고 있군. 세상에 널린 직업들 중에서 가장 오랜 역사를 가진 게 어떤 것들인지 알고 있나."

"글쎄. 그게 어떤 거지."

"창녀와 화가야."

"호, 그랬었군."

그는 재미있다는 듯 고개를 끄덕였다. 문득 나는 그가 지난밤내 방 문을 두드리며 하던 이야기들이 생각났다. 강남 일급 룸살롱의 여자들이 어쩌고 하는 이야기들이.

"그러는 자넨 어떤 일을 하는가. 아니, 어떤 일을 했는가라고 물어봐야 되겠군. 지금은 빈둥빈둥 놀고 있는 것 같으니 말이야."

"강남에서 중개업을 하고 있었지. 몇 달 전까지만 해도."

"중개업이라구?"

"그래. 중개업. 한잔 더 들지 그래."

내게 권하는 척 손을 내밀며 그는 자기 잔을 비웠다.

"내가 뭘 중개했는지 아나. 계집들이었어. 계집들을 등급별로 장부에 적은 다음 룸살롱이나 요정들에 알선해준 거야. 알겠지만 그런 계통에서는 그날그날 아가씨들의 수요가 달라지게 마련이거든."

"그러니까 매일 이곳저곳으로 아가씨들을 공급해주는 일을 했단 말이야?"

"바로 그거야."

"재미있었겠구먼."

"재미있었지. 재미있었다마다. 수입도 괜찮았고, 좋은 곳에

보내어지려고 사타구니를 벌려대는 계집들이 한둘이 아니었으니까."

"그런데 왜 그만둔 거지."

"그만둔 게 아니라 밀려난 거야. 난 원래 그 바닥 토박이가 아니야. 몇 년 전 어떤 일로 그쪽 친구들이 걸려들어가면서 공백이 생겼길래 내가 슬쩍 끼어들어본 거지. 그런데 제기랄, 문민 정분지 뭔지가 들어서면서 그놈들을 모두 풀어줘버렸어. ……하지만 거기까지도 괜찮았어. 그놈들도 의리는 있어서 그 동안 내가 해온 일을 다소는 인정해주었거든. 나는 그 동네의 한 부분을 떼어 맡았지. 그런데 이번에는 재산 공개니 실명제니 하는 개떡들이 들고일어나 장사를 싸그리 망쳐버리고 만 거야."

나는 고개를 저었다.

"그건 개떡들이 아니야. 당연히 그렇게 되어야 할 일들이었지."

"오, 그럴 테지. 청빈한 예술가 양반."

"그래서 하루아침에 그렇게 망해버린 건가."

"자네가 그처럼 지긋지긋해하는 전화들이 모두 어디서 걸려오는 건지 아나. 열에 열하나는 강남의 술집들에서야. 외상 술값을 갚으라고 지랄들을 해대는 거지. 예전에는 백년 외상도 좋으니 들러만 달라고 난리법석을 떨던 것들이 말이야."

"받지도 않을 전화벨 소리를 왜 그렇게 듣고만 있었나. 전화선을 뽑아버리면 간단한 일일 텐데."

빙그레 미소를 머금으며 그는 소주를 들이켰다.

"난 자네하고는 달라. 사람들 사이에서 사람들이랑 부대끼며 살아야 하는 게 내 체질이란 말이야. 그런데 그러지를 못하니 전화벨 소리라도 들어야지. 이 사람들이 아직도 나를 잊지 않고 찾아주는구나 생각하며."

5

　이튿날도 나는 오전의 두 시간 가량을 작업에 몰두할 수 있었
다. 바다장어는 대강의 형태를 드러내게 되었다. 그러나 그가 일
어나 움직이기 시작한 시각부터 다시 나는 주인의 자리를 내주
고 바깥으로 나가야 했다.

　그날 저녁의 그는 그런데 전날과는 많이 달랐다. 어두운 두
눈만을 끔벅이는 그는 내가 처음 그의 집으로 달려가 망치로 문
손잡이를 내려치던 바로 그때의 모습으로 돌아가 있었다.

　"하루종일 집에만 처박혀 있었나?"

　애써 친절한 척해본 내 질문에도 그는 아무런 대꾸도 하지 않
았다.

　아홉시 뉴스가 끝나고서야 잠깐 그의 입술이 열렸다.

　"경희라는 여자가 전화했었어."

　"뭐라고 했어?"

　"글쎄, 그 여자 이름밖에는 기억에 남아 있는 게 없군. ……어
떤 관계에 있는 여자지?"

　"그건 알아서 뭐 하려구. 그런데 자네, 내 전화를 받았군."

　"나한테도 여자가 하나 있었지. 그런데 두 달 전에 떠나갔
어."

　"무슨 일이 있어도 내 전화는 건드리지 말라고 했잖아."

　"미안해. 누구든 목소리라도 한번 들어보고 싶었어. 전화받아
본 지가 너무 오래 되었거든."

"내일 몇 시쯤 나갈 거야?"

"글쎄…… 두세시쯤……"

그것으로 끝이었다. 그는 더이상 아무런 얘기도 하지 않았다. 내쪽에서도 이야기를 길게 하고 싶은 생각은 없었다. 어쨌건 그는 내일중으로 나가야 했다. 만에 하나라도 그가 다시 뭉그적거린다면 나는 곧바로 112에 전화를 넣을 작정이었다. 그래서 법치국가에 태어난 시민으로서의 복을 누릴 계획이었다.

다음날 나는 하루종일 바깥에서 일을 보았다. 이렇게 얘기하니 마치 대단한 업무라도 본 것인 양 들리지만 내가 한 일이라곤 열대여섯 군데의 수족관을 돌아다닌 것뿐이었다. 목적은 가장 외로운 물고기를 찾기 위해서였다. 그래서 그 외로움을 내 바다장어에게 빌려주려고.

내가 아는 물고기들은 그런데 대체로 외롭다. 특히 아름다운 태국버들붕어의 경우를 보라. 그들은 언제나 자기 자신 이외의 어느 누구도 인정하지 않는다. 물살을 가르며 헤엄치다가 동일한 족속의 누군가를 만난다면 그들은 온몸을 핏빛으로 물들인다. 정열의 불길이 지느러미 구석구석까지 퍼져나간다. 그들에게는 두 가지 대안이 있을 뿐이다. 피비린내나는 싸움을 벌여 상대방을 죽이느냐 혹은 화려한 사랑 행위를 시작하느냐. 그러나 어느 쪽을 택해도 결과는 마찬가지다. 싸움으로 상대가 죽어도 그들은 혼자가 되며 사랑이 끝나도 수컷은 암컷을 쫓아버린다. 세상은 어차피 혼자라는 것을 몸으로 실천하며 살아가는 현자들인 것이다.

저녁 늦게 집으로 돌아오며 나는 제법 들떠 있었다. 아마 그는 지금쯤 흔적도 없이 사라졌으리라. 나는 다시 혼자가 되어 있으리라. 내 사랑하는 바다장어만이 외로움의 완성을 기다리며 서성이고 있으리라.

문을 여는 순간 그러나 나의 설렘은 흔적도 없이 사라지고 말았다. 그의 짐들은 여전히 문간에 쌓여 있었다. 그리고 그는 몽롱하게 취한 눈동자로 내 작업대에 걸터앉아 있었던 것이다.

잠시 호흡을 가다듬은 다음 나는 곧바로 전화기 앞으로 갔다. 수화기를 집어들었다. 예정했던 대로 112를 부를 작정이었다. 그런데 어찌 된 일이었을까. 신호가 떨어지지 않는 것이었다. 전화선을 잡고 끌어당겨보니 그것은 작업대 바로 아래에서 끊어져 있었다. 나는 그를 노려보았다.

"무슨 짓을 한 거야."

"전화를 받지 않고 싶었을 뿐이야."

그는 어깨를 으쓱했다.

"네가 그랬잖아. 네 전화에는 절대로 손을 대지 말라고. 소리가 듣기 싫거든 선을 끊어버리라고 말이야."

"선을 뽑으라고 했어. 그리고 그건 네 전화에 대한 이야기였어."

"양파나 마늘이나 맵기는 마찬가지지 뭘 그래."

그는 아주 적당히 취해 있었다. 나를 화나게 하고 참을 수 없게 하기에 꼭 적당할 만큼.

"아직 나가지 않고 뭘 하고 있었어. 오늘까진 무슨 일이 있어도 사라지겠다고 약속했잖아."

"아, 그거. 그래서 그렇게 화가 나 있었군. 너무 씩씩거리지 말고 그리 좀 앉지 그래. 아직 오늘이 끝난 건 아니잖나."

들고 있던 소주병을 기울여 한 모금 목을 축인 다음 그는 담배를 붙여 물었다.

"내 일찍 가고 싶었지만, 자네한테 해주고 싶은 말이 있어서 이렇게 늦게까지 기다리고 있었다네. 대관절 어딜 갔다가 이렇게 늦게 돌아오는 건가."

그의 모습은 그러나 이제 곧 짐을 들고 나가려는 사람과는 거리가 멀었다. 뿐만 아니라 그 시각에는 짐을 실어나를 차도 구할 수가 없을 것이었다.

"내 짧은 며칠 동안 자네를 지켜보았는데 말이야, 간단하게 본론부터 이야기를 하지, 한마디로 자네는 싸가지가 전혀 없더군. 사람 같지가 않아."

"썩 꺼지지 않는다면 네 저 잡동사니들을 모조리 내다버릴 거야."

"그건 뜻밖이군. 드디어 자네가 그 고상하신 손을 움직이겠다는 건가. 그림이나 그리고 이따금 고기나 집어먹는 그 고상하신 손을 말이야. 천만에. 그러기가 쉽지 않을걸. 내가 이 짐들을 들여놓느라 혼자서 끙끙거릴 적에도 자네는 행여 찬바람을 맞을까 두 손을 호주머니 속에 고이 모셔놓지 않았어. 그렇군. 그 손들이 뭔가 한 가지 힘든 일을 한 적도 없지는 않았군. 망치를 들고 내 집 문 손잡이를 내려친 적이 있었지."

"닥치지 못해."

"왜 그러나. 자네가 불과 며칠 전에 한 행동을 이야기 듣는 게 그렇게도 싫은가. 아마 내가 이야깃거리를 잘못 고른 모양이지. 그러면 이런 건 어떤가. 이 방으로 돌아오자마자 자네는 전화기를 집어들어 주인집 번호를 누르지. 그리고는 내가 집에 있으면서도 없는 척 살고 있노라고 이르지."

"집세를 내지 않은 건 자네 잘못이었어."

"그렇게까지 해야 했나. 함께 세를 들어 사는 처지에. 그렇게 야비한 개가 되어야 했느냔 말이야. 하기야 네게는 다른 사람의 일이란 건 애당초 관심도 없는 형편이었을 테지. 너, 오직 너, 그리고는 그 잘난 물고기들. 고작해야 그런 정도이겠지. 네가 고작 며칠 나를 재워주었다고 해서 내가 대단한 감동이라도 받기를 원한다면 그건 엄청난 착각이야."

그는 작업대 위에서 가장 날카로운 뷰린 하나를 집어들었다. 그리고는 자신의 손가락 끝을 살짝 그어보았다. 손가락에서는 금세 새빨간 피가 스며나왔다.

"나를 이런 꼴로 만든 건 바로 네놈이야. 알겠어. 나를 내 아늑한 보금자리에서 쫓아내어 전화벨 소리조차 듣지 못하게 만든 건 바로 네놈이란 말이야. 이건 다 뭐지. 물고기, 물고기, 물고기. 이건 물뱀인가. 아니면 몸 보신에 좋다는 민물장어인가. 하나같이 썩어문드러질 붕어 새끼들뿐이군."

작업대 곁에 가지런히 정돈해둔 동판과 판화들을 그는 아무렇게나 꺼내어 집어던졌다. 그 주변은 순식간에 난장판이 되어버렸다. 그러더니 그는 들고 있던 뷰린으로 내 귀여운 바다장어를 난도질하기 시작했다.

"이건 뭐야. 그러고도 모자라서 물뱀을 또 한 마리 그리고 있었나. 끔찍하게도 생겼군. 땅꾼들도 가래침을 뱉고 달아나겠어……"

더는 참을 수가 없었다. 지난 몇 주일 동안 내 모든 정성을 기울였던 바다장어가 난도질을 당하도록 내버려둘 수는 없었다. 나는 그에게로 엉겨붙으며 두 손으로 목을 졸랐다. 그가 앉아 있던 의자가 넘어가고 우리는 방바닥을 마구 뒹굴었다. 나는 닥치는 대로 주먹질을 하고 이빨질을 했다.

그러나 잠시 후 동작 그만 상태가 찾아왔을 때, 팔을 비틀린 채 방바닥에 얼굴을 짓이김당하고 있었던 쪽은 바로 나였다. 가슴과 어깨에서는 피가 흐르고 있었다. 뷰린에 찢어진 자리들이었다.

"아직 파충류가 되지는 않았군. 피가 얼어붙지는 않았으니 말이야. 하지만 그 정도로는 어림도 없어. 넌 네가 세상에서 제일 똑똑한 놈인 줄 알고 있을 거야. 오직 너 하나만이 살아 있는 이유를 가진 걸로 착각하고 있을 거야. 다른 사람의 삶 따위는 안중에도 없을 테지. 변명할 생각은 말아. 전화 소리가 시끄럽다고 날 내 집에서 쫓겨나게 만든 것만 봐도 빤히 알 수 있는 노릇이잖아."

그는 내 비틀린 팔을 밀어 나를 어딘가로 움직였다. 잠시 후 나는 방구석에 세워져 있는 거울 앞에서 흉측하고 납작하게 일그러진 내 모습을 발견했다. 방바닥을 닦으며 오느라 얼굴에는 뿌연 먼지와 몇 가닥의 머리카락이 묻어 있었다. 어느 틈에 그의 손에는 동판화용 칼 한 자루가 들려 있었다. 그는 그것으로 내 옷을 갈기갈기 찢기 시작했다. 스웨터와 내의를 찢었고 혁대와 함께 바지의 허리 부분을 잘라버렸다. 그러는 사이 내 몸은 곳곳이 상처를 입고 피를 흘리게 되었다.

"어떤가. 보기가 좋지 않나. 이게 자네야. 바로 자네란 말이야. 대단히 고상한 척 굴어야 할 이유가 대관절 자네 몸 어느 구석에 숨어 있을까…… 아, 그랬지. 세상에서 가장 오래된 직업들이 화가와 창녀라고 했었지. 그럼 이제 위대하신 화가께서 한번 창녀가 되어보실 텐가. 잠깐만 기다리게. 내 모든 걸 깨끗하게 벗겨내어줄 테니까."

비틀린 팔 덕분에 나는 좀 야릇한 자세를 취하고 있었다. 얼굴은 바닥을 비비고 있었고 엉덩이는 천장을 향해 치솟아 있었다. 나는 눈을 감아버렸다. 통증으로 온몸의 감각이 마비되어가는 가운데 그의 칼이 마지막 남은 팬티를 찢어발기는 것을 느낄 수 있었다. 그런 다음 그는 칼을 던져버리고 다시 소주병을 집어들었다. 소주병을 길게 기울이는 소리가 들린 다음 그가 말했다.

"자네도 한잔할 텐가."

그는 내 몸 위로 소주를 뿌렸다. 생채기들로 스며드는 알코올의 통증이 마비되어가던 감각을 되살렸다. 비틀린 팔을 나는 이미 영원히 사용할 수 없을 것이라고 포기하고 있었다. 하지만 그런 포기와는 무관히 기다란 비명이 터져나왔다.

"내 자네에게 한 가지 숙제를 주지."

그는 남은 한 모금 소주를 들이켠 다음 그 병을 내 작업대 위로 던졌다. 병은 정확하게 바다장어의 액자에 부딪치며 으깨어졌다.

"저런 쓰잘데기 없는 짓거리는 집어치우고 좀더 그럴듯한 걸 만들어보자구. 진짜로 고상한, 자네의 바로 지금 이 모습을 그리는 거야. 어때. 굉장하지 않나. 피와 소주로 얼룩진 살점, 이 참혹한 표정, 그럼에도 불구하고 빳빳하게 일어선 자네의 물건. 제목을 뭐라고 붙여야 할까. 여자들은 아마 오줌들을 깔기겠지. 그래. 굉장할 거야. 판매에 대해서는 걱정하지 말라구. 그 정도의 조직망은 내가 언제든지 가동할 수 있으니까. 자, 그럼 이야기는 끝난 거야. 앞으로 열흘 간의 시간을 주겠네. 열흘 안에 자네는 판을 준비해. 그게 내 마음에 들면 우린 당장 대량 생산에 들어가야지. 행여 나를 실망시킬 생각은 말게."

팔을 놓아주며 그는 마지막으로 내 엉덩이를 걷어찼다. 발길질은 정확하게 항문을 가격했다. 방바닥을 두어 차례 뒹굴다가 일어났을 때 그는 현관문 밖으로 사라지고 있었다.

"열흘 후에 찾아오겠네. 예술가에게는 혼자만의 공간이 필요하겠지, 하하하……"

6

당신들은 결코 상상할 수 없을 것이다. 그가 얼마나 무지막지한 완력의 소유자였던가를. 그리고 별안간 내 삶이 얼마나 심각한 위기에 직면하게 되었던가를.

이어지는 이삼 일 동안 나는 아무것도 할 수 없었다. 팔은 여전히 부러진 듯했고 온몸의 생채기들은 어딘가에 조금만 스쳐도 비명을 자아내었다. 마치 식물인간처럼 가만히 침대 위에 누워 있을 도리밖에 없었다. 그러자니 나는 정말 식물인간이 되어버린 듯했다. 흔히 사람들은 움직이지 않고 가만히 있는 사람은 생각이 많으리라고 짐작한다. 하지만 내 경험은 전혀 그렇지 않았다. 움직일 수 없는 동안은 생각조차도 정지해버렸다. 그야말로 나는 아무것도 할 수가 없었다.

그즈음 따라 경희는 또 왜 전화 한 통화 하지 않는 것이었을까. 나는 아주 절실히 그녀를 필요로 하고 있었는데.

나흘째 되는 날부터 나는 조금씩 몸을 움직이기 시작했다. 조심스럽게 왼쪽 어깨도 돌려보았고 라면도 끓여 먹어보았다. 그러면서 그의 협박에 대한 대응책도 강구하기 시작했다.

내가 가장 첫번째로 떠올려볼 수 있는 대응책은 무시였다. 그의 협박 자체를 아예 못 들은 것으로 묵살해버리는 것이었다. 반나절 정도 동안 나는 그 방책을 고집했다. 건방진 자식, 감히 제놈 따위가 무슨 권리로 내 삶에 끼어든단 말인가. 그러나 반나절이 지나자 고집보다는 현실적인 두려움이 우위를 차지했다. 그는 정상적인 두뇌 활동을 가진 인물이 아니었다.

두번째 방법은 경찰에 연락을 취하는 것이었다. 그런데 그 방법은 시작부터 설득력이 없어 보였다. 그가 위험스런 인물이라는 점을 나는 무척 분명하게 알고 있었지만 경찰들에게 객관적으로 설명할 도리가 없었다. 아마 그들은 왜 내가 그를 받아들였는가를 집요하게 캐물으리라. 그리고는 나와 그 사이에 원래 모종의 관계가 있었으리라고 의심하리라. 그러나 아무런 조치도 취하지 않으리라. 결국 그것은 그의 신경을 건드려 사태를 악화시키는 것으로 끝나고 말리라.

그렇다면 나는 별수없이 그의 주문을 따라야 한단 말인가.

거울 속으로 들여다보이는 나는 무척 수척하고 초라해 보였다. 머리는 헝클어져 기름때가 번들거렸고 얼굴은 온통 잔털들로 뒤덮여 있었다. 마법에라도 걸려 갑자기 십 년쯤 늙어버린 듯한 모습이었다. 물론 나는 그럴 생각은 없었다. 그의 지시대로 거울 앞에 쪼그리고 앉아 벌거벗은 내 모습을 그리고 싶은 생각은 없었다. 그런데도 마치 무언가에 홀린 사람처럼, 나는 옷가지를 벗어보았다. 하나씩 하나씩, 차례대로.

잠시 후 거울 앞에는 한 늙은이가 서 있었다. 낡은 얼굴에 메마른 몸매는 내가 어디서도 본 적이 없는 낯설은 인물이었다. 나는 정말 그림으로 옮기기라도 하려는 듯 그 인물의 치수를 재어보았다. 몸통의 가로와 세로는 몇 개의 머리통으로 이루어져 있으며, 골반부터 발끝까지의 길이는 또 어떠하며…… 그런데 그러는 사이 그 인물의 몸은 점점 여위어갔다. 대신 온몸을 장식한 날카로운 상처들이 굵어지기 시작했다. 그들은 손가락 두께만큼 굵어지더니 꿈틀거렸다. 살갗 위로 벌레들의 스멀거림이 느껴졌다. 나는 허겁지겁 그 벌레들을 뜯어내었다. 그러자 벌거벗은 몸의 곳곳으로부터 피가 흘러내렸다. 나는 욕실로 달려가 한 시간쯤은 샤워기 아래에 서 있어야 했다.

시간이 흐르면서 마음은 조금씩 진정되었다. 그러나 두려움은 조금도 달라지지 않았다. 당신들은 결코 상상할 수 없을 것이다. 그가 얼마나 무지막지한 완력의 소유자였던가를. 그리고 별안간 내 삶이 얼마나 심각한 위기에 처해 있었던가를.

그 두려움 속에서 결국 나는 내가 선택할 수 있는 것은 하나밖에 남지 않았음을 깨닫게 되었다.

결정이 내려진 순간부터 나는 그 장면을 상상하기 시작했다. 밤이 깊은 시각, 그가 다시 내 집의 문을 두드린다. 초인종이 있는데도 그는 언제나 문을 두드린다. 나는 문을 열고 그는 거만하게 걸어들어와 그림을 요구한다. 그를 작업대로 안내한다. 그리고 종이 한 장으로 가려진 동판화를 건네준다. 그가 그것을 받아드는 순간, 나는 예리한 칼로 그의 복부를 찌른다.

그런데 문제는 어떻게 하면 그 살인을 완벽한 정당방위로 돌릴 수 있는가 하는 점이었다.

다시 며칠 간의 고민 끝에 나는 두 가지 조치를 취하기로 했다. 첫째는 그의 칼을 이용하기로 한 것이었다. 쌓여 있는 그의 짐 속에서 칼을 찾아내는 것은 어려운 문제가 아니었다. 나는 그것을 그에게 건네주기로 한 동판화 아래 숨겨두었다. 두번째는 그가 숨을 거둔 다음 그의 시신과 더불어 약간의 춤을 추는 것이었다. 실지로 그와 내가 심한 몸싸움을 벌인 것처럼 위장하기 위해서였다. 그리고 칼의 손잡이에 그와 나의 지문을 어지럽게 찍어두면 되리라.

모든 준비가 끝난 다음부터 시간은 거북이 걸음을 했다. 한

시간 한 시간이 내게는 그야말로 지옥에서의 일생처럼 길게만 느껴졌다.

마침내 그날이 왔다.

이른 아침부터 잠이 깬 나는 안절부절못하며 몇 번이고 준비 상황을 점검했다. 동판화 아래에는 그의 칼이 놓여 있었고 동판화는 그가 선뜻 알아볼 수 없도록 검은 잉크칠이 되어 있었다. 나는 그 칼을 빼내어 그가 서 있을 법한 위치로 몇 번이고 찔러보았다. 그러자니 온몸이 후줄근히 젖어왔다.

오후에는 잠시 동안 바깥 바람을 쐬어야 했다. 무작정 그만 기다리고 있다가는 신경체계가 모두 타버릴 듯한 느낌이 든 까닭이었다. 거리를 마냥 걷노라니 문득 한 가지 생각이 들었다. 차라리 이대로 어딘가로 숨어버리는 편이 낫지 않을까 하는 것이었다. 그러나 나는 잠시 만에 그 생각을 떨쳐버렸다. 두고두고 가슴을 졸이고 사느니 한번에 부딪쳐 끝장을 보는 편이 바람직한 일 아니겠는가.

산책에서 돌아온 다음부터 시간은 더욱 더디게 기어갔다. 텔레비전을 켜두고 나는 멍하게 그 앞에만 앉아 있었다. 화면의 변화에 따라 시간은 조금씩이나마 흘러 이윽고 밤이 되었다. 열한시가 되었고 자정이 되었다. 그런데 그는 나타나지 않았다. 한시가 되고 두시가 지날 때까지도 그는 문을 두드리지 않았다. 내 머릿속은 두통으로 깨어져버리는 듯했다. 나는 이제 어처구니없게도 그가 나타나지 않는다는 사실에 대해 분노를 느끼고 있었다.

이튿날도 그 이튿날도 그는 모습을 나타내지 않았다. 그러나 나는 결코 평화롭지 못했다. 여전히 나는 그를 기다리며 초조해하고 있었다. 더구나 아무런 일에도 손을 댈 수가 없었다. 작업대 위에는 검은 잉크칠로 뒤덮인 동판화를 놓아두어야 했고, 그 아래에는 또 그의 짐 속에서 꺼낸 날카로운 칼을 놓아두어야 했다. 그가 언제 어느 때 불쑥 들이닥칠지를 알 수 없는 일인 까닭이었다.

그가 나를 잊었다거나 찾아오지 않기로 했다거나 하는 따위는 생각하기가 힘들었다. 그로부터 비틀린 팔의 통증이 아직도 그 자리에 있었고, 몸의 곳곳에는 흉터들이 남아 있었다. 적어도 그것들이 말끔히 사라지기 전까지는 그에 대한 증오와 공포가 잊혀지기 힘든 노릇이었다.

다시 열흘 가량의 날들이 피를 말리며 지나간 어느 날, 그래서 사막의 고아처럼 탈진이 되어버린 저녁, 마침내 그가 내게 연락을 취했다. 전화를 걸어온 것이었다.

"그 동안 잘 지냈나. 내가 너무 오랫동안 소식을 못 전했군."

그는 마치 다정한 친구처럼 이야기했다.

"이리 잠시 나오겠나."

"어디지."

"자네도 몇 번 와본 곳이야. 클라라라는 카페야."

"싫어. 자네가 이리 오게나."

나는 그를 다시 만난다면 그것은 반드시 내 집 안이어야 한다고 마음을 굳히고 있었다. 준비된 절차대로 그를 해치우기 위해서였다. 그런데 언뜻, 그가 왜 클라라엘 갔을까 하는 의문이 일었다. 더구나 내가 그곳을 몇 차례 출입했었음은 어떻게 알아낸 것이었을까.

"그런데 자네가 왜 거기에 있지."

전화기 너머로 그의 웃음소리가 들렸다.

"클라라를 아주 좋아하는 사람이랑 함께 있기 때문이지. 그 사람도 마지막으로 한번 자넬 보고 싶어하는데……"

작업대 위로 팔을 뻗어서 나는 담배와 라이터를 더듬었다. 담배연기가 한 모금 넘어가자 그나마 조금씩 기도가 트이는 듯했다. 그래서 그녀의 연락이 없었던 것이로구나.

"마지막이란 걸 어떻게 장담하지."

"물론 마지막이 아닐 수도 있지. 하지만 그럴 가능성이 아주 커. 며칠 후면 우린 아주 먼 곳으로 떠나가거든. 새로운 세계를 향해."

"이봐, 그녀를 어쩌겠다는 거야."

"그녀를 사랑하고 그녀와 함께 일평생을 보내겠다는 거지. 난 도대체 자네를 이해할 수가 없어. 이렇게 아름답고 돈도 많은 여자를 한사코 마다한 이유가 무엇이었나."

다시 그의 웃음소리가 흘러왔다.

"굳이 나오고 싶지 않다면 어쩔 수 없지. 우린 미국으로 건너간다네. 그곳으로 가서 우리처럼 행복한 쌍들을 만들어주기 위해 결혼 상담소를 열 계획이야. 근사하지 않나. 그곳엔 노처녀 노총각들이 너무 많다더군. 그럼 잘 있게, 위대한 예술가 양반. 자네가 그리울 거야."

전화가 끊어지고서도 한참 동안 나는 그 자리에 우두커니 앉아 있었다. 사람을 좋아하는 사람은 결국 사람들과 어울려 살아가는 방법을 찾게 마련인 모양이었다. 동판 아래를 더듬어 나는 그의 칼을 집어들었다. 문득, 웃음이 찾아왔다. 처음엔 흐릿하게 시작되더니 차츰 거칠고 커다란 웃음으로 바뀌었다. 이윽고 방 안에는 웃음소리만이 두서없이 메아리치고 있었다.

연인에게 생긴 일

902호 오피스텔은 그 후 꽤 오랫동안 비어 있었다. 주인 노신사 양반은 아마 몹시 까다로운 눈으로 새 입주자를 고르는 모양이었다. 아무나 들여놨다가는 또 지난번처럼 속을 썩일지도 모른다는 걱정에서. 나는 그의 걱정에 전폭적인 지지를 보내고 있었다. 제발 그가 한없이 까다로워지기를, 그래서 차라리 아무도 들여놓지 않기를 기원하고 있었다. 그는 잘 모르겠지만 그가 그 방에 들여놓은 건달 때문에 정말 피해를 입은 사람은 바로 나였던 것이다.

그 방이 비어 있는 동안 나는 한결 평화로운 생활을 누릴 수 있었다. 저녁이 되고 밤이 늦어져도 나를 방해하는 소음은 없었다. 나는 텔레비전의 볼륨을 높이 올릴 수도 있었고 크루세이더

나 셰도우 팍스의 음악으로 방안을 가득 채울 수도 있었다. 평화로움이 지나쳐서 아무런 일도 손에 잡히지 않는다는 점이 오히려 문제일 지경이었다. 그러나 그런 좋은 시절이 언제까지고 계속되는 법이란 없었다. 어느 날 늦은 저녁 약간의 부업을 마치고 돌아왔을 때 나는 다시 전화벨 소리를 들은 것이었다. 샤워를 하기 위해 욕실로 들어가 있었던 나는 그것이 내 전화기에서 울리는 소리인 줄 알고 알몸으로 욕실을 나왔었다. 그러나 소리는 바로 옆방인 902호에서 울리고 있었다. 네 번인가 다섯 번을 울린 다음 전화벨 소리는 끊어졌다. 누군가가 수화기를 집어든 것 같았다. 나는 작업대 앞의 의자에 주저앉아 담배를 집어들었다.

수화기를 붙잡고 두런두런 이야기를 시작한 것은 여자의 목소리였다. 젊은 여자인 성싶었다. 그녀의 음성은 파도를 타듯 높아졌다 낮아졌다 하더니 또 어느 대목에선가는 자지러지듯 깔깔거리고 웃었다. 오피스텔이라는 것의 벽이 얼마나 허술하고 투명한가를 모르는 게 분명했다. 나는 그림이 제대로 되지 않을 때처럼 담배를 씹었다. 분명한 것은 좀더 시간이 지나봐야 알겠지만 썩 좋은 조짐으로는 보이지 않았다. 전화통 붙잡고 수다떨기가 취미인 여자라면 그 방의 전 입주자보다 나을 점이 없겠기 때문이었다. 오 분이고 십 분이고 벨이 울리는 대로 내버려두어서 내 신경조직을 무너뜨렸던 전 입주자보다.

담배를 다 피우고 다시 욕실로 들어가 샤워를 마치고 나왔을 때까지도 그녀는 수화기를 붙들고 파도를 타며 깔깔거리고 있었다.

그로부터 이어지는 며칠 동안 나는 몹시 날카로운 신경을 안고 지내게 되었다. 나의 새 이웃이 과연 어떤 인물인가를 파악

하는 데 모든 주의가 집중되어 있었다. 시간이 흐르면 자연스럽게 알게 될 일이었지만 나는 그렇게 여유로운 품성을 가진 사람이 못 되었다. 라면을 끓여 먹다가도 그 방에서 사소한 소음이 들리면 두 귀가 날카롭게 긴장했다. 전화벨이 울릴 때면 얼른 텔레비전의 소리를 낮추고는 그녀가 내게 부과하는 소음의 정도를 측정하곤 했다. 그렇게 지나가던 어느 날 저녁엔, 아마 나흘이나 닷새째쯤 되었던 듯한데, 나는 뜻밖의 소리를 듣기도 하였다. 얇은 벽을 통해서 흐릿하게 여자의 신음소리가 들려온 것이었다. 간간이는 거칠게 몰아쉬는 남자의 숨소리도 함께. 처음에 나는 그녀가 포르노 테이프라도 보는 것일까 생각했다. 여자의 신음은 삼류 영화의 초급 창녀 연기처럼 어색하고 억지스러이 들려왔다. 복종 같기도 하고 조롱 같기도 하게. 그러나 그것은 테이프가 아니라 실제상황이었다. 신음소리는 영어나 일본어가 아니라 한국말이었고, 잠시 후에는 욕실에서 샤워기를 통해 쏟아지는 물소리도 들렸던 것이다. 나는 그 방의 입주자가 여자 한 명이 아니라 두 명의 남녀였던가도 의심해보아야 했다. 하지만 그렇지는 않은 모양이었다. 샤워가 끝나고 담배 한 대를 피울 정도의 시간이 지난 다음 남자는 돌아갔다. 섹스가 끝났으니 더이상 머무를 필요가 없다는 듯. 여자는 문을 소리나게 닫고 음악을 틀었다. 별로 시끄럽지는 않게 잔잔히 흐르는 고전음악이었다. 첼로 협주곡쯤 되었을까. 그 모든 소리들을 내게 들려준 투명한 벽에 욕지거리를 해대며 나는 식어빠진 칼국수를 하수구에 부었다.

　여자를 관찰하고 평가하는 내 작업은 그러나 뜻밖의 난관에 봉착하게 되었다. 그러니까 그건 실제상황 포르노 테이프가 돌아갔던 바로 다음날부터였다. 나는 문득 그녀의 흔적을 잃어버

리고 만 것이었다. 저녁이 늦어지고 밤이 깊어져도 그녀의 방에
서는 아무런 인기척도 들려오지 않게 된 것이었다.

처음 이삼 일 동안은 나는 그녀가 어딘가로 여행이라도 떠난
것일까 생각했었다. 그러나 며칠이 더 이어지면서 사정은 그렇
지 않은 것으로 확인이 되었다. 정오 무렵 색연필을 사기 위해
문구점을 다녀오는 길에 나는 902호의 문 앞에 버티고 서 있는
한 남자를 보았다. 철가방을 든 중국집 배달부였는데, 그는 어깨
너머로 언뜻 머리카락만이 보이는 한 여자로부터 음식값을 건네
받고 있었다. 남자가 뒤로 물러나고 문이 닫히기 직전 나는 잠
깐 그녀와 눈길을 마주치게 되었다. 그건 그야말로 한순간의 일
이었다. 문 너머가 무척 어두웠으므로 자세히 볼 수도 없었다.
그러나 나는 그녀가 어깨 위로 드리워진 기다란 머리카락과 계
란처럼 동그스름한 얼굴을 갖고 있다는 것을 알 수 있었다. 그
녀의 두 눈동자는 우물처럼 깊고 검은 느낌을 주었다.

그녀는 아마 처음 며칠과는 다른 유형의 삶을 살아가게 된 모
양이었다. 낮과 밤이 뒤바뀌어서, 그러니까 낮시간은 집에서 쉬
고 저녁이면 어딘가로 일을 나가는 방식으로. 그녀가 단지 늦은
시각까지 밤외출을 즐기는 것이 아니라는 점은 분명했다. 매일
처럼 나는 두시나 세시가 되어서야 잠자리에 들곤 했는데 그녀
는 그때까지도 들어오는 법이 없었던 것이다. 그런 공식을 알게
되자 나는 낮시간이면 그녀의 방에서 조금씩 소음이 들려온다는
사실도 깨달을 수 있었다. 문이 닫히거나 그릇이 달그락거리는
소리들을 아주 약하게나마 들을 수 있었다. 나는 다른 사람의
삶에 대해서 많은 호기심을 가진 편은 아니었다. 하지만 그녀에
대해서는 자꾸 신경이 쓰이지 않을 수 없었다. 처음 며칠은 분
명히 저녁마다 집을 지켰는데, 이제는 반대의 시간대를 사용한

다, 그녀는 도대체 어떤 일을 하고 있을까, 처음과 지금 중 어느 쪽이 그녀의 진짜 생활일까, 언제쯤이면 다시 처음의 시간대로 돌아가게 될까……

그녀의 그같은 변신은 내게 혼란과 짜증을 선사하고 있었다. 나는 하루 빨리 그녀에게 무관심해질 필요가 있었다. 내 영혼의 평화를 위해서. 무관심해지기 위해서는 익숙해질 필요가 있었고, 익숙해지기 위해서는 반복적일 필요가 있었다. 그런데 그녀는 내게 반복적인 시간표를 주기를 거부하고 있었다. 문득문득 전화벨이 울릴 적이면 나는 그녀가 집에 있어 수화기를 집어들지 어떨지를 알 수 없었다. 섹스를 위해 그녀를 찾아오는 남자의 방문일정도 알 수 없었고, 지금 이 시각 그곳에 사람이 있는지 없는지도 짐작할 수가 없었다. 그건 정말이지 짜증스런 일이었다.

십여 일이 더 지나면서 나는 조금씩 무뎌질 수 있었다. 나는 끊임없이 스스로를 빈정대었다. 옆방의 한 여자 세입자 때문에 그처럼 신경을 곤두세우는 스스로가 우습지 않느냐고. 아마 너는 지나친 피해의식으로 긴장되어 있는 모양이라고. 그런 빈정거림은 내 자존심을 상하게 했고, 덕분에 나는 조금씩 신경을 억제할 수 있었다. 그녀가 아주 시끄러운 방해꾼이 아니었다는 사실도 도움이 되었다. 나는 스스로를 다독거리며 위로했다. 어떻게 사는 여잔지는 모르겠지만 네게 큰 불편을 줄 것 같지는 않아. 낮엔 집에서 자고 밤엔 나가서 일을 하는 사람이라면 네게는 그야말로 안성맞춤인 이웃 아니겠어. 전화기를 들고 수다를 떠는 정도야 애교로 봐주어야지.

재미있는 일은 그 무렵을 전후하여 내가 다시 바다장어의 사진을 꺼내어 보게 되었다는 것이었다. 902호의 전 세입자였던 건달에 의해 액자가 박살난 이후로 나는 사진만을 둘둘 말아 한 구석에 처박아두고 있었다. 몇 달 동안 켜켜이 뒤집어쓴 사진의 먼지를 닦아내면서 나는 콜린 윌슨이 얘기했던 수상쩍은 재생이론을 떠올렸다. 살인, 전쟁, 발광 등과 같은 충격적 감정변화를 수반하는 사건들은 주변의 모든 물질에 기록을 남긴다고 했던가. 벽이나 천장, 가구, 흙땅, 나무, 심지어는 공기 중의 에테르에까지도. 그래서 유사한 조건이 조성되면 불쑥 유령처럼 등장하여 동일한 사건을 재연해낸다고 했던가. 그렇다면 나는 902호의 수상쩍은 세입자라는 유사조건 아래서 바다장어에의 사랑이라는 동일한 감정을 재생당하고 있는 것이었을까.

그럴지도 모를 일이었다. 나는 다만 사진을 꺼내어 보았을 뿐 아니라 그것으로 다가오는 판화대전을 준비해야겠노라고 마음먹기까지 했으니 말이다.

판화대전을 준비한다는 것은 결코 간단한 일이 아니었다. 대학원 과정을 수료하고 군대를 다녀온 이후로 나는 벌써 다섯 차례나 판화대전을 준비하겠노라고 마음먹었었다. 실제로 주제와 대상을 선정하고 작업에 들어간 것도 한두 번이 아니었다. 그러나 정작 작품을 제출한 적은 한 번도 없었다. 번번이 나는 막바지에서 술에 절어 여행을 떠나거나 회전톱으로 동판을 절단해버리곤 했다. 이유가 무엇인지는 나로서도 알 수 없는 일이었다. 내 몸도 더러운데 더 더러운 세상과 짝자꿍이로 놀아나려고 몸부림치는 게 같잖아서였을까. 아니면 여우와 신 포도에 대한 이솝의 우화가 너무 감동적이어서였을까. 객관적인 시각에서 보자면 아마 그건 두말할 나위 없이 두번째 이유에 해당할 것이었다.

바다장어는 그 사이 많이 수척해져 있었다. 그럴 밖에. 사랑이 없으면 모든 생물은 병약해질 수밖에 없는 것이다. 하지만 나는 그렇게 수척해진 그에게 훨씬 더 강한 이끌림을 느꼈다. 나는 다시 의욕적으로 색연필을 들어 밑그림들을 스케치하기 시작했다.

딩동, 딩동. 딩동, 딩동. 딩동, 딩동……

초인종 소리가 집요하게 나를 물고늘어진 것은 그렇게 다시 며칠이 지나간 오후였다. 어느 틈엔지 가늘고 을씨년스런 빗방울들이 창유리 너머로 흩날리고 있었고, 나는 담배를 꼬나물고 비스듬히 기대어 앉아 장어를 바라보며 그가 어쩐지 날이 갈수록 수척해진다는 생각을 하고 있었다. 날이 갈수록 작아지고 납작해지고 초라해진다는. 만약 그 딩동거리는 초인종 소리가 902호와 내 방을 오락가락하지만 않았더라면 나는 문을 여는 수고 따위는 하지 않았을 것이다.

"어, 마침 댁에 계셨군요."

문 앞에는 면장갑을 낀 통통한 사내 한 명이 서 있었다. 그리고 그의 곁에는 커다란 종이박스 세 개가 세워져 있었다. 다행이라는 듯 안도의 숨을 내쉬는 사내에게 나는 퉁명스럽게 물었다.

"무슨 일입니까?"

"인텔 오디오에서 902호로 배달을 나온 길이랍니다. 아무리 초인종을 눌러도 대답이 없길래 배달용지를 다시 보았더니 이렇게 적혀 있더군요."

나는 사내가 내미는 종이쪽지를 들여다보았다. 주소와 전화번호와 나경신이라는 이름이 적힌 곳 아래에 날림글씨로 이런 메모가 적혀 있었다. 사람이 없으면 901호에 맡길 것.

나는 내가 어떻게 해야 하는가를 잘 알고 있었다. 두 번 다시
다정한 이웃과 우스꽝스런 인연을 맺는 일은 없게 하리라 다짐
한 터였던 것이다. 그런데 무슨 까닭인지 나는 어정쩡히 종이박
스들을 바라보고 있었다. 창밖으로 비가 내리고 있었기 때문일
까. 혹은 중국집 철가방의 어깨너머로 본 그녀의 모습이 너무
인상적이었기 때문일까.
　"맡아두는 건 문제가 아니지만 확인절차를 거쳐야겠군요. 제
가 잘 모르는 일이니 말입니다."
　나는 남자에게서 구매자인 여자의 전화번호를 넘겨받았다. 집
과 직장 두 가지였는데 직장의 것은 조금 복잡하게 이루어져 있
었다. 일곱 자리의 번호 뒤에는 다시 네 자리로 만들어진 교환
번호가 있었다. 일곱 자리의 번호를 누르고 저쪽에서 수화기를
들었을 때, 나는 지난 몇 주 동안 안개에 싸여 있었던 수수께끼
하나를 풀 수 있었다. 그 곳은 제일 종합병원이었다. 그녀는 아
마 일일 삼교대쯤으로 순환근무를 하는 간호사일 것이었다. 그
래서 근무시간이 낮도 되었다가 밤도 되었다가 했던 것이다. 나
는 교환번호를 부탁하고 나경신이라는 간호사를 찾았다. 그녀와
는 쉽게 통화가 되었다. 가능한 한 건조하고 간략하게 나는 그
녀의 오디오 배달 건을 확인했고, 그녀는 미안하다는 말과 함께
잠시의 보관을 부탁했다. 한 시간 남짓 후면 일이 끝나니까 찾
으러 가겠노라고. 아마 그날부터 다시 오전 근무가 된 모양이었
다. 그녀의 부탁에 따라 나는 세 개의 커다란 종이박스들을 현
관 안으로 들여놓았다.
　그녀가 초인종을 누른 것은 네시가 조금 못 되어서였다. 원피
스와 바바리코트를 입은 그녀의 몸매는 가늘고 늘씬했다. 머리
카락은 촉촉이 젖어 있었고 몇 개의 빗방울들이 액세서리처럼

달라붙어 있었다. 그녀는 다시 한번 미안하다는 말을 했고 세 개의 박스들을 하나씩 자기 방으로 옮겨가려 했다. 신사의 예의로써 나는 그녀를 도와주지 않을 수 없었다. 그녀가 가벼운 스피커 상자 하나를 옮기는 사이 나는 무거운 본체와 다른 하나의 스피커를 모두 옮겨주었다. 그러나 그녀가 왜 하필이면 901호에 맡겨달라는 메모를 남겼는지 따위 질문은 하지 않았다. 커피 한 잔쯤은 대접해야 하지 않겠느냐는 말도 하지 않았다. 대신 나는 싱거운 한마디를 던졌다.

"음악을 좋아하시나보군요."

그녀는 약간의 미소를 머금었지만 대꾸는 하지 않았다. 두세 걸음을 걸어 내 방으로 돌아오는 길에 나는 불길한 예감을 느끼고 있었다. 어쩐지 멀지 않은 장래에 그녀가 다시 나의 초인종을 누를 것만 같은 예감이었다. 혹은 내가 그녀의 초인종을 누르게 되는 것이었을까. 그녀는 그런 예감으로 잠시 가슴을 설레어도 좋을 만치 충분히 성적인 매력을 풍기고 있었다. 그러나 그것이 불길함을 지울 수는 없었다.

예감이 현실로 나타나는 경우란 지극히 드물었다. 대다수의 예감이란 건, 더구나 여자에 관한 건, 목마른 개의 혀 끝에서 떨어지는 침방울과 같은 것이었으니까. 그런 의미에서 나는 그 무렵 대단히 특별한 시기를 맞이한 모양이었다. 믿기 어렵게도 예감은 현실이 되었고, 그녀는 다시 내 방의 초인종을 누른 것이었다. 오디오세트가 배달되고 불과 이틀이 지난 오후.

"번거롭게 해서 죄송해요. 부탁 하나만 더 드릴 수 있을까요?"

그녀는 문 앞에서 두 손을 깍지끼고 서 있었다. 삼십 분쯤 전 그녀가 귀가하는 소리를 들은 후로 나는 줄곧 그녀에 대한 생각에 사로잡혀 있었다. 이해할 수 없는 친밀감이 그녀와 나 사이에 시작된 듯한 느낌으로. 고백하자면 그건 그 며칠 동안 나도 모르게 만들어진 습관이었다. 그녀가 귀가하면 나는 손수 그녀의 옷을 벗겼다. 그녀를 욕실로 안내했고 샤워기를 틀었다. 샤워가 끝나면 커다란 수건으로 젖은 몸을 감싸주었다. 심지어는 그녀가 섹스를 할 때면 내지르는 초급 창녀처럼 어색한 신음소리까지 기대하고 있었다. 그러나 정작 그녀가 내 앞에 모습을 들이밀자 나는 편안하지 못한 기분이 되었다. 또다시 무언가가 내 삶을 방해하려는 것이 아닐까 하는 불안감이었다. 나는 수백척의 왜적선을 마주하고 선 충무공처럼 안색을 굳혔다.

"전화가 고장난 것 같아요. 전화국에 신고를 하려구요."

그녀에게는 방법이 있었다. 오백 년 전에 죽은 충무공의 망령 따위가 그녀의 장애물이 될 수는 없는 모양이었다. 나는 그녀를 들어오게 했다. 그녀가 전화국과 통화를 하는 사이 나는 여기저기 널린 잡동사니들을 구석으로 치웠다.

"아뇨. ……어제까지만도 아무 이상이 없었어요. 전화기가 고장난 건 아닐 거예요. ……네. ……알겠어요."

수화기를 내려놓은 그녀는 고개를 저었다.

"뭐랍니까?"

"전화선이 연결되어 있지 않대요."

"확인해보셨습니까?"

"그럼요. 이 방에는 햇살이 들어오는군요."

"늦은 오후에야 한두 시간쯤 들어오곤 하죠."

"뭐가 잘못되었는지 모르겠어요. 한번 와서 봐주시겠어요?"

나는 드라이버세트를 꺼내어 들고 그녀를 따라 일어났다.

"오디오 위치를 정하느라 전화기를 옮겨야 했어요. 전화선 플러그를 꽂는 콘센트가 두 군데 있잖아요."

사정설명을 들으니 나는 대충 이유를 짐작할 수 있을 것 같았다.

그녀가 새로 사용하기로 한 전화 콘센트는 침대머리에 놓여 있었다. 나는 그녀의 침대에 걸터앉아 플러그와 콘센트를 조사해보았다. 짐작했던 대로 그들은 서로 엇갈리게 연결이 되어 있었다. 사다리꼴 모양으로 늘어선 네 개의 잭 중 플러그는 아래쪽 두 개에 선을 연결하고 있었지만 콘센트는 위쪽 두 개를 쓰도록 되어 있었던 것이다. 상황을 확인한 다음부터 나는 짐짓 복잡한 일인 듯 시간을 끌며 방 안을 살펴보았다. 벽 하나를 사이에 두고 있을 뿐이었지만 내 방과는 도저히 같은 건물에 속해 있다고 믿기가 어려울 만큼 그녀의 방은 아늑하게 장식되어 있었다. 그 방을 장식하는 것은 잡다한 소도구들이 아니라 독특한 색조였다. 갈색과 엷은 밀감색이 지배적인 색상을 이루고 있었다. 그 색상들에서는 묘하게도 유혹적인 향기가 스며나오고 있었다. 나는 그녀가 자기자신에 대한 대단한 애정의 소유자일 것이라고 짐작해보았다. 혹은 그 반대였을까. 자기자신 밖에는 아무 것도 장식할 대상이 남겨지지 않은 사람이었을까.

수리가 끝났을 때 식탁 위에는 두 잔의 커피가 차려져 있었다. 잔과 잔 사이에는 재떨이도 준비되어 있었다. 그녀는 먼저 담배를 꺼내어 불을 붙이며 내게도 권했다.

"고마워요. 차 한 잔 정도로 보답이 될는지 모르겠네요."

"보답이라뇨. 별 대단한 일도 아니었는데."

나는 커피 한 모금을 삼키고 시선을 돌렸다. 어쩐지 그녀를 마주 바라보기가 힘들었다. 그녀가 두 눈에 들어오면 나는 다시 그녀의 옷을 벗기기 시작할지도 모를 일이었다. 그건 그녀를 발

끈하게 만들지도 모를 일이었고 또 나를 어리석은 흥분으로 몰아갈지도 모를 일이었다. 다른 한편으로는 모든 일들이 너무 자연스럽게 풀려가고 있다는 불안감도 있었다. 계획된 절차를 밟아, 마치 어떤 거대한 음모의 시작처럼. 그런데 그때 내 시선은 그녀가 새로 들여놓은 오디오세트를 향해 고정되어 있었던 모양이다.

"음악을 무척 좋아하시겠군요. 그림을 그리시니 말예요."

그녀는 자리에서 일어나 오디오 앞으로 다가갔다.

"별로 좋은 음반이 없어요. 하지만 한 곡 들으시겠어요?"

"아닙니다. 음악은 잘 모릅니다."

음악을 싫어하는 건 아니었지만 나는 잘 안다고는 말할 수 없었다. 내 방에는 그 흔한 턴테이블도 하나 없었으니까. 그러나 그녀는 내가 음악을 대단히 좋아하거나 잘 알고 있으리라고 단정했다. 그녀는 내게 자신의 음반들을 보고서 직접 듣고 싶은 것을 고르라고 했다. 오디오세트를 보관해주었고 전화까지 고쳐주었으니 꼭 그래야 한다고. 나는 거듭 사양했다. 그녀는 그렇다면 자기가 한 곡을 골라서 들려주겠노라고 했다. 나는 그만 일어나야 한다고 생각했지만 그녀는 기회를 주지 않았다. 그녀가 올려놓은 음반은 무소르그스키의 〈전람회의 그림〉이라는 관현악곡이었다. 그녀는 아마 내가 그림을 그리니까 그 곡을 좋아하리라고 짐작한 듯했는데, 그건 정확한 예상이었다. 그녀는 내게 소파로 가서 편안히 앉을 것을 권했고 나는 그렇게 했다.

시간은 아주 빨리 흘러갔다. 음악을 따라 곱사등이 걸음을 하며 몇 개의 그림들을 돌아보았을 뿐인데 어느 사이 음반의 전면이 끝난 모양이었다. 그녀는 음반을 뒤집었다. 나는 그 뒷모습을 보다가 다시 눈을 감았다. 그런데 그때부터 나는 더이상 음악에 열중할 수가 없었다. 음반을 뒤집기 위해 몸을 굽혔던 그녀의 뒷모습이 어른거리기 시작한 것이었다. 축구공처럼 팽팽하게 부푼 두 개의 엉덩이, 짧은 치마, 그리고 그 아래로 드러난 미끈한 종아리. 어쩐지 나는 그녀가 옷가지를 모두 벗어버리고 나를 바라보고 있을 것만 같은 느낌에 빠져들었다. 그건 충분히 가능성이 있는 이야기였다. 그녀가 나를 불러들이고 커피를 권하고 음악을 권한 건 모두 그런 이유에서일지도 모르잖는가. 그녀가 원하는 것은 바로 그것일지도 모르잖는가. 그러자 며칠 전 그녀의 방에서 흘러나왔던 거친 숨소리들이 들려왔고, 나는 식은땀을 흘리며 그녀의 옷을 벗기기 시작했다. 시간은 아주 느리게 기어갔다. 사우나실에서 떨어지는 모래시계보다도 느릿느릿.

마침내 음악이 끝났을 때도 나는 한참 동안 눈을 뜰 수 없었다. 내가 감당할 수 없는 상황이 나를 기다리고 있을 것만 같은 두려움으로. 그러나 그것은 기우였다. 그녀는 조금 전과 다를 바 없이 단정하게 옷을 입고 식탁에 앉아 책을 읽고 있었다. 이마의 땀을 손바닥으로 닦아 문지르며 나는 소파에서 일어났다.

"죄송합니다. 너무 오래 방해가 된 것 같군요."

어색함과 안도감이 엇갈리고 있었으므로 나는 재빨리 그곳을 벗어나려 했다.

"이것 가져가셔야죠."

그녀는 나의 드라이버세트를 내밀었다. 나는 그것을 받아들고 현관으로 가 신발을 신었다. 그녀는 다시 무슨 말인가를 하려다가 그만두고 문을 열었다.

"고마웠어요."

나는 그녀에게 음악을 잘 들었다는 대꾸를 할 수도 있었다. 그러나 그 말이 남기는 끈적한 여운이 싫었다.

장어는 여전히 수척해지고 있었다. 내가 다시 그에게 관심을 갖게 된 이후로도, 그래서 아름다운 새 액자를 만들어준 이후로도, 여전히 작아지고 납작해지고 초라해지고 있었다. 그럴수록 나는 더욱더 강한 이끌림을 느꼈다.

　　그 무렵 나는 수많은 스케치들 중에서 마음에 드는 것을 하나 발견하고 있었다. 예전의 것들과는 성격이 많이 다른 것이었다. 예전의 스케치들에서 장어는 언제나 무대의 중심을 차지하고 있었다. 커다란 두 개의 바위를 양쪽에 거느리고서. 그러나 내가 우연히 만들어내게 된 새로운 스케치는 그를 거대한 절벽의 가장 아랫부분에 위치시켰다. 그러니까 무대 중앙은 육중한 바위 절벽이 장악하고 있었고, 바다장어는 그 어느 한 모퉁이에 무겁게 짓눌려 있을 따름이었다. 작고 초라하고 수척하게. 나는 그 구도가 무척 마음에 들었다. 그러나 거기에는 작지 않은 문제가 있었다. 만약 내가 여전히 장어와 함께 판화대전을 준비할 생각이라면 그런 구도는 잊어버리는 게 나으리라는 사실이었다. 생명을 그처럼 작고 보잘것없는 것으로 천대하는 작품이 숭고하고 경건한 심사위원나리들의 눈에 돋보일 리 없겠기 때문이었다.

　　나경신은 좀처럼 견딜 만한 이웃이 되어주지 않았다. 그녀가 내게 특별한 작용을 계속하기 때문은 아니었다. 그녀는 다시 초인종을 누르지도 않았고 세탁기나 냉장고를 내게 배달시키지도 않았다. 성가실 정도의 소음을 만들어내는 일도 없었고 삼류 영화 초급 창녀의 섹스신음을 되풀이하는 일도 없었다. 나는 그날 그처럼 억지스레 헉헉거렸던 게 과연 그녀였을까가 의심스러울 지경이었다. 혹시 그것은 그녀의 친구나 여동생이 아니었을까. 그러나 직접적인 집적거림을 않는다고 해서 나를 평화롭게 해주는 것은 아니었다. 이따금씩 들려오는 자잘한 소음만으로도 그녀는 자신이 그곳에 있음을 충분히 인식시켜주었다. 그러면 나는 다시 식은땀을 흘리며 그녀의 옷을 벗겨야 했다. 연필을 비껴잡고 눈에 익은 대로 그녀의 나신을 그려대며. 당연스럽게도 나는 불쑥불쑥, 그녀의 문을 두드리고 싶은 충동에 휩싸이곤 했다.

물론 나는 그럴 수도 있었다. 장미꽃이라든가 작은 강아지 인형 하나를 사들고 그녀의 문을 두드릴 수도 있었다. 어쩌면 그녀는 그것을 기다리고 있을지도 모를 일이었다. 내가 손쓸 겨를도 없이 뛰어들며 옷가지를 벗어던질지도. 그러나 나는 그 너머의 일들을 짐작할 수 없었다. 단 한 차례의 섹스를 시작으로 그녀는 매일처럼 자신의 권리를 주장하고 나설지도 몰랐다. 저녁마다 초인종을 누르고, 의미심장한 미소를 보내고, 그리고는 내 침대에 드러누워 사타구니를 벌리고 기다리게 될지도.

게다가 내게는 필사적으로 충동을 억제해야 할 또 하나의 이유가 있었다. 그 너머에서 무언가가 나를 집어삼키기 위해 잠복해 있을 것만 같은 두려움이었다. 그녀가 어떤 불길한 음모의 하수인이 아니라는 것을 어떻게 장담한단 말인가. 그녀에게는 그녀가 거친 신음소리로 복종해야 하는 섹스 파트너도 있지 않았던가. 그가 만약 무지막지한 완력의 건달이기라도 하다면, 그리고 여차여차해서 내가 그녀에게 접근한 사실을 알게 된다면. 그녀는 그 자체로서 불길한 음모는 아닐지도 몰랐다. 그러나 어떤 경로로든 나를 불길한 소란 속으로 끌어들일 게 분명했다. 그리고 나는 어처구니없는 일로 무례한 건달들의 희생양이 되는 데는 지쳐 있었다.

그러던 어느 오후, 나는 그녀와 예기치 않은 조우를 하게 되었다. 늦은 점심을 먹기 위해 근처의 분식점을 찾았는데 그녀가 먼저 그곳을 차지하고 있었다. 별수없이 나는 그녀의 자리로 합석했고 그녀의 접시에서 떡볶이 한 점을 집어먹어야 했다. 그녀는 그곳에서 새로 산 음반 한 장을 보여주었다. 밥 딜런이 스물두 살 때 찍어낸 〈더 프리휠링 The Freewheeling〉이라는 앨범이었다. 앞면에는 그가 한 금발의 여자와 팔짱을 끼고 겨울 거리를 걷는 사진이 있었다. 그들은 꼭 이제 막 쳇바퀴를 뛰쳐나와 프리휠링을 시작한 한 쌍의 다람쥐들처럼 보였다.

"어렵게 구한 거예요. 듣고 싶지 않으세요?"

나는 거절의 말을 하려 했다. 그러나 말이 입 밖으로 나오지 않았다. 그럴 수밖에. 그때 내 손에는 〈블로잉 인 더 윈드〉와 〈돈 씽크 투와이스, 잇츠 얼라잇〉이 들려 있었으니까. 그녀는 내 망설임을 간파했다.

"공짜로 들려드리려는 건 아니니까 염려하지 마세요."

"또 전화가 말썽인가요?"

"그런 게 아니구요, 제 방에는 햇살이 들어오지 않아요." 그녀는 잠시 말을 멎고 내 표정을 본 다음 계속했다. "햇살이 들어오는 동안만 방을 잠깐 바꾸자는 거예요. 아저씨는 제 방에서 음악을 듣고, 저는 햇살을 쬐구요. 햇살이 없으면 저는 꼭 곰팡이가 되는 느낌이거든요."

그녀가 내 방의 햇살에 눈독을 들이고 있을 줄은 몰랐다. 지난번에도 한 번 그녀는 햇살을 언급했지만 나는 금세 잊어버렸었다. 그건 도대체 염두에 둘 만한 무엇이 아니었던 것이다. 나는 그녀의 제의가 마음에 들었다. 〈돈 씽크 투와이스, 잇츠 얼라잇〉과 한 시간 동안의 방 바꾸기라. 방을 아주 바꿔버린다고 해도 손해 볼 일은 아니었다. 나는 햇살 따위에 대해서는 관심이 없었으니까. 얼핏 다시 경계의 목소리가 들려오지 않은 것은 아니었다. 조심해. 이건 바로 그 불길한 음모의 시작일지도 몰라. 그러나 그때 내게는 그 목소리도 그다지 심각하게 들리지 않았다. 나는 그것이 전적으로 우연스런 상황이라고 생각했다. 나는 점심을 먹기 위해 분식점을 찾았을 뿐이었다. 그곳에 우연히 그녀가 있었고 그녀는 우연히 밥 딜런의 음반을 갖고 있었다. 그리고 그녀는 우연히 내 방의 햇살을 떠올렸을 것이다. 그것은 반드시 일련의 우연이어야 했다. 그때 내 손에는 〈블로잉 인 더 윈드〉와 〈돈 씽크 투와이스, 잇츠 얼라잇〉이 들려 있었으니까.

돌아오는 길에 우리는 서로의 방 열쇠를 교환했다.

짐작할 수 있는 일이겠지만 그것은 일종의 습관이 되었다. 오후 네시가 넘어 내 방 창 아래 자그맣게 햇살이 떨어지기 시작하면 나는 하던 일을 접었다. 그러면 전화벨이 울렸고 그녀의 목소리가 들렸다. 그녀는 그날의 거래를 확인했고 우리는 복도에서 만나 눈인사를 나누고 헤어졌다. 나는 그녀의 방에서 마음대로 음악을 들었다. 그녀에게는 이백여 장의 음반들이 있었다. 한 시간이 지나 햇살이 사라질 때가 되면 그녀는 자기 방의 초인종을 눌렀다. 내가 문을 잠그지 않는다는 사실을 알면서도 번번이 초인종을 눌렀다. 그녀는 그것이 예절바른 거래여야 한다는 점을 번번이 내게 환기시키려는 것 같았다. 그 점에 대해서 나는 아무런 불만도 없었다. 그녀의 옷을 벗기는 버릇은 거래가 시작되면서 오히려 잠잠해지고 있었다.

우리는 시간을 함께 보내는 경우가 거의 없었다. 두 차례의 교차가 그날 분의 모든 접촉일 경우가 대부분이었다. 그녀가 초인종을 누르면 나는 음악을 끄고 신발을 신었다.

우리가 약간의 대화를 나눈 적은 있었다. 여느 때와 달리 그녀가 전화를 걸지 않고 찾아온 날이었다. 그녀는 곧바로 초인종을 눌렀고 나는 그녀를 맞아들인 다음 작업대와 방을 정리하느라 잠시 서성거려야 했다. 그러다가 그녀의 질문이 시작되었다. 그녀는 내게 여자친구가 없느냐고 물었다. 나는 왜 그걸 묻느냐고 되물었고 그녀는 도대체 내 방에 사람이 찾아오는 일이 없는 것 같아서라고 대답했다. 그녀의 질문은 내게 과거의 여자를 생각나게 했다. 나의 제자였으며 클라라라는 카페를 좋아했던 여자, 그러나 나를 배신하고 희귀종인 건달과 달아나버린 여자. 내가 그녀가 나를 배신했다고 생각하는 것은 그녀가 나를 떠났기 때문이 아니었다. 하필이면 지긋지긋하게도 나를 괴롭혔던 건달과 눈이 맞았다는 사실 때문이었다.

"한 여자가 있었죠. 하지만 지금은 아주 먼 곳으로 떠나고 없어요."

나는 내 생각을 정리하듯 간단하게 그 여자에 대한 이야기를 들려주었다. 남편이 교통사고로 사라지는 바람에 청상과부가 된 여자였다. 돈도 많았고 때워야 할 시간도 많았다. 그런데 그 무렵 902호에는 한 건달이 숨어지내고 있었다. 월세를 반 년씩이나 내지 않아 주인은 내게 그 남자를 보거든 연락해달라고 부탁했고 나는 그렇게 했다. 덕분에 그는 쫓겨나게 되었다. 그는 엉뚱하게도 화살을 내게로 돌렸다. 월세를 내지 않은 잘못은 인정하지 않고 단지 나 때문에 자신이 보금자리를 잃게 된 것이라고 원한을 품은 것이었다. 그러는 그를 나는 너그러이 용서하고 며칠 동안 내 방에서 재워주기까지 했다. 그리고 그 결과는 과부와 건달의 짝자꿍이 줄행랑이 되고 말았다. 나는 그가 사라지기 전까지 나를 지독히도 괴롭혔던 사실에 대해서는 얘기하지 않았다.

"잘된 일인지도 모르죠. 어차피 그 여자와는 길게 만날 생각이 아니었으니까요."

이야기가 끝났을 때 나는 자연스럽게 하나의 권리를 갖게 되었음을 알게 되었다. 그녀에게 한 가지 질문을 하고 대답을 요구할 수 있는 권리였다. 그녀의 질문에 성실한 답변을 해준 대가로. 그녀도 그 점을 의식하고 있었는지 나를 빤히 쳐다보았다. 묻고 싶은 게 있으면 어서 물어보라는 듯.

"이런 걸 물어봐도 좋을지 모르겠지만," 나는 점잖게 격식을 차렸다. "간호원이 되기로 결정한 건 무슨 까닭에서였습니까?"

"간호원이란 게 뭐 특별한 직업인가요?"

"그런 건 아니지만 어쩐지 경신씨한테는 특별해 보이는군요. 전혀 어울리지 않는 것도 같고 말입니다."

그건 나의 솔직한 생각이었다. 그게 무슨 까닭인지는 알 수 없었지만 나는 늘 그녀가 간호원이라는 직업과는 조금도 어울리지 않는다는 생각을 하고 있었다. 그녀에게는 오히려 전쟁종군 기자라든가 당구장의 여주인 따위가 어울릴 성싶었다. 그녀는 씁쓸한 미소를 지었다.

"대학 사학년 때 임신을 했어요. 당황했죠. 남자도 당황하고 저도 당황하고. 전 결혼을 해버리고 싶었어요. 하지만 남자는 사색이 되더군요. 언젠가는 결혼을 하겠지만 아직은 그럴 형편이 아니라구요. 사정이 곤란하기는 했죠. 그때 그는 밝은 곳에 나설 신분이 아니었으니까. 결국 전 변두리의 한 산부인과를 찾아가 중절 수술을 받아야 했어요. 그런데 문제는 그 병원의 수술실이었어요. 그건 너무 충격적인 현장이었어요. 수술용 침대는 여자가 가랑이를 벌리고 눕도록 두 갈래로 찢어져 있었는데, 그 사타구니 아래에는 커다란 사기 대야가 있었어요. 그리고 그 하얀 대야 속에는 네댓 개의 시뻘건 핏덩이가 범벅이 되어 뒹굴고 있었어요. 그 중에는 벌써 제법 사람꼴을 한 것도 있더군요."

그녀는 잠시 말을 멈추더니 담배 하나를 꺼내어 물었다. 나도 역시 담배를 필요로 하고 있었다.

"그 수술이 끝나고 전 무언가를 해야 한다고 생각했어요. 처음엔 남들처럼 성당엘 나가볼까도 싶었지만 그건 아무래도 맞지 않을 것 같더군요. 그래서 간호학과로 편입을 결정했어요. 언제까지고 그 장면을 잊지 않기 위해서 말예요."

우리는 각자가 간직한 가장 아픈 기억들 중의 하나씩을 털어놓은 셈이었다. 그러나 나는 그녀에게 빚을 진 느낌이었다. 그녀와는 달리 나는 모든 것을 솔직하게 털어놓지는 않은 것이었다. 나는 담배와 라이터를 챙겨들고 방을 나왔다. 한 가지 위안이 되는 점이라면 그녀에게 내 방의 햇살을 제공할 수 있었다는 것이었다. 내게 그나마 그녀가 소중해하는 무엇이 있고 그것을 줄 수 있다는 것은 다행스런 일이었다. 제기랄! 나는 담배를 질겅질겅 씹으며 불을 붙이고는 그녀의 이야기를 잊기로 했다.

나는 우리의 관계가 지극히 건조하고 기능적인 것이라고 생각했다. 그리고 그렇게 믿었다. 서로의 이익을 위해서, 해가 보이는 날이면 한 차례씩 갖는 거래일 뿐이라고. 거래를 존중하고 그 이외의 부분에 대해서는 철저히 무지하고 무관심해야 하노라고. 그러나 그 믿음은 그다지 단단한 것이 아니었는지 자잘한 틈새로 많은 다른 생각들을 밀어넣곤 했다. 이를테면 나는 내 방에 잠깐씩 스며드는 햇살에 대해서 아스라한 상념에 빠져들 때가 있었다. 그녀가 그것을 요구하기 전까지는 한번도 의식조차 하지 못했던 대상이었다. 물론 햇살을 대가로 향유하는 음악이라는 것도 가치가 덜하지는 않았지만, 왜 음악을 듣기 위해서는 반드시 햇살을 포기해야 하는지는 납득이 되지 않았다. 다른 방법도 찾아볼 수 있지 않을까. 음악과 햇살을 동시에 즐길 수 있는 방법도. 그런 아쉬움은 그녀에 대해서도 마찬가지였다. 그녀 역시 음악과 햇살을 함께 즐길 수 있는 방법은 찾을 수 없는 것일까. 대학 사학년의 나이로 그녀가 소파 수술을 받으러 찾아 갔노라는 변두리의 한 산부인과 병원 장면도 문득문득 내 믿음의 틈새로 스며드는 단골손님 중의 하나였다. 백색의 커다란 사기 대야와 그 속으로 버려진 시뻘건 핏덩이들. 나는 그녀에게 아이를 배게 하고 결혼에 대해서는 난색을 표했다는 작자에게 버러지만도 못한 인간이라고 욕지거리를 퍼붓기도 했다. 마치 자신은 대단히 경건한 위인인 양. 그녀에 대해 어떤 특별한 애정이라도 간직한 양.

그처럼 잡다한 생각들이 절정에 도달한 것은 그녀에게 다시 한 남자가 찾아온 저녁이었다.

그 저녁 나는 한 가지 중요한 결정을 내리고 있었다. 바다장어에 대한 것이었는데, 이번 그림은 역시 그를 중심자리에 위치시켜야 한다고 결정한 것이었다. 무대의 중앙에 화려하고 아름답게 위치시켜야 한다고. 그래서 생명의 신비를 부각시키는 쪽으로 주제를 집중시켜야 한다고. 다시 말하자면 그건 내가 이번에는 기필코 판화대전에 작품을 응모하겠다는 의지의 천명이라고 할 수 있었다. 그런데 그런 결정이 내려졌던 순간 한 남자가 902호의 초인종을 누른 것이었다.

그는 아마도 지난번에 그녀를 찾아와 그녀를 헉헉거리게 만들었던 남자일 성싶었다. 거의 정확히 한 달 가량이 지난 날이었고, 그가 들어서자마자 그들은 다시 거친 숨을 몰아쉬며 섹스를 시작했으니까. 그녀는 복종인지 조롱인지가 분명찮은 초급 창녀의 섹스신음을 다시 내지르기 시작했다. 하악, 하악. 그 소리를 들으며 나는 무척 많은 생각을 했다. 무척 많은 종류의 생각들과 느낌들에 시달렸다. 그녀와 나의 관계에 대해서, 백색의 사기 대야와 핏덩이의 관계에 대해서, 음악과 햇살과 육체에 대해서. 그리고 그 모두가 아무런 의미도 없는 것이었노라고 결론지었다. 내가 그녀에 대해 그처럼 지대한 관심을 기울여야 할 이유는 어디에도 없었다. 단지 음악을 조금 빌려 듣는다고 해서 그녀를 몽땅 알아야 할 필요는 없었다. 그녀를 위해서 값싼 연민 따위를 가져줄 필요도 없었다. 게다가 그녀에게는 또 한 사람의 거래상대가 있었다. 음악과 햇살만큼이나 중요한, 아니 어쩌면 더 중요하달 수도 있는 육체의 거래상대가. 그는 아마 한 달에 한 차례씩 그녀를 찾아오는 모양이었고, 그가 오면 그녀는 쾌락의 신음소리를 높이 내지르며 그것이 공정한 거래가 되어야 함을 선언하는 모양이었다. 그녀는 어쩌면 그 선언의 대상에 나까지 포함시키고 있었을지도 몰랐다. 거래라는 건 지극히 부분적이고 기능적인 것이어야 함을 명백히 기억하고 있어달라고. 한 달 넘게 지내온 그녀가 오피스텔의 벽이 얼마나 얇고 투명한가를 아직 모를 리는 없었던 것이다.

신음소리는 꽤 오랜 시간을 이어졌다.

그 소리들로부터 벗어나기 위해 나는 밑그림을 한 장 그려보기로 했다. 두 개의 바위를 좌우에 거느린 당당하고 아름다운 장어의 모습을. 그 모습을 가능한 한 감동적으로 꾸밀 수 있는 장치들을 고안하면서. 그런데 그림이 시작되자마자 나는 무언가가 잘못되었음을 느끼게 되었다. 무언가가 어색하고 부자연스러웠다. 옆방에서는 치열한 삶의 환희가 전개되고 있었다. 하악, 하악. 그 신음을 내지르는 여자는 내가 매일처럼 얼굴을 마주하

90

는 사람이었고, 처음 한동안은 부지런히도 옷을 벗겨대었던 여자였다. 그리고 그 방은 내가 매일처럼 음악을 듣는 곳이었다. 나는 그 환희의 현장에 무관심해지기 위해 색연필을 들고 장어를 그리려 하고 있었다. 마치 대단히 고고한 선비나 금욕주의자이기라도 한 것처럼. 하지만 그처럼 고고한 그림을 통해서 내가 도달하려는 대상은 과연 무엇이었을까. 판화대전을 주관하는 심사위원나리들이었을까. 아니면 그 너머에서 반짝이는 자신감이었을까. 혹은 조롱이었을까. 삶에 대한. 지금 이 순간 바로 옆방에서 나경신이 한 남자의 몸을 향해 퍼붓고 있는 것과 조금도 다를 바가 없는. 나는 빙그레 미소를 지었다. 톱니가 맞지 않는 걸 깨달았다면 넌 세상을 바로 보고 있는 것이다. 자동차 내부의 앞판을 분해하면 이백 개가 넘는 나사들이 나온다. 아무리 숙련된 기술자도 그것 모두를 제자리로 위치시켜 조립할 수는 없다. 그런데도 그들은 끊임없이 분해와 조립을 계속하는 것이다. 나는 계속해서 그림을 그렸다. 그러나 동판에는 아무런 문양도 나타나지 않고 있었다. 색연필의 앞끝은 벌써 오래 전에 부러져 있었다.

섹스가 끝나자 그들은 짧은 샤워를 했다. 담배 한 대 피울 정도의 시간이 지나서 남자는 돌아갔다. 그녀는 문을 닫고 음악을 틀었다. 생상스의 〈첼로 협주곡〉이었다.

이튿날부터 나는 한결 더 건조해지기로 했다. 그녀와의 거래를 글자 그대로의 거래로 만들기로 했다. 하루 두 차례의 마주침들에서도 아무런 표정이나 대사들을 동원하지 않았다. 그녀가 나타나지 않는 날에도 궁금증을 느끼지 않기로 했고 특별히 아름다운 치장을 한 날에도 불필요한 언급은 않기로 했다. 더 궁극적으로 나는 거래를 마무리짓는 일까지도 생각하고 있었다.

그러나 아직은 듣고 싶은 음반이 몇 장 더 남아 있었으므로 서두르지 않기로 했다. 그녀는 이따금 내 태도가 지나치게 무뚝뚝하다고 생각했는지 몇 마디 말을 건네기도 했다. 그럴 때면 나는 아주 간략하게 대꾸를 해주었다. 친절하고 예의바르게, 그녀가 더이상의 말을 붙일 수 없도록.

분명히 해야 할 점은 내가 그녀에게 화를 내는 것이 아니라는 사실이었다. 나 이외의 어떤 남자와 또다른 거래를 하고 있다고 해서, 그리고 그것이 육체의 거래라고 해서. 나는 아침마다 우유를 배달해주는 아낙네에게 다른 남자와 성관계를 가져서는 안 된다고 요구할 정도로 어리석지는 않았던 것이다.

그날도 그녀는 무언가가 잘못되고 있다고 느낀 모양이었다. 그녀는 나와 이야기를 나누고 싶어했다. 그런 눈치였다. 전화를 걸지 않고 곧바로 들어와서는 잠시 내 앞을 머뭇거렸다. 그러나 나는 그 망설임들에 아무런 반응을 보여주지 않았다. 나는 그녀가 무언가가 잘못되었음을 느꼈다면 그것이 곧 제대로 된 느낌임을 알아차리기를 바랐다.

음반을 고르고 턴테이블 위에 올리고 눈을 감고 십여 분이 지났을까. 어디에선가 초인종 소리가 울려왔다. 음악이 흐르는 틈새로 작고 미미하게 들렸다. 나는 계속 음악을 들었고 초인종 소리는 간헐적으로 이어졌다. 어떤 개자식이 세상을 시끄럽게 만드는지 화가 났지만 나는 꾹 참았다. 음악이 잠시 끊어지고보니 그 소리는 바로 내가 있는 곳에서 울리고 있었다. 나는 고개를 저었다. 그녀가 무슨 이야기든 해야겠노라고 마음먹은 것이었을까. 그런데 문 밖에는 그녀가 아닌 한 낯선 남자가 서 있었다. 그와 나는 동시에 놀랐다. 그리고 서로 내색하지 않으려고 애를 썼다. 나는 그녀와 거래를 시작하던 무렵 나를 불안하게 했던 불길한 음모가 드디어 시작되려는가 하는 생각에 얼음처럼 긴장했다. 그 동안의 모든 일들은 복선에 불과했단 말인가. 그러나 다행히 그는 어깨가 딱 벌어진 통바지도 아니었고 문신이나 흉터자국도 보이지 않았다. 오히려 그는 나보다 더 허술하고 소심해 보였다. 그는 공손하게 말문을 열었다.

"나경신씨 안에 계신가요?"

나는 다시 한 번 그를 살펴본 다음 901호 쪽을 가리켜주었다. 그렇게 불쑥 찾아온 남자라면 그녀와 가까운 사이이리라는 생각이 들었기 때문이었다. 어쩌면 바로 그 섹스의 주인공일지도 몰랐다. 게다가 그는 무슨 일을 저지르기에는 너무 여위고 겁이 많아 보였다.

다시 음악이 시작되고 몇 소절이 지났을까. 또 한 차례 음악의 질서를 어지럽히는 초인종 소리가 울렸다. 그곳이 내 방이었다면 나는 그 소음을 거들떠도 보지 않았을 것이었다. 프레스기를 팔아서라도 턴테이블을 하나 사야겠다고 투덜거리며 나는 문을 열었다. 문짝 너머에는 여전히 그 남자가 서 있었다.

"혹시 지금 누구랑 같이 있는 건가요?"

그는 901호 쪽을 가리키며 물었다.

"아뇨. 혼자 있을 겁니다."

"그럼 어딜 잠깐 나간 걸까요? 아무리 초인종을 눌러도 대답이 없군요."

그건 이상한 일이었다. 햇살 때문에 방 바꾸기 거래에 목을 매고 있는 그녀가 햇살을 마다하고 어딘가로 사라졌을 리는 만무한 까닭이었다. 나는 901호 앞으로 가서, 도무지 내 것이라고 느껴지지 않는, 초인종을 눌렀다. 그의 말대로 안에서는 아무런 대답이 없었다. 몇 번을 더 눌러도 마찬가지였다. 문을 두드려보기도 했지만 여전히 침묵 뿐이었다. 남자는 갑자기 초조해져서는 두 손을 마주 부볐다. 무슨 일이 생긴 건 아닐까요? 왜 인기척이 없을까요? 나는 잠시 망설이다가 문을 열기로 했다. 남자의 초조함은 나를 괜히 덩달아 불안하게 만들고 있었다. 젠장. 정말 무슨 일이 생긴 건 아닐 테지. 나는 주머니에서 열쇠를 꺼내어 두어 차례 구멍을 더듬거리다가 문짝을 열어젖혔다.

문이 활짝 열린 다음 그러나 나는 한 걸음도 움직일 수가 없었다. 방 안에서는 내가 도무지 상상할 수 없었던 장면이 벌어지고 있었다. 반대쪽 끝, 창이 있는 쪽으로는 커다란 보자기 하나 만큼의 햇살이 떨어지고 있었다. 그 햇살 속에는 내 작업의자가 놓여 있었고 그 위에는 그녀가 앉아 있었다. 햇살을 향해 비스듬히. 그런데 그녀는 실오라기 하나 걸치지 않은 알몸이었다.

주변으로는 담배연기가 신비스런 안개처럼 그녀를 감싸고 있었다. 나는 눈이 부셔 숨을 쉴 수 없었다. 내가 기거하는 골방에서 이처럼 절대적인 장면이 연출될 수 있었다는 사실을 믿을 수가 없었다. 그건 바위 틈에 웅크린 장어 따위와는 비교조차 할 수 없는 아름다움이었다. 거기에는 입김과 시선이 있었고 정지된 흐름이 있었고 이야기가 있었다. 나는 무언가 소중한 것을 그녀에게 빼앗기고 만 느낌이었다. 그녀는 커다란 타월로 몸을 감싸고 우리를 돌아보았다. 무슨 일이냐고 묻는 듯.

"미안합니다. 친구분이 찾아오셨군요…… 아무리 초인종을 눌러도 대답이 없길래……"

나는 당황해서 얼버무리다가 그 자리를 빠져나왔다. 남자가 안으로 들어가고 문이 닫혔고 나는 그녀의 방으로 돌아왔다. 나는 아무런 소리도 듣지 않기 위해 음악의 볼륨을 높였다.

그녀가 자신의 방으로 돌아온 것은 십여 분이 지나서였다. 초인종도 누르지 않고 곧바로 걸어들어와서는 소파의 내 옆자리에 주저앉았다. 나는 여느 때처럼 행동해야 한다고 생각했고, 음악을 끄기 위해 일어났다. 그런데 그녀가 말을 시작했다.

"그 남자였어요."

나는 다시 소파에 앉았다.

"칠 년 전에 나를 임신시켰다던 남자 말예요. 그 얘긴 벌써 잊어버리셨나요?"

"기억하고 있습니다."

"이따금 제방에 섹스를 하러 오는 남자가 있다는 것도 알고 있나요?"

"네."

"같은 사람이에요."

나는 그럴지도 모른다고 짐작하고 있었다. 그녀는 맥주를 한잔 하겠느냐고 물었고 냉장고에서 두 개의 캔맥주를 꺼내었다.

"오늘은 그 사람이 올 날이 아니에요. 하기야 저도 알고 있었죠. 언젠가 이런 날이 오리라는 걸. 아니, 사실은 너무 늦게 찾아온 건지도 모르겠네요. 그는 오늘 제게 작별인사를 하러 온 길이었어요…… 칠 년 전 그때 우리가 왜 결혼할 수 없는 형편이었는지 아세요?"

음반으로부터 바늘 떨어지는 소리가 들렸다. 오디오를 끄고 싶었지만 나는 그녀를 방해하지 않기 위해 가만히 있었다.

"그 사람의 하루하루가 안개에 싸여 있었기 때문이에요. 그 사람은 학교를 자퇴하고 구로동의 한 공장에 위장취업해 있었거든요. 위장취업이라는 말은 어울리지 않을지도 모르겠네요. 다른 친구들과는 달리 그 사람은 휴학이 아니라 자퇴를 해버렸으니까요. 진짜 노동자가 되고 싶다구요. 그때로서는 어쩌면 그 길이 가장 화사하게 반짝이는 유혹이었는지도 몰라요. 모든 질서가 위태로워 보였고, 내일이라도 당장 자본주의는 종말을 고하고 혁명과 노동자의 세상이 올 것처럼 보이기도 했으니까요. 하지만 그날 이후로 많은 일들이 변했어요. 너무 많은 일들이 변했어요. 자본주의는 다시 튼튼한 생명력을 되찾았고, 그 사람과 함께 휴학하거나 자퇴했던 친구들은 대부분 자본주의의 현명한 동반자가 되었어요. 회계사다 변리사다 각종 자격증을 따기도 했고, 공무원이나 회사원이 되기도 했고, 더러는 수완 좋은 브로커로 돈을 긁어모으기도 하더군요. 그 사람과 무척 가까웠던 한 동지는 아파트 건설 브로커를 하는데 벌써 몇 억을 넘게 모았대요…… 그런데 그 사람은 도대체 변화를 모르는 거예요. 칠 년 전이나 지금이나 구로동의 자그마한 한 공장에서 하루 열두 시간씩 선반기계에만 매달려 있는 거예요."

그건 참으로 딱한 일일 것이었다. 그 칠 년의 세월 동안 그와 그녀는 각각 어떤 인생을 살아야 했을까. 나는 그녀를 위하여 맥주를 한 모금 마셨다.

"오늘은 그래도 약간의 변화가 있었어요.."

그녀는 기다란 머리카락을 쓸어넘기며 피식 웃었다.

"아주 조심스럽게 이런 고백을 하더군요. 공장의 여직원을 임신시켰다구요. 처음에 전 그가 그 여직원의 소파 수술을 상담하려나 생각했어요. 제가 하는 일이란 게 늘 그런 따위니까요. 그런데 글쎄, 그게 아니었어요. 그 여자와 결혼을 하겠다는 거예요. 자기가 망친 인생은 나 하나로 족하다나요.."

"그래서 뭐라고 대답하셨나요?"

"뭐라고 하겠어요. 그러라고 했죠. 두번째에서나마 같은 잘못을 되풀이하지 않겠다는 건 그래도 기특한 생각 아닌가요. 호호호……"

그녀는 웃고 있었다. 그녀는 하얗고 가지런한 이를 드러내어 웃고 있었다. 나는 문득 내가 그녀를 사랑한다는 생각을 해보았다. 그건 좀 많이 엉뚱한 생각이었다. 어쩌면 나는 또다시 땀을 뻘뻘 흘리며 그녀의 옷가지를 벗기고 싶어하는 것일지도 모를 일이었다. 하지만 그게 뭐 그리 다른 일일까 싶기도 했다. 이렇게 벗기건 저렇게 벗기건, 옷을 벗길 만큼 누군가에게 관심을 갖는다는 것은 좋은 일이 아닐까.

그녀는 술을 전혀 못 마시는 모양이었다. 이야기를 하는 동안 홀짝거린 몇 모금으로 얼굴이 발갛게 상기되고 있었다. 어지럼증 때문인지 인상을 찌푸리더니 소파를 붙잡고 일어났다. 나는 그녀를 부축해서 침대로 데려다 뉘었다. 이불을 목까지 덮어주었다. 그녀는 시간을 물었고 나는 여섯시가 조금 지났다고 알려주었다. 그랬더니 그녀는 두 시간 후에 깨워달라고 부탁했다. 병원으로 야간근무를 나가야 한다고. 나는 그러겠노라고 약속했다. 오디오를 끄고 조용히 그녀의 방문을 닫았다.

햇살은 이제 내 방에서 사라지고 없었다. 그러나 그 자리에는 그녀가 몸을 감쌌던 커다란 타월이 떨어져 있었다. 나는 그것을 접어 내일이면 다시 해가 들어올 자리에 놓아두었다. 그리고 작업대 위에 걸려 있는 바다장어의 액자를 내렸다. 구석으로 치워버리기 위해서였다. 액자 위로 얼핏 한 남자의 모습이 스쳐갔다. 턱수염이 텁수룩하고 두 눈이 퀭한 남자였다. 그는 내가 지난 삼십여 년 동안 알아왔던 남자 같기도 했고 조금 전 그녀를 찾아왔다가 떠나간 선반공 같기도 했다. 자기 속의 불확실성에 대

한 환멸 때문에 아무것도 책임있게 사랑할 수 없었던 남자. 그
는 이제 과연 사람들과 더불어 사는 법을 체득한 것이었을까.
그가 떠나가는 뒷모습을 보지 못했다는 사실이 문득 아쉬움으로
남았다.

백치 세습

근엄한 자들의 초상

물론 나는 잘 알고 있다. 저들이 왜 저토록 진지한 표정으로 엄숙을 가장해야 하는지. 왜 언제나 하얀 가운을 빳빳하게 다려 입고 척추를 꼿꼿이 세워야 하는지. 결국 저들도 똑같은 위협과 두려움을 느끼고 있는 것이다.

언젠가 나는 나의 충실한 심리 상담원에게 이렇게 물어본 적이 있었다.

"왜 당신들은 단단한 철갑옷과 투구를 입지 않는 거죠. 당신들을 안전하게 지키기 위해서는 그게 가장 효과적인 옷일 텐데."

그녀는 아주 약간 낯빛을 달리했다. 그러나 곧 근엄함을 되찾고는 말했다.

"우린 아무것도 두려워하지 않아요. 다만 우리가 해야 할 일을 열심히 할 뿐이에요."

해야 할 일이라고? 그게 정확히 무엇을 뜻하는지를 그녀는 알고 있었을까. 나는 그녀에게 다시 한번 말해주고 싶었다. 해야 할 일을 열심히 한다는 것과 두려움에 빠져 있다는 것은 동의어이다. 두려움을 느끼지 않는 사람은 어떤 일도 '해야 한다'는 당위성 때문에 하지는 않기 때문이다. 그들은 다만 스스로의 욕망에 의해서 몸을 움직일 뿐이다.

그러나 나는 그런 얘기를 할 수 없었다. 지난 몇 년 간의 경험으로 나는 그녀와 그런 논박을 벌인다는 게 얼마나 어리석은 짓인가를 충분히 알고 있었다. 그녀는 아마 의사 앞으로의 소견서에 이런 낙서를 끄적거리리라. 상태 다시 악화, 불안감 심화, 위해의 우려 있음. 그러면 의사는 내게 잠 오는 파란 약을 잔뜩 처방하리라. 어쩌면 이십사 시간 침대에 묶어두라는 처방을 내릴지도 모르지. 결국 몇 배의 부당한 손해를 뒤집어쓰게 되는 건 내 쪽일 뿐인 것이다.

저들은 자신들의 단단한 껍질이 엉터리 밀랍 한 겹에 불과하며 언제 어느 때 바스러지거나 흐물흐물 녹아내릴지 모른다는 사실을 잘 알고 있다. 그래서 두려움을 느낀다. 그것은 내게나 혹은 다른 누구에게나 마찬가지다. 하지만 저들과 나의 차이점은 내가 그 점을 솔직히 인정하는 데 반해 저들은 결코 그러지 못한다는 데 있다. 저들은 언제나 두려움을 가리기 위해 무엇인가를 덕지덕지 바른다. 마치 주름살과 화장독을 가리기 위해 더 열심히 분을 처바르는 늙은 창부처럼. 풀먹인 빳빳한 가운을 입고 두꺼운 안경을 쓰고 온갖 종류의 해야 할 일들을 책상 위에 늘어놓는다. 그러나 그래서 무엇이 달라질 수 있다고 믿는 것일까. 악어의 콧구멍에 개나리를 꽂아둔다고 해서 그가 으스스한 이빨을 뽑아버릴까.

더욱 나쁜 점은 그들이 그 두려움을 다른 사람들에 대한 명령을 통해 잊고자 한다는 것이다. 하루 세 번의 투약시간이 되면 그들은 소리를 지른다.

투약 집합!

그리고는 모여든 사람들에게 명령한다.

입 벌려.

그들은 약통에서 직접 약을 집어들어 사람들의 입 속으로 넣어주고는 물을 마셔 삼키라 한다. 그 다음엔 다시 한번 같은 명령을 내린다. 입 벌려. 그들은 혹시 약이 입 안 어딘가에 숨겨져 있지 않은가를 검사한다.

창피스러운 일이다. 그들이 아무리 철저히 검사해도 먹고 싶지 않은 사람은 얼마든지 속일 수 있다. 물을 마시는 척하면서 약을 도로 내뱉는다든지 목젖에 살짝 걸리도록 해두었다가 나중에 되올리는 방법은 누구나 약간의 연습으로 해낼 수 있다. 그들도 그런 사정을 잘 알고 있다. 그런데도 그들은 허구한 날 소리를 지르고 엉터리 검사를 그치지 않는 것이다.

법정에서 나와 얘기를 나누었던 사람들도 거의가 그랬다. 그들은 검은 모자를 쓰고 비로드가 반짝거리는 가운을 입고 몹시 근엄한 표정으로 앉아 있었다. 그들은 입을 벌리고 목소리를 내뱉는 방식조차 검은 비로드의 재단방식과 다르지 않았다. 피고는 검사의 논고에 대하여 부정 또는 해명의 뜻을 밝힐 부분이 있습니까. ……심지어는 눈짓 하나 고갯짓 하나까지 재봉선의 방향과 일치했다. 나는 혼자 고개를 저으며 생각했다. 저 위엄있는 판사나으리를 그 사내의 손에 맡기면 어떨까. 언젠가 나를 발가벗기고 모래사장에 처박았던 사내의 손에. 그는 먼저 나으리의 검은 가운을 갈기갈기 찢고 걸레 빤 물에 머리를 쑤셔넣겠지. 그리고 구둣발로 배를 밟고 서서 심호흡을 하라고 윽박지르겠지. 그런 형편이 되어도 나으리는 근엄한 표정으로 비명을 지를까. 우욱, 본 판사는 당신들의 불법적인 폭력을 좌시할 수 없, 으아악…… 여자와 잠을 잘 적에는 또 어떨까. 끈적한 여인의 혀가 허벅지를 스치는데도 나으리는 저런 표정으로 절제된 신음소리를 내뱉을까. 구역질나는 일이다. 똑같이 뻔할 뻔 자인 삶을 살아가면서도 껍데기만 덕지덕지 붙이려는 몸부림은 언제나 속을 메스껍게 한다.

무죄가 아니다

오후 면회시간이 끝나갈 즈음 아버지가 왔다. 그들은 병동 안의 골방 같은 면회실에서 부자가 상봉할 것을 허락했다. 아버지는 미지근히 식은 닭튀김을 탁자 위에 풀어놓았고 나는 허겁지겁 그것을 마른 창자에 집어넣었다. 내가 먹는 모양을 물끄러미 바라보다가 그는 물잔을 내 쪽으로 밀었다. 그리고는 언제나처럼 촉촉해진 눈으로 말했다.

"물도 마시면서 천천히 먹거라. ……어제가 무슨 날이었는지 알고 있니. 네 어미가 죽은 지 꼭 일 년이 되는 날이었단다. 어미를 생각해서라도 어서 건강해져야지."

나는 입 속에 가득 찬 닭살에서 뼈를 발라내면서도 우물우물 대꾸했다.

"전 벌써 다 나았어요. 사실은 처음부터 아픈 것도 아니었지만. 정신상태가 이상한 사람은 바로 저기 하얀 가운을 입은 사람들이에요. 저들이 괜히 날 붙잡아두고 내보내지 않으려 하는 거예요. 글쎄 어저께는 어떤 일이 있었는지 아세요. 최원식 간호사라는 건달이 발작을 일으켰어요. 그는 양처럼 순한 유임춘씨가 화장실 벽에 낙서 약간을 했다고 하루종일 발길질을 해대었다니까요."

"제발 그런 소리는 하지 말아라. 환자는 그 사람들이 아니고 너희들이야."

아버지는 아주 순박하신 분이다. 세상을 보는 눈이 꼬마아이들처럼 선하고 단순하다. 근 육십 평생을 땅만 파먹으며 살아왔으니 그럴 수밖에. 때로는 그런 점이 답답하게 만들기도 하지만 그는 적어도 엄숙한 껍질로 면상을 도배한 사람들처럼 나를 구역질나게 하지는 않는다. 그는 위선이라는 수단을 자기 보호책으로 선택할 만큼 영악하지도 않은 것이다. 그러나 나는 바로 그곳에 그의 한계가 있다는 사실을 부정할 수도 없다. 위선을 모르기에 그는 모든 사람들의 이야기에 고개를 끄덕거려야 한다. 모든 사람들의 모든 이야기가 그에게는 그럴듯하게 들리기 때문이다.

법정에서도 그랬다. 그는 변호사의 말이 곧 부처님의 말인 듯 생각했고 내게도 무조건 그 말을 따라야 한다고 애원했다. 너를 구해줄 수 있는 분은 변호사 선생님밖에 안 계시단다. 제발 선생님께서 시키는 말 이외에는 하지 않겠다고 약속하렴. 변호사는 그 말에 우쭐해졌다. 그는 거의 명령조로 내게 지시했다.

"이렇게 말하시오. 그때 저는 제정신이 아니었습니다. 왜 제가 그런 짓을 저질렀을까요. 아니, 제가 그런 짓을 했다는 게 사실이기나 한 것일까요.. 모르겠어요. 아무것도 기억나지 않습니다. 다른 말은 하지 말아요. 가능하면 모든 질문에 입을 다물고 꼭 대답을 해야 할 형편이 되면 그 말만 되풀이하도록 해요."

우스꽝스럽기 짝이 없는 일이었다. 왜 내가 그렇게 말해야 한단 말인가. 나는 멀쩡했고 모든 것을 기억하고 있었는데. 더구나 난 내가 왜 그런 행동을 해야 했던가를 잘 알고 있었다. 또한 그 이유가 전적으로 정당하며 바람직했다는 점까지도.

"아이를 죽이려 했던 행동을 인정합니까."

"그렇다면 왜 그를 죽이려 했는지 동기를 설명해주시겠습니까."

검사의 질문에 나는 또박또박 대답했다.

"유감스럽지만 지금까지 검사님께서 하신 말씀은 모두 사실입니다. 전 계획적으로 치밀하게 그 아이를 죽이려 했습니다. 왜냐하면 저는 그를 죽여야 했기 때문입니다. 여러분께서 모두 알고 계시겠지만 그것은 운명이었습니다. 혹은 어쩌면 운명을 거슬러야 하는 운명이었을 수도 있겠죠. 참으로 곤혹스런 일이었습니다. 해야 한다는 강요 때문에 무슨 일인가를 한다는 것은 언제나 그렇지 않겠습니까. 아무튼 저는 그래서 계획을 세웠습니다. 처음에는 노끈이나 새끼줄 따위를 이용할 생각도 했습니다. 그랬더라면 어리석게 실패를 하지 않았었겠죠. 하지만 그건 아무래도 직접 두 손으로 해야 할 일이라는 생각이 들었습니다……"

"왜 그 일이 운명이었다고 생각했는지도 말씀해주시겠습니까."

검사는 내 말을 가로막고 끼어들었다. 말을 중단당한 것이 조금 불쾌했지만 나는 다시 그의 질문에 대답하기 위해 입을 열었다. 그런데 그때 증인석 뒤로 잔뜩 웅크리고 앉은 그녀의 모습이 보였다. 그녀는 초조하게 나를 지켜보다가 눈이 마주치자 얼른 시선을 돌렸다. 나는 그녀의 불안을 이해할 수 있었다. 그녀는 행여라도 그 아이가 내 자식이라는 이야기가 나올까봐 두려워하고 있었던 것이다. 게다가 그녀의 곁에는 남편이라는 작자도 함께 있었으니까. 그러나 그녀는 그런 두려움을 가질 필요가 없었다. 나는 이미 충분히 생각한 다음이었고 그 비밀만큼은 반드시 지켜주기로 마음먹고 있었다. 애당초 잘못을 저지른 쪽은 그녀가 아니었고 따라서 그녀가 고통을 감당해야 할 이유는 없었다.

문제는 내가 그 아이를 죽여야 한다는 사실이었지 그가 그녀와 나 사이에서 태어난 아이라는 것이 아니었다. 솔직히 말하자면 나는 그가 내 자식이라는 것조차 자신있게 말할 수 없었다. 나는 그런 자식을 원한 적도 없었고 그가 태어나는 것을 지켜보지도 못했다. 어느 날 문득 그가 나를 이용하여 세상에 나와 있었음을 알게 되었을 뿐이었다. 차라리 그는 악마의 사생아라고 하는 편이 적당하지 않을까.

"왜 그 일이 운명이었다고 생각했는지 말씀해주시겠습니까."

다시 한번 검사의 질문이 되풀이되었다. 나는 헛기침을 하고 내 입술에 모여든 사람들의 시선을 훑어보았다.

"오십여 년 전 구례 용정이라는 곳에서 한 아이가 태어났습니다. 부부가 꽤 나이들어 얻은 자식이었기에 마을 사람들이 모두 기뻐했습니다. 그런데 그 아이가 백일을 맞던 날 산에서 내려온 땡중이 아이 이마를 들여다보고는 혀를 끌끌 찼습니다. 이 아이는 향후 삼대에 걸쳐서 집안에 같은 재앙을 불러들이겠군요. 부부는 깜짝 놀라 땡중을 극진히 대접했습니다. 대사님 그 무슨 말씀이십니까. 이 음식을 들고 노여움을 푸시고 차근차근

히 좀 말씀해주십시오. 땡중은 앉은 자리에서 열 사람분의 술과
고기를 먹어치우고는 다시 산으로 들어가며 이렇게 말했습니다.
한두 사람의 잘못이 아니기 때문에 누구도 그 재앙을 풀 수는
없소. 잔치는 그만 흐지부지되고 말았습니다. 부부는 땡중이 술
에 취해 헛소리를 한 것이라 믿고 싶어하면서도 아이의 이름을
바꾸기로 했습니다. 목숨 수 길 장, 수장이라고…… 더이상은
말씀드릴 수가 없군요. 하지만 분명한 것은 제가 그 아이를 죽
여야 한다는 사실입니다. 그건 운명입니다. 운명을 거슬러야 하
는 운명입니다."

검사는 또다시 왜 그게 운명인가를 물었다. 판사도 그 질문을
거들고 나섰다. 왜 운명이라고 생각하는가. 그 아이와 당신의 관
계는 도대체 무엇인가. 그러나 나는 입을 열지 않았다. 어차피
이야기해봤자 그들이 무엇을 알아들을 수 있겠는가. 그들의 귀
는 언제나 자신들의 목소리를 향해서만 열려 있지 않은가.

판사는 내가 한 달 동안 국립 정신병원으로 가 있어야 한다고
결정했다. 이른바 감정 유치 기간이라는 것이었다.

그 기간 동안 나는 많은 사람들로부터 시달림을 받아야 했다.
의사·간호사·심리 상담원, 그들은 툭하면 나를 불러 똑같은
질문을 되풀이했고 이상한 기계 위에 나를 눕히고는 머릿속에
가느다란 바늘들을 쑤셔넣기도 했다. 또 한번은 수백 개의 문제
가 인쇄된 시험지를 주면서 한 시간 동안 풀라고 윽박지르기도
했다. 나는 시험지를 그들 발 앞으로 던지며 말해주었다. 전 다
시 학교로 돌아가고 싶지 않아요. 학교에서 가르칠 수 있는 것
보다 훨씬 많은 것을 이미 배웠으니까요. 그랬더니 힘센 남자
두 명이 내 양 어깨를 꺾어 앉히고 코앞으로 시험지를 들이대었
다. 풀어. 그들의 무례한 방식이 마음에 들지 않았지만 나는 그

부탁을 들어주기로 했다. 곁눈질로 벽시계만 유심히 쳐다보다가 오 초가 지날 때마다 연필을 움직였다. 마음내키는 대로 동그라미와 가위표를 골랐다.

한 달이 지나서 다시 법정으로 돌아갔을 때 판사는 내게 치료감호 결정을 내렸다. 정상인들 속에서 생활하기에는 내 상태가 너무 불안하다는 것이었다. 어처구니없는 노릇이었지만 나는 너무 지쳐 있었다. 어느 정도는 예상하고 있었던 결과이기도 했다. 변호사는 내게 다가와 어깨를 두드리며 말했다. 잘되었소. 이제 감호소로 가거든 푹 좀 쉬도록 해요.

미친 자식. 도무지 지조라고는 없는 놈팡이다. 자기 말을 듣지 않았다고 인상을 그릴 땐 언제고 또 이제 와서는 잘되었다고 웃는단 말인가. 나는 그의 얼굴에 침을 뱉고 싶었지만 가까스로 참았다. 아무것도 잘되지 않았습니다. 난 죄가 있어요. 난 분명히 제정신으로 그 아이를 죽이려 했단 말입니다. 왜 내가 형량을 선고받아야 한다고 주장하지 않는 겁니까.

"면회 끝낼 시간입니다."

간호사가 문을 열고 들어와 말했다.

천장만 쳐다보고 있던 아버지는 갑자기 바빠졌다. 그는 급히 몇 점의 닭살을 발라내어 내게 내밀었다. 나는 그것을 받았지만 다시 탁자 위로 내려놓았다. 많이 먹었어요. 배가 불러요. 그러나 실제로 나는 아주 조금만을 먹었을 뿐이었다. 아버지는 또 눈물을 글썽였다. 어서 건강해져야지. 네 어미를 생각해서라도 …… 내가 아직까지 그를 아버지라 부르는 이유는 그가 너무 좋은 사람이기 때문이었다. 그는 도무지 사람을 의심할 줄 몰랐다. 게다가 그는 내가 그의 핏줄이 아니라는 사실도 알지 못했다. 차라리 알리는 편이 낫지 않을까 생각한 적도 있었지만 나는 그

러지 않기로 했다. 그의 검게 쪼그라든 눈두덩을 마주 보면서
어떻게 그런 얘기를 꺼낼 수 있을까.

내려놓았던 고기를 나는 다시 집어들었다.

"그렇지만 이건 참 맛있군요."

나는 그걸 입이 터지도록 쑤셔넣고 아구아구 씹어댔다.

관음증 환자

아버지가 돌아가고 곧 나는 의사의 면담 호출을 받았다. 별다
른 일이 있어서는 아닐 것이었다. 약처방을 내리기 위해 매주
되풀이되는 형식적인 면담에 불과하리라.

"기분은 좀 어때요."

그는 지난 몇 년 동안 내가 헤아릴 수 없이 들어온 의례적인
대사로 말문을 열었다.

"훨씬 좋아졌어요. 이젠 정말 다 나은 것 같습니다."

나 역시 수없이 되풀이된 대답을 했다. 그러나 나의 대답은
의례적인 것은 아니었다. 치료 감호 대상자가 되어 감호소에서
단 하룻밤이라도 지내본 사람은 그 대답 속에 얼마나 많은 의미
와 얼마나 간절한 바람이 담겨 있는지를 알 수 있으리라. 폭력,
복종, 소외감, 상상할 수 없는 비인간성, 탈출……

몇 가지 간단한 질문들을 던지고 의사는 알 수 없는 알파벳으
로 처방전을 채웠다. 모두 합쳐서 이 분이나 걸렸을까. 여느 때
같으면 거기까지가 끝이었다. 나는 엉거주춤 일어서 나가려 했
다. 그런데 뜻밖에도 오늘 의사는 시간과 호기심이 남는 모양이
었다. 그는 내게 담배를 권하고 손수 라이터를 켜 불까지 붙여
주었다.

"어제는 무척 놀랐겠군요."

"자꾸 그런 일이 생겨서 죄송할 따름입니다."

나는 퍽이나 가슴 아픈 듯 고개를 저었다. 어제 우리 병동에서는 사고가 있었다. 목욕을 하는 날이었는데 마지막으로 들어간 팀 중의 한 명이 몰래 남아 욕조 속에서 손목 동맥을 끊은 것이었다. 비누 조각 남은 게 없을까 욕실로 돌아갔던 나는 빨갛게 변한 욕조 속에 그가 누워 있는 모습을 보았다. 그건 대단히 감동적인 장면이었다. 물은 몹시 아름다웠고 그는 더할 수 없이 평화로워 보였다. 나는 흥분해서 어쩔 줄 모르다가 그가 사용했음직한 날카로운 돌이 타일 바닥에 떨어져 있는 것을 발견했다. 그의 곁으로 가기 위해 나는 그것을 주워들었다. 그러나 그때 사람들이 들어왔다. 한바탕 소란이 벌어졌고 그들은 나를 침대 위에 묶어버렸다. 나는 일곱 시간 동안 쉬지 않고 비명을 질렀다. 나의 처방 면담이 오늘로 미뤄진 것도 그런 까닭이었다.

"요즘 그 사람은 잘 지내는지 모르겠습니다."

"그 사람이라뇨."

나는 의사가 묻는 그 사람이 누구를 가리키는지 알 것 같았지만 짐짓 시침을 떼었다.

"이따금씩 찾아온다던 사람 말입니다. 수장아저씨라고 했던가요. 설마 그 동안 그 아저씨랑 싸움이라도 한 건 아니겠죠."

교활한 작자 같으니. 병동 안에서 그는 보통 관음증 환자로 통했다. 틈만 나면 우리 중 누군가를 붙들고 꼬치꼬치 캐묻곤 하는 것이었다. 어떡하다 직장을 그만두게 되었느냐, 왜 그 여자랑은 헤어지게 되었느냐, 칼을 들고 그 사람의 대문 앞에서 기다린 이유는 무엇이었느냐 등등. 그는 아마도 의사라는 직업을 사생활 염탐꾼 정도로 착각하는 모양이었다. 나는 그에게 당신의 별명이 무언지 아느냐고 되묻고 싶었다. 하지만 그의 눈 밖으로 나기 위해 몸부림을 친다는 것은 그리 현명한 일은 되지 못했다.

"싸움 같은 건 하지 않습니다. 아버지가 아들을 나무랄 수는 있겠지만 아들이 아버지에게 대들 수는 없는 일이거든요."

의사는 바로 그 대목이라는 듯 손가락 하나를 세웠다.

"그 사실을 알게 된 게 언제였습니까. 그러니까 내 얘기는 수장아저씨가 친아버지라는 사실을 우진씨가 알게 된 것이 언제였느냐는 거죠. 어릴 적부터 알고 있었던 것은 아닐 테죠."

"물론입니다. 그땐 저도 그저 반푼이 수장으로만 알고 있었습니다. 땡중이고 삼대에 걸친 재앙이고 하는 따위도 까마득히 몰랐어요. 그렇지 않았다면 어떻게 제가 다른 아이들과 함께 돌멩이를 던지고 놀려대었겠습니까. 정말이지 고개를 들 수 없는 불효였지요. ……그 사실을 알게 된 것은 훨씬 뒤였습니다. 대학생이 되고 네번째 방학이었던가 저는 집으로 내려가다가 곰다리 근처에서 아저씨를 마주쳤습니다. 색색으로 된 헝겊뭉치를 허리에 두르고 총채를 흔들고 있더군요. 아저씨는 저를 보더니 두 팔을 벌리며 이렇게 소리쳤답니다. 어서 오너라 내 아들아, 오랫동안 너를 기다리고 있었느니라."

"그때 처음으로 알았다는 말인가요."

"아니죠. 그때도 그 말을 믿지는 않았어요. 나중에 우연히 어머니 앞에서 그 얘기를 했다가 달라지는 안색을 보고서야 어렴풋이 느끼게 되었습니다."

그런 얘기가 시작되면 언제나 그렇듯 나는 묘한 기분으로 빨려들어갔다. 이제 얘기를 듣고 있는 사람이 누구인가 따위는 중요하지 않았다. 나는 그때부터 비롯된 나의 수소문 행각도 들려주었다. 반푼이 수장의 과거에 대해서, 어린 시절의 그는 어떠했으며 그의 집안은 어떠했는가 따위에 대해서. 그러자 그는 내가 신이 났다는 것을 눈치채고 이렇게 물었다.

"헌데 수장아저씨는 어떡하다가 반푼이 수장이 되고 말았을까요. 그처럼 똑똑하던 사람이."

역시 그는 기회포착이 능란했다. 나는 염탐꾼이 내 사생활에 촉수를 더듬거리고 있음을 알았지만 그것을 거부할 힘이 없었다.

"휴전협정이 맺어지던 해였습니다. 지리산 일대에 그 무렵 빨치산 유격대가 퍼져 있었다는 건 알고 계시겠죠. 그래요. 바로 그들이었습니다……"

휴전이 가까워지면서 산사람들의 활동은 더욱 거칠어졌다. 그들은 밤만 되면 마을로 몰려내려와 낮 동안 사람들이 숨겨놓은 식량을 뒤졌다. 울 밑이나 산죽 숲속에서 껍질도 벗기지 않은 벼와 호밀을 찾아냈다. 그리고 때로는 마을사람들을 동원하여 산으로 나르게 하기도 했다. 땡중이 예언했던 재앙이 수장아저씨에게 시작된 것은 바로 그 같은 일에서부터였다. 어느 날 밤 그는 산사람들에게 차출되어 산채로 식량을 옮기게 된 것이었다. 여느 때 같으면 그런 사람의 임무는 산 중턱 어느 만큼까지면 되었다. 그러나 그날은 손이 부족했는지 꽤나 깊은 곳까지 짊어지고 가야 했다. 마침내 짐을 내려놓았을 때 산사람들은 그에게 두 가지 중 하나를 선택하라고 했다. 그들과 함께 남든지 혹은 목숨을 남기든지. 그는 어느 쪽도 선택할 수 없었다. 그에게는 연로하신 부모님이 계셨으니까. 그러자 그들은 칼을 빼어들었다. 그때 한 여인이 앞으로 나섰다. 아주 어렸던 옛날 수장의 놀이 친구였기도 한 여인이었다. 그녀는 칼을 그의 목줄기에

들이대고 말했다. 우린 아무도 믿지 않아요. 하지만 아무도 이유 없이 다치게 하진 않아요. 만약 우리 산채가 개놈들에게 알려지면 그땐 당신의 목을 베겠어요.

이틀 후 대규모 군경 토벌대가 마을로 들이닥쳤다. 그들은 마을사람들을 통해 수장이 산사람들의 아지트에 갔었음을 알아내고는 밧줄로 그를 묶었다. 그리고 몽둥이질을 하며 다그쳤다. 한통속이 아니라면 그곳의 위치를 밝혀라. 결국 그는 그들에 의해 앞장세워져 지난 밤의 산채를 찾아갈 수밖에 없었다.

꼬박 사흘 동안 작전을 끝내고 마을로 돌아온 군대는 본부에 무전을 날렸다. 개미새끼 한 마리 남기지 않고 쓸어버렸다. 오버. 개울로는 핏빛 물이 흘러내렸다. 곤죽이 되도록 얻어맞아 탈진한 수장은 망연한 눈으로 그 개울을 내려다보았다. 그러는 사이 덤불이 바스락거렸다. 세 개의 시퍼런 칼날이 수장의 바지를 타고 올라왔다. 그를 살려보내기 위해 그의 목에 칼을 들이대었던 여인이었다. 그러나 이미 여인은 그날 밤의 그녀가 아니었다. 머리는 산발이 되어 있었고 옷과 살은 한데 뒤엉켜 갈기갈기 찢어져 있었다. 그녀 외에도 마찬가지로 피를 뒤집어쓴 두 여인이 더 있었다.

네 몸에서 불필요한 부분부터 차근차근 제거해주마. 여인들은 칼을 들어올렸다. 그러자 그의 양 옆으로 무언가가 툭툭 떨어졌다. 귀가 허전했다. 그런 다음 그네는 그의 바지끈을 끊었다. 조그맣게 오그라든 오줌싸개가 시퍼런 칼날 위에 올려졌다. 이딴것 달고 다닐 필요가 없는 놈이야. 또다시 칼이 들어올려졌다. 수장은 얼음 기둥처럼 파랗게 굳어버렸다. 칼이 내려쳐지는 순간 칼보다 그의 의식이 먼저 까무러쳐버렸다. 그래서 그는 잇따라 울린 총성을 듣지 못했다.

다시 깨어났을 때 수장은 아무것도 알지 못했다. 여인들이 군대의 총에 맞아 죽었다는 사실도, 그 일이 칼날보다 빨랐으므로 그의 오줌싸개는 아직 허벅지 사이에 붙어 있다는 사실도. 다만 그는 바지끈을 끊고 칼날을 내려치던 여인들의 표정만큼은 잊지 않고 있었다. 더구나 그 여인들의 시체는 동네 어귀의 커다란 느티나무에 주렁주렁 거꾸로 매달렸으므로 그는 문득문득 그 표정들과의 만남을 강요당해야 했다. 그 눈빛 속에는 그녀들이 개놈들이라 불렀던 군인 경찰의 악다구니도 섞여 있었다. 그들은 그에게 아지트가 있는 곳을 대라고 몽둥이를 후려갈겼다. 그때부터 그는 반푼이 수장이 되어갔다. 특히 그가 두려워하게 된 것은 여인들이었다. 멀리서 여인네의 웃음소리가 들리기만 해도 그는 신발을 벗어 들고 줄행랑을 치거나 사타구니 사이에 머리를 쑤셔박고 오들오들 떨게 되었다.

"대단히 상세하게 알고 있군요."

의사는 흡족스런 미소를 머금었다.

"그 모든 이야기가 수소문을 통해서 알게 된 것이었던가요."

"그렇게 알게 된 것도 있고 수장아저씨에게 직접 들은 것도 있습니다. 그 다음에 제가 다시 종합적으로 추리를 했지요."

"그렇지만 이상한 일이군요. 아저씨는 그때부터 여자라면 몸서리를 치게 되었다고 했죠. 그런데 어떻게 우진씨가 태어날 수 있었을까요."

나는 으쓱했다. 사실은 나도 조금 전에야 그 점을 깨닫고 수상쩍게 여기던 참이었다. 시간상으로 보자면 내가 태어난 것은 분명히 그보다 몇 년 후였다. 그리고 아저씨의 상태는 급속도로 악화되어 좀처럼 회복되지 않았다. 팔 년 전 번개가 치던 밤 경운기 밑에서 비를 피하다가 벼락을 맞아 죽을 때까지. 대관절 나는 어떻게 태어난 것이었을까. ……하지만 탐욕스런 의사 앞에서 나도 잘 모르는 일이라고 털어놓을 수는 없는 노릇이었다.

"그 얘기는 다음 기회에 들려드리도록 하죠."

의사는 고개를 끄덕였다.

"그럼 마지막으로 한 가지만 더 물어보겠습니다. 수장아저씨는 분명히 몇 년 전에 죽었다고 했었죠."

"네."

"그걸 어떻게 설명할 수 있을까요. 아저씨는 죽었다, 그런데 아저씨는 또 계속해서 우진씨를 찾아오고 있다. 자, 뭐라고 설명할 수 있겠습니까."

나는 화가 났다. 결국 그런 소리를 하리라는 것을 몰랐던 바는 아니었다. 그는 언제나 자기가 가장 똑똑한 줄 알고 있었다. 도무지 그는 자신이 생각할 수 없는 일들은 믿으려 들지를 않는 것이었다. 하지만 그렇다면 그는 그런 일에 대해서는 어떤 설명을 할 수 있을까. 같은 민족이, 아니 엊그제까지만 해도 한 마을에 이웃해 살던 사람들이, 같은 형제가 서로의 목에 칼날을 휘두르고 총알을 쑤셔박는 일에 대해서는. 나는 책상을 두들기며 소리쳤다.

"현실이라는 것은 언제나 설명을 넘어서 있습니다. 아직 그건 모르셨습니까. 그는 물론 죽었어요. 하지만 그는 여전히 저를 찾아오고 있습니다. 그건 그가 저를 찾아와야 하기 때문입니다. 그리고 그 두 가지 공존할 수 없는 일은 적어도 당분간은 계속될 수밖에 없을 겁니다. 왜 그가 저를 찾아와야 하느냐구요. 이런 제기랄, 세상이 그를 편히 쉬도록 내버려두지 않기 때문이지 뭐겠습니까. 눈감고 두 다리 뻗고 흙 속에서 썩어갈 수 있게 해준다면 그가 뛰쳐나와 돌아다닐 이유가 어디 있겠어요."

밧줄에 묶인 사랑

좀처럼 마음이 가라앉지 않았다. 의사라는 게 원래 그런 족속이라는 것은 알고 있었지만 그래도 그들은 너무 무책임했다. 심심풀이 장난으로 기억을 잔뜩 긁어놓고는 트렁크 속에 낚싯대를 챙겨서 주말여행 떠날 궁리나 하는 것이었다. 나는 간호사 방으로 살그머니 찾아가 김인희씨를 불러냈다.

"절 좀 묶어주시겠습니까. 무슨 일을 해야 할지 알 수가 없어서요."

그녀는 빙그레 웃었다.

"어제 일은 잊어버리세요. 곧 괜찮아질 거예요."

밧줄이 몸을 동여매니 숨쉬기가 다소 편해졌다. 나는 그녀에게 윙크를 하고 눈을 감았다.

김인희씨는 이 삭막한 감호소에서 그나마 내게 위안을 주는 유일한 존재였다. 그녀의 몸에서는 언제나 향기가 났다. 막 봄비를 맞아 촉촉해진 진달래처럼. 그리고 그 향기가 내가 처음 계희를 알게 되었을 때 그녀의 어깨 위로 피어오르던 아지랑이를 생각나게 했다. 내가 반드시 김인희씨에게만 몸을 묶어줄 것을 부탁하는 것은 그런 까닭이었다. 그녀의 향기를 좀더 가까이에서 느끼기 위해.

몸을 묶어두는 것의 또 한 가지 장점은 그녀를 가까이에서 볼 수 있다는 것이었다. 밧줄에 묶인 침대는 간호사 방 바로 앞에 놓여졌으므로 실눈만 살짝 떠도 그녀가 바쁘게 움직이는 모습을 지켜볼 수 있었다.

"버스 탈 동전을 잃어버렸군요."

계희를 처음 알게 된 것은 이학년 진학을 얼마 앞두지 않은 어느 날이었다. 나는 잔뜩 우울한 기분으로 는개가 깔리는 길을 걷고 있었다. 문득 내 앞을 막아선 그녀는 그렇게 첫마디를 열었다. 얘기를 나눈 적은 없었지만 같은 건물을 오가며 강의를 듣느라 서로 약간은 낯이 익은 형편이었다.

"더 비싼 걸 잃어버렸어요."

꽤 먼길을 걸어 축축해진 내 모습을 그녀는 한심하다는 듯 바라보았다. 하지만 그녀의 처지도 나보다 나을 것은 없었다. 우산이 있었지만 펴지 않았기에 그녀 역시 제법 습기를 머금고 있던 것이었다. 나를 보고서야 비로소 그럴 생각이 들었는지 그녀는 우산을 펼쳐들었다. 나는 그 아래로 들어갔고 그러자 그녀의 어깨 위로 피어오르는 아지랑이가 느껴졌다.

그때 내가 잃어버린 건 아버지의 신뢰였다.

인문대학을 들어오긴 했지만 나는 애당초 문학을 공부할 생각은 없었다. 비현실적인 욕심이 강한 탓이었는지 철학이라는 분야에 더 마음이 끌렸다. 그러나 물론 그것은 아버지의 소망과는 달랐다. 그는 내가 보다 실용적인 학문을 공부할 것을 원했다. 그럴 수밖에. 한평생 몇 마지기 땅에 목을 걸고 살아온 아버지에게는 대학이 곧 직장이었고 돈이었으니까.

철학이 대관절 어떤 거냐고 묻는 아버지에게 나는 장난삼아 이렇게 말했다. 철을 녹여서 쟁기도 만들고 가랫날도 만들고, 그런 방법을 연구하는 학문입니다. 그런데 고개를 갸웃거리면서도 그 말을 믿는 아버지를 보니 나는 차라리 그 편이 나으리라는 생각이 들었다. 그렇게 믿도록 내버려두는 편이. 하지만 그 따위 거짓말이 들통나지 않으리라고 생각한 나는 또 얼마나 어리석었던가. 며칠 지나지 않아 아버지는 빨갛게 달아오른 얼굴로 나를 불러앉혔다. 애비가 아무리 무식하기로서니 그래 네가 그럴 수가 있느냐. 나는 할말이 없었다. 그 길로 나는 집을 나와 서울로 올라오고 말았다.

그건 정말 대수롭지 않은 일이었다. 철학을 공부하건 철을 녹여 갑옷을 만드는 방법을 공부하건 그게 무슨 상관이었을까. 어차피 대학이라는 곳은 철가면과 쇠대가리를 만들어내는 주물공장이 아니었던가. 그런데 나는 왜 그딴 문제에 인상을 찡그리며 집착한 것이었을까.

계희의 충고는 더 가관이었다.

"잃어버린 것에는 더이상 미련을 갖지 마세요. 중요한 건 우진씨의 선택이에요."

그녀는 진정 그런 일이 가능하다고 믿는 것이었을까. 우리 각자가 자신의 운명을 선택한다는 일이, 혹은 적어도 스스로 선택하지 않은 운명에 대해서는 거부권을 행사한다는 일이. 솔직히 말하자면 나는 아직도 모르겠다. 그게 바로 내가 최근까지 골머리를 앓는 문제이기도 하다. 그러나 그 무렵의 나는 그렇게까지 여유롭지 못했다. 나는 그녀의 말에 솔깃했고 사막에서 낙타를 만난 듯 그것에 매달렸다. 나는 수없이 되뇌었다. 중요한 것은 나의 선택이다. 선택했다는 사실이다. 더이상의 미련은 필요없다.

하지만 그 선택은 또 얼마나 미련한 것이었던가. 비현실적인 욕망을 지닌 사람은 현실적인 삶을 선택해야 한다. 현실적인 삶에 뿌리를 단단히 내릴수록 욕망은 마음껏 비현실적이 될 수 있는 것이다. 이를테면 공대나 의대를 다니는 학생은 칸트와 헤겔에 대해 내키는 대로 떠들어댈 수가 있다. 마르크스와 베버를 저울대 위에 올려놓고 실컷 혹평을 가할 수도 있다. 그들에게 누가 심각한 책임감을 요구하겠는가. 그러나 철학도는 다르다. 그의 비현실적인 욕망들은 그가 철학을 선택하는 순간 구차한 책임감의 멍에를 둘러쓰게 된다. 그는 끊임없이 철학서적을 읽어야 하고 논문을 검토해야 하고 자료들을 뒤적여야 한다. 그럴 것을 요구받는다. 그리고 그의 한마디 한마디는 논리적인 검증의 저울대 위에 올려지게 되는 것이다.

내가 반정부적 지하신문을 준비하는 단체에 발을 들여놓게 된 것은 그런 까닭이었다. 현실이라는 것은 철학도에게 가장 중요한 자료이기도 했으니까. 더구나 그 즈음 내 주변에는 그런 행동을 부추기는 몇 가지 요인들이 있었다. 우선 나는 내가 아버지의 아들로 태어난 것이 아니라는 사실을 알게 되었다. 내게는 아버지 외에도 친아버지라는 사람이 더 있었던 것이다. 어처구니없게도 그는 이십여 년 동안 맨발로 마을을 떠돌았던 반푼이 수장이었다. 나는 빨치산 유격대를 알게 되었고 토벌대를 알게 되었고 아직도 끝나지 않은 그들간 투쟁의 역사도 알게 되었다. 또 하나의 충격적인 요인은 젊은 학생들의 생명경시 풍조였다. 매일처럼 날이 밝으면 나는 가슴을 졸여야 했다. 오늘은 또 누가 안타까운 피를 흘릴 것인가. 그들은 떠나기보다 남기가 훨씬 힘겹고 소중한 일임을 모르는 것일까.

"목마르지 않으세요."

기분 좋은 향기가 코끝으로 스며들었다. 김인희씨가 침대 곁에서 내려다보고 있었다. 나는 벌떡 일어나 그녀를 껴안아주고 싶었다. 그러나 내 몸은 밧줄로 단단히 묶여 있었다. 나는 고개를 저었고 그녀는 돌아갔다.

계희도 그런 비슷한 이야기를 했었다.

"넌 꼭 물에 굶주린 하마 같구나. 하지만 진흙탕 속에 아무리 뒹굴어도 마실 만한 물은 나오지 않아."

그녀는 아무것도 몰랐다. 반푼이 수장도 몰랐고 땡중도 몰랐다. 삼대에 걸쳐서 집안에 동일한 재앙을 가져오게 되리라던 예언 따위도 몰랐다. 그런데도 그녀의 지적은 아주 정확한 것이었다. 나는 어디에서도 갈증을 풀어줄 물은 발견할 수 없었다.

지하운동 단체는 그녀의 말대로 진흙탕이었다. 깊이 빠져들수록 맑은 물의 희망은 요원해지는 곳이었다. 어둡고 깊은 죽음에의 유혹이 있을 뿐이었다. 그들은 말했다. 죽음의 노랫소리는 이제 매우 가까운 곳에서 들린다. 우리 자신의 가슴속에서마저 울린다. 민족은 과연 이 파멸적 죽음을 그대로 받아들일 것인가. 그러므로 그들이 해야 할 일은 명백해졌다. 그들이 죽지 않기 위해서, 혹은 그들 말대로 민족이 죽지 않도록 하기 위해서 민족의 적인 군부독재 집단을 싸그리 죽여버리는 것이었다.

나는 고개를 저었다. 그리고 말했다. 설사 그것이 죽음일지라도 우리는 죽음에 대해서는 이야기하지 말아야 한다. 죽음이 시작되면 누구도 그 협소한 통로를 빠져나갈 수 없기 때문이다. 더구나 죽음이라는 낱말은 그 허세만으로도 충분히 우리를 경직시킬 수 있는 것이다. 우리는 부드러워져야 한다. 진정 우리가 또 하나의 권력의지에 사로잡힌 탐욕스런 집단이 아니라면, 우리 스스로 표방한 이상을 좇는 집단이라면. 그들에게 두들겨맞아 북어포처럼 부풀어오를지라도 우리는 부드러워져야 한다. 그러지 않고서는 그들과의 러시안 룰렛을 끝낼 수 없다.

물론 그때부터 나는 모두에게서 경원 받는 존재가 되고 말았다. 그들은 내 자질을 의심했고 내 시각을 회의적인 눈으로 바라보았다. 이렇게 묻는 사람도 있었다.

"넌 그럼 어떤 획기적인 방안이라도 마련해두었니."

나는 대답했다.

"획기적인 것은 없어. 하지만 간디의 무저항 운동이 좀더 충분히 연구되어야 한다고 생각해."

"아마 넌 훌륭한 변혁운동 이론가가 될 수 있을 거야."

그들은 빙그레 웃으며 내 어깨를 두드렸다.

훌륭한 이론가가 될 수 있으리라는 사실은 내가 더 잘 알고 있었다. 하지만 난 아무래도 간디처럼 적절한 시기를 타고나지는 못한 모양이었다.

얼마 지나지 않아 나는 낯선 사람들로부터 초대를 받았다. 그들은 나를 검은색 승용차에 태웠고 매우 정중히 대했다. 소풍객들처럼 우리는 경치 좋은 계곡에 도착했다.

한 남자가 내게 담배를 권했다.

"어떻습니까. 우리는 최우진씨가 몸담고 있는 단체에 대해서 약간의 정보를 갖고 있습니다. 그런데 그 집단의 성격이 썩 바람직한 것만은 아니라는 판단이 들더군요. 민주적으로 수립된 정부에 대한 반감도 그렇고 죽음이니 뭐니 하는 따위로 배수진을 치는 태도도 그렇고…… 우진씨의 생각도 우리와 다르지 않으실 테죠."

나는 담배를 피웠다.

"그런 집단을 바로잡기 위해서는 우진씨의 도움이 필요합니다. 아주 조금이면 됩니다. 정보를 흘려주는 거죠. 나머지 일은 우리가 모두 알아서 하겠습니다."

나는 그에게 혹시 뒤트렁크에 낚싯대가 있느냐고 물어보았다. 그는 왜 그러느냐고 물었고 나는 대답해주었다. 물이 이렇게 맑으니 틀림없이 숭어가 있을 것이다. 슈베르트의 노래에도 있지 않느냐. 거울 같은 강물에 숭어가 뛰노네. 잠시 후 그는 얼굴이 붉어지기 시작했다. 그는 화를 내고 욕지거리를 내뱉더니 뒤트렁크를 열었다. 그러나 그가 내 앞으로 던진 것은 커다란 삽이었다.

그는 내게 땅을 팔 것을 명령했다. 나는 그 삽으로 흙을 퍼올렸다. 물가의 흙은 비교적 부드럽게 패었다. 그와 그의 부하들은 내가 땀흘려 파낸 구덩이 속에 나를 집어넣고 흙을 덮었다. 목만 간신히 내밀게 하고는 발로 꾹꾹 밟으며 흙을 다졌다.

"도대체 무얼 하자는 거예요. 난 이런 놀이를 좋아하지 않아요."

숨쉬기가 힘들어졌다. 몸은 마치 수십 기압의 통 속으로 들어간 것처럼 짓눌려졌다.

"가르쳐줄까. 널 아주 서서히 죽게 하자는 거지. 그런 죽음을 당하고 싶지 않다면 우리 일에 협조하겠다고 약속해."

그들은 내 어깨 위에 둘러앉아 담배를 피우며 훅훅 뿜어댔다. 눈이 매웠다. 그러면서 그들은 농담을 주고받았다. 이 친구 말대로 낚싯대를 가져올 걸 그랬지. 큼직한 고기가 많이 잡히겠는걸. 운전대를 잡았던 사내는 군대에서 자동차 밧데리로 고기를 잡던 얘기를 했다. 못 믿겠다면 직접 해봐. 팔뚝만한 고기들이 둥둥 떠오른다니까. 내 고통은 점점 심해졌다. 나는 팔을 움직이고 싶었고 심호흡을 하고 싶었다. 그러나 숨이 막혀 비명도 제대로 지를 수가 없었다. 나는 힘을 모두 쥐어짜 소리쳤다.

"당신네는 삼십 년 전에…… 내 아버지를…… 이런 식으로…… 괴롭혔소. 그런데…… 이제…… 내게…… 똑같은 짓을……"

그들은 좀 시끄럽다고 느꼈는지 내 입에다 흙을 집어넣었다. 나는 또 비명을 지르려 했다. 내가 원하는 것은 흙이 아니라 물이라고. 하지만 소리가 나오지 않았다. 언젠가 드라마에서 본 사도세자의 얼굴이 눈앞을 어른거렸다. 그는 뒤주 속에서 몸을 웅크린 채 죽어가고 있었다.

이튿날부터 나는 만나는 사람에게마다 미리 손을 저었다. 제발 흙 속에는 집어넣지 말아요. 뭐든 하라는 대로 하겠어요.

계희는 언제나 가장 용감한 폼을 잡고 있었다. 바늘끝으로 찔러도 피 한 방울 나오지 않을 것처럼 딱딱한 표정으로 그러나 나는 그녀 역시 눈물 많은 여자였음을 알게 되었다. 그녀는 내 앞에서 징징거렸다. 그것 봐. 내가 뭐랬어. 진흙탕 속엔 들어가지 말라고 했잖아. 나는 그녀의 우는 모양이 보기 싫어 서울을 떠나기로 했다. 그녀와 나 사이에 여전히 한 가닥 밧줄이 남아 있음은 알지 못한 채.

고향으로 돌아와 가장 먼저 들은 소식은 수장아저씨에 대한 것이었다. 그는 비가 오던 밤 경운기 밑에서 잠을 자다가 벼락을 맞아 죽었다고 했다. 하지만 그것은 거짓말이었다. 나는 그가 죽지 않았다는 것을 알고 있었다. 그는 결코 죽을 수 없는 사정을 갖고 있었다.

잠들지 않는 밤

우리 병동에는 밤마다 잠들지 못하는 사람이 여럿 있었다. 면회가 있는 수요일 밤에는 특히 더했다. 누군가가 면회를 다녀갔기에 흥분해서 어쩔 줄 모르는 사람도 있었고 아무도 찾아와주지 않은 것에 실망해서 절망적으로 변한 사람도 있었다. 그들은 자청해서 몸을 묶었다. 가죽 수갑으로 팔과 다리를 묶기도 했고 천장으로부터 늘어진 줄에 팔을 매달기도 했다. 혹은 나처럼 침대에 드러누워 묶이기도 했다.

김인희씨가 교대를 하기 전에 나는 다시 한번 그녀를 불렀다.

"단단히 묶였는지 좀 살펴봐주세요. 줄이 너무 느슨해져서 금방이라도 풀어질 것 같아요."

그녀는 줄을 여기저기 잡아당겨보고 매듭을 살펴본 다음 미소를 지었다.

"염려 않으셔도 돼요. 아주 튼튼하게 묶여 있어요."

햄릿은 이런 날 밤에는 누가 뭐래도 잠자리에 들려 하지 않았다. 그는 뒷짐을 지고 심각한 표정으로 탁구대 주위를 걸어다녔다. 발끝을 위로 들어올리고 뒤꿈치만을 꼭꼭 눌러 밟으며 걸었으므로 그 모습은 마치 피노키오 같았다. 돌쇠라는 왕초도 햄릿만은 어쩔 수가 없었다. 벌써 여러 번을 때리고 윽박질렀고 언젠가는 외과 병동에 일주일을 누워 있어야 했을 만큼 매질을 하기도 했지만 효과가 없었다. 다리에 깁스를 하고 질질 끌면서도 햄릿은 야밤의 산책을 포기하지 않았다.

자정이 넘자 나는 점점 불안해졌다. 벌써 여러 시간째 오줌을 누지 않았다는 생각이 들었지만 일어나고 싶지 않았다. 몸을 일으키는 순간 나는 천장을 뚫고 높은 허공으로 솟구쳐오를 것만 같았다. 혹은 침대에서 발을 내려놓는 순간 땅속 깊은 곳으로 꺼져버릴 것만 같았다. 더구나 나는 그런 느낌이 무엇을 예고하는가를 잘 알고 있었다. 그건 나의 생부 반푼이 수장이가 또 나를 찾아오고 있음을 뜻했다. 경험과 예감으로 단련된 나의 촉각은 그가 다가오는 것을 감지하면 불안감으로 나를 잔뜩 부풀렸던 것이다.

아니나다를까 나는 허공에서 몇 개의 조각으로 나누어진 몸뚱어리를 보았다. 팔 다리 목이 모두 몸통에서 분리되어 춤을 추더니 빙글빙글 돌았다. 잠시 후 그것은 새로운 조합으로 끼워 맞춰졌다. 얼핏 보면 형태는 여전한 듯했지만 실상은 몹시 기괴한 꼴이 되어 있었다. 어깻죽지로부터 떨어져나간 팔은 방향을 반대로 틀어 손가락이 어깨를 붙잡는 모양을 하고 있었고 허리서부터 아래로는 모든 마디가 약간씩의 사이를 띈 채 연결되어 있었다. 게다가 끔찍한 것은 얼굴의 위치였다. 사자 갈기 같은 머리카락에 휩싸인 얼굴은 아랫배와 두 허벅지 사이에서 히죽히죽 웃고 있었다.

"제발 이제는 체통도 생각할 나이가 되지 않았어요."

나는 눈살을 찌푸리며 말했다. 정작 그가 내 앞에 모습을 나타내면 불안했던 기분은 말끔히 사라졌다. 날짜를 세며 기다리다가 생리가 시작되면 해방감을 느끼는 여자들의 기분과 같았다.

"체통을 지키라구. 내게 근엄한 척 어깨에 힘이라도 주라는 얘기냐."

그는 괴상한 꼴을 풀고는 침대가에 걸터앉았다.

"딸랑이랑 총채는 모두 어떡하셨어요."

"너야말로 참 보기 좋은 모양을 하고 있구나."

"난 그래도 나를 지키는 방법을 알고 있어요."

내 가슴 위의 밧줄을 만지작거리다가 그는 문득 생각난 듯 화를 냈다.

"그런데 넌 정말 쓸데없는 짓을 했더구나. 어쩌자고 의사 같은 엉터리 작자에게 내 얘기를 한 거냐."

"그 일 때문에 화가 나셨군요. 하지만 걱정하지 않으셔도 돼요. 난 아저씨가 내게 그렇게 하도록 시켰다는 말은 꺼내지도 않았으니까요."

"네게 그걸 시킨 사람이 누구인가 따위는 중요하지 않아. 어차피 넌 그 일을 해낼 수 없을 테니까. 하지만 난 체통이니 근엄이니 하는 것들은 질색이야. 그런 겉멋을 좋아하는 사람들은 겉만 굳는 게 아니라 속마음까지 뻣뻣하게 굳어버리고 말아. 무슨 얘긴지 알아듣겠니. 그들은 생각하지. 내가 최고다, 난 적어도 이 정도는 된다, 내가 잘못 생각하고 있을 리가 없다, 내가 누군가. 웃기는 얘기지. 그들은 옷주름을 다림질하면 인품까지 다림질이 되는 줄로 착각한단 말이야."

내가 이 사람의 아들이라는 것은 의심할 여지가 없다. 그의 그런 말들은 내 생각과 토씨 하나까지 틀리지 않으니까. 하지만 그가 잘못 알고 있는 것은 나의 능력이다.

"내가 그 일을 해낼 수 없을 거라구요. 천만에요. 난 반드시 성공해 보일 거예요. 사실 지난번엔 운이 없어서 거의 다 된 일을 실패하고 말았지만."

"운이 없었다고. 그래, 그걸 바로 운명이라고 하는 거야. 두고 봐라. 네게 또다시 그런 기회가 오기나 할 줄 아냐."

그는 이상했다. 내 운명은 실패할 수밖에 없는 것이라고 장담하면서도 내가 잠시도 그 일에 대한 책임감을 잊지 않도록 떠들어대는 것이었다.

"난 아저씨와 달라요. 그렇지 않다면 내가 세상에 태어날 이유가 없었겠죠."

그때 나는 의사와의 대화가 내게 일깨웠던 의문을 떠올렸다. 그가 찾아오면 반드시 캐물어보리라 생각한 문제였다. 나는 꽤나 정중한 어조로 돌아가 말했다.

"제게 설명해주셔야 할 일이 있어요. 아저씨가 여자만 봐도 몸서리를 치게 된 것은 오십삼년 그날부터라고 하셨죠. 그런데 어떻게 칠 년 후에 제가 태어날 수 있었을까요."

"네 출생은 운명에 의해 예정되어 있었어. 네가 계희의 몸을 빌려 그 아이를 낳은 것과 마찬가지. 우리는 삼대에 걸쳐서 같은 재앙을 되풀이 받도록 정해져 있었단 말이야."

"그런 얘기를 하자는 게 아니예요. 물론 저는 마리아가 예수의 어머니요 성모라는 주장을 믿어요. 굳이 믿지 않아야 할 이유는 없으니까. 하지만 그렇다고 해서 그녀가 동정녀였다는 억지까지 믿자는 건 아니라구요."

나는 금방 다시 짜증스러움을 느끼며 말했다.

"그때의 사정을 설명할 수 없다면 난 내가 아저씨의 핏줄이라는 것을 믿지 않겠어요. 그 아이에 대해서 더이상 아무런 책임감도 느끼지 않을거구요."

내 협박은 아주 유효적절한 것이었다. 그는 잠시 망설이는 듯 하더니 고개를 저었다. 그리고 긴 얘기를 늘어놓기 시작했다.

"그날 이후로 내가 여자의 목소리만 들어도 벌벌 떨게 되었다는 건 분명히 사실이야. 네게 이야기했던 대로지. 난 심지어 국민학교를 다니는 꼬마 계집애까지도 먼발치에서 피해다니곤 했으니까. 하지만 문제는 그 일이 있기 전에 네 어미 분녀와 나는 정혼을 한 사이였다는 거야. 그리고 그녀는 날 너무 사랑했었지……"

이 아이는 향후 삼대에 걸쳐서 집안에 같은 재앙을 불러들이게 되리라.

용정리 사람들은 반푼이 백치로 변한 수장의 모습을 보며 십구 년 전 땡중의 말을 떠올렸다. 그들은 간담이 서늘해지지 않을 수 없었다. 아무도 가슴에 담아두지 않았던 말 한 마디가 두번의 강산이 변한 다음에야 현실로 나타나 수장을 삼켜버리고 만 것이었다. 그들은 스님을 정성껏 모시지 못한 것을 후회했지만 이미 어디론가 사라지고 없었다.

그러나 한편으로 사람들은 안도를 느끼기도 했으니 스님의 예언 중 어느 한 부분은 결코 현실이 되지 못하리라 여겨진 까닭이었다. 그것은 다름아닌 '향후 삼대에 걸쳐서'라는 문구였다. 수장은 이미 반푼이가 되어 있었고 더구나 결정적인 충격이 그의 남자 구실 위로 내려쳐진 터였기에 여자의 소리만 들려도 소스라쳐 달아나는 형편이었다. 그런 반푼이를 대체 어느 얼빠진 여자가 낭군으로 맞아들일 텐가. 정식 부부는 고사하고 하룻밤 인연이라도 불가하지 않겠는가. 설사 그런 기회가 생긴다 하더라도 수장이 사내 구실을 한다는 것은 불가능할 테니까. 사람들은 스님이 재앙을 보는 데 급급하여 재앙의 결과를 똑바로 보지는 못한 것이라 여겼다.

마지막까지 그 같은 현실을 인정하려 들지 않았던 단 한 사람은 수장의 약혼녀인 분녀였다. 사건이 일어난 며칠 후 그녀는 십구 년 전 땡중이 했다는 예언을 들었고 마을사람들이 차례차례 그를 포기하는 소리를 들었으며 마침내는 그의 부모조차 수장을 포기해버렸다는 소식을 들었다. 그러나 그녀는 결코 희망을 버릴 수 없었다. 어느 날인가는 수장이 눈꺼풀을 비비고 일어나 기지개를 켜고 세수를 하고 그리고 그녀를 찾아오리라고. 그녀는 진정으로 그를 사랑하고 있었던 것이다.

그놈 때문에 혼담을 미루고 있는 거라면 오히려 사람들이 이상하게 여길 게다.

모름지기 처녀는 나이가 들수록 값이 떨어지는 법이야.

부모의 성화가 그녀를 편안히 내버려두지 않았지만 그녀는 침묵으로 버텼다. 여자는 자고로 일부종사를 해야 할 일이고 한번 마음으로 정한 사람이라면 설혹 혼례를 치르지 못했더라도 지아비임에 틀림없다고 생각했다. 게다가 그녀는 그런 식의 운명이라는 것이 인간을 지배하고 있음을 믿을 수가 없었다.

육 년이 지난 어느 날 그녀는 문득 자신이 늙어버렸음을 깨달았다. 그것은 갑작스러이 찾아온 깨달음이었고 불안과 조바심 속으로 그녀를 몰아넣었다. 다섯 살배기 아이처럼 부드럽던 피부는 어느새 스물다섯이라는 나이를 드러내게 되었고 웃음을 지을 때면 전에 없이 굵은 주름이 입가로 그려지곤 했다. 그녀는 수장에게 희망을 고집하는 것이 무의미한 일일지도 모른다는 두려움을 느꼈다. 마지막으로 그녀는 현실적인 타협안을 생각하게 되었다. 운명이라는 게 진정 인간의 머리 위에 군림하고 있다면 그건 결국 어떻게든 자신의 욕망을 실현시키려 들 것이다. 다시 말하자면 그건 수장을 회복시켜 온전한 남자로 되돌리게 되리라. 그래야 그의 이세 삼세가 태어날 수 있을 테니까. 하지만 만약 수장이 남자로 돌아오지 못한다면 그건 운명 따위가 한낱 말장난에 지나지 않음을 증명하는 셈이 되리라. 그녀는 더이상 무엇에도 집착을 가질 필요가 없게 되리라.

분녀는 그녀의 속살을 수장의 기억을 되살리기 위한 마지막 제물로 바치기로 했다. 그녀는 그가 좋아하는 빈대떡을 만들어 수장을 마을 뒷산으로 유인했다. 따뜻한 달빛이 사방에 흩어진 무덤들 위로 내리비추고 있었다. 이름도 알 수 없고 신세도 알 수 없는 산사람들의 무덤촌이었다. 그 중 하나의 봉분 곁에서 분녀는 옷을 남김없이 벗었다.

그 밤 그녀는 새벽 동이 틀 때까지 그녀가 할 수 있는 모든 일을 했다. 한편으로는 그를 붙잡아 달아나지 못하도록 막으며 또 한편으로는 그를 애무하여 그의 오줌싸개가 사내 구실을 되찾도록 하려 했다. 그녀는 그의 귓가에 수없이 달콤한 말을 속삭였다. 그들의 추억에 대해서, 그가 그녀를 어떻게 다루었던가에 대해서. 하지만 그 노력은 번번이 실패로 돌아갔다. 마침내 날이 밝았을 때 그녀는 땡중이 말한 운명이 엉터리였다는 결론을 내리지 않을 수 없었다. 그녀는 탈진해 있었다.

한 달 후 분녀는 결혼식을 올렸다. 언제나 먼발치에서 그녀를 바라보곤 하던 순박한 청년과. 하지만 그들은 아무도 모르고 있었다. 심지어 그녀조차도. 그날 밤 봉분 곁에서 그녀의 속살에 놀란 수장이 극소량의 정액을 오줌과 함께 깔겨버렸다는 사실을. 그녀의 몸 속으로.

"그렇게 해서 태어난 게 너였단 말이야. 이제 내 얘기를 믿을 수 있겠니."

나는 침을 찍 뱉었다.

"운명이라는 잡종에게 깨끗이 당한 셈이군요. 얻을 건 하나도 얻지 못하고 그에게 길만 만들어준 셈이었으니."

"그래, 그런 셈이야. 운명이란 건 언제나 제가 가야 할 길을 알고 있는 법이니까. 하지만 네 어미는 정말 무모한 여자였어. 어떻게 감히 운명과 내기를 벌일 생각을 했겠니."

"어머닌 용감한 분이셨어요."

그는 쓴 입맛을 다셨다.

"좋아. 그렇다고 해두자. 그런데 넌 왜 그 모양이지. 네 어머니의 용기를 물려받았다면 용감하게 해치웠어야 할 것 아니냐. 그날 넌 운이 없었던 게 아니라 용기가 부족했어. 네가 마음만 먹었더라면 충분히 그 아이를 죽일 수 있었다는 걸 나는 알고 있다구."

나는 대답하지 않고 눈을 감았다. 대답할 마음도 기운도 없었다. 그러자 그가 좁은 틈을 비집으며 내 곁에 드러누웠다. 우리는 쇠사슬에 묶인 채 나란히 누워 휴식을 취하기로 했다. 너무 많은 얘기를 나누느라 그날 밤의 내 어머니만큼이나 지쳐 있었다.

닮은꼴의 실패, 그리고……

학업을 중단하고 고향으로 내려온 나는 여러 가지 일을 하느라 바쁜 하루하루를 보냈다. 그 즈음에야 깨닫게 된 것이었지만 사람들은 지나치게 성실하고 지나치게 긴장된 삶을 살고 있었다. 도시에서나 시골에서나 마찬가지였다. 성실한 삶은 분명 나름대로의 의미를 지니겠지만 계산과 한숨에 의해서 강요된 성실은 사람을 기계처럼 메마르게 했다. 더구나 그것이 수십 세대 동안 전해내려온 가난의 습성이라면 더욱 그러했다. 그런 삶 속에서는 사랑과 배려조차도 고통스런 악다구니의 형식으로 표현되었다. 누구의 눈에도 가장 가깝고 가장 손쉬운 이득에의 탐욕이 번뜩일 뿐이었다. 나는 그들의 그런 표정 위에 웃음과 여유를 되살려주고 싶었다.

아침에 눈을 뜨면 나는 연구를 시작했다. 어떤 일로, 어떤 행동으로 사람들을 웃겨줄 것인가. 나는 가장 우스꽝스런 차림을 하고 집을 빠져나가 사람들을 찾아다녔다. 그들 앞에 서서 멋들어진 춤을 추고 내가 연구해낸 우스갯소리들을 떠벌렸다. 그들은 웃었다. 그러나 준비된 순서가 바닥나서 조금이라도 떠듬거릴라치면 그들은 내게 침을 뱉고 발길질을 해대었다. 나는 다시 꼬마아이들을 찾아나서야 했다. 하지만 아이들로부터 내가 받을 수 있는 최대한의 환대는 돌팔매질일 따름이었다.

차츰 나는 그들을 웃기는 일에도 지치게 되었다. 옷차림도 신경을 덜 쓰게 되었고 내 어머니가 나를 다듬는 대로 내버려두게 되었다. 어머니는 매일처럼 나를 깨끗이 씻기고 머리를 감기고 깔끔한 옷을 갈아입혔다. 마을사람 중 누군가가 나와 반푼이 수장이 닮았다며 고개를 갸웃거렸다는 얘기를 들은 이후로 그녀는 더욱 열성적으로 내 청결에 신경을 기울이고 있었다.

그렇게 몇 년이 지난 어느 날 나는 뜻밖에도 계희의 방문을 받았다. 그녀는 내가 좋아했던 자주색 코트 속에서 잔뜩 우수에 잠긴 표정을 지으며 말했다.

"오랫동안 못 찾아와서 미안해. 상태가 좋아지길 빌고 있었어."

나는 고개를 저었다.

"나도 그렇게 되길 빌었어. 하지만 더이상은 힘들 것 같아. 그들은 도무지 달라지기를 원하지 않거든."

우리는 읍내로 나가 맥주집을 찾아들어갔다. 그녀는 여전히 우울한 얼굴로 두 개의 잔을 채웠다. 나는 그런 표정을 보고 있기가 답답해서 견딜 수 없었다.

"제발 부탁이야. 좀 웃어봐. 우울하다는 건 자기 자신밖에 생각할 수 없다는 뜻이야. 그건 곧 모든 이기심과 갈등과 전쟁의 원인이 되는 거라구. 사람을 죽일 땐 누구나 다 그런 표정을 짓잖아."

그녀는 그제서야 약간의 미소를 머금었다.

"사람들이 네가 이상해졌다고 말했을 때 난 그들의 얘기를 믿지 않았어. 그들은 그러는 날 놀리고 비웃었지. 하지만 이제는 분명히 알 것 같아. 내가 옳았어. 넌 조금도 달라지지 않았어."

나는 몹시 기분이 좋아졌다. 그러나 내색하지 않으려 애쓰며 이렇게 말했다. 달라지지 않았다고는 말할 수 없다. 난 적잖은 충격을 받았으며 많은 것을 새로이 생각하게 되었으니까. 하지만 어떤 의미에서는 네 말이 맞을지도 모른다. 내 속에서 본질적으로 달라진 것은 아무것도 없다. 난 다만 좀더 깊숙이 생각하게 되었을 따름이다. 그리고 무엇이 필요하며 무엇이 버려져야 하는가를 명백히 갈라낼 수 있게 되었을 뿐이다. 이를테면 우울과 위선과 근엄함과 이기심과 전쟁은 모두 한통속으로 말끔히 불살라져야 하며…… 여러 해 만에 위장을 적신 술기운에 나는 쉽사리 취해버렸다. 그녀의 달콤한 속삭임들이 취기와 호기를 더욱 북돋웠다. 나는 마구 떠들어대었다. 불만, 생각, 앞으로의 계획 따위를. 그러다가 아마 나는 비몽사몽이 되어버린 모양이었다.

이튿날 눈을 떴을 때 나는 그녀와 한이불을 덮고 나란히 누워 있었다. 물론 우리 사이에는 아무런 헝겊조각도 걸쳐져 있지 않았다. 나는 비명을 지르며 일어나 그녀에게 물었다. 우리가 그 일을 한 거야. 그녀는 얼굴을 붉히며 말했다. 새삼스럽게 왜 그래.

옷을 입는 둥 마는 둥 나는 그녀를 끌고 나가려 했다. 그녀가 물었다. 이 새벽에 어디를 가려는 거야. 나는 그녀에게 소리쳤다. 내가 얘기하지 않았어. 반푼이 수장의 재앙은 삼대까지 되풀이되도록 정해져 있었다고. 그런데 어리석게 그런 짓을 벌이다니. 우린 또 한번 깨끗하게 속아넘어간 거야. 하지만 아직은 시간이 있어. 빨리 병원으로 가야 해. 그래서 네 몸 속으로 들어간 악마의 사생아를 긁어내어야 해. 그녀는 파랗게 질려서 몸을 떨었다. 한참 만에야 이렇게 말했다. 그 문제는 걱정하지 않아도 괜찮아. 엊그저께가 바로 그날이었어. 나는 더 크게 소리를 질렀다. 걱정하지 말라고. 그들이 그런 걸 따지는 줄 알아. 천만에.

바늘끝만한 틈만 있어도 그들은 모든 걸 망쳐버린단 말이야. 결국 그녀는 내가 소리를 지르고 있는 사이 달아나버리고 말았다.

몇 년 동안 나는 그 일을 걱정하느라 밤잠을 이룰 수 없었다. 그녀의 말은 과연 사실이었을까. 악마 같은 운명은 그녀의 말을 믿어주었을까. 그래서 그녀의 몸 속으로 반문이 수장의 삼대를 밀어넣는 일을 포기했을까.

그러나 그때 수장아저씨가 나를 찾아왔다. 경운기 밑에서 벼락을 맞아 죽었다던 이후로는 그때가 첫번째 방문이었다. 그는 술에라도 취한 듯 빨갛게 충혈된 눈으로 내게 호통을 쳤다.

"네놈 핏줄이 세번째 재앙을 준비하기 위해서 자라고 있는데 넌 도대체 여기서 무얼 하며 빈둥거리는 거냐."

나는 그 길로 상경해서 계희의 행방을 찾아나섰다. 마침내 어느 아파트 단지의 모퉁이에서 그녀를 발견했을 때 계희는 세 살쯤 되어 보이는 사내아이의 손목을 잡고 있었다. 나는 그 아이가 누구의 손자인가를 한눈에 알아볼 수 있었다.

"자, 이젠 어떻게 하죠."

나는 수장아저씨에게 물었다. 그는 턱을 으쓱 치켜올렸다.

"재앙의 조짐을 보이는 건 싹부터 잘라버려야 하는 법이야."

그의 명령이 어떤 것이었든 간에 나는 그것에 복종할 준비가 갖추어져 있었다. 화단 한구석에 몸을 숨기고 여러 날의 낮과 밤을 기회만 노리며 보냈다. 그러다 드디어 그 일을 해치우기에 적당한 때를 잡았다. 나는 아이를 쓰레기통 뒤로 끌고 가 목을 움켜쥐었다. 그리고 아이에게 말했다.

"아직 어려서 이해하기 힘들 테지만 넌 이 자리에서 죽어야 한단다. 그러니 제발 웃는 얼굴로 죽어다오."

나는 목을 움켜쥔 손에 힘을 주었다. 그러나 아이는 웃지 않왔다. 오히려 하얗게 질린 얼굴로 발버둥을 쳤다. 나는 잠시 힘을 풀고 나무라야 했다. 왜 웃지 않는 거야. 웃으란 말이야. 그러자 아이는 악을 쓰며 울기 시작했다. 이러지도 저러지도 못한채 나는 아이의 목을 쓰다듬으며 앉아 있었다. 식은땀이 등줄기를 타고 흘러내렸다. 사람들이 몰려와 어깨를 움켜쥐고 일으켜세웠을 때 나는 차라리 속편한 해방감을 느꼈다. 그 장면만을 두고 얘기하자면 수장아저씨가 내게 빈정대듯 하는 말은 틀린게 아니었다. 내가 그때 그 아이를 죽이지 못한 것은 운이 없어서가 아니었다.

새벽 동이 트고 있었다.

수장아저씨는 가뜩이나 비좁은 밧줄 속에서 몸을 비틀며 코를 골고 있었다. 나는 그의 어깨를 흔들어 깨웠다. 일어나요 아저씨, 돌아가야 할 시간이에요.

그는 눈을 비비며 일어나더니 마치 자동인형처럼 이렇게 말했다.

"그렇지만 애야, 재앙의 조짐을 보이는 건 싹부터 잘라버려야하는 법이란다. 물론 넌 결국 성공하지 못할 테지만 말이다."

이른 아침부터 그와 다투고 싶은 생각은 없었다. 그러나 그말은 내 기분을 몹시 상하게 했다.

"아저씨께도 한 번의 기회는 있었어요. 최우진이라는 재앙의싹을 잘라버리는 것이었죠. 하지만 그 기회를 놓쳤으니 아저씨는 누구에게도 명령을 내릴 자격이 없어요. 아시겠어요. ……그런데 난 아직도 이해할 수 없는 게 하나 있어요."

"얘기해봐라."

"땡중 말예요. 그가 재앙이 삼대까지 이어지리라고 말한 건무슨 뜻이었을까요. 그때까지로 모든 재앙은 마무리지어지고 축복이 시작되리라는 뜻이었을까요 그렇잖으면 삼대째의 재앙이 더이상 아무것도 남기지 않고 쓸어가버리리라는 뜻이었을까요."

"글쎄다. 나도 그것까진 알 수가 없구나. 그 사람들에게 물어 보면 혹시 대답이 나올지도 모르지. 안면에 근육 강화제를 맞고 다니는 사람들 말이다. 그들이라면 뼈다귀를 입에 문 개가 왜 엄숙해지는지를 잘 알고 있을 테니까. 하지만 넌 너무 많은 것 을 네 머릿속에서 풀어내려고 애쓸 필요는 없어. 네가 해야 할 일은 그 아이를 죽이는 것뿐이야."

"다시 한번 말씀드리지만 아무것도 제게 명령하려 들지 마세 요. 아저씨에겐 그럴 자격이 없어요. 내 일은 내가 결정해서 처 리하겠어요."

목을 움켜쥐었을 때 나는 손끝으로 전해져오는 아이의 숨결 을 느낄 수 있었다. 그는 내게 이렇게 말하고 있었다. 손을 치우 세요. 저도 제가 시작되지 않기를 원했어요. 하지만 너무 늦었어 요. 나는 그에게 말했다. 그렇지만 너를 위해서 무슨 일이든 해 주고 싶구나. 그는 고개를 저었다. 저는 제 두 눈으로 직접 운명 이 어떻게 걸어가는지를 지켜보겠어요. 꼭 제게 무언가를 해주 고 싶다면 한 가지 부탁을 드리겠어요. 제발 그 잘난 척하는 미 치광이놀음을 그만둬달라는 거예요. 땅속에 파묻혔던 기억 따위 는 땅속에 묻어버리세요. 이제 곧 날이 밝으면 운명이 세번째 재앙을 취소할지 누가 알겠어요.

"그 아이는 할머니를 닮았나봐요. 용기가 대단해요."

나는 수장아저씨에게 말했다. 그러나 그는 이미 어디론가 사 라지고 없었다. 창이 뿌옇게 밝아왔고 줄줄이 늘어선 침대에서 환자들이 기지개를 켜기 시작했다. 그들에게 또 하나의 날이 준 비되고 있었다.

상자 속으로 사라진 사나이

    그는 그런 종류에 속한 사람이었다. 머릿속엔 늘 어린 시절 뛰놀던 골목길에 대한 기억들만이 가득 차 있고 시간이 날 때마다 행여 그 길이 도로 정비 공사로 사라져버리지나 않았을까 걱정하는 사람, 업무관계로 만나는 현재의 사람들보다 그 시절 친구들의 얼굴을 훨씬 더 또렷하게 떠올릴 수 있는 사람, 휴가철이 돌아올 적마다 고향 방문 계획을 세우는, 그러나 벌써 십여 년째 출장길이 아닌 기차에는 몸을 실어보지도 못한 사람, 그런 종류에 속한 사람이었다. 물론 나는 처음부터 그를 알아볼 수 있었다. 비록 매일처럼 수십 명의 환자들을 상대하며 그들 속에서 함께 뒹굴어야 하는 게 내 직업이기는 했지만 그래도 그처럼 유별난 희귀종족을 감지해내는 후각은 마비되지 않고 있었던 것이다.

　내가 그에게 첫 질문을 던지는 데 며칠씩이나 여유를 준 것은 그의 그 같은 사정을 고려해준 까닭이었다.

　"그래 자넨 어쩌다가 이곳엘 들어왔나."

　그때 그는 두 손바닥으로 허공에다 너비와 높이 따위를 측정하고 있었다. 아마 특별 치료활동 시간에 목공예반에서 무얼 만들기로 한 모양이었다. 너비를 어느 만큼으로 할지 결정하기 힘든 듯 손바닥들을 멀리 가까이 움직이더니 흘끗 나를 쳐다보았다. 그는 무슨 말인가를 하려는 것 같았다. 그러나 다시 허공 측정작업으로 돌아가 열심히 고개를 갸웃거렸다.

　"무얼 만들고 싶은지 얘기하면 내가 적당한 크기를 가르쳐주지."

　또 한번의 내 호의에 그는 아무런 반응도 보이지 않았다.

　나는 이런 작자들을 어떻게 다루어야 하는지 잘 알고 있었다. 그가 귀를 기울이건 말건 나는 은밀한 목소리로 이런저런 얘기를 들려주었다. 이 병동에서 끗발 좋은 친구가 누구누구이며 수간호원의 첩보원은 누구인가, 함부로 속을 터놓아서는 안 되는 입싸개는 또 누구인가 등등. 허공을 측정하는 그의 손길이 차츰 느려지는 것으로 보아 그가 내 얘기에 귀를 기울이고 있음은 분명했다. 그것이 확인되자 나는 얼마 전에 있었던 사고 이야기를 해주었다. 늘 벙어리 행세를 하며 아무도 상대하지 않던 한 환자가 형식이라는 주먹패 출신에게 두들겨맞아 척추에 금이 가고 말았다고. 하지만 아무도 그를 동정하지 않았고 형식에게 책임을 묻지도 않았노라고. 그러자 그는 슬그머니 고개를 내 쪽으로 향했다.

　"만약에 말이오, 내가 댁이랑 말문을 튼다면 다른 사람들과 애기하지 않아도 별일 없이 해줄 자신이 있소?"

나는 기쁨을 억누르기 위해 안간힘을 써야 했다. 또 한 명의 환자가 내 고객철에 등록되는 순간이었다. 더구나 그는 내가 짐 작했던 대로 희귀종족임에 틀림없었다.

"자네 이름이 백성인이라고 했던가. 여기가 처음이니 아직 이 병동이 어떤 시스템으로 움직여지는지도 잘 모를 테지. 하지만 자네가 조금만 더 이곳 생활에 익숙해진다면 내게 그런 질문을 한다는 게 얼마나 우스운 일인가를 알게 될걸세. 여기 있는 칠 십 명은 모두 내가 정기적으로 심리상담을 해주는 내 환자들이 란 말이야. 그러니 자네가 내게만 모든 문제를 털어놓는다면 아 무도 자넬 다치지는 않아."

그는 한결 마음이 놓이는 기색이었지만 여전히 고개를 저었 다.

"하지만 그것만으로는 충분하지 않아요. 내게 언제까지고 진 정한 친구가 되겠노라고 약속할 수 있어야 해요. 변심하지 않고, 우리 사이에 다른 누구도 더 끼워넣지 않고, 또 내가 한 애기는 누구에게도 옮기지 않겠다고 말예요."

"그러지. 그건 친구로서의 도리이기도 하고 의사로서 환자를 대하는 태도이기도 해. 자 이젠 내게 자네가 무슨 이유로 이곳 에 왔는지를 이야기해도 되겠지."

그로부터 그 이유를 들을 수만 있다면 나는 어떤 맹세라도 할 생각이 있었다. 그는 한참을 더 머뭇거리다가 어쩔 수 없다는 듯 입을 열었다.

"대수로운 일이 아니었어요. 그저 자물쇠를 잠갔을 뿐이에요. 커다란 장롱이었죠."

"그게 모두란 말인가."

138

"그게 모두예요."

나는 슬슬 진짜 흥미가 모이기 시작하는 것을 느꼈다. 이런 종류의 수수께끼를 푸는 데 있어서는 나를 따라갈 사람이 없었다.

"아주 단단한 장롱이었겠군."

"물론이죠."

"그러고 나서 자네는 무얼 했나. 그 장롱을 잠그고 나서 말일세."

"아무것도 하지 않았어요. 그냥 그 앞에 앉아 있었어요."

"좋아. 그렇다면 이제 내게 그 속에 무엇이 들어 있었는지 말해주겠나."

"김도상씨가 들어 있었어요. 가구 사업부 실장이었죠."

다음 질문을 생각하느라 잠시 동안 정신이 없었다. 그가 왜 장롱 속으로 들어가 있었느냐, 거기서 무얼 하고 있었느냐 등등. 그러나 그때 백성인은 저쪽으로 걸어가고 있었다. 나는 쫓아가서 그를 붙들고 얘기를 나누다 말고 사라지는 법이 어디 있느냐고 야단을 쳤다. 그러자 그는 오히려 놀라는 표정을 지었다. 이렇게 많은 얘기를 했는데 아직도 얘기를 나누는 중이었단 말입니까. 오늘분은 충분히 한 것 같아요. 나는 그를 다루기가 여간 까다로운 일이 아니라는 것을 깨닫고 고개를 끄덕여주었다.

"그렇다면 오늘은 그만 하도록 하지. 하지만 한 가지만 대답해주게. 그 양반이 장롱 속으로 들어간 게 무슨 까닭이었나."

"제가 들어가도록 만든 까닭이었죠."

그는 다시 허공에다 손바닥 상자를 만들며 걸어가버렸다.

내가 더이상 그를 따라붙으며 성가시게 굴지 않은 것은 아내의 마지막 부탁을 잊지 않고 있었기 때문이었다. 그녀는 늘 입

버릇처럼 말했었다. 제발 너무 많은 일들에 나서서 참견하지 말아요. 사사건건 호기심으로 코를 들이밀지도 말구요. 당신이 그러지 않아도 세상은 그럭저럭 굴러가게 마련이라구요. 물론 그녀의 그런 당부에 대해 나는 대꾸할 말이 얼마든지 있었다. 이를테면 이런 것이었다. 하지만 내가 박선생에게 그 돈을 융통해주지 않았다면 그 사람 지금쯤 아주 곤란한 형편에 처해 있었을 거야. 그러면 그녀는 한숨을 내쉬며 고개를 저었다. 덕분에 지금 아주 곤란한 형편에 처해 있는 건 우리죠. 박선생이란 사람은 휘파람을 불고 있구요.

아내가 하고자 했던 말을 내가 이해하지 못한 것은 아니었다. 또 그녀의 말에 동의하지 않는 것도 아니었다. 나는 지나치게 많은 일들에 끼어들어 사람들로 하여금 내게 무언가를 기대하도록 만들었고 따라서 내 아내를 힘들게 만들고 있었다. 그리고 그 일들의 대부분은 애당초 내가 끼어들지 않았더라면 아무도 내게 기대하지 않을 성질의 요구들이었던 것이다. 그러나 이해할 수 없는 것은 나 자신이었다. 이상하게도 나는 귀를 간질이는 소문들을 견디지 못했다. 어디 사는 누구에게 무슨 일이 생겼다더라 하는 소문만 들리면 나는 현장으로 달려가야 했다. 그래서 소문의 진상을 밝혀내야만 했다. 그 대가로 내게 돌아오는 것은 언제나 두 어깨에 지워진 묵직한 짐이었다. 나는 몇 사람 사이의 불화를 식히기 위해 이쪽저쪽으로 쫓아다니며 말을 전하기도 했고 때로는 빚잔치를 돕느라 급전을 빌려주기도 했다. 그런 행동들이 아무런 보상도 받지 못한다는 것은 누구보다도 나 자신이 더 잘 알고 있었다. 하지만 나는 정말 어찌할 수 없는 위인이었다. 그렇게 난리를 치느라 지쳐 늘어졌던 몸도 며칠이 지나면 다시 새로운 소문을 찾아 귀를 세우는 것이었다.

제발 너무 많은 일들에 나서서 참견하지 말아요. 이제부터라
두요. 당신이 그러지 않아도 세상은 굴러가게 마련이에요. 마지
막 말을 남기는 자리에서까지 아내는 그렇게 내 걱정을 썼다.
그건 정말 감동적인 문장이었다. 마지막 자리에서까지 내 일에
마음을 쓰다니. 그런 걸 보면 아내는 결국 나와 다르지 않은 종
류인 모양이었다. 그런데 한 가지 아내가 잘못 생각한 것이 있
었다. 내가 언제나 염려하는 대상은 세상이 아니라 사람들이라
는 사실이었다. 세상 따위가 굴러가건 미끄러져가건 그건 내가
상관할 바가 아니었다. 하지만 만약 연인에게 냉대받은 한 노총
각이 막소주라도 퍼마시고 비틀거리다 빙판에서 미끄러져 넘어
지기라도 한다면 아마 너무도 가슴 아픈 일이 될 터였다.

　며칠이 지나도록 나는 백성인과 다시 조용히 이야기할 시간을
갖지 못했다. 사실 난 좀 바쁜 편이었다. 내게 심리상담을 원하
는 환자들이 어지간히도 많았기 때문이다. 그들은 보이지 않는
줄을 선 사람들처럼 차례차례 내게 다가와 고민들을 늘어놓았
다. 벌써 삼 주일째 아무도 나를 면회오지 않아요. 소변을 서서
보는 여자들도 있다면서요. 그게 사실일까요. 그런 여자를 만난
다면 당장이라도 모든 것을 새로 시작할 수 있을 것 같은데……
더러는 이번 선거 때문에 속을 태우는 친구도 있었다. 지금 나
는 여기 있을 몸이 아니야. 제기랄, 그런 뻔뻔스러운 자식이 감
히 국회의원에 출마하는 꼴을 보고 있어야 한다니. 제발 날 좀
내보내줘. 며칠만이라도 좋아. 자넨 수간호원이랑 얘기도 제법
통하잖아. ……서너 명의 환자만을 상대해도 제대로 된 상담을
해주려면 진이 빠졌다. 저녁식사 후의 자유시간은 어느 결에 흘
러가버리기 일쑤였다. 그리고는 나도 편안히 쉴 수 있는 시간이

필요했다. 도무지 내 쪽에서 그를 찾아가 상담신청을 유도해낼 틈이 없었던 것이다.

그가 내 옆자리에 앉아 있음을 우연히 발견하게 된 것은 금요일 오후 영화관에서였다. 그는 몸을 똑바로 세우고 두 팔을 가지런히 모은 채 잔뜩 긴장된 표정으로 주위를 두리번거리고 있었다. 아마 그로서는 이런 분위기의 영화관에 들어와본 적이 없었을 것이었다. 여덟 개의 병동에서 모여든 삼사백 명 가량의 사람들은 저마다 다른 병동의 친구들을 찾기 위해 목을 빼어 고함을 쳐대고 있었다. 안부인사를 나누고 우스갯소리를 던지고 누구는 어떻게 되었느냐고 묻기도 했다. 이제 곧 나가게 될 테니 용기를 잃지 말라고 격려하는 사람도 있었다. 이곳에 처음 들어온 사람이라면 누구나 가장 먼저 놀랄 일이 있었다. 여기 사람들이 자기 문제는 제쳐두고 다른 사람부터 걱정하는 따뜻한 마음씨였다.

"저기 실내화를 옆구리에 꼭 끼고 앉은 친구 보이지."

나는 그의 긴장을 풀어주기 위해 먼저 말문을 열었다.

"유심원이라는 친군데, 저 친구 옆을 지나갈 때는 아주 조심해야 해. 자칫 그 신발이라도 건드렸다간 난리가 벌어져. 누가 자기 신발을 뺏아가기라도 하려는 줄 알고 괴성을 지르며 멱살을 잡고 늘어진다니까."

"별로 좋아 보이지도 않는데요."

"사 년 전엔 제법 괜찮았어. 하지만 문제는 그게 얼마나 비싼 신인가가 아니야. 저걸 준 사람이 옛날 애인이라나 뭐라나, 저 친구는 저 신을 잃어버리지만 않으면 언젠가는 그 망할 여자가 돌아와주리라고 믿고 있는 거야."

"그렇다면 절대 저 신을 잃어버리지 말아야죠."

142

"신을 잃어버린다면 차라리 그 여자를 포기할 수 있게 되지 않을까."

백성인은 갑자기 눈을 부라리며 나를 노려보았다.

"무슨 소리를 하는 거예요. 댁이 환자를 치료하는 방법은 늘 그런 식이었나요."

"아니야. 난 그저 자네 생각을 한번 떠보았을 뿐이야."

이제 나는 그 이야기를 시작해도 좋을 만큼 충분히 그가 달아 올랐다고 생각했다.

"하지만 그러는 자네는 왜 김도상 실장을 장롱 속에 처넣고 자물쇠를 잠가버렸는가."

"그건 문제가 달라요. 그 양반은 모든 걸 너무 쉽게 포기하는 습성이 있었다구요."

그는 다시 오늘분의 이야기를 시작할 준비가 갖춰진 모양이 었다. 그러나 그때 영화가 시작되었다. 요란한 음악이 울리며 화 면을 가득 메운 하늘 위로 공군 비행기 몇 대가 날아들었다. 마 치 석양으로부터 탈출하려는 몇 마리의 새처럼 그들은 이쪽을 향해 날갯짓해왔다. 사람들은 소리를 지르고 박수를 쳐대었다. 음악 소리, 비행기 엔진 소리, 환자들의 열광하는 소리. 또 누구 는 가서 모조리 죽여버리라고 고함을 쳤다. 그 틈새로 백성인은 내 귀를 잡아당기더니 악을 썼다.

"그 양반은 모든 걸 너무 쉽게 포기하는 습성이 있었어요. 아 시겠어요. 아직 우리에겐 충분한 희망이 남아 있었단 말예요."

나는 더이상 참지 못하고 벌떡 일어나 공군기 조종사들에게 소리를 질렀다. 부숴버려. 모조리 부숴버려. 하지만 사람들은 다 치지 않도록 해. 제발 부탁이야. 뒤에서 누군가가 끌어당겨 나는 다시 의자에 주저앉아야 했다. 나는 등뒤를 향해 한바탕 욕지거리를 늘어놓았다. 물론 뒤에서도 만만찮은 욕설이 돌아왔다. 목소리가 낯설지 않았으므로 나는 마음놓고 욕을 계속했다. 그렇게 한참을 주고받다가 주위 사람들의 만류를 받고 그만두었다. 한결 기분이 좋아져 있었다. 석양을 탈출하던 괴조(怪鳥)들은 이제 거대한 광장에 내려앉고 있었다. 그가 다시 내 귀를 잡아당겼다.

"난 미래에 대한 희망 따위를 얘기하는 게 아니예요. 적어도 우리를 지켜나갈 수는 있다는 희망이었죠."

"이건 굉장해. 최근엔 이런 영화가 없었어. 공군기 조종사의 전쟁과 사랑을 그린 거지. 자넨 상상할 수 있겠나. 공군기 조종사들이 한번 출격할 때마다 얼마나 많은 사람들의 심장을 멎게 하는지 말이야. 그러면서도 그들은 자기 심장의 짝을 찾아 늘씬하게 빠진 여자들 뒤꽁무니나 따라다닌다구. 웃기는 일이지. 가장 현실적인 비극이기도 해."

나는 열심히 얘기했지만 혼자서 떠들어댄 꼴이 분명했다. 내 말에 이어서 그가 다시 무슨 소린가를 잔뜩 떠들어대었는데 도무지 아무것도 알아들을 수가 없었던 것이다. 영화관 속은 여전히 많은 소리들로 시끄럽기 그지없었으니까. 별수없이 나는 그의 귀를 끌어당겨 이렇게 말했다.

"내일 오후 대청소 끝나고 나랑 얘기 좀 할까."

그는 고개를 끄덕였다. 그래서 나는 영화 관람에 열중할 수 있었다.

다음날 오후 대청소가 끝났을 때 그러나 나는 어디에서도 그를 찾을 수가 없었다. 그러고 보니 청소시간중에도 줄곧 그가 보이지 않았던 듯했다. 청소를 시작할 때까지만 해도 분명히 있었는데 그 사이에 어디로 사라진 것일까. 나는 병동 구석구석을 빠짐없이 뒤졌다. 화장실, 목욕탕, 침대 밑, 탁구대 밑, 그리고 모든 방을 차례로 뒤졌다. 그러나 그는 어디에도 없었다. 그를 알 만한 사람을 만나면 나는 혹시 그가 어디 있는지 아느냐고 물어보았다. 그러면 그들은 자기 문제를 의논해왔다. 왜 이렇게 날씨가 화창한지 모르겠다. 비를 내리게 하는 방법은 없느냐. 나는 그들을 밀쳤다. 그런 얘기를 나누고 있을 때가 아니었다. 내 환자들 중에서 가장 희귀한 종족의 한 사람이 사라져가고 있었다.

병동이 그날처럼 넓어 보인 적도 없었다. 나는 그곳을 돌고 또 돌았다. 아마 네댓 번쯤 순회 점검을 했을 것이었다. 그러나 여전히 백성인은 나타나지 않았다. 토요일 오후에는 특치고 외치고 아무것도 없었으므로 그가 공식적으로 외출했을 가능성은 없었다. 내 행동을 수상쩍은 눈으로 지켜보던 박간호사가 다가와 무슨 일이냐고 물었다. 혹시 침대에 묶이고 싶다면 얘기만 하라고, 자기가 아주 단단히 묶어주겠노라고. 나는 그에게 고자질 따위를 할 생각은 없었다. 그러나 아무래도 나 혼자서는 백성인의 행방을 밝힐 도리가 없었다. 그래서 그에게 백이 어디 갔는지 혹시 아느냐고 물어보았다. 그는 빙그레 웃더니 이렇게 비꼬았다. 아마 의사 선생한테 심리상담 받는 게 두려워서 도망이라도 간 모양이지. 나는 그런 작자에게 도움을 구한다는 게 어리석은 일이라 단념하고 혼자만의 수색을 계속했다. 그러나 마침내 간호진에서도 그의 실종을 알아차린 것인지 야단법석을 떨기 시작했다. 그들은 이미 내가 수십 번도 더 뒤진 자리들을 또 뒤지더니 나를 불러서 마지막으로 백성인을 본 것이 언제였느냐고 물었다. 나는 그들에게 말해주었다. 더 늦기 전에 전 병원 내에 비상을 걸라고. 이 좁은 병동 안에 그가 없다는 것은 너무도 분명한 사실이라고. 결국 병동 내부에는 진짜 비상이 걸렸다.

마침내 그가 모습을 드러낸 것은 저녁식사 시간이 다 되어서였다. 빨랫감을 밖으로 옮겨 나가려던 심간호사는 수레가 여느 날보다 무거운 것에 고개를 갸웃거렸다. 그러자 빨랫감들이 움직이기 시작했다. 가운들이며 침대 시트들이 헤쳐지고 그 사이로 마술이라도 부린 듯 백성인이 우뚝 솟아오른 것이었다. 심간호사는 비명을 지르려다가 생각을 바꿨는지 이렇게 소리질렀다. 여깄다! 반가워서 어쩔 줄 모르는 그런 목소리였다. 사람들이 모여들었고 백성인은 심간호사의 손에 부축받으며 우아하게 빨랫감 수레로부터 내려왔다. 그는 갓 태어난 태아처럼 눈살을 잔뜩 찌푸리고 있었다. 빛이 성가시고 모여선 사람들이 성가시다는 듯. 이 동네를 드나든 지 벌써 십 년이 넘었지만 나는 아직 누구도 빨래통에서 술래잡기를 했다는 소리는 들은 적이 없었다. 누군가가 박수를 치기 시작했고, 사람들은 모두 그 대열에 참가했다. 나도 그러지 않을 수 없었다. 박수 소리는 휘파람과 환호성으로까지 번졌다.

잠시 후 사람들이 흩어지기 시작했을 때 나는 당연히 그 자리에 남아 백성인을 돌보아야 했을 것이었다. 그가 마음의 안정을 취하도록 손이라도 잡아주고 왜 그 속에 들어가 있었는지 물어주기도 해야 했을 것이었다. 나는 그의 의사였던 것이다. 그러나 내가 다른 사람들과 함께 뒤돌아서 흩어지는 대열에 낀 것은 주눅이 든 까닭이었다. 무려 네 시간이 넘도록 빨래통 속에, 냄새 나는 가운과 시트들 속에 쪼그리고 앉아 있은 그에게 풀이 죽은 까닭이었다. 왜라는 질문도 그런 희귀종 앞에서는 별 의미가 없었다.

"미안해요. 약속을 못 지켜서 말예요."

나중에 오히려 먼저 말을 걸어온 쪽은 그였다. 나는 고개를 끄덕이며 대충 얼버무렸다.

"괜찮아. 바쁘면 그럴 수도 있는 일이지 뭐."

"언제 나와야 할지 알 수가 없었어요. 그 속엔 시간 따위는 없었거든요."

이미 얘기한 바 있겠지만 그는 다른 사람들과 어울리는 것을 몹시도 싫어하는 경향이 있었다. 뭐랄까, 그에게는 대인관계에 대한 혐오증 같은 것이 있는 듯했다. 누군가 그에게 말을 걸기 위해 다가가면 그는 반드시 직각으로 꺾어서 달아났다. 투약 집합시간에도 그는 사람들과 함께 줄서는 것을 견디지 못했다. 따라서 그의 차례는 언제나 제일 마지막이었다. 사람들은 모두 그를 손가락질하고 그의 험담을 늘어놓게 되었다. 그런 신세가 된 사람이 겪는 가장 고달픈 일은 어깨패들이 그를 점찍게 된다는 사실이었다. 사람들이 손가락질하는 친구는 건드려보았자 뒤탈이 없다는 점 때문이었다. 실제로도 나는 이미 김형식 같은 작자가 그에게 눈독을 들인다는 소문을 듣고 있었다.

"이봐, 자넨 꼭 죽은 내 마누라 같구만."

사정을 너무 잘 알고 있었던 터라 나는 자꾸 그에게 말을 시키고 싶었다.

"형수님이 어쨌길래요."

"지금 자네가 어쩌고 있는가만 생각해보면 알 수 있을걸세."

아내는 언제나 다른 사람들 일로 분주한 나를 몹시도 못마땅해했었다. 그러나 솔직히 얘기하자면 아내는 백성인 정도로 꽉 막힌 구멍은 아니었다. 가까운 사람들과는 그럭저럭 얘기도 잘

했고 챙겨주기도 잘했다. 오히려 내가 지나친 점이 없지 않아 있었을 것이었다.

"아주 사려가 깊은 분이었겠군요."

그건 사실이었다. 아내는 아주 생각이 깊은 여자였다. 내가 사촌에게 돈을 빌려주느라 근저당을 설정했던 우리집이 은행 관리로 넘어간 사실을 먼저 안 것도 그녀였다. 또한 그 돈이 되돌아올 가능성이 전혀 없음을 더 잘 알고 있었던 것도 그녀였다. 그러자 그녀는 내게 아무런 말도 하지 않았다. 혼자서 속을 썩이며 이리저리 뛰어다니다 쓰러져버린 것이었다. 의사는 그녀의 졸도와 혼수상태에 대해 이렇게 말했다. 아무 곳도 이상은 없어요. 하지만 신경의 긴장상태가 너무 오래 이어진 것 같군요. 이런 경우에는 대체로 가능성을 기대하기 힘들죠. 과연 그의 말대로 아내는 다시 깨어나지 못했다. 그런데 그녀가 얼마나 생각이 깊은 여자였는가 하면 그녀는 쓰러지기 전에 이미 자신에게 일어날 일들을 예측하고 내 앞으로 유서를 남겨두었을 정도였다. 제발 이제부터라도 너무 많은 일들에 나서서 참견하지 말도록 하라고. 아내는 그런 여자였던 것이다.

아내가 나를 어찌할 수 없었듯 나도 아마 그 친구를 어떻게 하기는 힘들 모양이었다.

그는 사회에 있을 때 가구 디자이너로 일했노라고 했다. 미술대학에서 산업디자인을 전공하고 곧바로 가구 디자인 쪽으로 들어섰다는 것이었다. 하지만 이미 졸업하기 전부터 그는 가구 디자인에 손을 대고 있었다. 응용미술품 대회인지 뭔지에 직접 출품을 해서 등위에 오른 적도 있었다고 했다.

"세 개의 상자로 이루어진 것이었어요. 겹쳐놓을 수도 있고 나란히 놓을 수도 있고 세울 수도 눕힐 수도 있는 아주 자유로운 형태였죠. 게다가 내부 공간까지 마음대로 변형시킬 수 있는 것이었다구요.."

그가 처음 일을 시작할 무렵만 해도 가구 디자이너라는 것이 전문적인 직종으로 정착된 형편은 아니었다. 그는 뜻이 맞았던 친구 몇 명과 함께 손을 잡고 일종의 디자이너 클럽을 만들었다. 그들의 구상을 이해한 후원자가 자금을 대어 회사법인을 설립했다. 몇 년 동안은 열심히들 일했다. 그러나 시간이 흐르면서 차츰 그들의 뜻이 너무 순진했음을 알게 되었다. 디자인만으로 시장경쟁에서 이기기에는 아직 세상이 성숙하지 못했던 것이다. 게다가 대기업들은 앞다퉈 외국 가구들을 수입해 들여왔다. 회사는 역부족을 절감하고 문을 닫아야 했다. 함께 일을 시작했던 동료들은 대부분 경기 좋은 근처의 업종들로 옮겨갔다. 인테리어라든가 팬시 소품 디자인 쪽이었다. 지금 그 친구들은 그런 업종들에서 한창 주가를 올리는 중견 디자이너로 성장들 해 있었다. 또다시 가구사를 택해서 가구 만들기만 고집한 사람은 그뿐이었다.

"저라고 왜 유혹의 손길이 없었겠어요. 특히 인테리어 쪽에서 훨씬 나은 대우를 해주겠다는 스카우트 제의가 여러 차례 있었죠. 하지만 번번이 거절했어요. 나는 가구 디자이너였거든요. 아시겠어요. 난 가구 디자이너였단 말입니다."

어쩐지 나는 그에게 왜 가구 디자인을 그렇게 좋아하느냐고 물어봐주어야 할 것 같았다. 가구장이들이 인테리어나 팬시 쪽보다 자부심이 강하다는 얘기는 들은 적이 있었다. 장삿속으로만 물건을 만드는 게 아니라 오래오래 남을 작품을 만들어낸다는 장인정신이 있다는 것이었다. 그러나 백성인의 고집이 꼭 그런 것인지 어떤지 가늠할 수는 없었다.

"가구 디자인을 시작하는 데 무슨 특별한 이유라도 있었나."

그는 눈을 몇 차례 껌벅이더니 이렇게 되물었다.

"어릴 때 혹시 집에서 쌀뒤주라는 걸 썼었나요."

"물론이지. 대청마루 한 구석에는 늘 그게 놓여 있었지. 굉장히 무겁고 단단한 놈이었어. 아마 참나무로 만들어진 것이었을 테지. 내가 올라가서 아무리 뛰고 굴러도 까딱없었다구. 덮개를 여는 데만 해도 상당히 힘이 들어갈 정도였으니까."

나는 오래도록 잊고 있었던 친구라도 만난 듯 신이 나서 떠들었다.

"쌀뒤주는 모두 그렇죠."

"자네 집에도 그게 있었던 게로군."

"아주 어렸을 때였어요. 여섯 살이나 일곱 살쯤 되었을 거예요. 난 아버지께 물어보았죠. 내가 도대체 어디서 나온 거냐구요. 아버지는 껄껄 웃으시더니 바로 그 쌀뒤주를 가리키더군요. 이건 네가 좀더 크면 가르쳐주려 했다만 할 수 없구나. 넌 저기서 나왔단다. 하지만 다른 사람들에겐 아직 얘기하지 않도록 하려므나."

"대단한 양반이셨구만."

"그 뒤로 그 뒤주는 내게는 고향 같은 존재가 되었어요. 혼자 집을 지킬 적이면 나는 늘 그 속에 들어가 있곤 했어요. 덮개를 닫고 캄캄한 곳에 웅크리고 있으면 내 숨소리밖에는 아무것도 들려오지 않았죠. 그렇게 앉아서 나는 옛날에 내가 거기서 무얼 했을까를 상상해보곤 했어요. 그리고 왜 내가 밖으로 나왔을까도 생각해봤어요. 뒤주 속은 정말이지 평화로운 동네였거든요. 아마 나는 더이상 들어갈 수 없을 만큼 커질 때까지 그곳 출입을 계속했을 거예요. 그 후 내가 다시 무언가 속으로 들어가기 시작한 것은 고등학교 이학년 때였어요. 집이 한창 엉망일 때였어요. 어머님이 돌아가시고 가까운 친척에게 빌려주었던 돈이 몽땅 날아가고 아버지는 날마다 술로 밤을 지새고, 그럴 때였어요. 난 이번에는 내 방의 커다란 붙박이옷장에서 피신처를 찾았어요. 옷장 속으로 들어가본 적이 있으세요. 나이가 제법 든 다음에 말예요. 거긴 정말 훌륭한 곳이에요. 나이든 사람들이 고향 삼기에는 더없이 좋은 곳이죠."

"그래서 자네는 가구 디자인을 선택한 게로군."

"그런 이유도 있었을 거예요. 하지만 그 일을 시작한 이후로는 한동안 그런 버릇은 사라졌어요. 가구를 만든다는 사실만으로도 충분했는지 모르죠."

내가 가장 이해할 수 없는 사람들은 언제나 말수가 없는 듯 입을 굳게 다물고 있는 사람들이다. 그들은 깨어 있는 시간의 거의 대부분을 말하지 않고 보낸다. 누가 무슨 말을 걸어도 대꾸조차 않을 기색들이다. 그러나 입을 여는 단 몇 프로의 시간이 되면 그들은 별안간 청산유수가 된다. 속을 게워내듯 열정적으로 모든 얘기를 털어놓는다. 그리고 어느 순간 다시 입 다문 화상으로 돌아가는 것이다. 그런 다음이면 그들은 이미 표정에서부터 사람들을 거부하게 된다. 그때 내가 백성인의 얼굴에서 발견하게 된 것도 다시 침묵으로 돌아간 그 표정이었다. 나는 그의 입을 더 열기 위해 이런저런 말을 찔러보았다. 자네가 얘기를 이렇게 잘하는 줄은 미처 몰랐군. 자네가 만들어낸 가구들도 틀림없이 대단할 거야. 특히 장롱들은. 그런데 왜 건축 설계를 하지 않고 가구 디자인을 시작했나…… 하지만 그 어떤 말로도 이미 닫힌 그의 입은 열 수가 없었다.

그런 작자들은 아마 그렇게 생각하는 경향이 있는 모양이었다. 말이란 건 쓸데없는 허섭스레기에 불과하다고, 입과 혀는 다만 밥을 삼키고 트림이나 올리기 위해서 있는 것이라고. 어쩌면 그들은 참된 삶이라는 게 뒤주나 장롱 속에 존재한다고 믿고 있을지도 모를 일이었다. 내가 그런 부류에 속하지 않는다는 건 실로 다행스러운 일이었다.

다시 한번 그와 활기있는 대화를 나눌 수 있었던 것은 사나흘이 지나서였다. 그의 행동이 조금 수상쩍음을 눈치채고 다가갔던 나는 그가 아주 작은 갑 하나를 들고 서성거리고 있음을 알게 되었다. 애기손가락 두 개나 될 성싶게 작은 나무로 만든 상자였다. 겉모양도 제법 그럴듯하게 디자인되어 있었고 덮개도 단단하게 붙어 있었다. 허공에 손바닥을 휘둘러가며 측정하던 상자가 결국은 이렇게 쪼끄만 꼴로 나타난 것이었을까. 그러나 나는 아무것도 묻지 않고 조용히 그의 뒤를 따라 움직이기만 했다. 그는 무언가를 찾고 있음이 분명했다.

"어디로 가면 바퀴벌레를 찾을 수 있을까요. 살아 있는 놈으로 말예요."

마침내 그는 혼자서는 힘들다고 판단했는지 내 조언을 구했다. 나는 그를 목욕탕으로 안내했다.

"여기서 잠시 기다리면 나타날 거야."

우리는 문턱에 나란히 걸터앉았다.

"정말 나타날까요."

"물론이지. 믿음을 갖고 기다려보라구."

나는 그의 분위기를 망치지 않기 위해 조심하며 이렇게 물었다.

"목공예반에서 만든 모양이지. 아주 근사해. 밖으로 나가면 나는 가장 먼저 자네가 만든 장롱 한 짝을 사겠네."

"이건 아무것도 아녜요."

그는 쑥스러운 듯 말꼬리를 얼버무렸다.

"김형식이 자네한테 무슨 얘길 했나. 어제 보니까 꽤나 귀찮게 구는 것 같던데."

"아무것도 아녜요. 어딜 가나 그런 작자들은 있게 마련이잖아요."

"그건 그래. 어딜 가나 곰팡이는 있게 마련이지. 아마 자네한테 돈을 만들어내라고 윽박질렀겠지."

그는 두 눈의 초점을 모아 벽면이며 천장을 살피느라 정신이 없었다. 내가 묻는 말들에는 그저 건성으로 대꾸를 할 뿐이었다.

"그런 사람들이 나를 어떻게 대하는가는 조금도 중요한 문제가 아니예요. 문제는 친구들이죠."

"자네한테도 친구들이 있었나."

"무슨 소리를 하는 거예요. 친구들이 없는 사람도 있나요. ……하지만 그렇군요. 지금은 없어요. 지금 내게는 친구라곤 하나도 없어요. 아."

그는 천천히 몸을 일으켰다. 맞은편 벽에 마침내 바퀴벌레 한 마리가 나타나 있었다. 아주 조심스럽게 그는 그쪽으로 다가갔다. 잠깐 만에 바퀴벌레는 그의 사정권 안에 들어오게 되었다. 이제 그가 손을 움직이기만 하면 그놈은 영락없이 붙잡힐 형편이었다. 그러나 문득 그는 몸을 뒤로 빼며 중얼거렸다. 아직 너무 어린 놈이군요. 더 살 권리가 있어요. 아닌게아니라 그놈은 너무 작아 보였다.

"그래 자네 친구들에게 무슨 문제가 있었단 말인가."

"친구라뇨. 금방 말씀드렸잖아요. 난 친구라곤 하나도 없다고."

"그건 큰일이군. 친구가 없이는 살아갈 수가 없어. 그러니까 김형식 같은 작자도 자넬 함부로 여기는 것 아닌가."

그는 두 손바닥 사이에 얼굴을 묻고는 힘껏 문질렀다.

"걱정 말아요. 난 그런저런 걱정 없이 살 수 있는 곳을 알고 있으니까."

결국 그는 바퀴벌레 한 마리를 생포할 수 있었다. 그가 원했던 큼직한 놈으로. 그는 그것을 상자 속에 집어넣고 덮개를 꽉 막았다. 그 작업을 마쳤을 때 그는 더할 수 없이 행복해 보였다.

"이제부터 이놈이 어떤 일을 하게 될지 알고 있나요."

"글쎄, 자네 친구라도 된다는 건가."

"틀렸어요. 하지만 아주 틀린 건 아니군요. 이놈은 제 첩보원 노릇을 하게 될 거예요."

그 상자를 그는 침대 매트리스 아래에 집어넣었다. 너무 작은 것이었으므로 아무런 표시도 나지 않았다.

며칠이 지난 목요일 저녁 그는 내게 은밀히 다가와 이렇게 말했다. 오늘 오후 그 상자를 뒤뜰에 묻었어요. 사이코 드라마를 보고 돌아오는 길에요. 이젠 정말 그놈을 성가시게 굴 일은 아무것도 없을 거예요. 그놈은 방해받지 않고 임무를 수행하게 되는 거라구요. 나는 그 임무라는 게 어떤 것인지, 그 바퀴벌레가 무슨 첩보원 노릇을 한다는 것인지 물어보았다. 그는 대답 대신 슬쩍 미소를 지으며 고개를 살래살래 흔들었다. 시간이 지나면 자연히 알게 될 거예요.

이곳 병동에서 이루어지는 일 치고 불합리하고 무의미하지 않은 일이란 별로 없다. 모든 시간표며 조직체계는 수용 환자들을 억압하기 위해서 마련되어 있는 것이다. 그러나 그 중에서도 으뜸가는 바보 같은 일은 소위 집단치료라는 것이다. 애초의 목적과는 달리 그것은 종종 사람들을 더 상처받게 하고 따라서 더 단단한 껍질 속으로 움츠러들게 만들 뿐이다.

백성인을 대상으로 했던 첫번째 집단치료 역시 별반 다를 바가 없었다.

치료실에는 의사를 포함하여 열일곱 명이 의자를 둥그렇게 만들어 앉아 있었다. 의사는 사람들에게 차례차례 백성인에 대한 의견들을 물어보았다. 이제 그가 한 식구가 되고 두 주일 남짓이 지났는데 그 동안 어떤 것들을 알아내고 느꼈느냐고. 사람들은 그저 눈길을 내리깔거나 한숨을 내쉴 따름이었다.

"백성인씨는 너무 말이 없는 것 같아요."

"그는 다른 사람들이랑 좀더 어울려야 해요. 늘 그렇게 혼자 있는 건 회복에 도움이 되지 않아요."

집단치료 점수에 관심이 높은 한두 명이 어쩌다가 그런 소리를 했다. 아마 그들은 더 많은 얘기도 할 수 있었을 것이다. 무엇이든 알기만 했다면. 내 차례가 되었을 때 나는 아무 말도 하지 않으리라 생각하고 있었다. 그러나 불쑥 이런 말이 튀어나왔다.

"난 그 동안 많은 병동을 다녀봤어요. 하지만 어디서도 집단치료를 이런 식으로 하지는 않았어요. 환자들의 자발성이 없이는 아무런 치료 효과도 기대할 수 없다는 걸 의사 선생님도 잘 알고 있을 것 아녜요. 강제로 순서를 돌리지 말고 하고 싶은 얘기가 있는 사람이 스스로 말하도록 하는 게 어때요."

의사는 내 말에 순순히 고개를 끄덕였다.

"그렇게 한번 해볼까요. 자, 그러면 백성인씨에 대해서 하고 싶은 얘기가 있는 사람은 자발적으로 한번 말해보도록 하죠."

그러나 아무도 먼저 얘기를 시작하려는 사람은 없었다. 모두들 서로 눈치만 살필 따름이었다. 그렇게 잠깐을 기다린 다음 의사는 다시 내게 말했다.

　　"또다른 방법이 있나요."

　　제기랄. 나는 입을 다물고 있을 도리밖에 없었다. 그래서 순서가 계속되었다.

　　"백성인씨는 좀더 많은 얘기를 하도록 노력해야 할 것 같습니다."

　　순서가 끝났을 때 의사는 우리 모두에게 야단 비슷한 말을 한마디했다. 함께 사는 식구에게 이렇게들 관심이 없어서 어떡하느냐. 이건 백성인 개인의 잘못이 아니라 여러분 모두의 불성실을 나타내는 것이다. 여러분 모두의 회복 의지가 부족함을 드러내는 것이다. 그리고 그녀는 불쑥 화살을 내 쪽으로 돌렸다.

　　"모두 알고 있겠지만 지금 이 방 안에는 자칭 의사라는 사람이 한 명 앉아 있어요. 그는 틈만 나면 많은 사람들에게 심리상담을 해준다고 들었는데 아마 백성인씨에 대해서도 가장 많은 것을 알고 있을 테죠. 그의 견해를 좀 들어볼까요."

　　나는 그에 대해 아무런 말도 할 생각이 없었다. 사람들의 시선이 모두 나를 향해 쏠렸을 때도 그 생각에는 변함이 없었다. 이런 자리에서, 사람을 기계 부속품쯤으로 생각하는 의사 나부랭이를 상대로 나의 희귀종 환자를 해부할 생각은 없었다. 그러나 그때 나는 의사의 두 눈이 나를 노려보고 있음을 알게 되었다. 그 눈에는 어떤 협박의 뜻 같은 게 담겨 있었다. 얘기하기가 싫다면 우리 한번 주제를 옮겨볼까. 당신 부인은 어때. 당신이 죽인 당신 부인 말이야. 그건 마찬가지야. 당신이 죽였건 당신의 그 간섭하고 참견하기 좋아하는 버릇이 죽였건 뭐가 다르겠어.

그녀가 그런 눈으로 나를 협박할 적에는 정말이지 도리가 없었다. 나는 백성인에게 양해를 구하는 눈길로 잠시 쳐다보았다. 그는 내 눈길 따위에는 아랑곳하지 않았다. 나는 아주 조금만을 얘기하기로 마음먹었다.

"백성인씨는 가구 생산 회사에서 디자이너로 일하고 있었습니다. 그러다가 어느 날 그는 가구 사업부 실장 김도상씨를 자신이 만든 장롱 속에 집어넣고 자물쇠를 잠갔습니다. 그리고 몇 시간 동안 그 앞에 앉아 있었습니다. 그래서 그는 이곳으로 들어오게 되었습니다."

"그게 전부인가요."

"전부입니다."

"김도상씨를 장롱 속에 집어넣고 자물쇠를 채운 이유는 물어보지 않았나요."

"물어보았습니다만 아직 대답은 듣지 못했습니다."

"자칭 의사시라더니 참 많은 것을 알아냈군요."

나는 여자들에게 비교적 관대한 편이었다. 관심도 많았을 뿐 아니라 가능하면 항상 이해하려고 애쓰는 편이었다. 그러나 이 윤경신이라는 여의사만큼은 도무지 호감을 갖고 대해줄 수가 없었다. 그녀는 아주 침착하고 자상한 듯했지만 사실은 차가운 비웃음으로 가득 차 있었던 것이다. 내 아내였던 여자와는 조금도 닮은 구석이 없는 사람이었다.

"그럼 이번엔 백성인씨에게 직접 묻도록 하죠. 가구 사업부 실장을 장롱 속에 집어넣고 자물쇠를 잠근 사실이 있었던가요."

"네."

백성인은 짤막하게 대꾸했다.

"왜 그랬죠. 김도상씨는 벌써 이 년이 넘도록 백성인씨가 함께 일해온 동료일 텐데."

　두번째 질문에 대해서는 그는 아무런 반응도 보이지 않았다. 그러자 의사는 좀더 많은 이야기를 하기 위해 몸을 일으켰다.

　"백성인씨가 아트파크에서 일을 시작한 게 아마 사 년쯤 전이었죠. 거의 창업 멤버나 다름없다고 들었는데 사실인가요. ……그렇다면 이유는 생각보다 간단하겠군요. 아트파크는 처음부터 그다지 전망이 좋지 않았어요. 사장이 자금력이 있었기에 한 몇 년 허리띠를 졸라매면 숨통이 트이겠지 하는 고집으로 밀고 나왔어요. 시간이 지나면서 그러나 인테리어 파트는 그럭저럭 제 구실을 하기 시작했어요. 인테리어 시대가 시작된 까닭이었죠. 사장은 가구 파트를 축소하고 대신 인테리어 파트를 증원하기로 했어요. 백성인씨에게도 인테리어 쪽으로 옮기라는 권유를 했어요. 하지만 백성인씨는 그걸 거절했어요. 자기는 언제까지고 가구 디자이너일 뿐이라고. 게다가 가구 파트의 축소에 대해서 불만까지 표시했죠. 사장이 백성인씨보다 이 년이나 짧은 경력의 김도상씨를 가구 파트 실장으로 앉힌 것은 그러니까 손을 들고 인테리어 파트로 옮기든지 회사를 나가든지 둘 중 하나를 택하라는 무언의 강요였어요. 어때요. 여기까지 사실과 다른 점이 있나요. 그렇다면 이유는 간단하죠. 백성인씨는 사장의 그런 강요와 김도상씨의 도전을 용납할 수 없었던 거예요. 가구 파트의 최고참으로 사 년씩이나 이끌어오면서도 실적을 제대로 올리지 못한 책임은 생각지도 않고 말예요."

　"훌륭하군요. 하지만 실적을 제대로 올리지 못했다는 얘기는 누구한테 들은 건가요."

　뜻밖의 반문에 의사는 잠시 말이 없었다. 그러나 그녀는 곧 냉정을 되찾았다.

"그렇지 않고서야 가구 파트 축소론이 나왔을 리가 없잖아요."

"의사 선생님의 추리는 대단합니다만 한 가지 잊고 계신 게 있군요. 당신께선 디자인계에 대해서는 아는 게 별로 없다는 사실입니다. 말씀하셨듯이 아트파크의 가구부는 별 재미를 못 보았습니다. 하지만 그건 전체 가구류를 통틀어 하는 얘기고 제가 주로 맡았던 장롱이며 붙박이장 따위는 형편이 달랐습니다. 그동안 아트파크를 지탱시켜온 게 그런 상품들이었다고 해도 과언이 아닐 겁니다. 따라서 디자이너로서 제 개인의 경력은 결코 처지는 편이 아니었단 말입니다. 생각해보세요. 그렇지 않다면 사장이 왜 저를 인테리어 쪽으로 돌리려고 애썼겠습니까. 더 많은 월급을 제시하며. 사장은 제 감각을 높이 평가하고 있었던 겁니다."

"과연 그럴까요."

그녀는 여전히 냉소적이었다. 그러나 나는 이제껏 백성인씨가 이처럼 침착하며 적극적인 자세로 대화에 임하는 것을 본 적이 없었다. 과연 나의 희귀종 환자답게 그는 여러 가지 얼굴을 갖고 있었다.

"문제는 가구업계 전반의 불황이었습니다. 그럴 수밖에 없는 형편이기도 하죠. 목재 건조 과정부터가 엉망이니까요. 인건비도 엄청나게 올랐고. 게다가 사장은 더 큰 욕심을 내기 시작했습니다. 그는 고만고만한 제품들로 국내 기업들과 도토리 키재기를 하는 것은 아무런 소득이 없다고 판단하고 최고급 가구들을 수입하기로 한 것입니다. 스칸디나비아 반도에서. 아시겠지만 스칸디나비아 가구라 하면 엄청난 고가품들 아니겠습니까. 장롱 한 짝에 몇천만 원, 소파 한 세트에 몇천만 원을 호가하는 것들이죠. 이만저만한 사치가 아니에요."

"백성인씨가 그 정도로 애국자인 줄은 미처 몰랐군요."

"가구를 수입한다는 건 있을 수 없는 일입니다. 가구라는 건 우리의 생활공간을 직접 꾸미는 환경입니다. 그건 비단 언제나 그곳에 있을 뿐 아니라 알게 모르게 우리 속으로 다가들어 정서를 변화시키기도 하죠. 상아색 식탁에서 밥을 먹는 사람과 자주색 식탁에서 식사하는 사람이 서로 다른 기분을 갖게 되리라는 건 당연한 일 아니겠어요. 그렇게 중요한 가구를 노랑머리 코쟁이들의 것으로 수입한다는 건 있을 수 없는 일이란 말입니다. 장롱은 더욱 그렇죠. 장롱은 마음의 고향이니까요. 아니, 그건 모든 것의 고향이기도 하죠. 내가 김도상씨를 그 속으로 집어넣은 건 그가 그런 사실을 깨닫지 못하고 있었기 때문입니다. 그는 사장의 스칸디나비아 가구 수입 계획에 적극적인 충성을 보인 인물이었거든요."

의사는 차갑게 미소지으며 눈빛을 반짝였다. 무언가 꼬투리잡을 단서를 찾아낸 것이 틀림없었다.

"그 점에 대해서 좀더 길게 얘기해볼까요. 장롱은 마음의 고향이다, 아니, 장롱은 모든 것의 고향이다. 왜 백성인씨는 장롱을 자신의 고향이라고 생각하게 되었을까요."

"내 고향이 아니라 모든 사람의 고향이죠."

"글쎄요. 그건 사람마다 생각들이 다를 테죠. 어디 여기 앉아 있는 분들께 한번 물어볼까요. 장롱이 자신의 고향이라고 생각하는 분은 손을 들어주세요."

그녀는 구둣소리를 또각거리며 백성인의 코앞을 어른거리고 있었다. 그러다가 사람들 사이의 작은 원을 맴돌았다. 손을 드는 사람은 아무도 없었다. 그녀는 별로 만족스러워하는 표정도 짓지 않고 다시 백성인 쪽으로 돌아섰다.

"대부분의 사람들에게 장롱이라는 건 오히려 다른 이미지와 연결되어 있을 거예요. 이를테면 도피처, 은닉처 같은 거겠죠."

점수관리에 유난히 관심이 많았던 어떤 멍청한 녀석이 문득 손을 들더니 이렇게 떠듬거렸다.

"저, 이런 말씀을 드려도 될까요. 장롱이 은닉처와 연결된다는 의사 선생님 말씀은 정말 정확한 거랍니다. 고등학생 시절 저는 한 여자친구 집에 놀러간 적이 있었답니다. 집이 비어서 부모님 몰래 초대받아 갔던 거죠. 그런데 돌아오지 않기로 되어 있었던 그녀의 부모가 갑자기 초인종을 눌렀어요. 제가 갈 곳이라고는 그녀의 방 장롱 속밖에 없었답니다. 일곱 시간을 갇혀 있는 동안 그녀는 우유갑으로 다섯번씩이나 제 오줌을 받아내야 했어요."

사람들은 피식피식 웃음을 지었고 어디선가 휘파람 소리가 들렸다. 의사는 그를 향해 고개를 한번 끄덕여주고 하던 얘기를 계속했다.

"그런 장롱이 고향이라는 엉뚱한 이미지를 가지려면 아마 어떤 특별한 기억이 있었을 거예요. 말하고 싶지 않다면 입을 다물고 있어도 좋아요. 그러나 그건 백성인씨의 건강회복에 조금도 도움이 되지 않는다는 사실만 잊지 마세요."

그녀는 걸음을 멈추어서서 비스듬히 그를 내려다보고 있었다. 그것은 아주 불공평한 관계였다. 한 사람은 자유로이 걸어다니며 내려다보고 있었고 한 사람은 얌전히 앉아서 올려다볼 것만을 요구당하고 있었던 것이다. 나는 그런 장면을 더이상 묵인하기에는 너무 공정한 사람이었다.

"제발 의자에 앉으시죠 의사 선생님. 이건 심문이나 고문이 아니라 집단치료예요. 몰아세운다고 좋은 결과가 나오는 건 아니잖습니까."

그녀는 그러나 내 말에는 들은 척도 하지 않았다.

"그 일이 있기 얼마 전부터 백성인씨에게는 한 가지 이상한 버릇이 있었다죠. 장롱 속으로 들어가는 버릇 말입니다. 작업시 간중에 갑자기 사람이 보이지 않아 찾다보면 장롱 속에 웅크리고 있곤 했다더군요. 그것도 같은 이유에서인가요. 장롱이 백성인씨의 고향이기 때문이었던가요."

정말이지 나는 그녀의 또각거리는 구둣소리를 참을 수가 없었다.

"이건 집단치료예요. 집단치료. 그 구둣소리 좀 그만 낼 수 없나요."

나는 제법 거센 투로 항의를 했고 이번에는 그녀도 무시하고 넘어갈 수만은 없는 형편이었다. 그녀는 무슨 말인가를 하려고 입을 벌렸다. 그러나 더 먼저 소리를 지른 쪽은 백성인이었다.

"입 좀 닥치고 있어요. 역성을 들 필요는 없어요. 친구 따위는 필요없단 말예요."

그리고 그는 의사에게 벽시계를 가리켰다.

"시간이 벌써 지난 것 같군요. 소변이 급한데 먼저 일어나도 괜찮을까요."

의사는 고개를 끄덕였다. 그러나 마지막 한마디 남기는 것을 잊지 않았다.

"다음 시간에는 백성인씨에게서 더 많은 얘기를 들어보도록 하죠. 여러분도 그 동안 서로에게 좀더 관심과 애정을 갖고 이야기를 나눠보도록 하세요."

그날 밤 백성인의 방에서는 약간의 소란이 있었다. 김형식의 패거리가 모여들어 문을 잠그고 백성인에게 이른바 정신교육이라는 걸 강행한 것이었다. 나는 그 사실을 알고 있었지만 그곳으로 접근할 수 없었다. 손을 쓸 도리도 없었다. 나뿐 아니라 야간당직 간호사들도 그런 일이 일어나고 있음을 잘 알고 있었다. 그러나 그들에게는 그 일에 개입하고 싶은 의사가 전혀 없었다. 우리 사이의 일은 우리끼리 알아서 하라는 식이었다. 마침내 잠겼던 방문이 열리고 형식의 패거리가 사라졌을 때 나는 가장 먼저 그 방으로 달려갔다. 백은 두번째와 세번째 침대 사이에 갈대 채찍에 얻어맞은 개구리처럼 쭉 뻗어 있었다. 나는 그를 들어올려 침대에 눕혔다. 비명을 지르지 않는 것으로 보아 뼈가 부러진 곳은 없는 듯했다. 그나마 다행스러운 일이었다.

"그러게 내가 뭐랬나, 사람들이랑 얘기도 좀 하고 친구도 만들라고 하지 않았나."

나는 이 병동의 심리상담 의사였다. 그러나 내게는 나 자신이 너무 잘 알고 있는 한계가 있었다. 내 의사로서의 역할은 대화와 순리로써 엉킨 매듭들을 풀어나가고자 하는 사람들에게만 유효하다는 사실이었다. 누구들처럼 권위나 힘을 앞세워 폭력적인 태도를 취하는 이들은 도무지 어떻게 할 수 없었던 것이다.

그가 꿈틀꿈틀 몸을 움직이더니 일어나 앉으려 했다.

"왜 그래. 화장실이라도 가고 싶어."

나는 그를 부축하며 물었다. 그는 한참 동안 아무 대답 없이 혼자서 용트림만 계속했다. 그러다 마침내 지쳤는지 한숨을 내쉬었다.

"날 침대 밑으로 좀 내려주시겠어요."

나는 그렇게 했다. 그러자 그는 다시 인상을 쓰며 침대 아래

로 기어들어갔다. 내가 고개를 디밀고 들여다보고 있자니 그는
한 가지 부탁을 더 했다.

"침대 시트랑 담요로 양쪽 옆을 가려주시겠어요. 빛이 새어들
지 않았으면 좋겠군요."

그건 어려운 일이 아니었다. 내 침대에서 담요와 시트까지 마
저 가져다가 나는 그의 침대 양 옆을 단단히 가렸다. 그리고는
살그머니 그 속으로 기어들어갔다. 왜 백성인이 기회만 되면 이
같은 상자 속으로 들어가려 하는지 궁금하기 짝이 없는 일이었
다. 그는 내가 기어들자 다시 한숨을 푹 내쉬었다. 그 어둠 속에
서도 나는 그의 눈살 찌푸림을 보는 것 같았다. 제발 혼자 있게
해주시겠어요. 나는 그보다 훨씬 간절한 목소리로 애원했다. 제
발 여기 함께 있게 해주겠니. 아무 짓도 하지 않을게. 아무 소리
도 내지 않고 아무것도 묻지 않을게. 그냥 여기 앉아 있게만 해
다오.

그가 다시 입을 연 것은 꽤나 긴 시간이 지난 후였다. 한 시
간이, 아니 세 시간이 흘렀을지도 모르겠다. 나는 그가 이미 잠
든 줄로 생각하고 있었다.

"제가 가장 이해할 수 없는 일은 말예요, 왜 사람들은 그처럼
하찮은 일들에 엉겨붙어 있어야 하는지예요."

"어떤 일들이 하찮다는 건가."

"모든 일이요. 사람들이 매달려 살아가는 모든 일이 그렇죠."

"그럼 자네가 매달려 살아가는 일은 어떤가."

"마찬가지죠. 다를 리가 있겠어요."

나는 갑자기 등줄기로 식은땀이 배는 것을 느꼈다.

"왜 그 모든 일들이 하찮다는 것인지 설명해줄 수 있겠나."

"그게 설명되어질 수 있다면 아마 그렇게까지 하찮은 일은

아닐 거예요.”

“무슨 말인지 좀더 쉽게 얘기해주게.”

이건 참으로 묘한 느낌이었다. 빛 한 조각 스며들지 않는 좁은 공간에서, 아니, 좁은지 어떤지조차 알 수 없는 공간에서 보이지 않는 사람의 목소리와 얘기를 나눈다는 것은. 심지어 나는 내 목소리가 어디서 울려나오는 것인지도 알 수 없었다. 그저 어둠 속에 두 개의 목소리가 두 방울의 기름처럼 둥둥 떠다니는 듯할 뿐이었다.

“어려운 얘기가 아니에요. 나는 내가 어디서 어떻게 왜 시작되었는지를 알지 못해요. 어디로 가고 있는지도 몰라요. 사실은 가고 있는지 뭘 하고 있는지도 모르죠. 그러면서도 자꾸자꾸 팔다리를 허우적거려야 하니 미칠 노릇 아니겠어요. 그러니 무슨 일이 의미를 지니겠어요. 내가 아는 거라곤 다만 이런 깜깜한 어둠 속 어딘가에서 나의 씨앗이 시작되었으리라는 것뿐이에요. 그리고 언젠가는 이 속에서 다시 내 모습이 지워지고 어둠만이 남게 되리라는 거예요.”

그 얘기는 내가 나 자신에게 수십 번도 넘게 제기해온 의문이었다. 지구상에 존재해온 사람들 중 스스로에게 그런 의문을 던져보지 않은 사람은 아마 몇 명 되지 않을 것이었다. 나는 나 자신을 얼버무리기 위해 사용해온 소리들을 그에게 늘어놓았다.

“알 수 없는 일에 매달리는 것처럼 어리석은 일이 또 있겠나. 내가 자네라면 보다 적극적으로 사람들과 함께 사는 대열에 끼어들겠네. 가능하면 많은 일들에 끼어들어 가능하면 많은 사람들과의 관계로 거미줄을 치는 걸세. 관계가 쌓이고 얽혀서 현재라는 단단한 땅을 만든다면 자네도 구태여 과거를 돌이켜보며 자궁 타령이나 늘어놓을 필요는 없어질 테지.”

내가 문득 입을 닫은 것은 윤경신 의사가 떠올랐기 때문이었다. 나는 그녀에게 이런 얘기를 거의 똑같이 주워섬긴 적이 있었다. 왜 그토록 많은 일들에 관여해야 했던가를 설명하면서. 그러자 그녀는 비단뱀처럼 독기 품은 눈초리로 나를 쏘아보았다. 그녀는 말했다. 그래서 부인을 죽일 수밖에 없었단 말이군요.

"한때는 저도 그런 생각을 가진 적이 있었어요. 그래서 일도 열심히 하고 친구들도 열심히 만났죠. 기대할 것이라곤 결국 사람밖에 없다는 생각이었으니까요. 하지만 그것도 아니었어요. 오히려 그게 가장 속절없는 짓이었더군요."

"글쎄, 어떤 일이 자네에게 그런 생각을 갖도록 했을까."

다시 얼마 동안 어둠이 이어졌다. 재미있는 것은 이 캄캄한 공간에서 대화의 단절은 침묵이 아니라 어둠의 형태로 메워진다는 사실이었다. 소리와 빛은 어쩌면 같은 부모로부터 태어난 다른 자식들일지도 모를 일이었다.

"장선배는 진짜 친구라고 자신할 만한 친구들이 있었나요."

"암, 있었지. 있었구 말구."

갑작스러운 질문에 나는 그렇게 힘을 주어 대답했다. 그러나 내심으로는 그다지 자신이 없었다.

"제게도 그런 친구들이 있었어요. 아니, 그렇게 믿고 지낸 친구들이 있었죠. 고등학교와 대학교를 함께 다닌 친구들이었으니까 한 육칠 년은 거의 강제로 붙어다닌 작자들이었어요. 학교를 졸업한 후에도 우리는 꾸준히 만나며 서로를 성가시게 굴어온 사이였답니다……"

처음 그 친구들의 숫자는 여섯 명이었다고 했다. 그런데 몇 년이 지나면서 형편이 달라지기 시작했다. 서른을 한두 살 넘긴 무렵부터였을까, 그들 사이에 다른 친구들이 끼어들게 된 것이었다. 그들은 처음 여섯 명 중 두어 명이 가깝게 지내던 또다른 그룹이었는데 서로 오래 전부터 안면들은 익어온 사이였다. 두 그룹이 함께 모이게 되자 숫자는 보통 십여 명에 이르렀다. 숫자의 변화는 모임의 성격에도 커다란 변화를 가져왔다. 친밀하고 아늑하고 아담하던 분위기가 갑자기 시장바닥처럼 떠들썩해진 것이었다. 모이는 장소도 많이 달라졌다. 예전 같으면 누구네 안방이나 거실쯤으로도 충분했지만 이제는 반드시 레스토랑의 대형 룸을 예약해야 했다. 자그마한 카페를 점령하기도 했고 드물지 않게 룸살롱을 이용하는 경우도 생겼다. 특히 다른 그룹에서 온 주성훈이라는 친구는 룸살롱 행 바람을 잡는 데 자질이 있었다. 가업이던 커다란 음식점을 물려받아 하던 터였기에 그런 곳 출입에 어지간히 이력이 붙은 처지이기도 했다.

"모임의 성격이나 느낌이 몹시도 달라져버렸어요. 뭐랄까, 예전에는 그 모임을 지탱해온 게 서로에 대한 애정과 의지였어요. 따로따로 살아가는 여섯 개의 인생이 아니라 함께 여섯 명의 삶을 살아가는 공동체 같은 느낌이 들 적도 있었으니까요. 하지만 그런 느낌은 말끔히 사라져버리고 말았어요. 그 같은 친밀감은 애당초 자그마한 그룹에서나 가능한 것 아니겠어요. 이제 모임은 마치 법인기업의 주주총회 자리처럼 변했어요. 그 자리를 찾아가는 마음도 친구들이 보고 싶어서라기보다는 어쩐지 빠지면 손해를 볼 것 같은 빠듯함 때문으로 바뀌었어요. 그러더니 결국 그런 일이 시작되더군요."

어느 날 그들이 역시 레스토랑의 룸에 모여 있었을 때 누군가가 그런 이야기를 꺼내었다. 인원도 십여 명 되었고 하니 이제 그들을 중심으로 하나의 회 같은 것을 만들어보자고. 제법 본때 있게 틀도 만들고 회칙도 만들어 제대로 된 모임을 시작해보자고. 이미 몇 명 사이에서는 얘기가 되어 있었던 모양이었다. 금세 여기저기서 동의가 쏟아지고 그것을 당연시하는 분위기가 형성되었다. 누구는 벌써 회의 이름이니 월 회비 따위를 떠들기도 했다. 그는 도무지 눈앞에서 벌어지는 일들을 믿을 수가 없었다. 엊그저께까지만 해도 이 친구들은 그런 식의 조직에 대해 상당히 비판적인 입장을 보여오던 터였다. 소위 하나회니 월계수회니 벽계수회니 하고 떠들어대는 이익집단들을 욕해오고 있었다. 그런데 무엇이 이들을 이렇게 뒤바꾼 것이었을까. 무엇이 이들에게 정적 집단을 포기하고 이익 공동체를 찾도록 만든 것이었을까.

"물론 그들의 이야기가 전혀 터무니없는 억지만은 아니었어요. 회비를 모아 기금을 마련하고 회원들의 경조사에 기부하며 궁극적으로 회원들의 복지와 이익에 기여하도록 도모한다는 뜻은 무척 그럴듯한 냄새를 풍기니까요. 하지만 그들은 한 가지 사실을 잊고 있었어요. 어떤 종류이건 목적이 정해지고 절차가 마련된다면 진짜 사랑은 뒷걸음질치기 시작한다는 것 말예요. 게다가 조직의 이름 밑에 가려진 익명의 폭력들이 시작되는 거죠. 모르겠어요. 그들의 목적이 그런 손실을 감당하면서라도 번듯한 모임 하나를 만들어내는 데 있었다면 그들 나름으로는 또 대단히 의미있는 일이었을 테죠."

왠지 나는 무슨 말이라도 해야 할 것 같았다.

"자네 뜻은 충분히 이해하겠네. 그렇지만 이렇게도 생각해볼 수 있지 않을까. 자네도 얘기했다시피 요즘은 소위 무슨무슨 회라는 게 어지간히도 설쳐대는 세상일세. 게다가 모든 일이 틈없이 얽혀 있어서 여기저기 아는 사람이 많을수록 일하기가 수월한 세상이기도 하지. 그런 세상을 혼자서 살아가려니까 사람들은 자꾸만 불안해지고 뒤처지는 것 같아서 이름 몇 자 분명한 어떤 모임에 들고 싶어하는 것 아니겠나."

"그럴 테죠. 하지만 시대가 그러니까 우리도 그렇게 해야 한다는 식으로는 생각하고 싶지 않아요. 시대를 만들어내는 건 결국 사람이에요. 사회 분위기가 힘들어질수록 더 주체적으로 되어야 하는 게 사람들의 도리 아니겠어요."

그래서 그는 회 결성에 반대 의사를 표명하고 나섰다. 지난 십여 년 간 우리는 잘해왔다. 아무런 회칙이나 틀 없이도. 그건 우리가 애당초 서로에의 호감과 애정으로 모여든 자연스러운 친구들인 까닭이었다. 형식이 아니라 내용으로 우리는 서로의 모든 것을 이해하고 있었다. 그런데 갑자기 이 모임에 칼질을 하려는 것은 무슨 까닭인가. 왜 이 아름다운 모임에 인공적인 수술을 가하려 하는가. 사회생활을 위한 어떤 도움들이 필요하다면 제발 다른 곳에서 찾도록 하자. 이 모임만큼은 언제까지고 우리들의 마음의 고향으로 남겨두도록 하자. 그는 몇 명과 말다툼을 벌여야 했다. 특히 회의결성을 강력히 주장하고 있었던 주성훈과 그랬다. 그들은 그 결정을 투표로 내리기로 했다. 결과가 나왔을 때 그러나 그는 자신의 노력이 많은 공감을 얻지는 못했음을 알게 되었다. 과반수가 회 결성을 지지했고 서너 명은 기권을 했다. 반대표를 던진 사람은 그 자신뿐이었다. 그래서 다시 회의 이름과 회비에 대한 거론이 시작되었다. 이름은 동백회라고 정해졌다.

"그래 자네는 거기 그냥 눌러앉아 있었나."

한숨 소리가 들렸다.

"탈퇴할까도 생각했었어요. 하지만 그럴 수는 없겠더군요. 그들은, 적어도 그들 중 다섯 명은 제가 태어나서 가장 많은 시간을 함께 보낸 친구들이었어요. 가장 사랑하는 친구들이었고 가장 신뢰할 수 있는 친구들이기도 했죠. 그 나이에 그들을 포기하고 새로운 친구들을 얻는다는 건 여간 힘든 일이 아니잖아요. 더구나 그처럼 믿었던 친구들이 모두 그런 생각을 하고 있으니 다른 사람들에게 더 큰 기대를 건다는 것도 우스운 일 같았죠."

심리상담 의사로 지내오는 동안 나는 많은 사람들로부터 무척이나 많은 이야기를 들어왔다. 그러나 백성인의 사연처럼 깊이 공감할 수 있는 일은 많지 않았다. 어둠 속에서 한참 동안 고개를 끄덕이다가 나는 이렇게 말해주었다.

"어쨌건 그 모임에 눌러붙어 있기로 했다면 그럭저럭 넘어간 셈이었구만."

"그런 셈이었죠. 하지만 제가 거기서 오래도록 견딜 수 있으리라고 생각한 건 아주 큰 잘못이었어요."

동백회라는 게 결성되고 한동안은 특별히 달라진 점은 없었다. 그저 일들이 조금 더 번거로워졌다는 것 정도를 들 수 있을 터였다. 초대 회장의 감투를 자청해서 쓴 주성훈이 의욕적으로 일을 추진한 까닭이었다. 그는 첫 행사로 도고 온천으로의 일박이일 나들이를 개최했고 체육대회니 모임 결성 백일잔치니 하는 따위를 꼬박꼬박 챙겼다. 회원들의 집에 자그마한 일거리만 생겨도 놓치지 않고 집합 연락을 했다. 주객이 전도되어 오직 이 모임을 위하여 모든 일들이 이루어지는 듯한 느낌마저 들 지경이었다. 그러나 어느 만큼 시간이 지나고는 그런 열성도 시들해졌다. 모임은 예전과 비슷한 상태로 되돌아갔다.

그러다가 다시 말썽거리가 시작된 것은 작년 초엽이었다. 이른바 지방자치 시대라는 게 개막되고 시의원 선거일정이 공고되면서 동백회에도 수상쩍은 바람이 불게 된 것이었다. 바람을 몰고 온 사람은 또다시 주성훈이었다. 그는 회원들이 모여 있는 앞에서 그들이 이번 선거에 적극적으로 참여해야 한다는 것을 강력히 주장했다. 동백회가 진정으로 회원들의 복리를 증진시키기 위해서는 힘있는 사람들과 연결되어야 한다고. 그러기 위해서는 이번 선거에서 승리할 가능성이 있는 사람과 미리 좋은 관계를 맺어두는 편이 바람직하다고. 더구나 그 사람들이 아쉬울 때 그들과 관계할 수 있는 기회를 놓치지 말아야 한다고 말했다. 회원들은 고개를 갸웃거리면서도 입맛을 다셨다. 썩 나쁜 생각 같지는 않군. 하지만 여러 가지 문제가 있을 텐데. 우선 각자가 소속된 선거구역부터가 다르잖아. 백성인은 이번에도 혼자서 반기를 들었다. 그들 모임을 그런 식으로 이용할 수는 없다고. 그들이 모인 목적은 친목과 정을 위한 것이지 돈이나 출세 따위가 아니지 않느냐고. 그리고 이번에도 그의 반대는 대다수의 동조와 미지근한 침묵 속에 묻혀 사라져야 했다. 주성훈은 선거구가 모두 갈라져 있다는 사실에 대해서도 나름대로의 대책을 마련해두고 있었다. 일단 그들 중 집이 과히 멀지 않은 몇 명을 자신의 구에 사는 것처럼 위장시킨다. 그리고 그가 데리고 있는 사람들과 친분 있는 몇몇 사람을 동백회 회원처럼 꾸민다. 그런 다음 그들을 하나의 집합으로 묶어 동백회라는 게 마치 지역 중심적인 집단인 양 보이게 한다는 것이었다. 선거후보와의 관계를 거의 전적으로 자신이 떠맡아서 한다면 특별히 곤란할 일도 없으리라고 했다. 그건 맞는 소리였다. 그러나 그것은 다시 말하자면 모든 생색을 자신이 내고 시의원 후보로부터 떡고물이 떨어지는 길도 자신으로 일원화시키겠다는 소리이기도 했다.

"내 얘기는 그런 생색이나 떡고물이 중요하다는 건 아니예요. 문제는 그런 소리를 하는 작자의 사람 됨됨이죠. 후보와 회원들을 모두 그럴듯하게 속여넘겨 혼자서만 실속을 챙기겠다는 애기 아니에요. 물론 그렇게 덩치 큰 음식점을 운영하려면 권력의 근처를 배회할 필요는 있을 테지만 적어도 그런 일에 친구들을 팔아먹지는 말아야 한다구요."

그런데 더욱 어처구니없는 쪽은 동백회 회원이라는 친구들이었다. 언제나 무슨 일에나 미적지근한 편인 그들은 누군가가 우격다짐으로 밀어붙이면 밀어붙이는 대로 밀려가는 부류인 모양이었다. 그들은 갑자기 이십여 명 인원의 대규모 동백회가 되어 시의원 후보의 부름에 몰려다녔다. 불고기 파티에도 가고 단체 여행 지원금도 받고 그 돈으로 룸살롱에 가서 여자들을 끼고 실컷 마시기도 했다. 그 자리에서 주성훈은 또 주연을 이끄는 지휘자가 되어 오만가지 포즈를 다 잡았다.

"그 이상은 도저히 견딜 수가 없더군요. 도저히 그들 속에 끼어 있을 수가 없더군요. 나는 더이상 그 모임에 어울리지 않기로 결정했습니다. 모이는 장소로 나가지도 않았고 연락 따위도 하지 않았습니다. 한참 동안 그들에게서 전화가 걸려오더군요. 더러는 집으로 찾아오는 작자도 있었어요. 나는 장롱 속에 숨어서 그들을 피했습니다. 장롱 속처럼 아늑한 장소가 또 있을까요. 결국 모든 관계는 끊어지더군요."

솔직히 말하자면 그때 나는 주성훈이라는 작자를 몹시도 부러워하고 있었다. 어쩌면 그처럼 멋들어지게 세상을 살 수 있을까. 커다란 음식점을 물려받았다면 재산도 어지간할 것이었고 그만하면 사람들은 다루는 솜씨도 보통이 아니었다. 더러 뒤꽁무니에서 손가락질을 당하는 경우도 있기는 하겠지만 대수로운 문제가 아니었다. 더구나 그처럼 얼굴 가죽이 두꺼운 사람에게는. 세상에는 그렇게 두껍게 태어나 큼직하게 놀도록 정해진 사람들이 있었던 것이다.

어둠 속에서 다시 가느다란 한숨 소리가 들려왔다.

"장선배는 참 편안한 분이군요. 의사 앞에서도 이렇게 긴 이야기를 해보지는 못했어요. 하기야 의사라는 양반들은 모두 자기가 듣고 싶어하는 얘기만을 듣는 족속이니까. ……혹시 제가 한 가지 부탁을 드려도 될까요."

"무어든 얘기만 하게. 내가 할 수 있는 일이라면 힘써볼 테니."

내 단점은 귀가 얇다는 것이었다. 아주 조그만 사탕발림 소리에도 기분이 좋아져서 너그러워지곤 했다. 그러나 더욱 치명적인 단점은 약속을 너무 쉽게 해버린다는 사실이었다. 돌이켜보면 나는 그날만큼은 부탁을 들어주겠노라는 약속을 하지 않았어야 했다는 생각이 들기도 한다. 어쨌건 그의 부탁을 듣노라 나는 다시 얼마 동안을 그 어둠 속에 웅크리고 앉아 있어야 했다.

금요일 오후에는 언제나처럼 영화 상영이 있었다. 삼사백 명의 관객들이 극장으로 모여들었고 검은색과 붉은색의 짙은 커튼이 쳐졌다. 영화는 월남전에 참전했다가 정신질환을 앓게 된 한 남자와 잘 빠진 어느 창녀와의 아리송한 관계를 다룬 것이었다. 그리고 나는 이미 이 영화를 서너 번은 본 터였다. 제기랄. 원무과에서 영화 구입을 담당하는 작자가 어떤 건달인지는 모르겠지만 어지간히도 챙겨먹는 모양이었다. 하지만 사실 그날의 하이라이트는 영화 따위가 아니었다. 장면이 어느 만큼 진행되고 남자 주인공이 경찰서로 연행되었을 때 그는 몇 대의 타자기에서 울리는 글자 찍는 소리를 월남전 당시의 기관총 소리로 착각하고 전투태세로 돌입하게 된다. 모두 엎드려. 매복 기습이야. 그런데 그 순간 관객들 속에서도 고함 소리가 터져나온 것이었다.

"어떤 자식이야. 내 신발, 내 신발. 모두 죽여버릴 테다."

고함을 지른 것은 유심원씨였다. 실내화를 늘 옆구리에 끼고 다니며 그것을 잃어버리지만 않는다면 언젠가는 떠나간 애인이 돌아오리라고 믿어온 사람이었다. 영화 감상에 방해된다고 사람들이 야유를 보내었지만 그는 고함 소리를 멈추지 않았다. 오히려 갈수록 발악적으로 되었다. 마침내 비상등이 켜지자 여기저기로 그의 실내화짝들이 날아다니는 것이 보였다. 누군가가 그 것으로 장난질을 치는 것 같았다. 유심원씨는 미친 사람처럼 정신없이 그것을 쫓아다니느라 마구 사람들을 밟고 다녔고 그래서 욕지거리가 터졌고 결국은 근처의 모든 사람들이 고함을 질러대게 되었다.

"신발을 돌려줘, 이 개망나니들아."

"이쪽이야. 이쪽으로 던지라구."

"모두 엎드려. 적의 매복 기습이다."

"죽여버릴 테다. 내 신발, 내 신발……"

유심원씨를 골탕먹이려는 사람, 신발을 돌려주라고 악쓰는 사람, 기관총을 쏘는 사람, 그 총에 맞지 않으려고 의자 밑으로 숨는 사람, 이건 총소리가 아니라 타자기 소리일 뿐이라고 고함을 지르며 해명하는 사람, 거기다가 무슨 사정인지도 모른 채 우왕좌왕 대피소를 찾으려고 몰려다니는 사람들까지 가세하여 극장 안은 순식간에 난장판으로 변했다. 극장의 모든 조명이 켜졌고 남자 간호사들이 몽둥이를 들고 투입되었다. 소란은 몇 분 지나지 않아 진정되었다. 영화 상영은 중단되었고 우리는 모두 각자의 병동으로 돌려보내어졌다.

그런데 이 일련의 사건이 사실은 내가 계획하고 준비한 것임을 아는 사람은 몇 명 되지 않았다.

"제발 잠깐만 나갔다올 수 있도록 도와주세요. 장선배는 여기 사정을 누구 못지않게 잘 아는 분이니까 마음만 먹는다면 충분히 해낼 수 있는 일 아니겠어요."

그 새벽 백성인이 어둠 속에서 내 손을 더듬어 잡으며 속삭인 부탁이었다.

"왜 그러는가. 내가 보기에는 여기가 자네한테 가장 어울리는 장소 같은데."

"그래요. 그건 나도 잘 알고 있어요. 하지만 볼일이 좀 생겼어요. ……지난번 상자에 담아 뒤뜰에 묻었던 바퀴벌레 기억하시죠. 그에게서 연락이 왔어요. 자기를 한번 방문해달라구요. 만나서 나눌 얘기가 있다나요."

"그렇다면 아직 시간이 있겠구만. 아무도 그놈을 건드리지는 않을 테니 말이야."

그는 손을 좀더 강하게 쥐며 두어 번 흔들었다.

"그렇지 않아요. 그의 형편은 모르겠지만 내게는 시간이 그리 많지 않아요. 김형식이라는 건달이 설치죠, 덧니투성이의 여의사가 이빨을 앙다물고 으르렁거리죠. 한시라도 빨리 그를 만나보아야 한다구요."

그는 정말이지 운이 좋았다. 그런 일에 있어서만큼은 나를 따라올 사람이 없었다. 그가 진정 이곳을 빠져나가려 한다면 그건 과히 어려운 일은 아니었던 것이다.

"자넬 내보내주는 건 큰 문제가 아니야. 하지만 문제는 그 다음부터야. 자넨 과연 얼마나 오랫동안 붙들리지 않고 견딜 자신이 있나."

"그런 건 아무래도 좋아요. 내게 필요한 시간은 아주 잠깐이니까요."

그 다음부터 며칠 동안 나는 약간의 준비작업을 해야 했다. 내 환자들 중 여자문제로 속을 썩이던 몇 명에게 이런 귀띔을 한 것이었다. 당신이 그 여자와 왜 화해하지 못하고 있는지 알아요. 그건 모두 유심원씨 때문이에요. 그의 낡은 실내화짝 때문이죠. 그 실내화에는 한 여자의 엄청난 한이 담겨 있어요. 그게 세월이 흐르는 동안 점점 더 강해져서 다른 여자들이 우리 병동에 접근하는 것조차 막고 있는 거라구요. 그들은 그렇다면 어떻게 해야 하느냐고 물었고 나는 처방을 알려주었다. 그녀의 한을 달래기 위해서는 가능하면 많은 남자들이 그 실내화짝을 어루만져주어야 한다고. 또 다른 호기심 많고 장난기 많은 환자들에게는 이런 말을 하기도 했다. 유심원씨의 신발을 훔쳐내어 수많은 사람들 손에 한 바퀴 돌리면 그가 어떤 반응을 보일까. 금요 극장 같은 곳에서 말이야. 아마 길길이 날뛰다가 까무러치기라도 할 테지.

나는 그들이 그런 소리까지 듣고서 결코 가만히 있지는 않으리란 것을 잘 알고 있었다. 그리고 내 예상은 적중하여 그날 극장에서는 그런 사건이 벌어진 것이었다. 내 지시에 따라 삼번 출구 바로 옆에 앉아 있었던 백성인은 혼란을 틈타 순조롭게 빠져나가 사라질 수 있었다. 때문에 나는 저녁식사 인원점검 시간에 또 한 차례 비상이 걸리리라는 것도 이미 알고 있었다. 사람들은 가장 먼저 빨래통을 뒤졌다. 물론 그를 발견할 수는 없었다.

백성인이 발견된 것은 꽤 여러 날이 지나서였다. 그를 발견한 사람은 지하식당에서 일하는 주방 아주머니들 중 한 명이었고 그가 발견된 곳은 식당 옆 폐품을 쌓아둔 창고의 대형 냉장고 속이었다. 추운 날씨 탓에 많이 상하지 않은 그의 얼굴은 몹시도 평화로워 보였다고 했다. 나는 그 소식을 전한 간호사에게 물어보았다.

"혹시 그가 작은 상자 하나를 몸에 지니고 있지 않았던가요."

"그랬다더군요."

"상자 속에는 바퀴벌레 한 마리가 함께 죽어 있었을 테죠."

"그래요."

"그리고 그놈도 똑같이 평화로운 표정을 짓고 있었겠군요."

간호사는 또 뭔가 속았다는 표정을 지었다. 그는 흘끗 나를 한번 거들떠보고 걸어가버렸다. 그의 모습은 도무지 평화로움과는 거리가 멀었다. 그를 지켜보고 선 나 역시 조금도 다를 바가 없을 것이었다.

당신을 찾아드립니다

사람들이 서로를 사랑하지 않는다는 것은 너무 당연한 일이다. 아주 오랜 옛날부터 사람들은 다른 누군가의 목숨을 담보로 신에게 타협을 요청해왔던 것이다. 어부들은 인당수에 심청이를 밀어넣었으며 에밀레종을 만들었던 예술가는 쇳물이 끓는 도가니 속에 아기를 집어넣어 함께 녹였다. 페르시아만 전쟁이 시작되고 매일처럼 미군이 몇천 명의 이라크군을 죽였다는 소식을 들을 때마다 나는 박수를 치며 기뻐했다. 사람들은 오랜 동안 인신공양이라는 신에 대한 예의를 잊고 있었는데 이제는 그로 인한 신의 노여움도 다소 해갈이 되지 않을까 하는 기대에서였다.

이런 얘기를 내가 꺼내는 것은 결코 갑작스러이가 아니다. 나

178

는 그 동안 제법 여러 편의 글들을 써왔다. 경기 도중 코스를 벗어나 문득 산으로 올라가버린 마라토너의 이야기, 휴식시간중 벌떡 일어나 화두를 지껄이는 훈련병의 이야기, 정신병원에서 바퀴벌레를 잡아죽인 한 남자의 이야기 등등.

　물론 그 이야기들은 모두 나 자신의 것이었다. 내가 직접 부딪치고 경험했으며 행동한 일들이었다. 내 말을 믿지 않는 사람이 있다면 나는 수십 가지라도 증거를 보여줄 수가 있다. 그 마라톤에서 신었던 운동화며 화두를 지껄이고 얻어맞은 상처, 상자 속의 바퀴벌레를 묻어둔 장소까지도. 그런데 사람들은 정말 이상했다. 그들은 그 이야기들을 하나같이 가짜라고 외면했다. 증거 따위는 들으려고도 하지 않았다. 그저 이렇게 얘기할 뿐이었다. 네 자신의 이야기를 써. 네 정체를 드러내 보이라구. 만들어내는 허구들은 재미가 없어.

　나는 그들이 얼마나 절실한가를 잘 안다. 재미가 없으면 세상은 별로 살 만한 곳이 못 된다. 그리고 재미 중에서도 가장 소름끼치는 재미는 자기가 아는 누군가의 가장 어두운 뒷얘기를 훔쳐듣는 까닭인 것이다.

　내 친구 중에 감중식이라는 시인이 있다. 어느 날 그는 내게 자신의 첫 시집이라는 것을 선물했다,라기보다는 그냥 아무렇게나 주었다. 우리는 우연히 전철에서 만났고 그는 떡본 김에 굿이나 한다는 식으로 이름 석 자를 끄적거려 내 가방에 찔러주었으니까. 나는 그의 성의가 마음에 들지 않아 책장에 얹어두고 몇 주일쯤 본 척 만 척했다. 그러다가 너무너무 심심했던 어느 저녁 그 시집을 꺼내어들고 들척였다. 대단한 게 있으랴 하는 심정으로 제목을 훑어내려가던 눈길은 한 재미있는 글귀를 발견했다. 「유곽에 딸린 방 한칸」이라는 제목이었다. 옐로우 하우스

귀퉁이에 숨어 있는 그의 단칸방을 생각하며 나는 얼른 그 시를 찾았다.

아버지와 오빠의 등 뒤에서 스타킹을 걸어올려야 하고
이불 속에서 뒤척이며 속옷을 갈아입어야 하는 여동생들……

나는 너무 흥분해서 밤새 잠을 잘 수가 없었다. 나를 유곽에 딸린 방 한칸에서 길러주시지 않은 부모님들을 목이 마르도록 원망했다. 내가 만약 그런 이야기를 아무렇지도 않은 고백조로 풀어쓴다면 감히 누가 내 이야기를 가짜라고 손가락질하겠는가. 나는 아마 단박에 정상 문학상 수상자가 될 수도 있지 않았을까.

그 후로 여러 날 동안 내게는 불면의 날들이 이어졌다. 내가 가진 기억들 중에서 가장 야릇하게 사람들 가슴을 설레킬 수 있는 사건은 무엇일까를 찾아내기 위해서였다. 그런데 그것은 쉬운 일이 아니었다. 결국 나는 이모에게 전화를 걸기로 했다.

"제가 여태까지 한 고백들 중 이모의 가슴을 가장 야릇하게 비튼 것은 어떤 이야기였던가요. 잘 좀 생각해보세요."

나는 이모한테 많은 기대를 걸고 있었다. 국민학교 이학년 때 〈열궁녀〉라는 성인 영화에 나를 데려갔던 이후로 이모는 나의 성생활에 관한 카운슬러가 되어왔었던 것이다. 하지만 그 순간 그녀는 좀 바쁜 모양이었다. 벽시계는 자정을 삼십 분 넘기고 있었는데 아마 이모는 망상 해수욕장에서 만난 남자와 침대를 뒹굴고 있는 듯했다. 혹은 엑스포 국제관의 스리랑카 전에서.

"글쎄다, 어떤 게 있을까. 내게 생각할 시간을 좀 주려무나."

뚜뚜뚜뚜.

이모는 여성해방론자는 아니다. 그러나 구태여 말하자면 성해
방론자쯤은 된다.

정확하게 이십 분 후 이모는 내게 전화를 걸었다. 흡족스레
일을 마치고 샤워도 마치고 거실의 소파에 걸터앉아 담배 한 대
를 빨고 있는 듯한 목소리였다.

"갑자기 왜 그런 게 필요하게 되었니."

"사람들 때문이에요. 저보고 늘 거짓말만 꾸며댄다고 손가락
질하잖아요."

"그건 뜻밖이구나. 내가 알기로 너는 직접 경험한 게 아니면
아무것도 쓰지 못하는 앤데."

그건 별로 달가운 지적이 아니었다. 난 이모의 의견에 전적으
로 동의하지 않았지만 무시하기로 했다.

"사람들이 원하는 건, 제 체험 중에서도 어떤 특정한 부분만
인 것 같아요. 이를테면……"

"이를테면 아주 뜨겁고 아슬아슬한 그런 부분들 말이냐."

"네."

대답하는 내 목소리는 내 귀에도 겨우 들릴까 말까였다. 그런
데 이모는 샤워를 하는 동안 이미 그런 쪽으로 생각을 해둔 모
양이었다.

"이런 건 어떻겠니. 네 나이 아홉 살 때 겪었던 첫사랑 얘기
말이다. 영화를 보고 온 다음날 넌 내게 그 아이 배꼽에 손가락
을 찔러넣어보았다고 고백했었지. 이름이 은진이었던 것으로 기
억되는데."

그즈음 나는 이미 그녀에게 전화한 것을 후회하고 있었다. 내
게는 행동공포증이라는 게 있다. 더 솔직히 말하자면 내가 글쓰

기를 시작한 것도 바로 그 공포증 때문이었다. 설사 백만 명의 군대와 핵폭탄을 쥐어주어보라. 감히 내가 오일육이나 십이십이의 십만 분의 일만큼이라도 엄청난 사건을 저지를 수 있겠는가. 만약, 아주 만약이라도 내가 자그마한 사건을 저질렀다면 그것은 그 사건을 저지르고 싶어서가 아니라 다른 더 큰 사건을 피하기 위한 궁여지책이었을 것이다.

"아무래도 좋은 생각이 나지 않을 모양이군요. 그만 줄담배를 끄시고 침대로 가세요."

"아니야, 그건 농담이야. 사실은 오래 전부터 네게 써보라고 권하고 싶은 게 있었는데 네가 준비가 되었는지 모르겠어."

"무슨 이야긴데요."

머릿속으로 나는 수많은 기억들을 떠올리고 있었다. 강경으로 가는 밤기차에 나란히 앉아 있었던 여대생, 타르 사막의 낙타 위에서 마주보고 웃었던 스웨덴 아가씨, 눈길을 한없이 미끄러지던 지프차 속에서 십자가를 긋던 기억, 그리고 삼촌이 죽은 이야기…… 그럴 때 수화기 너머로 이모의 웃음소리가 들렸다.

"이 이야기만큼은 네 머릿속에서 절대 떠오르지 않으리란 걸 내 장담하지."

"무슨 이야긴데요."

"이리 로얄 다방의 디스크자키 이소연, 어때."

그건 과연 내가 미처 생각해보지 못한 것이었다. 그런데 왜일까.

"어째서 그렇게 자신만만하죠."

"간단해. 넌 네가 생각하는 것보다 훨씬 더 치밀하기 때문이야. 내친 김에 한마디만 더 해줄까. 사람들이 네게서 듣고 싶어하는 얘기는 뜨겁고 아슬아슬한 부분이 아니라 네가 언제나 애기하기를 꺼리는 부분이야. 그만 자야겠구나. 잘 생각해봐."

전화는 다시 일방적으로 끊어졌다. 그건 그녀가 남자들을 끊는 방식과 조금도 다를 바가 없었다.

곤란한 문제에 부딪치면 별수없이 전화를 걸기는 하지만 난 이모를 그다지 좋아하지는 않는다. 그녀에게는 모든 게 너무 가볍고 간단하고 우스꽝스럽다. 그녀는 나와는 전혀 다른 차원의 세상에 살고 있는 것이다. 노랑할미새가 땅돼지와는 전혀 다른 세상을 살듯. 그런데 더욱 참을 수 없는 것은 이모가 다 먹은 팝콘 봉지를 버리듯 던지는 한마디 한마디가 내 가슴을 콕콕 찌른다는 사실이었다. 이리 로얄 다방의 디스크자키 이소연.

그래서 나는 담배를 꼬나물고 타자기 앞에 앉아 그녀에 관한 기억들을 정리해보기로 했다. 이모가 아닌 이소연에 대한 기억들을. 이쯤 되면 눈치가 빠른 분들은 이미 아셨겠지만, 내가 이 글의 시작을 구태여 '사람들이 서로를 사랑하지 않는다는 것은 너무 당연한 일이다'라고 한 까닭이 바로 여기에 있다. 그녀에 대한 이야기를 들으려는 사람은 우선 이 전제에 동의를 해야 하는 것이다.

이모가 하늘을 나는 노랑할미새고 내가 땅속을 기어다니는 땅돼지라면 그녀는, 들판에 뿌릴 꽃씨를 사모으기 위해 몸을 파는 창녀와 같았다.

그 여름 나는 자그마한 사건을 하나 저질렀더랬다. 내가 아는 누구에게도 알리지 않고, 심지어는 책장의 가지런한 책들에게조차 작별인사를 고하지 않고, 옷가지를 손가방에 꾸려넣어 호남선 밤차를 탄 것이었다. 그런데 그 이유를 따지자면 얘기가 너무 길어지므로 여기서는 그만 넘어가도록 하자. 밤차를 타는 것

외엔 달리 아무런 일도 생각해낼 수 없었다는 정도로만 이해하고.

전주에서 기차를 내려 군산행 버스를 탔던 나는 이리라는 도시에서 문득 내려섰다. 그때는 그러니까 내가 이리라는 도시에 난생 처음으로 발을 내딛던 순간이었다. 그리고 그렇게 한 것은 이리가 전주와 군산 사이에 위치해 있다는 오직 한 가지 이유 때문이었다.

이리역 앞은 몇 년 전의 대폭발 덕분으로 가지런히 정리가 되어 있었다. 새로 오른 건물들의 창에는 다방, 클럽, 싸롱 등의 간판이 색색으로 그려져 있었고 늘씬한 여자들이 보자기에 차쟁반을 싸들고 거리를 활보하고 있었다. 정신없이 두리번거리기만 하던 내가 문득 걸음을 걷기 시작한 것은 그 여자들 중의 한 명이 묘하게도 시선을 이끌었기 때문이었다. 그녀는 초록색 투피스를 입고 보라색 차쟁반을 들고 있었는데 터질 듯한 가슴에 잘록한 허리, 미끈한 두 다리는 그야말로 무협지에나 나올 법한 경국지색이었다. 솔직히 말하자면 나는 내가 그녀를 뒤따라 걷고 있다는 것도 미처 알지 못하고 있었다.

그러던 그녀가 문득 어느 건물의 계단 속으로 사라졌을 때, 나는 비로소 내가 무얼 하고 있었던가를 깨달았다. 조금은 겸연쩍기도 했지만 그녀가 일하는 곳을 알아내었다는 게 기쁘기도 했다. 로얄 다방이라고 씌어진 간판을 보고 주변을 두리번거려 길을 잊지 않도록 기억한 다음 나는 뒷걸음질쳐서 천천히 그곳을 떠났다.

그로부터 두 시간 후 나는 이리 시내 생활현장의 당당한 한 일꾼이 되어 있었다. 직장 이름은 영 클럽이었고 내 직함은 웨이터였다. 그 집에서 일하는 아가씨들은 나를 웨이터씨라고 불렀다. 자기네와 같은 꼬리표를 붙임으로써 동족의식을 강화시키기 위한 술책이었는지도 모르겠다.

나는 그곳에서의 생활이 무척 마음에 들었다. 크고 작은 일들을 모두 이야기하자면 다시 한 권의 책을 써야겠지만 우선 흡족했던 점 한 가지를 말하자면 그곳에서의 내 일은 모두 밤에만 이루어진다는 사실이었다. 다시 말하자면 나는 낮시간 동안은 완전한 자유였다. 늦잠을 잘 수도 있었고 거리를 돌아다니며 비를 맞을 수도 있었다. 그건 아주 중요한 문제였다. 내가 마키아벨리를 존경하는 단 한 가지 이유는 그가 늦잠에 대한 스스로의 권리를 철저히 지켰다는 데 있다. 심지어는 러시아 황제에게 초빙되어 갈 적에도 그는 첫번째 조건으로 정오까지의 취침을 주장했었다는 것이다.

열시나 열한시쯤의 기상과 함께 시작되는 낮시간 동안의 일과에는 두 가지 중요한 절차가 있었다. 그 첫번째는 두꺼비 걸음으로 시가지를 한 바퀴 도는 것이었다. 창인 아파트 쪽으로 올라갔다가 이리역 쪽으로 내려온 다음 중앙로를 따라 서쪽으로 걸었다. 백화점이며 절이며 교회 따위를 기웃거렸고, 기분이 내키면 순국선열비와 수산물 도매시장이 있는 동네까지 걷기도 했다. 오후 한시, 아침 식사 끝난 다음이면 두번째 순서가 나를 기다리고 있었다. 그건 로얄 다방 입구에서 연필 한 자루와 공책 한 권을 벗해서 보내는 두세 시간이었다. 정확하게 말해서 그 자리는 입구가 아니라 입구 바로 곁의 작은 골목이었다. 골목이라고는 하지만 드나드는 사람도 없고 낮시간 동안은 그늘이 져서 내 한 몸을 죽치기에는 안성맞춤인 그런 곳이었다. 더구나 계단 앞에 세워진 스피커에서는 다방 홀을 흐르는 음악이 똑같은 부드러움으로 흘러나오고 있었다.

요즘 들어 나는 지구력의 어마어마한 소진을 느낀다. 이런 이야기를 끈기있게 해나간다는 것은 여간 힘겨운 일이 아니다. 그러니 우리 잠깐 다른 얘기를 하도록 하자. 아무 얘기나 상관 없다. 어떤 얘기가 좋을까. 그래, 요즘 내가 읽고 있는 책에는 이런 끔찍한 일화가 있다. 1699년 파리에서 참수형을 당한 어느 부인의 처형 장면이다. "마침내 처형 순간에 이르자 첫 일격이 너무 약하여 목이 몸에서 떨어져나가지 않았다. 두번째에도 성공하지 못했다. 목이 덜렁거리는 사형수가 여전히 비명을 질러대는 것을 듣고 구경꾼들은 격앙되기 시작했다. 세번째 칼을 휘둘렀을 때 간신히 목이 땅바닥에 굴러 떨어졌다." 잔인함을 즐기는 모든 사람들에게 축복 있으라.

며칠이 지나지 않아 나는 이미 초록 투피스의 경국지색에게는 흥미를 잃게 되었다. 우선 그녀는 내가 도달하기에는 너무 먼 거리에 있었다. 차 한 잔 마실 돈이 없어 골목길에 주저앉은 주제에 어떻게 그녀를 산단 말인가. 게다가 그녀에게는 무수히 많은 남자친구들이 있었던 것이다. 그 대신 다른 한 가지가 내 관심을 끌고 있었다. 그것은 두시부터 네시 사이에 스피커에서 흘러나오는 음악이었다.

음악이라면 나도 조금은 안다. 한때 학교 앞에서 디제이를 했던 덕분에 취향이 대중적으로 흐른 게 단점이긴 하지만, 이를테면 이엘오의 〈미드나이트 블루〉나 존 바에즈의 〈그들이 내 노래에 무슨 짓을 했는지 좀 보세요〉 따위가 불후의 명곡이라는 건 알고 있다. 그런데 그녀의, 나의 두 시간을 담당했던 디제이는 여자였다, 음악취향은 과히 나쁘지가 않았다. 그녀는 나나무스끄리나 크리스토퍼 크로스, 제임스 브라운 등의 음악도 틀 줄 알았고 양희은이나 트윈폴리오의 노래도 들려줄 줄 알았다. 뿐만 아니라 그녀는 맑고 깊숙한 목소리로 짤막한 멘트를 할 줄도 알았다. "비가 내리고 있습니다. 송창식의 노래 듣겠습니다. 창밖에는 비오고."

그날은 비가 내리지 않았다. 덕분에 나는 공책을 펴들고 낙서를 할 수 있었다. 아주 열심히. 그런데 문득 누군가의 목소리가 나를 방해했다.

"거기서 매일같이 무얼 그리세요."

그녀가 내 앞에 서 있었다. 매일 오후 두시 오분 전과 네시 오분이면 내 앞을 지나다니는 그녀가 누구인가쯤은 나도 이미 알고 있었다.

"악마를 그리죠. 그런데 제가 여기 있는 걸 어떻게 아셨습니까."

"매일 똑같은 신발이 거기 있었거든요."

제기랄, 난 내 몸이 그늘 속에 완전히 감추어져 있는 줄로 착각하고 있었다. 멋쩍게 두 발을 그늘로 끌어들이는데 그녀가 다시 물었다.

"악마를 그리신다구요? 그렇게 어두운 구석에서?"

"어두운 구석이 악마와 얘기하기에는 가장 적당한 장소죠."

"저도 좀 볼 수 있을까요."

그녀는 무척 구미가 당기는 듯한 모습이었다. 나는 얼버무릴 말을 생각하며 연필 뚜껑을 닫았다. 그런데 그녀가 팔을 내밀어 내 공책을 빼앗아갔다. 그건 별로 재빠른 동작은 아니었지만 나는 그녀를 막을 수가 없었다.

"무척 예쁜 악마로군요."

그녀는 놀리는 듯 놀라며 공책을 돌려주었다. 거기엔 해바라

기 한 송이가 그려지고 있었다. 나는 무슨 말인가를 덧붙여야
했다.

"혼자만 알고 계십시오. 해바라기가 늘 해를 쫓아다니는 건
아무리 많이 해를 마셔도 결코 밝아질 수가 없기 때문이랍니다.
악마의 저주가 걸린 까닭이죠."

이튿날 그녀는 내게 데이트를 신청했다. 차를 한잔 사겠다고
제의한 것이었다. 이미 그런 가능성을 예상했던 까닭에 나는 주
머니 속에 전날까지 팁으로 받아 모은 돈 이천 원을 지니고 있
었다.

커피 두 잔이 도착하자 그녀는 가방 속에서 몇 장의 종이를
꺼내었다. 낡은 책을 복사한 듯한 것이었는데 그 속에는 재미있
는 그림들이 들어 있었다. 빗자루를 타고 날으는 여자, 악마의
검은 옷자락 속으로 걸어 들어가는 여자, 십자가에 묶여 화형을
당하는 여자 등이었다. 나는 그 그림들에 도취되어 십여 분을
그것만 들여다보았다.

"관심이 많으실 것 같아서 가져왔어요."

"아주 재미있군요. 그런데 이게 다 뭐죠."

"모르시겠어요?"

"글쎄요. 모르겠어요."

그녀는 빙그레 웃었다.

"마녀에 대한 철추라는 책에 대해서 들어보셨어요?"

"아뇨."

"중세 유럽에는 마녀 망상이라는 게 아주 무섭게 퍼져 있었
대요. 사람들은 크고 작은 모든 재앙의 원인을 마녀의 수작으로
돌렸고 그래서 수없이 많은 여자들에게 마녀라는 누명을 씌워
태워 죽인 거예요. 그 시대 사람들이 마녀를 어떻게 정의했는지

188

한번 들어보시겠어요. 마녀라 함은 악마와 같이 자는 못된 계집으로 남의 우유를 훔치고 뇌우가 생기게 하고 망토를 입고 숫산양과 빗자루를 타고서 하늘을 난다……"

이미 나는 마녀 이야기에는 흥미를 잃고 있었다. 그보다는 과연 내가 그녀와 함께 잘 수 있을 것인가 어떤가만을 골똘히 생각하고 있었다. 초록색 투피스의 경국지색은 이미 포기한 지 오래였지만 그녀가 일깨운 가려움은 쉽사리 사그러지지 않고 있었다. 그리고 그때까지 나는 아직 백 퍼센트 진짜 숫총각이었던 것이다. 그녀는 경국지색처럼 색이 넘쳐 흐르지는 않았지만 나름대로 깊은 섹시함을 지니고 있었다.

"백 년이 채 못 되는 그 망상 기간 동안 자그마치 수백만 명의 여자들이 화형을 당했대요."

"그런 일이 있었군요."

나는 고개를 끄덕였다. 그러나 내 머릿속은 그녀의 옷을 갈기갈기 찢느라 정신이 없어 마녀니 화형이니 따위에 신경을 나눌 틈이 없었다.

"요즘 서울에선 무척 많은 사람들이 죽어가고 있다죠. 투신도 하고 분신도 하고. 왜 사람들은 살아 있는 사람들끼리 좀더 잘해보려는 생각은 않는 걸까요."

나는 더이상 참을 수가 없었다. 사타구니가 빳빳해지면서 음모들이 뒤엉켜버렸고 그것들이 서로를 잡아당기는 통증이 너무 심해지고 있었던 것이다. 나는 그녀에게 한마디 작별인사도 없이 그 자리를 일어서 나와버려야 했다.

이상한 일은 사타구니의 빳빳함이 가라앉는 순간부터 내 머릿속에서 마녀의 형상이 뚜렷해지기 시작했다는 사실이었다. 빗자루를 타고 하늘을 날며 훔친 우유를 마시는 마녀의 형상이,

그리고 검은 옷자락 속에서 악마와 정사를 벌이는 마녀의 형상
이. 언젠가 나는 이모에게 마녀에 대한 이야기를 들어보았느냐
고 물었다. 그날 소연에게서 주워들은 이야기를 들먹이며. 그랬
더니 이모는 코웃음을 쳤다.

"그건 말이야. 남자들이 여자들에게 얼마나 못된 짓을 많이
했는가를 설명해주는 한 예에 불과해. 오죽 잘못했으면 여자들
이 복수할지도 모른다는 두려움을 스스로 만들어내고 십자가를
휘두르기 시작했겠어."

이모에게는 한마디로 요약되지 않는 심각한 사건이란 없다.
나는 그녀의 단언을 믿고 싶지만 다른 한편으로는 세상이 온통
악마와 마녀의 주문으로 가득 차 있지 않을까 하는 두려움도 버
리기가 힘들다.

그런데 그녀는 왜 내게 그 그림들을 보여준 것이었을까.

이틀 동안 나는 로얄 다방 근처를 얼쩡거리지 않았다. 뿐만
아니라 나는 아예 바깥 출입을 삼갔다. 행여라도 길거리를 돌아
다니다가 그녀를 마주치게 되지 않을까 하는 염려에서였다. 바
깥으로 나도는 대신 나는 클럽을 광이 나도록 청소했다. 일주일
치가 묵은 쓰레기통도 비우고 지하실의 냄새에 찌든 소파도 들
어올려 일광욕을 시켰다. 주인아저씨는 이제 구석구석에 쑥을
태워도 좋겠다고 고개를 끄덕거렸다. 그러나 나는 그가 그러지
않으리란 것을 알고 있었고 결국 내가 그 집을 나올 때까지 그
런 일은 일어나지 않았다.

사흘째 되던 날 나는 다시 그 자리로 나갔다. 네시 오분, 그녀
는 내 앞으로 와서 섰고 나는 그녀를 따라 일어났다. 우리는 땀
을 흘리면서 무더운 여름길을 걸었다. 삼남 백화점 근처에서였

던가 그녀가 먼저 말문을 열었다.

"댁 같은 눈빛을 가진 사람을 본 적이 있어요."

"혹시 저 영화 보셨어요. 제니퍼 빌즈의 춤이 기가 막히다던데 전 아직 기회가 없었거든요."

"제가 열한 살 적까지 살았던 동네에서였어요. 이리에서도 한참을 더 들어가야 하는 구석진 산골이죠."

난 주머니 속의 천 원짜리 지폐 석 장을 만지작거렸다. 사흘 전에 쓰지 않은 이천 원에 전날 받은 팁 천 원이 보태어져 있었다. 내가 제일 싫어하는 것은 다른 누구의 관심대상이 되는 일이었다.

"미친 남자였어요. 머리카락에는 색색가지 헝겊을 동여매고 허리춤에는 온갖 종류의 그릇들을 주렁주렁 매달고 거리를 누볐죠. 사람들에게 밥을 빌어먹으며. 그런데 전 어쩐지 그 사람이 미치지 않았다는 걸 느낄 수 있었어요. 꼬마들조차 그에게 싫증을 느끼고, 그래서 모처럼 조용한 혼자 시간을 보내는 그를 살피노라면 전 그의 눈빛이 결코 실성한 사람의 그것은 아니라는 걸 알 수가 있었거든요."

"어떤 눈빛이었길래 그러죠."

"바로 댁 같은 눈빛이었어요."

잠시 후 나는 웃음을 터뜨렸다.

"허허, 그렇군요. 그 사람은 미쳤을 리가 없어요. 그런데 저 영화를 보셨던가요. 아직 안 보셨으면 제가 기분을 쓰죠."

"그 사람이 왜 미치게 되었는지 궁금하지 않으세요."

"미친 사람이 아니라면서요."

"어쨌든요."

그녀는 나와 대화를 나눌 자격이 있었다. 억지를 쓰는 사람처럼 매력적인 사람이 또 있을까.

"궁금하지 않아요. 그 사람은 미치지 않았으니까요."

"억지쓰지 말아요. 당신은 궁금해하고 있어요. 그 남자가 마을로 들어온 건 이십 몇 년 전이었대요. 저도 정확히는 몰라요. 마을은 가뭄으로 타들어가고 있었는데 군복을 입은 그가 나타난 것이었어요. 탈영병이었대요. 곧 이어서 군대와 경찰이 개를 몰고 쫓아왔는데 마을 사람들은 그를 숨기고 그들을 따돌려주었대요."

"왜 그랬대요."

"군대가 돌아가자 사람들은 그에게 좋은 옷과 좋은 집에 맛있는 음식을 주었어요. 게다가 마을에서 제일 예쁜 처녀와 짝을 지어주기까지 했어요. 그런데 그 사람에게 할당된 시간은 일 주일뿐이었어요. 일 주일이 지나도록 가뭄이 그치지 않자 여자는 떠나가고 마을 사람들이 몽둥이를 들고 들어와 그를 후들겨패기 시작한 거예요. 삽, 부지깽이, 빨랫방망이, 손톱……"

"그랬더니 비가 왔나요."

"그건 모르겠어요. 제가 아는 건 그 일로 그 남자가 미치게 되었다는 거예요. 그럴 만도 했겠죠. 마을 밖으로 내보내주지도 않고 매일처럼 찢고 할퀴고 후들겨팼으니까요."

"미친 게 아니에요. 미친 척했을 뿐이죠. 안 그랬다간 더 심하게 맞았을 테니까요."

"그랬을지도 몰라요. 내일 저는 일을 하루 쉬어요. 다른 볼일이 있거든요. 저녁에 만나주실 수 있겠어요?"

"저녁에요?"

"일곱시쯤요. 한국전기공사 정문 앞이 좋겠군요."

나는 잠시 갈등에 빠졌다. 저녁 시간의 데이트라는 건 낮과는 전혀 다른 분위기가 있었다. 남자 쪽에서 거절할 이유란 조금도 없었다. 하지만 나는 그 시간에 일을 해야 했다. 다섯시 반이면 클럽으로 내려가 홀을 청소하고 여섯시면 문을 열어야 했다. 일곱시쯤에는 첫 손님이 들어올지도 모르는데……

"그러죠."

그로부터 이튿날 저녁 일곱시까지 나는 잠시도 마음의 평화를 얻을 수 없었다. 잠도 제대로 이룰 수 없었고 소화도 잘 되지 않았다. 오후에는 자꾸 걸음이 걸어져서 원광 대학교까지 다녀오고 말았다. 이디오피아에서 오백만 명이 아사의 위기에 처해 있다는 발표 때문은 아니었다. 남아공화국에서 흑인들이 받고 있는 비참한 대우 때문도 아니었다. 사람들이 서로를 사랑하지 않는다는 것은 너무 당연한 일이었다. 내 관심사는 오직 나 혼자만을 맴돌고 있을 따름이었다. 오늘 밤에는 과연 일다운 일이 벌어질까, 그래서 수십 년 묵은 총각 딱지를 떼게 될까. 나는 당장이라도 이모에게 전화를 걸고 싶은 충동을 참느라고 손가락을 깨물어야 했다.

마침내 운명의 시간이 왔다. 나는 약속된 장소에서 그녀를 만났다. 그리고 두어 블록 떨어진 그녀의 집으로 안내되었다. 식탁 위에는 먹음직스러운 음식들이 준비되어 있었다.

"드세요. 언제부터 식사를 한끼 대접해드리고 싶었어요."

그녀가 먼저 상 앞으로 다가앉으며 말했다. 그녀의 마을 사람들이 탈영병을 어떻게 대했던가가 내 머릿속에서 지워지지 않고 있었지만 나는 그녀와 겸상을 했다. 그건 벌써 이십 년하고도 몇 년 전의 일이었다고 스스로를 위로하며. 그런데 그녀의 음식들은 정말 맛이 있었다. 몇 젓가락 움직이지 않은 것 같았는데 나는 벌써 식탁 위의 모든 그릇들을 비우고 말았다. 그녀는 얼굴을 살짝 붉혔다.

"음식을 더 준비하는 건데 그랬네요."

나는 아무런 대꾸도 하지 않았다. 왜냐하면 나도 같은 생각을 하고 있었기 때문이었다.

그녀가 냉장고에서 수박을 꺼내오는 것을 보고서야 나는 기운이 나서 다시 말문을 열었다.

"그 뒤로는 어떻게 되었어요. 그 남자가 미친 다음부터 말에요."

"그 사람은 미치지 않았어요."

"어쨌건 그 다음부터 말에요. 사람들은 아마 좋은 집에서도 쫓아내었겠죠. 그래서 그는 걸식을 시작하게 되었나요."

"그래요."

"얻어먹은 밥은 부족하지 않았나요. 그러니까 사람들은 그에게 밥과 반찬을 넉넉히 동냥해주었느냐구요."

"그랬대요. 마을에 나쁜 일이 생기지 않는 한은요. 하지만 흉사가 생길 적엔 사정이 달랐어요. 가뭄이나 홍수가 지거나 누가 몹쓸 병을 얻어 죽거나 하면 마을 사람들은 다시 삽이며 부지깽이를 들고 그를 찾아나서는 거예요."

나는 고개를 저었다.

"사람들한테는 아무것도 기대하지 않는 게 좋아요. 그들은 도대체 사람을 사랑할 줄 모른다니까요. 그런데 그 사람은 아직도 그렇게 살아가고 있나요."

"죽었어요. 제가 마을을 떠나오기 직전에. 아주 작은 물난리가 지나가고 사람들이 그를 아주 조금만 때렸는데 죽어버렸어요. 그 동안 골병이 든 탓이었겠죠."

"그 여자는 울었나요."

194

"누구 말씀이세요.."

"그 남자랑 일 주일을 함께 살았다는 여자 말입니다."

"모르겠어요. 전 그 여자가 누구인지도 몰라요.."

"그래서 마을을 떠났군요.."

그녀는 눈을 동그랗게 떴다.

"그래서라뇨. 우리 모녀가 마을을 떠난 것과 그 사람이 죽은 것 사이에는 아무런 상관도 없어요."

"물론이죠. 상관이 있을 리 있겠습니까."

나는 열심히 수박을 먹었다.

마침내 내가 모든 식사행위를 끝마치자 그녀는 식탁 위의 빈 그릇들을 챙겨 모았다. 그리고는 그것을 싱크대 위로 옮기면서 말했다.

"샤워를 하세요. 몸에서 쉰냄새가 나더라구요."

나는 할 말이 없었다. 거절할 말도 없었다. 몸에서 쉰내가 난다니. 물론 내 몸의 향기가 고약하다는 것쯤은 나도 알고 있었다. 이 무더운 여름날에, 온몸이 완전히 자유로워져본 게 보름도 전의 일이었으니까. 하지만 그렇게 직선적으로 말할 수 있단 말인가.

"어머님이 돌아오실 때가 되지 않았나요."

"오늘은 돌아오시지 않아요. 친구분들이랑 송광사에 다니러 가셨거든요."

"불교를 믿으시는군요."

"꼭 그런 건 아니에요. 그냥 다니시는 거죠."

"그런데 어머님은 언제 혼자가 되셨습니까."

"엄마는 태어날 때부터 혼자였어요. 샤워는 하지 않을 작정인 가요. 집안에 쉰냄새가 가득 차고 있잖아요. 수건은 새 걸 꺼내

쓰도록 하세요.."

그녀는 강제로 나를 욕실 속으로 밀어넣어버렸다. 혼자가 된 나는 잠시 어찌할 바를 몰랐다. 그녀와 잠을 잔다는 것은 지난 십여 일 동안 지칠 줄 모르고 꿈꾸어온 바였다. 그런데 왜 정작 이 상황에 부딪치게 되자 몸이 움직여지지 않는 것이었을까.

경색증은 그러나 잠시 만에 극복이 되었다. 내 가슴속에서는 갑자기 호기가 일었다. 될 대로 되라지. 행동기피증 환자들이 무서운 건 그들이 홀로 내버려졌을 경우이다. 소심증 환자들이 폭음을 했을 때처럼 그들은 불쑥 대담해지기도 하는 것이다. 나는 쉰내 나는 옷을 벗어던지고 샤워기를 틀고 비누질을 하기 시작했다. 가슴에, 목에, 겨드랑이와 사타구니에. 그리고 마지막으로 머리카락에 샴푸를 끼얹었을 때, 나는 욕실의 문이 살그머니 열리는 소리를 들었다. 누군가가 들어서는 소리도 들렸다. 눈을 떠 보니 가슴으로부터 기다랗게 드리워진 수건과 그 아래로 곧게 뻗은 두 다리가 보였다. 그러나 나는 곧 다시 눈을 감아야 했다. 샴푸가 흘러들어 눈이 따가웠기 때문이었다.

목욕이 끝나고 먼저 밖으로 나온 나는 쉰내 나는 옷가지를 주워 입었다. 주위가 빙빙 도는 것 같았다. 목욕이 끝날 때까지 줄곧 눈을 감고 있었던 까닭이었다. 욕실 안에서 몸을 닦고 있던 그녀가 말했다.

"그 옷들을 다시 입는 건가요."

필사적으로 침착을 가장하며, 나는 대수롭지 않은 목소리로 대답했다.

"담배가 떨어졌어요."

담배가 떨어진 건 사실이었다. 대문 밖으로 나온 나는 먼저 청자 한 갑을 이백 원에 샀다. 그리고 여덟 개의 백동전을 들고 그녀의 집으로부터 가장 멀리 떨어진 공중전화 부스로 갔다. 다행히 이모는 집에 있었다.

"아직 살아 있었구나."

"전 지금 한 도시에서 다른 도시로 옮겨가는 중이에요. 그러니 전화를 추적하는 따위 촌스러운 짓은 하지 마세요."

"내가 왜 그런 짓을 하겠니. 난 네 여행이 가능하면 길어지기를 바라는 사람이야. 인생은 곧 여행이거든."

나는 이모에게 자초지종을 설명했다. 그녀를 만나게 된 일, 그녀가 보여준 무고한 마녀들의 화형장면, 그녀의 마을에서 맞아죽었다는 한 남자, 그리고 그녀와의 목욕. 그런데 그 일들을 설명하는 데만도 여덟 개의 동전이 모두 소모되었으므로 나는 다시 천 원을 바꾸어야 했다.

"그녀는 마치 사명감에 불타고 있는 것 같아요. 자기 마을 사람들이 그 남자에게 지은 죄를 조금이라도 덜어야겠다는 그런 사명감 말예요. 혹은 그 이상의 무언가가 있을지도 모르죠. 하지만 얼마나 어처구니없는 생각이에요. 인류가 인류에게 지어온 죄라는 게 얼마나 어마어마한 건데……"

"지금 목욕을 함께 했다고 그랬니."

"네."

"그리고 넌 한 도시에서 다른 도시로 옮겨가는 중이고."

"그렇다니까요."

그녀의 웃음소리가 들렸다.

"그 아이 몸은 예쁘디?"

"전 여지껏 그렇게 아름다운 몸매를 본 적이 없어요. 이모가 스무 살이었을 적에도 그렇게까진 못 되었을 거예요."

"넌 목욕시간 내내 눈을 감고 있었다고 하지 않았니."

"하지만, 눈을 뜨지 않아도 볼 수 있는 게 있어요."

"그래. 그렇다고 하자. 그런데 넌 지금 나한테 뭘 묻고 싶은 거니."

"어떻게 해야 할지를 모르겠어요. 우린 이제 막 목욕을 마쳤 어요. 다음 순서가 어떤 건지는 뻔하잖아요."

"언제나 그랬지만, 넌 정말 이상한 아이구나. 다음 순서가 어 떤 건지는 뻔하다면서 또 어떻게 해야 할지를 모르겠다니. 내가 너라면 알 수 없는 건 집어치고 뻔하다는 순서만 따라가겠구 나."

"그런 게 아니에요, 이모. 내가 왜 그애의 사명감을 나눠받아 야 하는 거냐구요."

나는 목이 탔지만 이모는 여전히 웃고 있었다.

"잘 들어라 애야, 사명감 따위는 애당초 없어. 나도 그 나이 를 겪어봤으니까 자신있게 말할 수 있다만 여자아이들이 원하는 건 그리 복잡하지가 않아. 너랑 잠을 자자는 거지. 그냥 그러자 고 얘기하기가 뭐하니까 이런저런 심각한 핑계를 만들어내는 거 야. 어쩌면 그애 자신도 잘 모르겠지만 말이야. 그러니 아무 걱 정 말아. 다음 연락이 기다려지는구나. 뚜뚜뚜뚜……"

이모는 역시 세상에서 가장 간단명료한 사람이었다. 덕분에 나는 금방 결론에 도달할 수가 있었다. 그것은 소연의 집으로 돌아갈 수는 없다는 것이었다.

원래 나는 이모가 얘기한 식으로 생각을 몰아가려 하고 있었 다. 그녀의 심각함은 섹스를 위한 핑계일 뿐이라고. 하지만 이모 의 입에서 그런 얘기를 들으니 생각이 달라졌다. 이모와 나는 서로 다른 세상을 살고 있었다. 그녀와 나는 전혀 다른 사고방 식을 갖고 있었다. 다시 말하자면 그것은, 내가 쉽사리 결정할 수 없는 어떤 문제에 부딪치면 이모의 목소리와는 다른 방향으로 가야 한다는 얘기 아니겠는가. 그 길로 나는 클럽으로 돌아가 웨이터씨의 복장으로 갈아입었다.

그날 이후 그 도시를 떠나게 될 때까지 나는 그녀를 몇 차례 더 만났다. 함께 걷기도 했고 그늘진 구석에 나란히 앉아 있기도 했다. 그런데 그녀는 그날 밤의 일에 대해서는 아무런 말도 하지 않았다. 다시 나를 집으로 초대하는 일도 없었고 내 몸에서 쉰냄새가 난다고 불평하는 일도 없었다.

이리를 떠나기로 결정한 날 나는 로얄 다방 앞에서 그녀를 만났다. 떠난다는 얘기를 하자 그녀는 언제인가를 물었다. 나는 이튿날 아침이라고 대답했다. 그녀는 서글픈 표정을 지었는데 눈물까지 글썽이는 듯했다.

"어디로 가실 건가요."

"모르겠어요. 군산을 가볼까 했는데 목포가 더 낭만적이리라는 생각도 드는군요."

"그렇게 돌아다닌다고 뭐가 찾아지나요."

"난 무얼 찾으려는 게 아니에요."

그녀는 고개를 끄덕였다. 그리곤 손가방에서 예쁘게 포장된 선물을 꺼내었다. 나는 한눈에 그게 손수건임을 알 수 있었다.

"인사도 없이 떠나면 어떡하나 했어요. 이걸 썩히게 될 테니까 말예요."

그녀는 돌아서서 갔다.

그것으로 그녀와 나의 인연은 끝이었다.

마지막 말을 찾느라 고심하고 있는데 이모한테서 전화가 왔다.

"잘되어가니."

이모는 내가 그녀에 대한 이야기를 쓰고 있다는 것을 알고 있었다.

"그럭저럭요."

"걔는 요즘 어떻게 지내고 있다니."

"그걸 내가 어떻게 알아요."

나는 전화를 끊어버렸다. 그런데 나는 그녀의 일을 조금은 알고 있었다. 최근 이리를 방문했을 때 누군가로부터 그녀의 신상에 있었던 일을 얘기 들은 것이다. 아주 조금만. 하지만 그 이야기는 여기서 하지 않도록 하겠다. 무슨 소용이 있단 말인가. 내게는 가슴 아픈 추억이었지만 당신들에게는 대단찮은 허구쟁이가 꾸며낸 또 하나의 거짓 정도에 불과하지 않을 텐가. 다만 그래서 마지막으로 다시 한번 나는 당신들에게 얘기하고 싶다. 사람들이 서로를 사랑하지 않는다는 것은 너무 당연한 일이다. 사람들에게 많은 기대를 걸지는 않기 바란다. 아주 오랜 옛날부터 그들은 서로의 목숨을 담보로 신에게 타협을 요청해왔던 것이다.

춤추는 멍텅구리배

비가 쏟아지고 바람이 몰아치고 그리고 이따금은 천둥이 울리는 날 바다에서는 많은 일들이 일어난다. 특히 서해 먼바다 위에 점점이 떠 있는 새우잡이배, 이른바 멍텅구리배에서는. 자체동력이 없고 견인선이 끌어주어야만 움직일 수 있는 까닭에 멍텅구리배라고 불리는 이 배는 정확하게 말하자면 출항만이 있을 뿐 입항이라고는 없다. 망망대해 한가운데 닻을 한번 내리면 생명이 다할 때까지 그 자리를 지켜야 하는 것이다.

"조짐이 이상해. 이런 바람에서는 비린내가 난단 말이야. 자네 같은 친구가 불쌍해지는 날이지."

유원규는 유일한 부하이자 동료인 최인주에게 말했다. 멀지 않은 저편 하늘에서는 먹장구름이 몰려오고 있었고 바람은 점점 사나운 기세로 높아지고 있었다. 근처의 배들에서는 간간이 욕지거리와 초조한 고함 소리들이 들려왔다. "우라질 놈의 새끼들이 왜 안 오는 거야." 아마 그들은 항구에서 구조대가 오기를 기대하는 모양이었다. 그러나 그것은 아주 야무진 꿈이었다.

"왜 또 시비를 거는 거야?"

"세상에 할 일이 없어서 돈 벌려고 멍텅구리배를 타느냔 말이야."

"누가 알고 탔나. 속아서 팔려왔지."

"그러니까 내가 자네를 먹통이라 부르는 거야."

"그러는 자네는 무슨 대단한 이유라도 있어서 여기 있단 말인가?"

"물론이지. 난 자네 따위와는 달라."

"그게 뭐지?"

그들의 대화는 거기에서 중단되었다. 엄청난 파도가 배의 옆구리를 때리는 바람에 바닥에 납작납작하게들 엎드려야 했기 때문이었다. 그러자 비가 쏟아지기 시작했고 매서운 바람이 바다를 뽑아 일으켜세웠다. 최인주는 나무판자의 벌어진 틈에 두 손을 쑤셔넣어 움켜쥐었다. 배는 놀이동산의 바이킹호처럼 앞으로 뒤로 솟아올랐다. 그 요동과 절망에도 조금씩 익숙해지자 유원규가 다시 소리를 질렀다.

"알아듣겠어? 난 자네 따위와는 다르단 말이야."

"죽을 작정이었다면 곱게 목을 매다는 편이 나았을걸."

"난 여기가 좋아. 이 미친 듯한 바람이 좋고 파도가 좋아. 이년 전에도…… 똑같은 일이…… 있었지. 아니, 지금은 아무것도 아니야. 그때가…… 훨씬 더 굉장했지. 셀마인지 설마인지 하는 태풍이…… 몰려올 때였어. 기억 나? 그때도 난…… 이 바다 위

202

에서 멍텅구리배를 타고 있었다구. 자그마치 열두 척의 배가……
뒤집어지고 쉰세 명의 잡것들이 되졌다니까."

최인주는 이미 죽음의 그림자를 느끼고 있었다. 파도에 흠뻑
젖은 채 갑판 바닥을 움켜쥐고 꿇어앉아서 그는 마치 누군가를
향해 절규하고 있는 듯했다. 그래서 그는 소리라도 자꾸 질러야
했다.

"미쳤다고 바다엔 다시 나왔어!"

"난 이 느낌을 잊을 수가 없었어. 점점 더 사나워지는군. 지
난 이 년 동안…… 이것저것 안 해본 일이 없었어. 제대로 한
번…… 살아보려고 별 지랄을 다 했었지. 하지만…… 되는 일
이 없었어. 결국 술통에 빠져들고 말았지. 그러다 다시…… 이
바다를 생각해낸 거야. 어때, 황홀하잖아. ……이 속엔 분명히
뭔가가 있다구."

한참 동안 다시 무시무시한 파도가 이어졌다. 바람은 배를 한
껏 뽑아올렸다가 수면 위로 내동댕이치곤 했다. 닻이 없었더라
면 아마 그 배는 최초의 목제 우주선이 되었을 것이었다. 그러
는 사이 근처에 흩어져 있었던 다른 멍텅구리배들이 하나 둘 사
라지기 시작했다. 집채만한 파도가 지나가고 나면 배 한 척이
사라졌고 잠시 후엔 부서진 나뭇조각들이 보였다. 솟구쳐오르는
파도 너머로 열심히 헤엄을 치는 사람이 보이기도 했다. 아직
부서지지 않은 그들의 배로 다가오려는 몸부림이었다. 그러나
그 몸부림들은 이내 물결 속으로 휘말려 사라졌다. 최인주의 귀
에는 이미 아무런 소리도 들리질 않았다. 그런데 그 먹먹함을
뚫고 유원규의 웃음소리가 스며들어왔다. 아주 길고 처절한, 외
마디 비명 같기도 한 웃음이었다.

"이봐, 자네 정말 미쳤어."

유원규는 아무런 대답도 하지 않았다. 웃음소리가 파도의 충격에 뒤섞여 끊어졌다간 이어지고 했다. 마침내 그가 다시 소리를 지르기 시작한 것은 그 배를 제외한 마지막 한 척의 배가 물결 속으로 휩쓸려 사라진 다음이었다.

"이게 바로 하나님의 뜻이었어. 혼란, 광란, 종말…… 살아남은 모든 것들은 쓰레기만도 못해. 살아 있다는 사실 자체가 역겨운 거야. 그러니 피를 토하며 죽어야지. 절규하며 몸부림치며 죽어가야지. 그게 바로 하나님의 뜻이란 말이야……"

최인주는 이미 자신이 죽었다고 느꼈다. 단지 살아남을 가능성이 없다는 느낌이었을 뿐 아니라 자신의 모든 것이 죽어버렸다는 느낌이었다. 솜덩이처럼 젖은 몸은 바다나 파도나 빗줄기로부터 구분이 되지 않았고, 갑판 바닥에 쑤셔박은 두 팔은 그대로 나무토막이 되어버린 듯했다. 더구나 유원규의 말은 죽음의 그림자에 더 짙은 먹물을 뿌리고 있었다. 그런데 잠시 후 유원규가 그에게 소리쳤다.

"자넨 그래도 더 살고 싶을 테지?"

"미친 소리 집어쳐."

"한 가지 방법이 있지. 무조건 내 말을 듣겠다고 약속하면 말이야."

"무슨 개…… 수작이야."

"약속하겠나?"

배가 다시 한번 수면에 내동댕이쳐지는 충격으로 최인주는 두 팔이 쪼개어지는 듯했다.

"알았어, 약속할게."

"그럼 내가 하는 말을…… 또박또박 따라해. 한 자도 빠뜨리지 말고…… 아버지 하나님 당신의 뜻을 알겠나이다."

"아버지 하나님 당신의 뜻을 알겠나이다."

"지금 우리를 놓아 보내…… 주신다면."

"지금 우리를 놓아 보내주신다면."

"백 배의 사람들이."

"백 배의 사람들이."

"더 무서운 꼴을 당하도록 만들 것을 맹세합니다."

"더 무서운 꼴을 당하도록 만들 것을 맹세합니다."

"아멘."

"아멘."

"이제 되었어. 바다는 곧 잠잠해질 거야."

유원규는 자신만만하게 말했다. 과연 그의 말대로 바다는 조금씩 가라앉는 듯했다. 그러나 그것은 아주 잠시였고 곧 다시 끓어올랐다. 유원규가 투덜거렸다.

"제기랄, 백 배 가지곤 성에 차지 않는 모양이지. 천 배의 사람들이 더 무서운 꼴을…… 당하도록 만들겠습니다. ……뭘 하는 거야, 어서 따라하지 않고."

"천 배의 사람들이 더 무서운 꼴을 당하도록 만들겠습니다."

바다는 눈에 띄게 가라앉기 시작했다. 빗줄기도 가늘어졌고 바람도 잦아들었다. 그리고 잠시 후엔 태평스런 햇살이 고요한 수면 위로 내려앉았다. 어디로부터 왔는지 알 수 없는 나무판자 조각들이 부드럽게 흔들리며 흩어져 있었다.

육지로 나왔을 때 최인주는 유원규에게 물었다.

"이제부터 어떻게 해야 하지?"

"우리 두 명의 천 배의 사람이라면 이천 명이야. 약속을 지켜야지."

"미친 짓이야. 그건 모두 우연이었을 뿐이라구."

유원규는 최의 멱살을 가만히 거머쥐었다.

"다섯 척의 배가 부서지고 열세 명이 죽었는데 우리는 상처 하나 입지 않았어. 자넨 그걸 우연이라고 부르나? ……약속을 지키지 않을 경우에 어떤 일들이 벌어질지는 자네가 더 잘 알 거야."

"그래서 뭘 어쩌잔 말이야?"

"지금 우리는 너무 약해. 이천 명은커녕 이십 명도 어쩔 수가 없어. 이렇게·하자. 오 년 후에 다시 만나는 거야. 그 동안 각자의 힘을 길러서."

"무슨 힘을 어떻게 기르자는 거야?"

"그건 자네가 알아서 할 일이야. 다만 한 가지만 명심해. 하나님과의 약속을 지켜야 한다는 것만. 잘 가."

그들은 그렇게 헤어졌다.

오 년 후 그날, 그들은 광화문의 한 찻집에서 만났다. 짠물에 젖은 닳아빠진 작업복 차림으로 헤어졌던 그들은 모두 그럴듯한 신사복을 입고 있었다. 유원규는 그 동안 사채업에 손을 대어 제법 상당한 돈을 모았다고 했다. 운수가 트이기 시작하자 걸려 드는 건수마다 채무변제가 불가능하게 되었고, 덕분에 집이다 땅이다 마구 잡아들일 수 있었다는 것이었다. 최인주는 자리를 잡기까지 적잖은 시간이 걸렸다고 했다. 몇 가지 외판원을 전전 하다가 가까스로 여행사에 사무직 자리를 얻을 수 있었다. 대수 로운 수입은 아니었지만 그는 열심히 그 일에 매달렸다. 그래서 몇 년이 지난 그날은 대리로까지 진급해 있었다. 여행사의 대리 가 되었다는 최의 말에 유원규는 고개를 끄덕이더니 물었다.

"거기서 자넨 주로 어떤 일을 담당하고 있나?"

"국내여행 쪽을 맡고 있어."

"그것 보게. 하나님은 우리가 약속을 지킬 수 있도록 모든 배려를 하고 계시다니까."

"그게 무슨 소리야?"

"차차 알게 될 거야. 우선 자네는 그 회사에 사표를 내. 그리고 나와 사무실 자리를 알아보자구."

이튿날 그들은 시청 앞길의 그럴듯한 건물에 그럴듯한 사무실을 얻어 들었다. 그리고 그날 당장 두 개의 광고를 신문에 게재했다. 하나는 비서 겸 경리 일을 맡아볼 여직원을 구한다는 것이었고, 다른 하나는 호화 유람선의 여객을 모집한다는 것이었다. 호화 유람선에 대한 광고는 이러했다. 우리 나라 역사상 처음으로 초호화 유람선을 인천 앞바다에 띄운다, 지상보다 안전하고 아늑한 공간이다, 주말을 이용한 2박 3일 동안 남해안으로 내려가 한려수도를 돌아보고 올라올 것이다. 수용 승객수는 이천 명이다.

그 여객모집 광고에 대한 이야기를 처음 들었을 때 최인주는 생각없이 이렇게 물었다.

"도대체 초호화라는 그 유람선을 어떻게 구할 계획인가?"

"돈만 있으면 배야 얼마든지 빌릴 수 있어. 게다가 하나님이 도와주실 테고."

그제서야 최는 유원규의 음모를 알아차릴 수가 있었다.

"아니, 그럼 자네는 그 배를 몰고 나가서……"

"물론이지. 놀랍구면. 그걸 겨우 이제야 생각해내다니."

"아니야. 잊고 있었던 것은 아니야. 어떻게 하나님과의 그 약속을 잊을 수가 있겠나. 그런데 자넨…… 우리가 그 일을 반드시 해야 한다고 생각하나?"

"무슨 소리야."

"내 말은 그러니까, 우리가 꼭 우리 손으로 이천 명이나 되는 사람을…… 그렇게 해야 하느냐는 거야. 무슨 다른 방법을 찾아볼 수도 있지 않을까. 이천 마리의 병아리를 대신 죽인다거나…… 하나님도 지금쯤은 아마 생각이 달라지셨을 거야. 오 년이나 지났으니 벌써 까맣게 잊어버리셨을지도 모르지."

"바보 같은 소리 작작해. 만약 자네가 이 일에서 빠지고 싶다면 그렇게 해. 자네가 뿌린 씨앗은 자네가 거두게 될 테니까."

"내가 언제 빠지겠다고 했나. 그냥 자네 생각을 물어보았을 뿐이지. 암, 물론이지. 그건 안 될 말이야. 하나님과의 약속을 지키지 않는다는 건 말도 되지 않는 소리야."

그래서 그 두 가지 광고는 함께 나가게 되었다.

그날 저녁 유원규는 최인주에게 일이 시작된 기념으로 술이나 한잔 하자고 했다. 그러나 최는 고개를 저었다.

"미안하지만 오늘은 일찍 들어가봐야 해. 집사람이 몸살이 나서 누워 있거든."

"아니, 자넨 결혼까지 했단 말인가?"

"그래, 했어. 뭐 꼭 하고 싶어서 한 게 아니라 결혼이라는 것도 세상을 놀리는 한 방법이 되잖아. 마누라랑 자식새끼를 학대하면서 사는 것도 알고보면 아주 재미있는 일이라네."

"그러는 사람이 마누라가 몸살이 났다고 일찍 들어가?"

"자네는 이런 말도 모르는가. '눈길에 미끄러진 사람은 꼭꼭 짓밟아주어라.'"

다음날은 아침부터 면접이 시작되었다. 적잖은 수의 여자들이 사무실 밖에서 줄을 서서 기다렸다. 그들 중에는 팔등신 미녀도 있었고, 이혼녀라는 사십대의 부인도 있었다. 스물두어 명인가의 면접이 지나고 점심시간이 가까워졌을 때 한 여자가 문을 두드리고 들어섰다. 그녀는 무척 고운 인상을 갖고 있었는데 강아지 한 마리를 팔에 안고 있었다. 최인주가 먼저 물었다.

"어떻게 오셨나요?"

"신문광고를 보고 면접을 받으러 왔어요."

그렇게 대답한 다음 그녀는 강아지에 머물고 있는 두 사람의 시선을 의식했는지 얼른 이렇게 덧붙였다.

"실례가 되었다면 그만 나가겠어요. 그럴 생각은 없었는데 데리고 올 수밖에 없는 사정이 되어버렸거든요."

"아니, 괜찮습니다. 우선 그 의자에 좀 앉으시죠."

"고마워요. 그러실 줄 알았어요."

그녀가 의자에 앉으려는 순간 강아지가 품에서 뛰어나와 책상 위로 내려섰다. 그러고는 유원규와 최인주가 나란히 앉아 있는 책상 위를 이리저리 뛰어다니면서 서류들을 마구 흐트러뜨렸다. 펜꽂이 앞에 가서는 오른쪽 다리를 들어올리고 쉬까지 했다. 그녀와 유원규가 놀라서 붙잡으려 했지만 쉬운 일이 아니었다. 강아지는 이번엔 책상에서 뛰어내려 책상과 의자 아래를 재빨리 기어다녔다. 다시 몇 군데에 자기 영역임을 표시하는 오줌을 깔긴 다음에야 가까스로 유원규의 손에 체포되었다. 그녀는 얼른 강아지를 넘겨받았다.

"죄송합니다. 소란만 일으켰네요. 아무래도 그냥 돌아가는 게 좋겠어요."

"아닙니다. 강아지를 면접 보려는 건 아니었으니까요."

"이 강아지는 사실은 제 것이 아니랍니다. 오늘 아침 불쑥 이웃집 아주머니가 데리고 와서는 부탁을 하지 않겠어요. 하루 동안만 좀 돌봐달라구요. 잠시도 혼자 있어본 적이 없는 강아지라 반드시 누군가가 곁에 있어주어야 한다구 말예요. 거절할 수가 없었어요. 제가 요즘 일자리를 잃고서 집만 지키고 있다는 건 동네 사람들이 모두 아는 일이거든요."

"하지만……"

"오, 그래요. 어제 신문광고를 보고 오늘은 면접을 보아야겠다고 마음먹고 있었죠. 그래서 약간은 곤란하리라는 걸 알고 있었어요. 그렇지만 그 아주머니의 입장도 너무 딱해 보였어요. 두 분도 한번 생각해보세요. 그 나이에 시어머니께 잔소리를 들으러 가는 사람의 심정을 말예요."

그녀는 겉으로 드러나는 인상만큼이나 고운 심성을 가진 모양이었다. 눈빛 역시 착하기 그지없어 보였다. 최인주는 그녀는 무조건 꽝이라고 생각했다. 유원규의 취향에 그처럼 착한 여자가 탐탁할 리가 없기 때문이었다. 그런데 유는 최인주 쪽으로 고개를 기울이더니 귀엣말을 했다.

"자넨 어떻게 생각하나?"

"가위폰걸. 너무 순해빠졌어."

"그래, 자기가 무슨 나이팅게일이라도 되는 줄 아는 모양이야. 저런 스타일은 도무지 참을 수 없지. 그래서 말인데…… 저 아이를 쓰면 어떨까?"

최인주가 말문이 막혀 돌아보자 유는 말을 이었다.

"저런 멍텅구리들이 아직도 세상에 남아 있다는 걸 난 참을 수가 없어. 사람들이 모두 자기처럼 착한 줄 착각하고 있잖아. 내 곁에 붙잡아두고 저 비뚤어진 눈을 반드시 바로잡아주겠어."

"좋도록 하게. 자네가 잠자리가 허전해서 저애를 쓰겠다고 해도 난 반대할 처지가 아니야."

유원규는 그녀에게 표찰 한 장을 주며 문밖에다 걸어달라고 부탁했다. 그 표찰에는 '면접 끝. 안녕히 가십시오'라는 말이 씌

210

어 있었다. 그리고 그들은 그녀와 함께 점심식사를 하러 나갔다.

두번째 광고에 대한 반응도 과히 나쁘지 않았다. 역사상 최초로 초호화 유람선을 인천 앞바다에 띄운다는 계획은 사람들을 매혹시키기에 충분했고, 적지 않은 숫자의 사람들이 신청을 하거나 문의전화를 해왔다. 신혼여행으로 삼기에 적당한가를 묻는 사람들도 꽤나 있었다. 최초의 항해는 삼 주일 후로 계획되어 있었는데 일주일이 못 가서 이미 예약실적은 절반을 넘어서고 있었다. 그와 더불어 호화 유람선의 준비도 거의 마무리가 되었다. 프랑스에 본부를 두고 홍콩에 지부를 둔 한 리스 회사로부터 2년 간 대형 유람선을 빌리기로 계약한 것이었다. 배는 이제 일주일 후면 화려한 위용을 드러내며 인천 앞바다로 들어올 것이다.

말하자면 모든 일은 순조롭게 진행되어가고 있었다. 그런데 단 한 가지 매끄럽지 못한 일은 유원규와 지숙화와의 관계였다.

애당초 유가 지숙화를 채용한 것은 그녀의 비뚤어진 눈을 바로잡아주기 위해서였다. 그는 그녀의 어리석기 짝이 없는 착함을 견딜 수 없었고 그래서 그녀에게 사람들이 얼마나 악하고 이기적인가를 가르쳐주려고 했던 것 같다. 때문에 그는 그녀가 있는 곳에서는 훨씬 모질고 악독한 태도를 취하곤 했다. 이를테면 그들이 함께 식사를 하는 식당에 껌팔이가 들어오면 그는 다짜고짜 욕지거리를 퍼부었다. "썩 꺼져, 이 더러운 자식아." 그런데 그녀는 그의 욕지거리와는 무관히 껌 한 통을 집어들고는 이런저런 얘기를 나눴다. "이름이 뭐니? 어머니는 뭘 하시니? 학교는 아직 안 다니니?……" 유원규는 그 자리에서는 할말이 없었다. 가슴속만 자꾸 부글거릴 뿐이었다.

"내기할까. 자네가 아무리 용을 써도 미스 지 입에서 다른 사람들 욕하는 소린 듣지 못할 거야."

"그렇지 않아. 세상을 똑바로 알게 되면 자기가 얼마나 바보였는가를 알게 될 거야."

"내기를 하자니까."

"그딴 건 필요 없어. 그렇지 않아도 난 그녀를 가만 놔둘 생각이 아니야."

최인주의 이죽거림에 더 화가 난 유원규는 보다 강력한 수단들을 동원하기로 했다. 어느 날 그는 그녀로부터 저녁시간을 할애받았다. 둘러보아야 할 곳이 있으니 함께 야근을 하자고 했고 그녀는 순순히 동의한 것이었다. 그는 그녀를 데리고 인천의 연안부두로 나갔다. 명목은 배가 들어올 자리를 살펴보고 주변조건들을 점검한다는 것이었다.

어두운 부둣길을 걸으면서 유원규는 이만하면 그녀를 무섭게 하기에는 충분하리라는 생각을 했다. 사실은 자기 자신도 조금씩 어깨가 떨려오고 있었다. 사람들이 험하기로 따지자면 탄광 광부와 뱃놈들이 최고였다. 생명이 왔다갔다하는 곳에서 사람들은 가장 험해지게 마련이었던 것이다. 그런데 그녀는 하늘을 올려다보며 천연덕스러이 중얼거렸다.

"정말 아름다운 밤하늘이네요. 세상은 참 평화로운 곳이에요. 그렇잖아요?"

"그렇군."

그는 얼떨결에 고개를 끄덕여줄 수밖에 없었다.

"사장님이 아무리 무서운 척해도 전 다 알아요. 속마음이 무척 따뜻한 분이시란 걸 말예요."

유원규는 두어 차례 헛기침을 했다. 그러면서 그는 속으로 혼잣말을 했다. 네가 아무리 쓸데없는 소리를 지껄여보았자 오늘

212

밤에는 곤욕을 좀 치를 테니 그렇게 알아라.

　그렇게 어슬렁어슬렁 몇 개의 골목인가를 다녔을 때 그는 마침내 자신이 찾던 장면을 발견할 수 있었다. 그 무렵의 시간이면 어딘가에서 사나운 뱃놈 몇이 싸움질을 벌이고 있으리라 짐작했었는데, 아니나다를까 몇 사람이 멱살을 거머쥐고 밀고 당기고 하고 있었던 것이다. 그는 목소리에 힘을 주며 입을 열었다.

　"미스 지는 뭔가를 잘못 알고 있어. 세상은 아름다운 곳도 아니고 평화롭게만 살 수 있는 곳도 아니야. 오히려 서로에게 칼부림을 해대면서 끝장을 보아가는 곳이란 말이야."

　"그렇지 않아요. 그건 사장님이 잘못 알고 있는 거예요. 어떻게 그런 생각을 하실 수가 있죠?"

　"어떻게 그런 생각을 하지 않을 수가 있겠어. 지금 이 순간 바로 우리 눈앞에서도 그런 일이 벌어지고 있는데."

　그제서야 지숙화도 그 장면을 보게 되었다. 그녀는 짧막하게 비명을 질렀다. 한 남자가 두 명의 남자에게 양쪽 팔을 붙들린 채 늘어져 있었고, 그의 앞에서는 또다른 남자가 멱살을 쥐고 칼날을 들이대고 있었다. 늘어진 남자의 얼굴에서는 두어 줄기 피가 흐르고 있었다. 유원규는 무슨 일이 벌어지는지 보아야겠다는 생각으로 그녀만을 남겨둔 채 슬그머니 뒷걸음질을 쳐서 골목으로 숨었다. 그런데 그는 전혀 그렇게 할 필요가 없었다. 그녀는 비명에 이은 잠깐의 충격이 지나간 다음 곧장 그들에게로 달려간 것이었다. 그리고는 멱살을 거머쥔 남자에게서 칼을 빼앗아서는 멀찌감치 던져버렸다.

　"무슨 짓들이에요? 이렇게 어두운 곳에서."

　그들은 어처구니가 없는지 그냥 멍하게 그녀를 바라보았다.

"이 동네 사는 분들이세요? 세상에, 어떻게 이런 일을 할 수가 있담. 아저씨들은 국민학교도 안 나온 게 분명해요. 국민학교라도 제대로 다녔더라면 친구들끼리 이런 짓을 해서는 안 된다는 것쯤은 알고 계셨을 텐데."

그들을 야단치며 그녀는 자신의 블라우스를 찢어서 늘어진 남자의 얼굴을 닦았다. 둘러선 남자들 중 하나가 눈치를 살피더니 말했다.

"아가씬 잘 모르겠지만 그놈은 아주 나쁜 놈이에요."

"말도 안 되는 소리 말아요."

그녀는 아주 매섭게 그 남자를 나무랐다.

"이 사람이 나쁜 사람이라면 이 사람을 때리는 아저씨들은 도대체 얼마나 나쁜 사람인가요?"

"그런 게 아니라……"

"이 아저씨가 어디 사는지 알고 계세요?"

"네."

"어서 데려가 쉬게 하세요. 부인에게는 계단에서 굴렀다고 말씀드리구요."

그날의 야근은 그것으로 마침표를 찍게 되었다. 그러나 물론 유원규는 그것으로 만족할 수가 없었다. 생각할수록 울화통이 터졌다. 병신 같은 자식들, 평소에는 목도 따고 배도 쑤시고 잘하던 놈들이 하필 그날따라 기가 죽어서 우물거렸담. 지랄도 멍석을 깔아주면 못 한다더니…… 그는 그녀를 한번 제대로 비웃어주지 않고서는 도무지 잠을 이루지 못할 것 같았다. 세상이 아름답고 평화로운 곳이라니 도대체 말이 되는 소리란 말인가.

이튿날 최인주에게 비웃음까지 실컷 얻어먹은 그는 다시 지숙화에게 저녁시간을 얻기로 했다. 그는 그녀에게 친구로부터 저녁식사를 초대받았는데 함께 갈 사람이 없으니 도와줄 수 있 겠느냐고 물었고 그녀는 고개를 끄덕였다. 그런데 그가 그녀를 데리고 간 곳은 영등포의 한 뒷골목에 위치한 음산한 집이었다. 괴기 영화에나 어울릴 법한 어두운 조명이 깨어진 창 틈으로 들 락거리는 그런 집이었다. 집 안에는 수십 명의 사람들이 우글거 리고 있었는데 주로 어린아이들이나 중년을 넘어선 노인들이었 다. 노인들은 검은색 안경을 끼고 아이들과 둘씩, 셋씩 짝을 이 루어 걸음마 연습 비슷한 것을 하고 있었다. 그 연습을 지휘하 고 있던 한 사내가 유원규에게로 다가와 인사를 나눴다. 지극히 무뚝뚝한 모습이었다. 그리고 그들을 식탁으로 안내했다. 유원 규는 지숙화에게 귀엣말을 했다.

"이 집의 총두목이야. 미스 지가 늘 한푼 두푼 쥐어주던 사람 들이 사실은 어떻게 살아가고들 있는지 잘 살펴봐두라구."

식사를 나누면서도 그들은 별 얘기를 하지 않았다. 집주인 사 내의 입장에서는 사실 성가신 일이었다. 옛친구의 부탁이어서 어거지로 초대를 하긴 했지만 그는 외부인이 자기 집에 들락거 리는 것을 몹시 싫어했던 것이다. 그런 사정을 알 리가 없는 지 숙화는 그 사내에게 생각나는 대로 이런저런 이야기를 걸었다.

"이런 훌륭한 일을 하고 계셨군요. 사실 전 언제나 걱정이었 어요. 이분들이 해가 지면 돌아가 쉴 곳이나 있을까 하고 말예 요. 제가 조금 아는 사회사업가 한 분이 있는데 돌아가는 대로 연락을 해서 조금이라도 도움이 될 수 있는 방법을 찾아보겠어 요. 정말이지 너무 힘든 일을 도맡아하고 계시네요."

그녀의 이야기가 이어지는 동안 사내의 표정은 눈에 띄게 풀 어졌다. 그는 그녀에게 스테이크 한 조각을 더 권한 다음 말했 다.

"쉬운 일은 아니에요. 하지만 나름대로 보람이 없는 것도 아니랍니다."

"그럴 테지. 아침마다 가짜 봉사들을 도시로 풀고 밤이 되면 그들이 벌어온 돈을 모조리 뜯어 챙기는 재미가 얼마나 큰 보람이겠어. 삥땅을 치다가 걸리는 양반들이 매일 평균 서너 명씩은 되니 주먹질하는 재미도 빠뜨릴 수 없을 테고."

유원규가 그렇게 이어받았다. 그러자 주인 사내는 눈알을 부라렸고 지숙화가 혀를 차며 끼어들었다.

"무슨 실례의 말씀을 그렇게 하세요. 저분들이 모두 봉사가 아니라뇨? 그리고 밤마다 벌이를 모조리 뜯어 챙기다뇨? 설마하니 그런 일은 없을 테죠?"

"물론이죠. 제가 이 집 총장으로 있어온 지난 십 년 동안 듣지도 보지도 못한 일이랍니다."

저녁식사가 끝나자 유원규는 집주인 사내에게 말했다.

"식사 후엔 보통 뭘 하지? 내가 알기로는 내일을 위한 연습 점검을 해야 할 텐데. 조편성이 제대로 되었는지도 보고 걸음걸이와 복장이 어울리는지도 보고. 제대로 절룩거리지 못하는 친구가 있다면 정강이를 걷어차서 병신도 만들어주어야 하잖아."

"사장님은 오늘 농담이 지나치신 것 같아요. 선생님께서 이해하세요. 저희 사장님은 원래 유머감각이 아주 풍부하시답니다."

"물론이죠. 꽤 오랫동안 못 보긴 했지만 저 친구 유머감각은 저도 잘 알고 있어요. 우리집 식구는 저녁식사 후엔 보통 노래를 부른답니다. 주님의 찬송가를 부르는 거죠. 같이 한번 감상해 보시겠어요?"

"노래라면 저도 무척 좋아해요."

그로부터 한 시간 가까이는 노인들과 어린이들로 이루어진

216

소경 합창단의 노래가 이어졌다. 주로 듣는 이들의 애틋한 동정을 자아내는 구슬픈 찬송가들이었다. 지숙화는 그 노랫소리를 들으며 연신 손수건으로 눈물 콧물을 찍어댔다. 애가 닳은 유원규는 그녀에게 귓속말을 계속 해대었다. 이건 눈물을 흘리면서 들을 노래가 아니야. 저 사람들의 지긋지긋해하는 표정이 보이지 않아? 저치들한테는 한 소절 한 소절이 동전 하나와 같을 뿐이야. 그래서 알지도 못하는 주님을 팔아먹고 있는 거라구. 주님 한 번 부르면 이백 원, 두 번 부르면 삼백 원, 뭐 그런 거지. 그리고 저녁시간이면 번 돈을 몽땅 총장이라는 저 친구한테 갖다 바쳐야 하는 거야. ……그런데 그런 이야기를 들은 지숙화는 더 서글프게 어깨를 들먹일 따름이었다. 돌아오는 길에 그녀는 유원규에게 고맙다는 말을 몇 번이고 되풀이했다.

"정말 좋은 친구를 두셨네요. 나중에 다시 한번 찾아오기로 해요. 뭐든 자그마한 선물이라도 준비해서 말예요."

유원규로서는 더이상 할말이 없었다.

이어지는 며칠 동안 그들은 정신이 없었다. 배가 들어오는 대로 내부를 정리하고 모든 준비를 갖출 요량으로 이런저런 계획을 세워야 했다. 사람들도 뽑아야 했고 실내장식팀도 서너 팀을 불러야 했다. 최인주는 가격을 조금이라도 깎기 위해 연일 언성을 높이며 그들과 싸웠다. 그러는 사이 유람선을 이용할 승객수가 모두 채워졌다. 그러고서도 계속해서 쇄도하는 신청전화들에는 다음번을 이용하라고 당부할 수밖에 없었다. 그러면 사람들은 그게 자신들의 생명을 구하는 길이라는 사실도 모르고 "꼭 이번에 가야 한단 말이오" 하고 아우성을 쳤다. 여행사들에서도 어떻게 한 자리만 구할 수 없겠느냐는 문의 전화가 끊임없이 걸려왔다. 애당초 최인주는 그가 아는 몇몇 여행사들에 부탁을 했었더랬다. 유람선 승객모집에 도움을 달라고. 그리고 그들의 도움을 적잖게 받은 터였다. 하지만 이제는 상황이 역전되어버렸다. 그는 정말이지 처음으로 삶의 보람 같은 것을 느꼈다. 심지어는 이런 생각도 들었다. 삶이 이대로만 이어진다면 그의 앞길은 얼마나 대단할 것인가. 일주일에 한 차례씩 이천 명의 승객을 싣고 유람선을 운행한다면 불과 몇 달이 못 가서 대재벌이 될 것이 분명했다.

마침내 배가 들어왔다. 화려하고 거대한 위용을 과시하면서. 유원규와 최인주는 청소부며 실내장식팀들을 이끌고 인천 앞바다로 나갔는데 부둣가에는 수많은 사람들이 배를 구경하느라 모여 있었다. 최인주는 그 모든 사람들이 지켜보는 가운데 앞으로 나서서 진두지휘를 했다. 배 꽁무니의 거대한 화물 운반용 문을 열고 이미 대기시켜두었던 컨테이너 열 대 분의 짐을 옮겨실었다. 신문사며 잡지사에서 나온 사람들이 연신 카메라 셔터를 눌러대었다. 그들은 그에게 마이크를 들이대며 인터뷰를 요청하기도 했다.

유원규의 일은 주로 배 안에서 이루어졌다. 그는 사람들에게 각자의 할 일을 할당해주고 화물칸으로 들어온 짐들을 이곳저곳으로 옮길 것을 지시했다. 최인주가 바깥에서의 일을 모두 마치고 들어왔을 때에도 그는 열심히 넓은 배 안을 뛰어다니고 있었다. 최는 그런 유의 모습을 이해할 수 없었다.

"자네가 왜 그리 열심인지 이해할 수 없구먼. 이 한 번이 처음이자 마지막인 항해가 될 텐데."

"그러는 자네는 왜 그리 열심인가?"

"어차피 난 뭐든 열심히 할 수밖에 없는 입장이야. 자네도 알다시피 내가 스스로 정한 건 아무것도 없지 않나."

"내가 열심인 건 이 일이 재미있기 때문이야. 난 사람들에게 가능하면 화려한 마지막을 선물하고 싶다구."

"자네의 하나님께 화려한 선물을 하고 싶은 거겠지."

"그게 아니야. 사람들에게야."

"그건 이상한 일이군. 자넨 언제나 하나님이 먼저 아니었나?"

"그건…… 그래. 자네 말이 맞을지도 모르겠군."

유원규는 괜히 이상한 기분이 되어 어깨를 으쓱했다. 그러나 그는 곧 최인주를 잡아끌었다.

"이리 와봐. 자네에게 보여줄 게 있어."

그가 최인주를 데리고 간 곳은 기관실 옆에 붙은 조그마한 방이었다. 그 방에는 요상한 모양의 컴퓨터와 모니터들이 가득 차 있었고 거대한 회로 같은 것도 있었다. 유원규는 주머니에서 아주 조심스럽게 포장한 디스켓 한 장을 꺼내서는 중앙 컴퓨터에 집어넣었다. 그리고는 몇 개의 단추를 누르자 컴퓨터는 불빛을 반짝거리며 움직이기 시작했다.

"지금 이게 무슨 짓을 하고 있는 거야?"

최의 질문에 유는 만족스러운 미소를 머금었다.

"지난 오 년 동안 난 사채업을 하는 이외에 또 하나의 기술을 배웠어. 컴퓨터를 배운 거지. 난 이미 그때부터 우리가 해야 할 일이 어떤 것인가를 염두에 두고 있었어. 그래서 자네가 국내 관광일을 해왔다는 소릴 듣고 한편으로는 놀랐지만, 다른 한편으로는 고개를 끄덕일 수밖에 없었던 거야."

"컴퓨터가 망가뜨려지고 있잖아."

거대한 회로는 몸살을 앓는 짐승처럼 신음소리를 내더니 요란하게 불빛을 반짝거렸다.

"그게 아니야. 내가 넣은 디스켓으로부터 새로운 지시를 받고 있을 뿐이야. 그 지시가 이미 알고 있는 상식과는 너무 달라서 힘들어하고 있는 거지. 하지만 곧 조용해질 거야."

과연 잠시 만에 컴퓨터는 다시 평정을 되찾았다.

"그 새로운 지시라는 게 뭐지?"

"이 배에는 기후를 자동으로 감지하는 장치가 있어. 기온, 기압, 풍속, 풍향 따위를 말이야. 난 그 장치를 자동 항해 제어장치에 연결시키면서 이런 명령을 추가해 넣었어. '풍속이 백 미터를 넘어서면 선미의 화물 도어를 열어라.'"

"그러면?"

"배에는 물이 차기 시작하는 거지. 자네도 알겠지만 풍속이 백 미터를 넘는다는 건 태풍이 몰아치고 있다는 거야. 태풍 속에서 배에 물이 차기 시작하면 그때는 어쩔 도리가 없어. 모든 게 황홀한 파도 속으로 가라앉고 말지. 사람들은 아우성을 치고 난리를 피워대겠지. 그때 그 바다 위 멍텅구리배의 선원들처럼. 상상만 해도 숨이 가빠지는구면."

최인주는 갑판 위로 나왔다. 수많은 사람들이 열심히 움직이며 배를 다듬고 있었다. 그의 머릿속에서는 아직도 이천 명의 사람들로부터 일인당 2만 원씩만 남겨도 4천만 원의 순익이 떨어진다는 계산이 돌아가고 있었다. 그러나 어쩔 수 없는 일이었다. 잠시 후 갑판으로 뒤따라나온 유원규는 조금 전의 디스켓을 조각조각 깨뜨려 바닷물 속으로 던져넣었다.

"이젠 아무도 그 프로그램을 풀지 못하나?"

최인주는 짐짓 아쉬움을 감추며 물었다.

"물론이지. 이건 내가 무려 삼 년을 연구한 끝에 만들어낸 거라구."

"자넨 어때? 자네 손으로도 풀 수 없게 만들어진 건가?"

"그건 왜?"

"그냥 물어보는 거야."

"나도 잘 몰라. 시간만 넉넉하다면 결국 풀게 되겠지만 그렇지 않다면 힘들지."

목요일 오전까지 모든 일은 마무리가 되었다. 유람선은 깔끔하게 새 단장을 했고 2박 3일의 여정에 필요한 모든 준비물들이 채워졌다. 이제 남은 일은 기다리는 것뿐이었다. 그런데 그들을 찾아온 더욱 반가운 소식은 필리핀 남서쪽 셀레베즈해 부근에서 태풍의 눈이 만들어져 북상을 시작했다는 사실이었다. 약간의 문의전화가 걸려왔지만 유원규는 한마디로 잘라 말했다.

"태풍 아니라 사상 최악의 해일이 발생해도 우리 배는 끄떡없습니다. 아마 오히려 최고의 구경거리가 될 것입니다."

옆에서 그 전화를 듣고 있던 지숙화는 유원규에게 자기도 배를 타고 싶다고 말했다. 최고의 장관이 될 여행을 놓치고 싶지 않다고. 유원규는 고개를 저었다. 개미 한마리도 더 탈 수 없을 만큼 모든 것이 가득 차고 말았다. 다음 기회를 이용하도록 하라. 최인주는 그녀가 너무 절실하게 원했으므로 한마디 거들어주려고 했다. 그러나 다음 순간 그는 그 말을 삼켜버렸다. 이천 명에 다시 한 명을 더하는 것은 별 문제가 아니었으나 그녀를 데리고 가고 싶지 않았던 것이다.

유원규는 모든 준비가 마무리된 점이 상당히 만족스러웠다. 그러나 그녀에게 따끔한 가르침을 주지 못하고 간다는 사실이 못마땅하기 짝이 없었다. 세상이 아름답고 평화로운 곳이라니. 도대체 어쩌다가 그런 망상을 갖게 되었을까. 그런 망상조차 단칼에 깨뜨려주지 못한다는 건 또 얼마나 무능력한 수치인가. 그는 고민에 고민을 되풀이했다. 그녀를 한번 본때있게 비웃어줄 방법을 찾기 위해서. 그러다가 마침내 그는 한 가지 방법을 찾아내었다. 그는 당장 전화번호부를 집어들고 한 친구의 이름을 찾기 시작했다. 역시 아주 오랫동안 연락을 끊고 지내던 친구였다.

그날 저녁 그는 또 지숙화에게 시간을 내어달라고 부탁했다. 함께 가볼 곳이 있다고. 그녀는 약간 곤란한 표정을 지었다. 요즘처럼 집에 늦게 들어간 일이 잦아진 때가 없었어요. 급한 일이 아니라면 다음 주로 돌릴 수 없을까요? 유원규는 미안하지만 그럴 수가 없노라고 대답했다. 다음 주엔 그 사람이 여기 없을 거야. 아주 멀리 떠난다고 했거든. 그녀는 다음부터는 먼저 자기에게 사정을 물어본 다음 약속을 정할 것을 당부했다. 그리고 그날 저녁의 동행에 동의했다. 유원규는 내심 쾌재를 불렀다. 이번에는 너도 어쩔 수 없을 것이다. ……그는 이번만큼은 정말이지 자신이 있었다. 그날 그가 만나기로 한 친구는 몇 평생을 더 살아도 다시 찾기 힘들 정도의 흉악한 악질이었던 것이다.

그들이 만나기로 한 약속장소는 그 친구가 운영하는 룸살롱이었다. 룸살롱이라기보다는 방석집이라는 표현이 더 잘 어울리는 사당동의 구석진 술집이었다. 김상도라는 그 친구는 칠 년 전보다 훨씬 두툼해진 배를 안고 그들을 맞았다.

"오랜만이야. 제법 반반한 계집애를 데리고 왔군."

첫마디를 그렇게 꺼낸 그는 지숙화의 코를 꼬집었다.

"이게 무슨 짓이에요. 숙녀에게 정말 무례하군요."

"허허, 고것. 성깔도 만만치가 않군."

유원규가 한마디를 해야 했다.

"아직 어린아이야. 조심해서 다루게."

지숙화는 화가 나서 그만 돌아가겠노라고 말했다. 그러나 김

222

상도의 무서운 인상과 눌러앉으라는 압력에 선뜻 일어나지를 못
했다. 유원규는 그녀를 다독거려 앉아 있게 했다. 그러자 김은
사무가 바쁘니 잠시만 양해를 부탁한다고 말하고는 부하 아이들
을 불렀다.

"어떻게 되었어?"

"모두 준비되었습니다."

"배도 확인해봤어?"

"네, 이상 없이 정시에 대기시키겠답니다."

"좋아, 그년들을 모두 여기로 데려와봐."

열 명의 젊은 여자아이들이 그들이 앉아 있는 방으로 들어왔
다. 하나같이 삶은 배추 모양들을 하고 있었다. 늘어진 머리, 늘
어진 어깨, 늘어진 눈동자, 더러는 눈빛들이 멍하게 풀어져 있기
도 했다. 유원규는 지숙화에게 귓속말로 물었다.

"저애들이 모두 어떻게 이 자리에 모여 있는지 알겠어?"

"모르겠어요. 어떻게 온 거예요?"

"납치를 당해 왔거나 강제로 끌려 온 거야."

그녀는 눈을 커다랗게 떴다.

"왜요?"

"쉿, 조용히 해. 이 친구들이 팔아먹으려고 끌고 왔지 왜긴
왜겠어."

그들은 거기서 대화를 중단해야 했다. 김상도의 심상찮은 눈
빛이 그들을 돌아다보았기 때문이었다. 그는 유원규와 지숙화를
한 차례씩 살펴본 다음 다시 그의 아이들에게 물었다.

"정시에 출발하는 데는 아무런 지장이 없나?"

"네, 이제 막 차가 도착했습니다. 십 분 후면 출발하겠습니
다."

"좋아, 이년들을 데려다 준비시켜."

그들이 나가자 그는 유원규에게 잠시 밖으로 나가자고 제의했다. 둘이서 둘러볼 곳이 있다고. 유원규는 그녀에게 잠깐만 기다리라고 말하고는 김을 따라나갔다. 그들은 다른 방으로 들어가 양주 한 병을 땄다. 유원규가 말했다.

"무슨 얘긴지 알겠지. 아까 내가 부탁한 대로만 좀 해달란 말이야."

"알았어. 아무 걱정 말게. 그게 어디 부탁 축에나 드는가. 벌써 우리 아이들이 일을 진행시키고 있을걸. 내 이미 지시를 해두었거든."

십 분 만에 그 술을 반 병쯤 비우고 그들은 밖으로 나왔다. 김상도는 골목에 세워진 십이 인승 봉고차를 가리키며 유원규에게 그 차를 따라가라고 말했다. 자기도 따로 차를 몰고 가겠지만 큰 차가 더 따라붙기 쉬울 것이라며. 유원규는 그 차 안에서 지금쯤 벌벌 떨고 있을 지숙화를 생각하며 회심의 미소를 지었다. 그리고는 자신의 차를 움직여 봉고를 뒤따르기 시작했다.

그가 낮에 김상도에게 전화를 걸어 부탁한 내용은 지숙화에게 함께 따끔한 맛을 가르쳐주자는 것이었다. 그가 그녀를 데리고 김의 가게로 간다, 그녀를 잠깐 혼자 내버려두고 나온다, 그러면 김의 부하들이 그녀를 팔려가는 여자아이들 틈에 함께 집어넣어 부둣가로 데리고 간다. 유원규가 생각하기에 그 정도면 그녀에게 매운 맛을 보여주기에는 충분할 것 같았다. 팔려가는 여자들 틈에서 그녀는 이제 자신의 인생도 끝장이라는 것을 느끼게 되리라. 그리고 세상이 얼마나 아름답지 않고 평화롭지 않은 곳인가를 깨닫게 되리라. 유원규 자신은 그 마지막 순간에 다시 등장하기로 되어 있었다. 그녀가 다른 여자들과 배에 태워지려는 순간, 그가 나타나 오해가 있었음을 밝히기로. 그리고 그 녀를 빼내오기로.

차가 부둣가에 도착하자 유원규는 미행을 멈추고 자신의 차를 건물 그림자 속으로 숨겼다. 김상도의 자동차가 그에게 손짓을 하며 지나갔다.

약속대로 십 분을 기다린 다음 그는 다시 차를 몰고 부두로 나갔다. 컴컴한 어둠 속에서 열심히 작업이 진행되고 있었다. 배는 이미 닿아 있었고 김상도의 부하들이 사방을 두리번거리며 여자들을 배 쪽으로 몰아갔다. 유는 나직이 김상도의 이름을 불렀다.

"이봐, 상도! 상도!"

"누구야?"

김의 부하들이 날카로운 목소리로 물었다.

"나야, 상도 친구 유원규야."

그는 그들에게 사정 설명을 했다. 그녀는 그의 친구인데 그들이 실수로 여기까지 데리고 온 것 같다. 그래서 다시 데리러 왔다. 물론 그 설명은 그들에게가 아니라 그녀에게 향한 것이었다. 그는 그들은 이미 전말을 알고 있어서 구태여 다시 얘기할 필요도 없다고 생각하고 있었던 것이다. 그러나 그의 이야기를 듣고 있던 김상도가 코방귀를 뀌었다.

"저 자식, 미친 자식 아냐. 제 손으로 데려다주고 돈까지 받아처먹고 간 자식이 다시 여자를 데리러 오다니. 얘들아, 저 자식 정신 좀 차리게 주물러주어라."

김상도의 지시에 따라 부하 아이들이 유원규에게 한 걸음씩 가까이 다가왔다. 어둠 속에서 유는 그를 빤히 쳐다보는 지숙화의 모습을 찾아낼 수 있었다. 그 사이에 얼마나 당했는지 그녀는 거의 탈진해 보였다. 입술가에는 핏자국 같은 것도 있었다. 그는 그대로 돌아갈 수가 없었다.

"이봐, 왜들 이러는 거야. 김상도 자네 정말 이러긴가. 이러자고 시작한 일이 아니잖은가?"

"시작하긴 뭘 시작해. 너희들은 뭘 하고 있는 거냐. 저 시끄러운 친구 입을 빨리 봉해버리지 않고."

어둠을 타고 주먹이며 발이며 몇 차례 오가는 듯하더니 유원규는 의식을 잃고 말았다.

그가 다시 의식을 찾았을 때 그의 주변에는 아무도 없었다. 아무런 소리나 기척도 없었고 무슨 일이 벌어졌던 흔적도 없었다. 배는 이미 오래 전에 떠나간 모양이었다. 시계를 보기 위해서 왼쪽 팔소매를 올리려다가 그는 오른쪽 팔을 제대로 움직일 수 없다는 것을 알았다. 쇠파이프인지 각목인지를 막다가 심하게 다친 듯했다. 턱으로 겨우 소매를 밀어올리고 보니 시각은 열한시 사십분을 넘어서고 있었다. 부둣가에 도착한 것이 몇 시쯤이었을까. 열시가 조금 넘어서였지. 그렇다면 그는 한 시간 반 가량을 드러누워 있은 셈이었다. 여름밤이어서 얼어죽지 않은 것이 다행이었다. 다리까지 절룩거리며 그는 겨우 공중전화를 찾아 최인주에게 전화를 걸었다.

"도대체 어떻게 된 거야? 미스 지는 어디 갔어?"

택시를 타고 달려온 최는 유원규를 부축하며 말했다. 유는 최를 자기 차의 운전석에 앉혔다.

"저녁은 든든하게 먹었겠지? 지금부터 야간 장거리 드라이브를 시작해야 해. 자네 혼자서. 보시다시피 난 꼼짝도 할 수가 없거든."

"어디로 가자는 거야."

226

"군산 부두로. 서둘러야 해. 두 시간 전에 배가 떠났으니까 새벽 다섯시쯤에는 도착하게 될 거야. 우리가 그 전에 도착해서 그들을 맞을 준비를 해야 한다구."

"아니, 우리 배가 군산으로 내려갔다는 거야?"

"그게 아니야. 쓸데없는 소리 말고 어서 출발이나 해."

고속도로를 타고 내려가는 동안 유원규는 최인주에게 사정을 설명했다. 얘기를 모두 듣고 난 최는 잠시 차를 세우더니 정색을 하고 물었다.

"자네가 미스 지에게 이런 일을 꾸민 이유가 뭐라고 했지? 그 바보 같은 망상을 깨뜨려주기 위해서라고 했지? 세상이 전혀 아름답지 않고 평화롭지도 않다는 것을 가르쳐주기 위해서라고 말이야. 그렇다면 아주 제대로 된 셈이잖아. 인신매매단에 팔려가서 당할 만큼 당하고 나면 그땐 세상이 어떤 건지 누구보다 잘 알게 되겠지. 그런데 왜 이렇게 흥분해서 군산으론 내려가려는 거야. 잘못되면 우린 내일 배도 띄우지 못하게 될 텐데."

"배는 띄워. 쓸데없는 걱정 말아."

"어쨌든 구태여 갈 필요가 없는 일 아냐?"

"가야 해. 미스 지를 그 천하의 불한당 놈들 손에 팔려가도록 내버려둘 수는 없단 말이야."

"왜?"

"이봐, 제발 좀 출발하자구. 얘기는 나중에 해도 되잖아."

그래서 차는 다시 출발했다. 부지런히 달린 덕분으로 전주 인터체인지에서 군산 쪽 길로 접어든 것은 네시가 채 못 되어서였다. 군산 시내를 지나면서 그들은 주유소에 잠시 들러 휘발유 한 통을 샀다.

부둣가에서 그들이 도착할 장소를 찾는 것은 그다지 어렵지 않았다. 유원규가 과거 한때는 그런 일에 몸을 담고 있었던 덕분에 근처 지리를 훤히 꿰뚫고 있었던 것이다. 한 으슥한 구석에 봉고차 한 대가 있었고 건들거리는 어깨 두 명이 있었으므로 그들은 그 두 어깨들을 한 대씩 쥐어박아 잠들게 했다.

다섯시가 채 못 되어 그들이 기다리고 있는 쪽으로 배 한 대가 다가왔다. 유원규와 최인주는 조금 전에 잠재운 두 어깨들의 안경을 뺏어쓰고 여유 있게 손을 흔들어주었다. 그러자 배는 그들에게 밧줄을 던졌고 최인주는 조금 멀찌감치 그 밧줄을 부두에 묶었다. 그러는 사이 유원규는 바다에 휘발유를 쏟아붓기 시작했다. 김상도가 선두 쪽으로 나오더니 소리쳐 물었다.

"자네들 지금 뭘 하는 거야?"

유는 담배 한 개비를 불 붙여 물고는 안경을 벗었다.

"먼길 오느라고 수고들 많았수다. 부탁한 물건들은 모두 준비되었겠지요."

"아니, 저 자식이 어떻게 여기까지……"

김상도는 말문이 막히는 모양이었다.

"우리가 필요로 하는 건 단 한 가지 물건이야. 그러니 다른 친구들은 얌전히 배에 있어. 괜히 바다 위에 통바베큐 되지 말고."

"자네 말을 어떻게 믿지. 이건 너무하잖아. 친구 사이에 장난 좀 친 것 가지고."

"내 생각도 그래. 우리 가능하면 조용히 끝내자구."

김은 부하들에게 미스 지를 먼저 돌려보내주라고 지시했다. 그래서 그녀는 무사히 그들의 품으로 돌아왔다. 유원규와 최인주는 한시름 돌리고 재빨리 돌아가려 했다. 그런데 문제가 발생했다. 그녀가 돌아가기를 거부한 것이었다. 그녀는 아주 단호한 어조로 유와 최에게 말했다.

"전 돌아가지 않겠어요. 돌아갈 수가 없어요. 저 아가씨들이 모두 되돌려보내지기 전까지는 말예요."

그녀는 특히 유원규의 눈을 정면으로 쳐다보았는데 유는 그 눈빛을 피할 수가 없었다. 그는 고개를 저으며 혼잣말을 중얼거렸다. 제기랄, 이건 그야말로 물에서 건져주니 보따리 내놓으라는 격이군. 세상 인심이 어떻게 돌아가는 건지…… 그러다가 그는 불쑥 김상도를 향해 돌아서며 담배를 들어올렸다.

"우리 아가씨 얘기 들었지? 잔소리 말고 빨리 모두 상륙시켜."

"미쳤군. 자네 지금 제정신인가. 이번 일은 아주 중요한 거야. 오죽하면 배까지 동원시켜 이 난리를 피우겠나. 이번에 실패하면 난 매장되는 것이나 마찬가지야."

"대단히 반가운 소식이군. 오늘 조간에 실릴 기사감인데. 뚜쟁이 김상도, 인신매매계에서 매장되다."

"배를 빌리는 데도 엄청나게 많은 돈이 들었다네. 그 동안 부하들 먹여살린 값, 기름값, 그리고 이년들 건사한 값. 말도 못하게 많은 돈이 들었어."

"돈은 나도 꽤 들었어. 지금 자네들 앞에 출렁거리고 있는 휘발유 사느라고 말이야."

유원규는 쓸데없는 소리를 너무 지껄였다는 생각에 김을 재촉했다.

"이제 잔소리는 그만하고 빨리 아가씨들을……"

이미 그때는 그러나 너무 늦어버렸다. 그는 어깨에 충격을 느끼며 쓰러져버렸다. 조금 전에 잠재운 아이들이 슬그머니 일어나 행동을 개시한 것이었다. 그 중 한 명은 유원규의 목을 밟으

며 섰고 다른 한 아이는 최인주를 공격했다. 최는 한동안 티격
태격했지만 결국 역시 깔리고 말았다. 김상도는 새벽 하늘이 떠
나갈 듯 웃어대더니 배를 다시 부두로 붙이려 했다. 그러나 그
때 지숙화가 놀랍게도 빠른 동작을 보였다. 그녀는 유원규가 쓰
러지면서 떨어뜨린 담배꽁초를 주워 물고 황급히 두어 번을 빨
아 불꽃을 빨갛게 만든 다음 소리친 것이었다.

"모두 그 자리에 서요. 조금 전의 구도가 더 좋았던 것 같아
요······"

그녀의 뜻에 따라 장면은 조금 전으로 다시 돌아갔다. 그리고
열 명의 아가씨들이 바다를 건너왔고 그들은 대기중이던 봉고차
에 태워졌다.

서울로 돌아가는 길에 유원규는 지숙화에게 수도 없이 사죄
를 했다. 그러나 그녀는 좀처럼 그 사과를 받아들이려 하지 않
았다. 그러다가 마지못해 이렇게 말했다.

"한 가지 조건만 들어주면 사과를 받아들일 수도 있어요."

"그게 뭐지?"

"오늘 오후에 출발하는 유람선에 절 태워주시는 거예요."

유원규는 한결 곤란한 표정이 되어 머뭇거리다가 최인주에게
물었다. 나직이, 그만이 알아듣도록.

"그런데 오늘 배가 출발하긴 하는 거야?"

"물론이지. 우린 약속을 했잖아."

"그야 그렇지만······ 그건 벌써 오 년 전의 약속이잖아. 게다
가 그건 우연이었을 수도 있고."

"무슨 소릴 하는 거야. 우린 겨우 지난 며칠 사이에 이천 명
의 사람들과 약속을 했다구. 참, 내가 정신이 없어서 여태 자네
한테 얘기를 못 했구먼. 셀레베즈 해에서 발생한 태풍 주피터가·

어젯밤 대만 근처에서 오키나와 섬 동쪽으로 방향을 틀었대."

유는 한숨을 내리쉬고 잠시 두 손을 마주 잡았다. 그리고는 지숙화에게 자신 있게 말했다.

"좋아. 힘들겠지만 한 자리만 더 만들지. 최고급 특실로 말이야."

그날 오후 인천 앞바다에서는 초호화 유람선의 출항이 있었다.

그런데 그 출항이 있고 세 시간이 지난 저녁, 뉴스방송에서는 이런 기상예보가 흘러나왔다. 해상에 운항중인 모든 선박은 지금 즉시 가까운 항구로 대피하시기 바랍니다. 방향을 바꿔 우리나라에는 큰 영향을 주지 않을 것으로 알려졌던 태풍 주피터가 오키나와 북동쪽 육백 킬로미터 지점에서 다시 급선회, 제주도와 남서해안 방향으로 북상하기 시작했습니다. 주피터는 엄청난 양의 비구름과 해일도 동반하고 있는 것으로 알려지고 있습니다. 다시 한번 말씀드립니다. 해상에 운항중인 모든 선박은 지금 즉시……

겨울 소묘

    천만에요. 난 아주 행복합니다. 행복해서 눈물이 흐를 지경이랍니다. 창 밖으로 눈송이가 날리고 있죠, 곁에선 발갛게 가스불이 피어오르고 있죠. 아름다운 음악이 있고 술이 있고 마담이 있는데 내가 왜 우울하겠습니까. 난 말입니다, 이렇게 짙게 뿜어져 나오는 섹스폰 소리를 무척 좋아한답니다. 굵은 혈관을 따라 심장의 피가 모조리 빨려들어가는 느낌이라고나 할까요. 때로는 그 짙은 소리가 부드러운 뱀처럼 온몸을 휘감는 듯한 느낌도 들어요. 자 우리 눈물겨운 행복을 위해서 건배를 듭시다. 카페와 마담과 나와 그리고 천구백구십 년의 장엄한 죽음을 위해서.

    그날의 이야기를 들려달라구요. 그러죠. 그건 수십 번을 되풀이해도 흐뭇한 기억이니까요.

삼십이 년 남짓을 살아오면서 내게는 무척 많은 날들이 있었습니다. 슬픈 날도 있었고 기쁜 날도 있었고 기분이 째지도록 횡재한 운좋은 날도 있었죠. 하지만 그날은 다른 어떤 날들도 비교될 수 없을 만큼 단연 두드러지는 내 생애 최고의 날이었습니다. 아시겠습니까. 내 생애 최고의 날이었다, 이런 말입니다. 홀에는 최고급 뷔페 요리들이 차려져 있었어요. 단상 양 옆으로는 또 각처에서 보내져온 화환들이 촘촘히 늘어서 있었죠. 게다가 화단을 통해서 내가 알게 되었던 거의 모든 사람들이 참석해주었습니다. 그 모든 일들이 나를 위해서 준비되어 있었던 겁니다.

이미 한두 차례씩 상을 받은 적이 있는 선배들은 자상하게 어깨를 두드려주었습니다. 그리고 이런 말을 했습니다. 축하는 하지만 말이야, 사실 이건 조금도 놀라운 일은 아니야. 우린 네가 언제고 큰 상을 받으리라는 것을 알고 있었으니까. 중요한 것은 이제부터라구.

시상식이 끝나고 꽤나 거창한 술자리가 마련되었습니다. 물론 황연배 선생님도 자리를 함께 하셨죠. 그는 아무리 바쁜 틈에라도 제자들에 대한 배려를 잊지 않는 분이거든요. 그는 좌중의 상석에 앉아서 나를 바로 옆자리에 앉히고는 손수 그날의 첫 술잔을 따라주었습니다. 저 친구들 얘기가 옳아. 나 역시 오래 전부터 자네 작품을 눈여겨보고 있었다네. 나야 그저 황송할 뿐이었죠. 내게 그런 상을 내려준 사람이 사실은 황선생님 자신이었다는 것을 너무 잘 알고 있었으니까요.

그림을 그리는 사람들 중에는 더러 황선생님에 대해서 좋지 않은 얘기를 하는 축도 있다고 들었습니다. 그들은 황선생님이 지나치게 권위적이고 독점적이며 편협하리만치 자기쪽 사람만을 챙긴다고 비난한다더군요. 심지어는 그의 후배와 제자들을 한데 싸잡아 황연배 사단이라고까지 일컫는다던가요. 하지만 그건 그렇지 않습니다. 분명히 잘못된 이야기지요. 황선생님은 아주 따뜻하고 친절하고 너그러운 분이랍니다. 누구한테도 함부로 야단을 치거나 심한 꾸지람을 내리는 법이 없어요. 오히려 언제나 격려와 배려를 아끼지 않는 편이죠. 후배나 제자의 울타리를 넘어서 다른 누구에게도 마찬가집니다. 더구나 그의 정확한 안목만큼은 그를 비난하고 공격하려는 사람들조차 인정하지 않을 수 없는 형편이에요. 그는 한 장의 그림을 보면 그것을 그린 사람이 집어넣으려 했던 것보다 훨씬 많은 것을 찾아내는 눈을 갖고 있답니다. 아울러 그 사람의 기술적인 숙련도와 그림에 대한 열정까지도. 그러니 그의 주위에 눈덩이처럼 사람이 불어나게 된 일은 당연한 것 아니겠습니까. 따뜻한 인간미에 그처럼 정확한 안목까지 갖고 있으니 말입니다.

　그런데 내가 무슨 얘기를 하려던 참이었나요. 그렇군요. 그날의 일을 들려드리던 중이었죠. ……뭐 대강 그런 정돕니다. 좋은 사람들 속에 섞인 덕분에 좋은 그림을 그릴 수 있었고 그래서 좋은 상도 받을 수 있었고 그리고 다시 그 사람들로부터 분에 넘치는 축하와 격려까지 받을 수 있었다는 얘깁니다. 다시 한번 말씀드리고 싶은 점은 그날이 내 생애 최고의 날이었다는 사실입니다. 어떻습니까. 이젠 마담께서도 내가 우울해 보인다는 말은 하지 않으시겠죠.

　그렇지만 여전히 힘이 없어 보인다구요. 하하, 이거 큰일이군요. 그렇게 아름다운 눈으로 우울을 명령하신다면 제가 어떻게 거절할 수 있겠습니까. 레몬즙을 조금만 더 넣어주시겠습니까. 감사합니다. 염려하지 마세요. 어지간히 마셔도 아직 필름이 끊어져본 적은 없으니까요.

눈송이가 정말 근사하게 날리는군요. 내가 시인이었다면 멋진 시가 한 수 나왔을 법도 한데. 순결한 아이의 영혼처럼 눈발이 흩날린다던가. 하지만 난 시에 대해서는 소질이 없어요. 그림은 조금 그리죠. ……그날도 눈이 제법 멋있게 내렸답니다. 아니요. 그날이 아니라 벌써 까마득히 잊혀진 옛날 얘깁니다. 아마 십 년쯤 전이었을 거예요. 난 친구 한 명과 목적지도 정해지지 않은 기차를 타려 하고 있었죠. 그런데 왜 불쑥 이런 얘기가 나온 걸까요. 우울해지라는 명령에 최면이라도 걸린 모양이군요. 글쎄, 그만두겠습니다. 별로 흥미 있는 얘기는 아니에요.

좋습니다. 정 듣고 싶으시다면 아주 조금만 기억을 더듬어보기로 하죠. 하지만 그 전에 마담께 문제를 하나 드려도 될까요. 만약에 말입니다, 마담이 아프리카 오지의 식인종 부락에 태어났다고 합시다. 싸워서 붙잡은 포로들을 삶아 먹고 어쩌다 재수없이 기어든 백인들을 구워 먹고 하는 식인종 부락에. 그렇다면 마담은 다른 부락민처럼 같은 인류의 팔다리를 뜯어먹으며 그들의 뼈로 맛을 낸 국물을 마시며 살 수 있었을까요. 그런 어처구니없는 일들을 당연지사로 여기며 지낼 수 있었을까요. 오, 기분을 언짢게 했다면 죄송합니다. 다른 뜻이 있어서 드린 질문은 아니랍니다. 난 다만 우리가 집단이라는 이름의 관행을 어느 정도까지 무비판적으로 받아들여야 할 것인가를 묻고 싶었던 거죠. 집단 속에 매몰되어 집단의 주문에 따라 무의식적으로 수족을 움직이는 인간이 진정한 인간인지 혹은 반대로 집단으로부터 철저히 떨어져나와 홀로 판단하고 홀로 움직일 수 있는 인간이 진짜 인간인지를 말입니다. 내 머릿속에서는 그게 언제나 뒤죽박죽으로 엉킨 채 가늠되지 못하는 처지거든요.

그 친구와 내가 가까운 사이가 된 것은 일학년이 얼마 지나지 않아서부터였습니다. 우린 몇 가지 공통점이 있었어요. 우린 서로의 그림에 호감을 갖고 있었고, 같이 황연배 선생을 지도교수로 하고 있었지만 그의 관심을 조금도 사지 못하고 있었죠. 오히려 그에게는 눈엣가시 같은 학생들이었다는 게 적당한 진단일 겁니다. 그 당시로서는 말입니다.

　우린 그의 교습방법을 좋아하지 않았습니다. 그는 너무 단단한 틀을 갖고 있었어요. 그는 언제나 말했죠. 그림이라는 건 무엇이며 좋은 그림이 되기 위해서는 어떤 조건들을 갖추어야 하는가에 대해서. 그리고 그 조건들을 정밀한 잣대로 측정하려 하는 것이었습니다. 그렇지만 그의 그 틀이라는 것은 지나칠 정도로 고전적인 표현미에 집착하고 있었습니다. 그는 그림의 목적이 아름다움의 창조에 있으며 그것에 도달하는 방식 또한 아름다움의 원리를 드러내는 것 외에는 없다고 믿었거든요. 우리가 동의할 수 없는 부분은 바로 그런 점이었습니다. 우리는 보다 자유롭고 활발하게 뻗어나가고 싶었습니다. 아름다움은 그것 자체만으로 충족될 수 없으며 오히려 그것의 여백인 추함과 결합될 적에 완성될 수 있으리라고도 생각했죠.

　그래요. 그런 얘기를 했습니다. 황연배 선생님은 관대하고 정확합니다. 하지만 내가 지금 하는 이야기들은 모두 십여 년 전의 생각들이었다는 것을 양해하고 들어주십시오. 그 무렵엔 내가 그만큼 미숙한 상태였으니까요. 물론 그렇다고 해서 그때의 생각들이 전적으로 잘못된 것이었다는 말은 아닙니다만…… 또 잔이 비어버렸군요. 감사합니다. 앞뒤가 안 맞는 부분이 있더라도 너무 캐묻지 말고 들어주세요. 한 인간에게 완전한 일치를 요구한다는 것은 가혹한 일이랍니다. 다만 한 가지만은 말씀드릴 수가 있겠군요. 그 무렵 이후의 어느 순간부터 나는 황선생님의 모든 점을 긍정적으로 받아들이기로 했다는 거죠. 그때부터 그는 내 모든 사고와 판단의 규범이 되었습니다.

아무튼 그 무렵 그 친구와 나는 일상처럼 황연배 교수라는 권위의 벽에 부딪쳐야 했습니다. 나는 하늘을 핏빛으로 그리고 싶었습니다. 때로는 더 고약하게 자주색으로 칠해버리고도 싶었습니다. 바다에는 검은 파도를 일으키기도 했습니다. 그러면 황교수는 한심하다는 표정으로 고개를 저었습니다. 자네는 표상과 이미지에 대한 공부를 더 해야겠군. 하늘과 바다는 언제나 아스라한 동경으로 남아야 해. 그 친구의 경우는 아예 발상법부터 그 주제에 정면으로 부딪치기를 좋아했지만 황교수는 시체나 영혼 따위가 등장하는 그림은 질색이었거든요. 도대체 이게 미술대학생의 그림이야. 꼬마애들 낙서도 이것보다는 낫겠군.

속 모르는 친구들은 우리가 황연배 사단의 일원으로 공부하는 것을 부러워하기도 했습니다. 그렇게 쭉 지내기만 하면 어지간한 위치까지는 쉽사리 올라갈 거라구요. 하지만 우리 사정은 그게 아니었어요. 그 집단의 권위와 독선은 그림 그리기 방식은 물론 모든 인간관계까지를 지배하고 있었어요. 무슨무슨 날이 되면 서열대로 찾아다니며 선물을 드리고 그러면서도 대수롭지 않은 일로 암투를 벌이고. 그건 우리의 숨통을 콱콱 틀어막고 있었죠.

삼학년이 끝날 즈음에는 그 친구나 나나 거의 기진맥진한 지경이었습니다. 게다가 우린 황교수와 몇몇 후배 교수들의 학점이 펑크 나리란 걸 뻔히 알고 있었습니다. 한 학기 내 우리는 그들의 바위에다 계란만 던져온 터였거든요.

그 얘기를 먼저 꺼낸 건 누구였을까요. 모르겠어요. 정확히 기억나지 않는군요. 하지만 그게 누구였건 간에 우린 거의 비슷한 생각을 하고 있었던 게 틀림없습니다. 그 얘기가 나오자마자 아주 쉽사리 의견의 일치를 볼 수 있었거든요. 그게 무슨 얘기였냐구요. 한마디로 말해서 대단한 결정이었습니다. 우린 서울을 떠나기로 한 겁니다. 학교고 나발이고 다 집어치우고 어디로건 훌쩍 떠나기로. 그래서 시골 어느 구석에 처박혀서 우리가 그리고 싶어하는 그림을 마음껏 그리기로 한 겁니다. 그 결정을 내리면서 이런 이야기를 주고받은 기억이 나는군요.

절대적으로 찬성이야. 그런데…… 그림만 그리면서 살 수 있을까.

다른 일거릴 찾아봐야지. 돈벌이가 될 만한.

그리고?

그리고는 나이가 들기를 기다리는 거야.

우린 신나게 웃었습니다. 그건 그 무렵 우리 사이의 농담이었답니다. 곤란한 문제에 부딪칠 때마다 우스갯소리처럼 나이가 들기만을 기다리자고 했죠. 하지만 그 얘기는 그저 농담만은 아니었어요. 종류를 막론하고 모든 그림이 화가의 나이에 따라 가격이 정해지는 형편이었으니까요.

눈이 내렸다는 날은 우리가 서울을 벗어나는 기차에 몸을 싣기로 한 날이었습니다. 광장에 내린 눈은 내리는 대로 질퍽하게 녹았지만 역사 지붕에는 하얗게 쌓이고 있었어요. 난 근처의 매점으로 달려가 소주 한 병과 쥐포를 샀습니다. 광장 한가운데 버티고 서서 우리는 축배를 나누었습니다. 핏빛 하늘과 검은 바다를 위하여, 영혼의 자유로운 출연을 위하여, 황연배 사단의 종말을 위하여, 지긋지긋한 서울 생활에 작별을 고하며, 건배. 역사 지붕 외에도 눈이 녹지 않은 곳은 또 있었습니다. 바로 그 친구와 나의 머리카락 위, 어깨 위였습니다.

무작정 올라탄 것은 호남선이었어요. 그리고 얼마 동안은 달리다가 다시 무작정 내려선 곳은 이리였죠. 이리를 가본 적이 있으신가요. 아직 없다구요. 그래요. 그건 중요한 문제가 아니에요. 모든 사람이 모든 장소를 알고 지낼 필요는 없으니까요. 그런데 그곳의 첫인상은 말라터진 거북의 등짝 같았답니다. 물을 떠난 지가 오래되었지만 물로 돌아가는 길을 잃어버려 헤매이는 그런 거북이 말입니다. 역 앞의 광장은 쓸모없이 커서 황량했고 도로는 아스팔트 색을 고스란히 드러내고 있었어요. 폭발 이후에 지어졌음이 분명한 이삼 층 건물들도 색깔이라곤 거의 갖고 있지 않았죠.

난 그 도시가 별로 마음에 들지 않았습니다. 하지만 그 친구는 달랐어요. 밤이 되면서 이리는 엄청난 변신을 시작하더군요. 모든 건물이 네온사인을 켜고 색불빛을 내다걸면서 유혹의 눈짓을 보내는 것이었어요. 여자들은 화장을 하고 현란한 한복을 입거나 허벅지를 드러내었죠. 친구는 말했습니다. 지독한 환락과 소비의 도시군. 난 이곳이 마음에 들어. 죽음의 냄새가 느껴져. 여기서 시작하겠어. 난 고개를 끄덕일 수밖에 없었습니다. 그의 말대로 그 도시에서는 고향의 내음처럼 부패와 죽음의 향기가 배어나오고 있었거든요.

우린 먼저 일자리를 구해야 했습니다. 그 점에 있어서는 그 도시의 인심이 좋았어요. 환락가에는 언제나 뜨내기들을 위한 일거리가 널려 있었으니까. 제일 처음 시작한 게 어떤 일이었더라. 그렇군요. 우리의 첫 직장은 커다란 음식점이었어요. 음식백화점이라는 간판을 내걸고 여덟 개 코너에서 백구십여 종의 음식을 파는 곳이었죠. 둘이 함께 있을 수 있다는 점 때문에 아마 첫번째로 선택될 수 있었을 겁니다. 우린 거기서 손님들의 주문을 받고 선불계산을 받고 식사를 테이블로 날랐어요. 어떤 음식을 어느 코너에서 만드는가를 외는 데만도 사흘이 넘게 걸렸어요.

하지만 거기서는 오래 있지 못했습니다. 어느 날 친구가 불쑥 이런 선언을 했기 때문입니다. 난 이제 음식점 종업원은 그만두겠어. 더 깊은 지하로 내려가야 해. 웨이터를 필요로 하는 룸살롱을 알아뒀지.

친구가 떠나고는 나도 그 자리를 지킬 기분이 나지 않았습니다. 그 이후로 전전했던 일자리들을 순서대로 기억하기는 쉬운 일이 아니군요. 난 여러 가지 일을 했습니다. 제과점의 시다로 들어가 빵 만드는 일도 배워보았고 커피숍에서 차 나르는 일도 해보았습니다. 친구의 말이 그럴듯하게 여겨져 룸살롱의 웨이터 노릇도 했었지요. 어떤 일도 생각처럼 편하지는 않았습니다. 어떤 집단에도 내가 떠나온 대학에서와 마찬가지로, 아니 그보다 한결 더하게 인간적인 마모가 기다리고 있다는 것을 알게 되었어요. 권위와 독선과 아부의 역학관계 말입니다.

한 달 정도는 그럭저럭 평화로울 수 있었습니다. 자유로움을 찾았다는 기쁨으로. 하지만 달포 남짓이 더 지나면서 나는 회의라는 벌레들이 포위망을 좁혀들어옴을 느꼈습니다. 살금살금 보이지 않게, 때로는 역겨운 모습을 드러내면서 그들은 내게 다가들었습니다. 어차피 삶이라는 것이 온갖 수모를 감당해야 할 운명이라면 굳이 이런 곳에서 무의미한 일들로 시간을 낭비할 필요는 없잖아. 휘청거리도록 취해서 계집의 사타구니를 더듬다가 화장실이나 다녀오는 작자들에게 물수건을 건네주고 또다시 술을 부어주는 게 네 생명과 무슨 관계가 있단 말이야. 또 한 벌레는 이렇게 속삭였습니다. 이건 현실이 아니야. 네 현실은 그림을 그리는 데 있어. 그림을 그려야 해.

난 그 친구도 나와 마찬가지 회의에 젖어들고 있으리라고 생각했습니다. 내가 조심스럽게 이런 얘기를 꺼낸 것은 말하자면 타협점의 탐색이었지요.

화실 두어 곳을 봐두었어. 그리로 가서 강사 자리라도 한번 알아보자. 어떤 식으로든 다시 그림을 시작해야 할 테니까.

하지만 그의 반응은 뜻밖이었습니다. 그는 완강히 고개를 저었어요. 강사 자리를 알아보자구? 그림을 가르치자는 거야? 도대체 너나 내가 무얼 가르칠 수 있다고 생각해. 사과를 그리는 법? 우리가 선생들에게 배워왔듯이 명암을 살리고 양감을 살리고 질감을 살리라고? 윗부분은 붓터치를 선명하게 하고 아래쪽은 살짝 번지게 해서 흘러내리도록 하라고? 천만에. 그건 아니야. 그 따위는 모두 엉터리야. 그림은 느끼고 그릴 수 있을 뿐이지 배우고 가르치고 하는 건 아니란 말이야. ……제기랄. 그때부터 이미 뭔가가 그 자식을 씌우고 있었던 게 틀림없어요. 난 그걸 몰랐죠. 알았더라면 어떻게든 무슨 조치를 취할 수 있었을 텐데.

그 후로 나는 거의 그런 이야기를 꺼내지 않았습니다. 내가 조금이라도 자신없는 모습을 보이면 그는 비판적인 태도를 취했거든요. 한심하다는 듯 조소를 머금으며.

한번 이렇게 심중을 털어놓은 적은 있었습니다. 나는 지금 우리가 하고 있는 일들이 어떤 의미를 갖는지 자신할 수 없어졌다. 우리는 집단을 피해서, 집단의 권위와 강요와 폭력을 피해서 이곳으로 왔다. 하지만 이곳의 삶을 지배하는 것도 여전히 다를 바 없는 집단성이지 않은가. 그렇다면 굳이 우리가 주저앉기를 고집해야 할 이유가 있겠는가.

그는 또 미소를 머금더군요.

아무것도 달라진 게 없다구. 뜻밖이군. 네가 그런 생각을 하고 있었다니. 내겐 그렇지 않아. 나는 서울에서의 삶과 이 도시에서의 삶 사이에 놓인 확연한 차이를 알고 있어. 물론 네 말도 틀리지 않아. 이곳에도 마찬가지로 폭력적인 집단성이 군림하고 있다는 것. 어느 나라 어느 시골구석을 찾아가도 그런 사정은 달라지지 않으리라는 것. 하지만 잘 생각해봐. 이곳에는 서울에 없던 게 한 가지 있어. 그건 그림 그리기에 대한 자유야. 여기서는 누구도 우리가 무얼 그려야 하는지 어떻게 그려야 하는지 그리고 얼마 동안 몇 장을 그려야 하는지 간섭하지 않는단 말이야. 우린 우리 자신의 감각과 충동에만 충실하면 되는 거지. 내겐 그것이면 충분해. 아니, 그 이상 중요한 것은 없어. 알아듣겠어. 나는 또다시 숨막히는 서울로 올라가 이렇게 그리면 안 된다 저렇게 그려도 안 된다 하는 억지 따위와 소모전을 벌이고 싶은 생각은 없다구.

그의 말은 분명히 틀리지 않았습니다. 그는 자기 현재의 이유를 정확하게 알고 있었어요. 하지만 그의 얘기를 들으면서 나는 그때까지 나를 괴롭혀왔던 불안의 정체가 무엇인가를 알게 되었습니다. 부끄러운 얘기지만 그건 바로, 아무도 내게 그림 그리기에 대해 간섭하지 않는다는 사실이었습니다. 아무도 내게 그림을 독촉하지 않았고 어떻게 그려야 하는가를 문제삼지 않았다는 사실이었습니다. 그건 다시 말하자면 아무도 내 그림에 관심을 갖지 않는다는 얘기 아니겠습니까.

나는 엄청난 외로움 속으로 빠져들었습니다. 그림은 곧 나의 존재방식이었습니다. 아무도 내 그림에 관심을 갖지 않는다는

242

것은 곧 아무도 내 존재에 관심을 갖지 않는다는 얘기였어요. 나는 이 시점으로부터 그어지는 연장선 위에 나의 미래가 어떤 모습으로 올려질지 상상할 수 없었습니다. 이렇게 삼십 년이나 사십 년을 더 살았을 때 과연 내 이름 앞에는 원로 화가라는 수식어가 붙을 수 있을까. 아니, 내가 그 시간까지 끈질기게 그림을 그릴 수나 있을까. 혹은 살아 있기나 할까. ……외로움이라는 게 그렇듯 괴물스러운 공포임을 나는 그때 처음으로 알았습니다.

서울을 떠나오기 전에도 물론 나는 외로움을 꽤나 느끼는 편이었습니다. 하지만 그것은 이리에서의 공포와는 질적으로 다른 것이었습니다. 서울에는 나를 둘러싸고 억압하고 요구하는 집단과 제도가 있었습니다. 그들은 나의 외로움이 일정량 이상의 체적으로 갖지 못하도록 통제했습니다. 그러나 이제 그 통제가 사라진 진공상태에서 외로움은 터져버릴 듯한 폭발성으로 팽창하고 있었던 것입니다.

그곳 생활도 석 달이 다 되어가던 어느 날 나는 마침내 새로운 결정을 내렸습니다. 서울로 돌아가야 한다는 것이었어요. 설령 그 친구가 혼자 남기를 고집한다 할지라도. 제발 나를 비난하지는 말아주십시오. 난 이미 너무 약해져 있었어요. 새벽마다 가위눌림이 나를 찾아오고 있었죠. 온몸이 나무토막처럼 마비된 채 경련을 일으키며 나는 사십 년 후 나의 모습도 보았습니다. 등이 굽고 초라하게 쪼그라든 노인이 차가운 거리에서 떨고 있었습니다. 그 노인은 내게 말했어요. 많은 사람들이 움직이는 대로 따라가라. 언제나 그들 속에 네 몸을 의탁해라. 집단을 외면한 결과는 이처럼 가혹한 형벌이 될 것이다.

내 결정에 대한 친구의 첫 반응은 무감각한 것이었습니다.

돌아가다니, 어디로?

그는 멀뚱멀뚱한 눈으로 내 얼굴을 쳐다보았어요. 그러나 그는 곧 표정을 달리했습니다. 한결 부드러워진 눈빛이 되어서는 손등을 두드리더군요.

사실은 나도 요즘 머릿속이 복잡해. 모든 게 혼란스럽게 불안정하고…… 네 말처럼 우리가 언제까지나 이런 식으로 살아갈 수는 없을 거야. 하지만 나는 당장은 돌아가고 싶지 않아. 좀더 생각해보고 정리가 되면 어떻게 할 것인지를 결정하겠어.

그는 내게 먼저 서울로 올라갈 것을 권했습니다. 그도 아마 머지않아 올라가게 될 것임을 넌지시 암시하며. 난 서둘러 그곳 삶을 정리하고 서울행 기차에 몸을 실었습니다. 그때가 삼월 초순이었죠. 다행히 내가 서울에 도착한 날은 대학의 추가등록 마감일을 하루 앞둔 날이었습니다. 망설일 겨를도 없이 나는 등록을 했습니다. 그 친구를 위해서 휴학계를 제출하는 것도 잊지 않았습니다.

그가 결국 학교로 돌아왔느냐구요. 글쎄요. 어땠을 것 같습니까.

그는 돌아오지 않았습니다.

난 사실 아직까지도 그때의 사정을 정확히 이해할 수가 없답니다. 내게 먼저 서울로 돌아갈 것을 권하며 자기도 곧 올라올 것처럼 얘기했을 때 그는 과연 진정으로 그런 생각을 하고 있었던 것인지 혹은 나를 맘 편하게 올려보내기 위해서 그냥 그렇게 말했던 것인지. 또 만약 그 말들이 나를 올려보내기 위한 꾸밈이었다면 왜 그는 내가 떠나기를 원한 것이었는지. 그는 내가 떠남으로써 자신의 고독한 작업이 더 철저해질 수 있으리라고 생각하고 있었을까요, 그렇잖으면 이미 자신의 운명을 예감하고

244

있었고 그 운명 속에 나를 끌어들이는 것이 무책임한 일이라고 생각했던 것일까요.

취하고 싶을 때 선뜻 취하지 못하는 것도 참 몹쓸 병이군요. 같은 걸로 한 잔 더 주시겠습니까. 아, 염려하지 마십시오. 난 오히려 자꾸 말짱해지고 있답니다. 취하지 않았다는 증거로 화장실을 다녀와 보이겠어요. ……어떻습니까. 걸음걸이도 반듯하고 질서정연하지 않습니까. 그런데 말입니다, 한 가지 궁금한 점이 있습니다. 마담도 오래 전에 대학을 졸업했다고 하셨죠. ……그런 건 중요한 문제가 아닙니다. 삼류건 사류건 그게 무슨 상관이에요. 아무튼 대학을 졸업하셨잖습니까. 헌데 왜 남들처럼 시집을 가거나 취직을 하지 않고 카페를 경영하시는 겁니까. ……하하하, 그래요. 쓸데없는 질문이에요. 이런 소릴 하는 걸 보니 내가 조금 취하기도 한 모양이군요. 하지만 난 마담을 존경합니다. 난 남들이 다니는 넓은 길로 걷지 않는 사람들을 존경합니다. 그런 분들이 없다면 내가 어떤 자리에 퍼지르고 앉아 맘 편히 신세타령을 늘어놓겠습니까. ……천만에요. 난 다릅니다. 난 혼자도 아니고 힘들여 좁은 길을 걷지도 않습니다. 물론 그림쟁이들 중에 더러는 그렇지 않은 사람도 있겠지만, 이래봬도 내 뒤엔 황연배 사단이 버티고 있다 이런 말입니다.

그러죠. 이왕 시작한 이야기니까 끝장을 보아야겠죠.

그 무렵의 내 상태를 어떤 말로 표현하는 것이 적당할까요. 좌절이 가져다준 순종이라고 할까요 혹은 절망의 끝에서 움켜쥔 어이없는 희망이라고 할까요.

새로이 시작된 학교생활에 나는 아주 열심으로 매달렸습니다. 탈출구를 찾아 떠났던 여행의 실패는 나를 더없이 초라하게 위축시켰습니다. 나는 내 몸부림의 한계를 본 셈이었고 그 끝까지

우격다짐으로 부딪쳐갔다가 되돌아온 셈이었으니까요. 그렇게 초라해진 인간이 살아남기 위해서 할 수 있는 일이 달리 어떤 게 있었겠습니까. 집단의 지시에 충성을 다하는 수밖에.

그들의 불신을 희석시키는 데만도 많은 시간이 걸렸습니다. 먼저 나는 낙제된 과목들을 땜질하기 위해 학부를 이 년 동안 더 다녀야했습니다. 그러고도 부족한 느낌이 들어 대학원을 진학했습니다. 군대를 다녀오고 다시 대학원 과정을 마칠 즈음에야 겨우 황연배 교수로부터 미지근한 농담을 들을 수 있게 되었습니다. 그제서야 다른 교수들도 나를 어느 만큼 인정해주게 되더군요. 물론 그 사이 나는 부지런히도 그들을 찾아다니며 웃는 얼굴을 보였고 선물꾸러미를 안겼어요. 하하, 산다는 게 다 뭔지 …… 하지만 그즈음 나는 어렴풋이 알게 되었어요. 이제 바야흐로 내 삶은 포장된 도로 위에 올려지고 있다는 걸 말입니다. 나는 그들의 방식을 충실하게 받아들이고 있었고 그런 자세를 거스르지 않는 한 미래에 대해 어떤 불안이나 불길도 느낄 필요가 없다는 걸 말입니다. 내게 고유한 나 자신만의 나를 대가로 나는 그들로부터 보장을 사들이고 있었던 겁니다. 썩 잘된 일이었죠.

그 동안 그 친구는 어떻게 되었냐구요. 글쎄요. 나도 정확히는 알 수가 없습니다. 난 그를 거의 잊고 지냈으니까요. 잊으려고 애쓰고 있었죠. 이따금 바람결에 들려오는 풍문은 있었습니다. 그는 이리에서 꽤나 오랜 날들을 보낸 후 이곳저곳을 떠돌고 다녔다 하더군요. 그러다가 아마 홀어머니의 상을 당했을 겁니다. 그것도 나중에 들은 소식입니다만. 그리고 내가 다시 그를 만났을 때 그는 우리가 최초로 선택했던 이리의 거리에서 만화가게를 내고 있었습니다. 그게 그러니까 삼 년쯤 전이었죠.

모르겠습니다. 왜 내가 갑자기 그를 찾아보고 싶어졌는지. 그때 나는 청파동 골목에서 자그만 화실을 시작하고 있었습니다. 일 년 남짓이 지나 그럭저럭 자리가 잡혀가던 때였어요. 아마 그 일 년 동안의 긴장이 풀어지면서 무력감에 사로잡혔던 게 아닌가 싶군요. 난 환멸스러울 정도로 지쳐 파김치가 되어 있었고 그해 겨울의 기억들에 빠져들고 있었거든요.

그의 가게를 찾는 일은 그리 어렵지 않았습니다. 그건 그가 한때 근무했던 룸살롱에서 한적한 주택가로 이어지는 길목에 자리잡고 있었습니다. 어머니가 돌아가시고 정리한 재산으로 얻은 것이었겠죠. 난 그의 가게 앞에 서서 문틈으로 새어나오는 불빛을 보며 한참 동안 서 있었습니다. 저 너머에 과연 그가 있을까 의심하며. 그리고 그가 있다면 나는 무슨 이야기를 할 수 있을까 생각하며. 세월은 참 무상하더군요. 눈 내리던 서울을 떠나오던 기억도 벌써 팔 년이나 전의 일이었으니.

두 개비째의 담배를 짓밟아 끄고 마침내 나는 가게로 들어갔습니다. 그는 그곳에 있었습니다. 그런데 그의 모습은, 뭐랄까, 칠 년 전의 기억을 한층 혼란스럽게 만들고 있었어요. 그는 너무 많이 달라져 보였어요. 십 년쯤 아니 백 년쯤은 더 나이들어 보였고 그 밖에도 설명하기 힘든 부분들의 묘한 변화가 느껴지더군요.

다행히 그는 나를 반갑게 맞아주었습니다. 마치 며칠 전에 헤어진 친구를 만나듯 무덤덤한 웃음으로 손을 내밀고 방으로 안내했습니다. 그리고는 그림쟁이 노총각들 특유의 구차한 살림도구들을 조작하여 두 잔의 차를 만들었습니다. 난 우스갯소리처럼 말했습니다.

이 정도 자리를 잡았으면 이제 밥하는 아줌마도 한 사람 둬야 하지 않나.

그는 역시 미지근히 웃으며 받더군요. 글쎄, 십 년만 더 산다는 보장이 있으면 그것도 생각해보겠다만……

차는 그저 형식이었죠. 우린 곧 막걸리판을 시작했습니다. 차두 잔 만드는 것보다 술판 차리는 게 훨씬 더 이력 있어 보이더군요. 술이 들어가고 혀들이 풀리면서 꽤 많은 이야기를 나누게 되었습니다. 서로가 지내온 일들을 묻고 대답하고 같이 저질렀던 사건들을 기억해보기도 하고…… 그래요. 사실 그 자리는 내게 편안한 자리는 아니었어요. 그 친구가 대하기에 따라서는 어색하고 어정쩡하기 짝이 없는 자리도 될 수 있었죠. 난 과거 우리가 가장 혐오스럽게 경멸하던 선배들의 전철을 고스란히 되밟고 있었고 또 그걸 그 친구에게 숨김없이 털어놓고 있었으니까. 숨길래야 숨길 수도 없었을 테지만. 하지만 그는 아무런 내색도 없이 천연덕스러운 얘기를 늘어놓았습니다.

이봐, 경진이라고 기억나. 태양 클럽 막내 말이야. 걔가 네 뒤를 어지간히 따라다녔지. 그래. 기억하는군. 그 아가씨가 너 떠나고 얼마나 상심하던지. 헌데 그러고 얼마 안 되어서 결혼을 했어. 그 클럽 밴드에서 베이스를 치던 친구랑. 결혼식까지 올린 건 아니고 그냥 살림을 시작했는데 잘산다더군. 애도 둘씩이나 낳고. 지금은 전주에서 산다지 아마…… 다른 아가씨들은 나도 잘 모르겠어. 워낙 자주 바뀌었어야지. 클럽 이름들도 거의 바뀌고……

무슨 이야기 끄트머리에선가 나는 불쑥 이런 말을 했습니다.

너 나랑 같이 올라가자. 이제 이런 생활도 할 만큼 하지 않았니.

그 얘기가 튀어나온 건 분명히 엉뚱한 순간이었습니다. 하지만 그건 내가 지난 몇 년 동안 수백 번도 넘게 혼자서 중얼거린 말이었습니다. 내겐 언제나 그 친구를 향한 부채의식 같은 게 앙금져 있었습니다. 이해하시겠어요. 우린 함께 공범으로 사건을 저질렀지만 정작 현장에서 나는 그를 내버려둔 채 혼자 달아난 셈이었으니까요. 언뜻언뜻 그의 얼굴이 떠오를 때마다 나는 그에게로 내려와 그의 멱살을 끌고 서울로 올라오는 꿈을 꾸었던 겁니다. 그런데 그가 뭐라고 대답했냐구요. 아무 말도 않더군요. 그냥 빤히 내 얼굴만 쳐다보았어요. 그 눈빛에서 나는 칠 년 전 내가 그에게 똑같은 말을 했을 때 그가 했던 대답을 읽는 것 같았습니다. 돌아가다니, 어디로? 그는 그 개뿔 같은 고집을 조금도 바꾸지 않고 있었던 겁니다.

난 그 눈빛을 지우기 위해 마구 떠들어대었습니다. 난 몹시 지쳤다. 환멸스러울 정도로 녹초가 되었다. 날 위해서라도 네가 필요하다. 옛날 생각이 나느냐. 우린 언제나 함께 선생들과 싸웠지 않느냐. 네가 올라온다면 다시 그 시절로 돌아갈 수 있을 것이다. 연전부터 나는 자그만 화실을 시작했다. 그게 이제는 자리가 잡혀 강사도 한 명 두어야 할 형편이 되었다. 그 일을 맡아주었으면 좋겠다. 원한다면 네가 화실을 인수해도 좋고 다른 화실을 차리고 싶다면 그것도 도와주겠다. 서울도 이제는 많이 달라졌다. 화단에도 새로운 물결이 일고 있다. 민중미술운동이라는 것도 활발히 전개되고 있고 그 밖에도 권위에 종속되지 않으려는 젊은 그림쟁이 패들이 여럿 만들어지고 있다. 넌 그 속에서 분명히 네가 해야 할 일을 찾을 수 있을 것이다.

하지만 그는 고개를 살레살레 젓기만 하더군요.

한참 만에야 입을 연 그는 이렇게 말했습니다.

물론 나는 믿어. 서울이 나날이 새로워지고 있으리라는 걸.

젊은이들이 기지개를 켜고 새로운 집단들이 만들어지겠지. 그러나 난 이제 아무런 집단에도 발을 들여놓고 싶지 않아. 어느 곳에든 한 귀퉁이라도 발을 디밀게 되면 결국 온통 중심을 못 잡을 만큼 휩쓸려들게 될 게 뻔하단 말이야.

나는 화가 나서 소리쳤습니다. 그럼 넌 도대체 여기서 뭘 하겠다는 거야. 그는 빙그레 웃었어요.

나이가 들기를 기다리는 거지.

기가 막히더군요. 그는 아직도 혈기왕성하던 시절의 농담을 잊지 않고 있었던 겁니다.

그래요. 내가 너무 빨리 늙어버린 것일지도 모를 일이었죠.

그때부터 우리는 아무 말도 않고 술만 마시기 시작했습니다. 서로 각자의 잔을 비우고 채우고 또 비우고. 마치 둘 다 마주앉은 사람은 보이지도 않는 듯. 그러자 우리는 금세 취해버렸습니다. 그렇게 마시는 술이 얼마나 빨리 취하게 하는지는 마담도 잘 알고 계시겠죠. 그러다가 내가 잠시 화장실을 다녀온 다음부터였던가 나는 그 친구가 혼잣소리를 중얼거리고 있다는 걸 알게 되었습니다. 말도 안 되는 소리 집어치워. 미친 자식들, 구덩이에 빠진 건 너희들이란 말이야. ……처음에 나는 그게 나를 향해 퍼붓는 욕지거린 줄 알았습니다. 하지만 그게 아니더군요. 그는 벽을 마주하고 앉은 사람처럼 혼잣말을 지껄이고 있었어요. 다른 누구에게가 아니라 자기 자신에게. 결국 나는 그 지껄임이 수년 간 계속되어온 자작자음의 습관이리라는 것을 깨닫고 말았습니다.

어깨가 흔들릴 정도로 취하더니 그는 방바닥을 짚고 일어섰습니다. 화장실을 가나보다 생각하며 나는 담배를 피워물었어요. 그런데 이 친구는 오 분이 지나고 십 분이 지나도 돌아오지 않았습니다. 뒷간 근처에서 쓰러지기라도 했나 싶어서 그를 찾아나선 나는 광처럼 생긴 곳의 쪽문이 열려 있는 것을 보았습니다. 그 문 너머에는 지하로 통하는 계단이 있고 작은 불이 밝혀져 있더군요.

그는 지하실 한가운데 버티고 서 있었습니다. 두 눈을 감고.

네 평 남짓 되어 보이는 지하실을 나는 찬찬히 둘러보았습니다. 그곳에 뭐가 있었냐구요. 마담께서는 충분히 짐작하실 테죠. 그렇습니다. 거긴 그의 아틀리에였습니다. 테레핀 냄새가 코를 찌르고 있었고 붓이며 물감 나이프 따위가 여기저기 흩어져 있었어요. 놀라운 일이었죠. 그처럼 어둡고 습기찬 땅 밑에서 그림을 그리고 있었다니. 하지만 나를 더욱 놀라게 한 것은 벽면을 따라 둘러세워진 십여 장의 그림들이었습니다. 소름이 끼치는군요. 생각만 해도…… 그림들 속에는 한결같이 벌거벗은 남녀의 군상이 담겨 있었습니다. 수십 명 혹은 수백 명씩. 그들은 갖가지 광란스런 몸짓을 취하고 있었습니다. 술통을 높이 쳐들어 입술 위로 술을 붓는 남자, 그 술을 두 손으로 받아 온몸에 비벼바르는 여자, 여자의 허벅지에 흐르는 술을 혀로 핥는 남자, 그의 다리 사이로 젖가슴을 밀어넣고 밀착시키는 여자…… 노인들은 근엄한 표정으로 돌아다니며 술통을 나눠주고 있었고 꼬마들은 땅바닥을 기어다니며 구경하고 있었습니다. 어떤 그림에서는 모든 출연자가 둥그렇게 원을 그리며 춤을 추고 있었고 또 어떤 그림에서는 그들 모두가 한 가지씩 이상한 물건들을 들고 있었어요. 총, 펜, 붓, 스페너, 쟁기 따위가 그 물건들이었죠. 또 어느 그림에서는 사람들이 엎드린 자세로 피라밋 같은 형상을 만들고 있었습니다. 그들은 앞사람의 발바닥을 핥고 있었습니다. 한 사람의 발을 두 사람이, 두 사람의 발을 네 사람이, 서른두 사람의 발을 예순네 사람이, 그런 식으로 거대한 산을 만들고 있었어요. 한참 동안 숨을 가다듬은 다음에야 나는 그를 쳐다볼 수 있었습니다. 그는 이제 눈을 떴지만 여전히 그 자리에 버티고 서 있었죠. 난 용기를 내어 냉소적인 말투를 꾸몄습니다.

그래, 이게 다 뭐지. 이래서 어쨌다는 거야.

나도 모르겠어. 그냥 이렇다는 거야.

그는 생각보다 힘없이 수그러들었습니다. 난 약간 맥이 빠졌지만 더욱 냉소적인 태도로 들어갔습니다.

너는 어디 있어. 아무리 봐도 네가 보이지 않는군.

사실은 나도 그 문제 때문에 고민중이야.

나는 그 그림들을 갈기갈기 찢어버리고 싶은 충동을 억누르느라 다리를 후들거리고 있었어요. 그런 행동은 오히려 그의 도화선에 불을 당기는 결과가 될 뿐이란 걸 잘 알고 있었던 까닭이었죠. 난 나 자신도 믿을 수 없는 말들을 거만한 설교조로 늘어놓기 시작했습니다. 이런 식으로는 아무것도 되지 않아. 네가 진정 저들의 뿌리를 파고 싶다면 저들 속으로 들어가 저들과 어울려야 해. 그러지 않는다면 저들의 광란하는 춤이 너를 땅속 깊은 곳으로 파묻어버리고 말 거야. 네 몸을 뱀의 끈으로 꽁꽁 묶어 넌 결국 아무것도 알아내지 못할 거고 그리고 네 입 속으로는 죽은 흙덩이가 밀려들어올 거야……

이튿날 새벽 나는 잠에 떨어진 그를 버려둔 채 서울행 첫차를 탔습니다. 정확히 그렇습니다. 난 그를 외면하고 달아나야 했던 겁니다.

얼마 후 나는 여행길에 우연히 그의 가게에 들른 친구로부터 그의 소식을 들을 수 있었습니다. 그는 혀를 끌끌 차며 모든 것이 엉망이 되어 있더라고 했습니다. 서가에는 만화책이 절반 넘어 비어 있더군. 그는 그 빈자리들이 모두 대출 나간 자리라고 했지만 대출장부는 몇 달 전부터 정리도 안 되어 있었어. 도무지 그는 가게에 신경을 쓰지 않는 것 같더란 말이야. 주위 사람들은 그가 가게를 지킬 때가 거의 없고 언제나 술에 절어 지낸다고 했어. 하지만 굳이 그 사람들 설명을 듣지 않아도 난 사정을 훤히 알 수 있었어. 제기랄, 그 친구가 어쩌다가 그 지경이 되었는지. 고집은 좀 세었지만 그림에 대한 열정 만큼은 대단한 놈이었는데. 이젠 거의 폐인이나 다름없어 보였어.

난 그의 가게와 골방, 지하실의 모습이 한눈에 들어오는 것 같더군요. 지하실 한가운데 허허롭게 버티고 선 그의 모습까지도.

그래서 어떻게 했느냐구요. 어떻게 했겠습니까. 마담은 도대체 내가 그를 위해서 무슨 일을 해줄 수 있었으리라고 생각하는 겁니까. 아니면 내가 어떤 것이든 조치를 취했어야 했다고 말씀하시려는 겁니까. 적어도 그만큼의 책임은 느껴야 했다는 뜻인가요. 내가 이미 충분한 죄의식과 고통을 감당해왔다고는 생각할 수 없으신가요. ……미안합니다. 이런 식으로 얘기하려던 게 아니었어요. 언제나 그렇죠. 그를 생각하기만 하면 언제나 신경이 지나치게 예민해져버린답니다.

내가 할 수 있는 일은 그를 떠올리지 않는 것뿐이었습니다. 그와 그가 일깨우는 공포로부터 달아나기 위해 나는 더욱 미친 듯이 집단 속으로 파고들었습니다. 그들이 나눠주는 술을 두 손으로 받아서는 허겁지겁 들이켜고 온몸에 비벼발랐습니다. 물론 그건 쉬운 일은 아니었습니다. 그런데 그때 마침 황연배 선생님이 나를 불렀습니다. 그는 마치 나의 위기를 알고 있기나 한 듯

적절한 조치를 취해주었습니다. 자네 지난번에 내게 보여준 그림 말일세, 그걸 조금만 더 손질해서 마무리지어보도록 하게. 이번 봄 공모전의 성격과 잘 어울릴 것 같더군. 그 얘기를 들은 선배들은 내게 다음 행동들을 순서대로 가르쳐주었습니다. 유력한 심사위원들 명단을 가르쳐주고 그들에게 찾아가 선물과 필름을 전하라고 했어요.

필름을 전한다는 얘기를 못 들어보셨던가요. 그렇군요. 화단 사람들에겐 공공연한 비밀이지만 모르는 사람들에게는 또 생소한 이야기겠군요. 공모전이 가까워지면 작품을 응모하려는 사람들은 대부분 자기 작품을 필름으로 뜬답니다. 그럴듯한 선물을 준비하고 그 속에다 필름을 집어넣어서는 심사위원이 될 가능성이 있는 사람들을 찾아다니는 거죠. 연줄이 닿는 사람일 경우에는 자연스럽게 술자리를 만들어서 전하기도 하고 그렇지 않을 때는 무작정 찾아가기도 하죠. 심사위원들에게는 그때가 대목이자 호황이기도 하다더군요. 그렇게 해서 효과가 있느냐구요. 글쎄요. 어느 만큼의 효과가 있는지 나도 정확히는 모르겠지만 한가지만은 자신 있게 말씀드릴 수 있습니다. 그런 절차를 통해서 심사위원들의 눈에 익지 않은 작품이 상을 받는 경우는 거의 없다는 것입니다. 제 경우도 그때부터 그나마 가작이라도 하나씩 받게 되었으니까요. 하하, 재미있는 이야기 아닙니까. 재미있는 이야기죠. 그럼요. 재미있는 이야기고 말고요. ……마침내 그 소식이 들린 것은 이 년이 지나서였습니다. 바로 일 년 전 오늘이었죠. 그 친구가 영영 땅속으로 기어들어가버린 겁니다.

감사합니다. 역시 이런 날은 술이 좀 취해야 하는 거겠죠.

영양실조에 악성기관지염에 간경화에 뭐 그런 것들이 복합적으로 겹쳤다 하더군요. 하지만 그건 정확한 이유가 아니었어요.

그 친구의 사인은 그가 스스로 그런 운명을 선택했다는 데 있었으니까요.

그 소식을 듣고도 나는 한참 동안 그에게로 내려가지 않았습니다. 결코 내려가지 않겠노라고 다짐도 여러 차례 했습니다. 그러나 결국 한 달을 못 넘긴 어느 밤 나는 호남선 야간 열차에 몸을 실었습니다. 술에 잔뜩 취해서. 나는 내가 내려가지 않을 수 없는 이유를 알고 있었습니다. 그는 이미 떠났지만 그곳에는 여전히 그의 그림들이 나를 기다리고 있는 까닭이었습니다.

가게는 다행히 아직 다른 사람의 손으로 넘어가지 않았더군요. 음산한 냉기가 감도는 게 누구라도 선뜻 나서서 인수할 것 같지 않았습니다. 만화책이랑 무협지 나부랭이는 삼분의 일도 채 남아 있지 않았고. 나는 곧바로 지하실로 내려갔습니다. 제발 누구도 그의 그림들을 건드리지 않았기를 빌면서. 하지만 내가 그곳에서 발견하기를 기대한 것은 과연 무엇이었을까요. …… 그곳은 누구도 건드리지 않은 게 분명했습니다. 연기가 가득 차 있었으니까요. 그는 그의 그림들을 모조리 태워버렸던 겁니다. 하지만 나는 잿더미 속에서 태워지지 않은 단 한 장의 그림을 찾아낼 수 있었습니다. 그가 의도적으로 태우지 않은 것이 분명한 깨끗한 그림을…… 그는 나를 위해 그 그림을 준비해둔 것이었을까요.

그림 속에는 깊고 어두운 구덩이가 있었습니다. 그 위의 지상에서는 사람들이 벌거벗은 채 춤을 추고 있었습니다. 술을 뿌리고 서로의 허벅지를 더듬으면서. 그리고 구덩이의 깊은 바닥에서는 한 남자가 몸부림을 치고 있었습니다. 그는 지상을 향해 두 팔을 뻗고 올라가려고 발버둥쳤지만 땅이 그를 단단히 그러쥐고 있더군요. 땅은 그를 비웃으면서 더욱 깊은 심연으로 끌어

내리고 있었습니다. 그의 얼굴에는 절망과 공포의 그림자가 엇갈리고 있었습니다.

그림 옆에는 성냥이 놓여 있었습니다.

난 그가 무엇을 원했는지 알 것 같더군요. 그래서, 그렇게, 해주었습니다.

술잔이 또 비었군요. 영업시간이 벌써 삼십 분이나 지났다구요. 하지만 난 아직 조금도 취하지 못했습니다. 오늘은 기필코 마시고 취하고 뻗어야 하는 날이다 이겁니다. 왜냐하면 난 영영 진짜 화가는 될 수 없다는 걸 알기 때문입니다. 아시겠어요. 진짜 화가는 그림을 그리죠. 하지만 그 그림은 화가를 지워버리고 말거든요. 아시겠어요. 진짜 그림은 화가를 땅속으로 처박아버린다 그런 말입니다. ……알겠습니다. 위로 따윌랑 생각도 마십시오. ……집단의 배려는 참으로 눈물겨운 것이군요. 술에 취해서 이렇게 넋두리를 늘어놓는 일까지 제한시간을 정해두고 있으니. 그래야 저 깊은 구덩이 속으로 떨어지지 않으리라는 것일까요.

참, 마담께서는 교회를 다니십니까. 아주 오래 전에 다닌 적이 있었다구요. 그렇다면 다행이군요. 기도하는 방법은 잊지 않았을 테니. 제발 부탁입니다만 하나님이라는 양반에게 제 대신 기도를 좀 해주십시오. 그 친구처럼 어리석은 작자가 또다시 세상에 태어나는 일은 없도록 해달라고 말입니다.

이젠 눈이 그쳤나요. 좋은 밤이군요. 지상의 광란하던 인간들도 모두 잠자리에 들었어요. 그럼, 안녕히 계십시오.

담배와 포도주

그는 그 작은 마을에 대해 아무런 애정도 없었다. 미련이나 회한도 없었다. 그곳에서 소년 시절을 보낸 것은 전적으로 그의 의사와는 무관한 일이었기 때문이었다. 오히려 그가 선택한 바라곤, 그의 나이 열여섯이 되었을 때, 그곳을 떠나기로 한 것뿐이었다. 그물눈비단뱀이 허물을 벗듯.

버스정류장에서 우체국 쪽으로 뻗은 길은 예전보다 조금 더 길어진 듯 보였다. 몇 개의 가게들이 더 들어섰고 간판들은 다소 높아져 보였다. 하지만 쓸쓸하고 왜소한 느낌은 마찬가지였다. 그런 느낌은 아무리 오랜 세월이 흘러 아무리 많은 간판들이 들어서도 달라지기 어려울 것이었다. 그는 샛길을 돌아 언덕빼기로 올라갔다. 거기서는 버스정류장이 잘 내려다보였다. 십

육 년 전 그날 마을을 떠나기 전까지 그는 습관처럼 그 언덕을 찾았었다. 무릎 사이로 정류장을 내려다보며 날짜를 세곤 했었다. 두 주먹을 움켜쥐며, 수없이 되뇌이며, 어쨌든 떠나야 하는 것 아니냐고.

다행히 그 언덕에서는 아직 정류장이 내려다보였다. 몇 대의 낡은 버스들이 공터 한쪽에 세워져 있었고, 출발대에 선 버스는 꽁무니를 부릉거리며 잿빛 연기를 내뿜었다. 사람들은 연기 속을 아스라이 서성거렸다. 그는 담배를 꺼내어 물고 불을 붙였다.

"저도 하나 주실래요?"

첫 모금의 연기가 미처 겨울 햇살 속으로 퍼지기도 전에 한 앳된 목소리가 그를 불렀다. 그는 뒤를 돌아보았고, 커다란 동백나무 아래 쪼그리고 앉은 한 소녀를 보았다. 소녀라고 해야 할까 숙녀라고 해야 할까. 그가 그 마을을 떠났을 때의 나이보다는 두어 살 많아 보였다. 그녀는 이미 한참 전부터 그 자리를 지켜온 듯했다. 삼십 분이나 한 시간쯤 전부터. 혹은 여러 해 전부터. 그는 담배를 내밀었고, 그녀는 재빨리 다가와 담배를 건네받고 불을 붙이고는 다시 원래의 자리로 돌아갔다.

"여긴 왜 올라왔어요?"

그녀의 목소리에는 특별한 감정도 특별한 냉담함도 없었다. 몇 시간 전에 헤어진 친구에게처럼 편안하고 당연했다. 그는 공터의 버스 중 한 대를 가리켰다.

"이제 막 저 버스에서 내렸어."

"알아요. 내리시는 걸 봤어요. 내리자마자 모자를 꺼내 쓰셨죠."

"그랬나?"

그는 머리를 만져보았다. 모자가 잡혔다. 쓸쓸한 웃음이 나왔

258

다. 그건 그의 직업과 관계된 일이었다. 차에서 내릴 때면 항상 모자를 꺼내 쓰는 건. 그는 늘 안면근육을 수축시키며 눈동자를 실룩거려야 했고, 그런 모습을 너무 많은 사람들에게 보이고 싶지는 않았던 것이다. 모자를 접어 스포츠백에 집어넣고 그는 담배연기를 삼켰다.

"오늘 밤늦게 비가 올 거래요."

그녀가 다시 말을 붙인 것은 제법 시간이 지나서였다. 담배 한 대가 거의 다 탈 무렵이었다.

"눈이 될지도 모르구요. 날씨가 따뜻하니까 비일 가능성이 크겠죠. 하지만 저랑은 상관없는 일이에요. ……전 오늘 이 마을을 떠나거든요."

그는 담배를 껐다. 언덕을 내려가기로 했다. 그녀의 이야기는 그에게 묘한 편안함을 주고 있었다. 설명할 수 없을 정도로 익숙한. 하지만 지금 그가 가장 견딜 수 없는 것은 바로 그 편안함이었다. 털털거리는 버스에 실려 그 마을을 찾아온 까닭은 스스로를 가장 불편한 상태로 내몰기 위해서였던 것이다. 그는 가만히 몸을 일으켰다. 그런데 그녀는 그를 흉내내듯 함께 가만히 일어섰다. 두세 발짝 뒤처져 그를 따라 걸었다. 그들은 함께 언덕을 내려가 거리로 나섰다.

우체국을 지날 즈음 그녀가 말했다.

"제가 너무 수다스러운가보군요."

"아니야. 그런 게 아니야."

"걱정하실 건 없어요. 아저씰 따라가는 게 아니니까. 전 여기 살아요."

그녀가 멈추어선 곳은 캘리포니아라는 비디오 대여점 앞이었다. 초록색 플라스틱 셔터가 삼분의 이쯤 내려져 있었고, 그 너머로 자물쇠가 잠긴 유리문이 보였다. 그녀는 꾸부정히 몸을 굽혀 자물쇠를 열었다. 캘리포니아라. 유배지 같은 시골 마을 치고는 대단히 광활한 이름이었다.

"여기서 잠도 자고 세수도 하고 테이프 대여장부를 정리하기도 해요. 틈틈이 담배도 피구요. 하지만 오늘이 지나면, 아무도 절 찾지 못할 거예요."

손가락으로 허공을 간질이듯 인사하고 그녀는 꾸부정히 유리문 너머로 사라졌다. 그는 멈추었던 걸음을 계속했다. 어디로 떠난다는 걸까, 그녀는. 하늘 아래 어디선가 그녀를 아는 사람들이, 언니나 애인 같은 사람들이 그녀를 기다리고 있는 것일까.

중심가가 끝나고 다닥다닥 붙은 집들도 끝날 즈음 그는 마음을 정해야 했다. 황씨아저씨네를 찾아갈 것인가, 어머니의 산소로 곧바로 올라갈 것인가. 두 곳으로 가는 길은 그 언저리에서 개구리 뒷다리처럼 갈라지고 있었다. 애당초 그는 황씨아저씨를 먼저 찾아볼 생각이었다. 여기까지 온 이상 어차피 잠깐이라도 만나야 할 텐데 산소를 다녀온 뒤라면 시간이 고무줄처럼 늘어날지도 모를 일인 까닭이었다. 막걸리상을 내놓을 테고, 어머니의 생전 이야기를 한 소절 늘어놓을 테고, 그 마을 사람들의 가당찮은 자존심을 떠벌릴 테고. 그러다간 막차시간을 넘기게 될지도 모를 일이었다. 차라리 잠깐 만나보고 산소를 올라가야 하노라고 일어서는 게 현명한 전략 아니겠는가. 하지만 비디오걸을 만난 이후로, 조금 전의 그녀를 그는 어느새 그렇게 이름짓고 있었다. 그는 생각이 달라져 있었다. 이제는 누구와도 잡담을 나눌 기분이 아니었다. 더구나 해는 벌써 산마루로 다가들고 있었다. 그는 산소 쪽으로 걸음을 정했다.

산소 앞에 서면 그는 늘 어머니께 거짓말을 했었다. 서울이라는 큰 도시에서 자신이 얼마나 당당하게 자기 삶을 일궈가고 있는가에 대해서. 주름잡힌 양복을 입고 반짝이는 승용차를 타고 다닌다. 지갑에는 언제나 돈이 가득하다. 사람들은 그를 존중하며 부러워한다. 그건 아주 터무니없는 거짓은 아니었다. 실제로 그는 양복을 입고 승용차를 몰고 다녔으니까. 그러나 그날만큼은 그런 빈 껍데기를 주절거릴 기분이 아니었다. 그는 산소를 노려보며 소리내어 말했다.

사람을 죽였어요. 그것도 연약한 여자를, 어머니가 가장 싫어하실 방식으루요. 농담이 아니에요. ……바로 이런 게 모진 인연인가보죠. ……어릴 땐 말예요, 그러니까 어머니가 제 손목을 잡아끌며 이 마을로 들어왔을 땐, 세상에서 제일 나쁜 사람이 다른 사람들에게 돈을 빌려주는 사람인 줄 알았어요. 우습죠……

그곳에서 그는 저녁 노을을 맞았다. 붉은 구름덩이들이 달구어진 동전처럼 하늘로 흩어지는 그런 노을이었다. 하늘은 타는데 그는 왜 자꾸 더 추워졌을까. 하지만 겨울 노을은 아주 짧았다. 주변은 삽시간에 깜깜해졌다. 그는 어머니께 물었다. 이젠 어떻게 하죠? ……물론 그건 대답을 기다리는 질문은 아니었다. 십육 년 전 그 마을을 떠날 때부터 그는 어머니의 대답과는 무관한 삶을 살아오고 있었다. 어머니의 어떤 대답도 아무런 도움이 될 수 없는 그런 삶이었으니까. 어머니의 사망통보를 받은 사 년 전까지도 그랬고 그 후로도 그랬다. 오늘이 지나더라도, 또 몇 차례의 오늘 같은 날이 지나더라도, 아마 그는 똑같은 길을 터벅터벅 걸어갈 수밖에 없으리라.

산소를 내려와 그는 곧바로 버스정류장으로 갔다. 차시간까지는 아직 사십 분이 남아 있었다. 근처의 식당에서 식사를 마치니 이십 분이 남았다. 그는 사람들과 함께 서성이며 버스를 기다렸고, 이윽고 대기장으로 들어선 버스에 몸을 실었다. 그런데 그러자니 문득 비디오걸 생각이 났다. 오늘 중으로 마을을 떠날 거라 했는데, 벌써 앞차를 타고 나갔을까, 혹은 이 버스를 타기 위해 나타날 것인가.

출발시간 이 분 전까지 그녀는 오지 않았다. 그 버스는 아닌 모양이었다. 그는 이상하게도 강렬한 호기심에 사로잡혔다. 그녀는 정말 떠나려는 것이었을까. 그렇잖으면 그저 한번 지껄여본 소리였을까. 그는 버스를 내려 매표소 벽면의 배차시간을 확인해보았다. 그가 그녀와 헤어진 이후로 정류장을 빠져나간 버스는 한 대뿐이었다. 두 시간쯤 전에. 그녀가 그 버스를 탔을 가능성은 적었다. 그녀의 어슬렁거리는 모습은 몇 분 후에 가방을 챙겨들고 정류장으로 달려갈 태세는 아니었으니까. 그렇다면 그녀는 아직 그곳에 있을 가능성이 컸다.

"차 떠납니다."

운전기사가 엔진소리를 높이며 소리쳤다. 그에게 들으라는 소리 같았다. 그는 다음 버스시간을 확인해보았다. 두 시간 후 열 시경에 막차가 있었다. 그는 손을 흔들었고 버스는 문을 닫으며 출발했다.

캘리포니아 비디오 대여점은 그 오후와 똑같은 모습이었다. 초록색 플라스틱 셔터가 삼분의 이쯤 내려져 있었다. 유리문 너머 실내에 불이 밝혀져 있다는 게 다르다면 달랐을까. 그는 유리문을 두드렸다. 십 초쯤 기다렸다가 다시 한번 두드렸다. 신발 끄는 소리가 들렸고, 유리문이 열렸다. 셔터 아래로 그녀의 얼굴이 나타나 그를 올려다보았다. 뒤집힌 각도 때문이었을까, 그녀는 한참 만에야 그를 알아보았다.

"아저씨였군요. 들어오세요."

그가 어렵사리 유리문을 들어섰을 때 그녀는 카운터 앞의 등받이의자에 기대앉아 텔레비전을 응시하고 있었다. 작은 탁자 위에는 뜯어진 과자봉지가 있었고 그녀의 입술은 초록색 플라스틱 셔터처럼 열려 있었다. 삼분의 일쯤.

"앉으세요. 저 영화 봤어요?"

그는 그녀가 가리키는 쪽 소파에 주저앉았다. 실내는 따뜻하고 아늑했다. 자그만 빨간색 석유난로가 불꽃을 타닥거리며 차가움을 몰아내고 있었다. 그를 쳐다보지 않은 채 그녀는 말을 이었다.

"지난 달에 나온 비디오예요. 〈비포 더 레인〉이라고, 밤늦게 비가 온다기에 틀어봤어요. ……벌써 여러 번 봤어요. 제가 제일 좋아하는 장면이 뭔지 아세요? 이제 곧 나올 거예요."

"나한테 거짓말을 했군."

"한 어린 신부가 언덕을 뛰어내려오는 장면이에요. 언덕은 꼭 크리스마스 트리에 매달린 종처럼 생겼어요. 비탈길이 끝나는 곳에는 작은 성당이 있고, 배경으론 은빛 아드리아 해가 반짝이고 있죠. 그 언덕을 어린 신부가 마구 달려 내려오는 거예요. 다람쥐가 굴러내리듯. 그런 언덕을 한번만 달려봤으면 얼마나 좋을까."

"떠난다는 건 거짓말이었어."

"그렇지 않아요. 거짓말이 아니에요."

그녀는 그제서야 그에게 관심을 보였다.

"이제 버스는 한 대밖에 남지 않았어. 그런데 넌 비디오만 보고 있잖아. 가방도 꾸리지 않고."

"가방을 꾸리지 않았다구요? 그렇지 않아요."

그녀는 화난 모습으로 일어났다. 작은 쪽문을 열고 내실로 들어가더니 잠시 만에 커다란 가방을 밀고 나왔다. 끙끙거리며. 그리곤 가방을 열었고, 자랑스럽게 그 앞에 버티고 섰다.

"어때요? 아직도 제가 거짓말을 한다고 생각하세요?"

"글쎄……"

그는 말꼬리를 흐렸다. 가방 속엔 과연 그녀의 물건들이라 할 만한 소품들이 몇 가지 있었다. 옷가지와 몇 개의 작은 상자들이. 그러나 가방 밖의 모습은 간단치가 않았다. 손잡이를 제외하곤 온통 두터운 먼지층에 뒤덮여 있었던 것이다. 그건 적어도 서너 달쯤 전에 꾸려져서 방치되어온 듯한 모습이었다. 그는 고개를 끄덕여주었다.

"그런 것 같진 않군. 그래. 떠날 준비가 되었어. 가방도 꾸려졌고."

"막차를 타야 한다는 건 상식적인 일이에요. 어떤 장소와 작별을 고할 적엔 말예요."

그녀는 가방을 닫았다. 등받이의자로 돌아가 다시 비디오 화면을 바라보았다. 몇몇의 성난 동구인들이 총구를 앞세우고 수염을 휘날리며 성당으로 들어서고 있었다. 그녀는 불만스레 리모콘을 집어들어 되감기 단추를 눌렀다.

"그 장면을 놓쳤잖아요…… 여기예요. 여기부터예요. 정말이지 아름다운 장소 아녜요?"

그녀의 말대로 그 화면은 정말 아름다웠다. 커다란 종처럼 언덕이 엎어져 있었고, 그 너머론 은빛 바다가 반짝이고 있었다. 아드리아 해라고 했던가. 모자를 쓰고 신부옷을 입은 한 남자가 눈송이처럼 굴러내리더니 성당으로 들어갔다. 그런 장면을 보고 한번쯤 성당이나 교회를 찾고픈 충동에 휩싸이지 않을 사람은 많지 않을 것이었다. 그는 소파에 등을 기대었고 그녀와 더불어 화면 속으로 스며들어갔다.

몇 발의 총성이 울리고 소녀가 쓰러지고 비가 내리고, 그래서 음울한 집시풍의 음악과 함께 화면이 아스라해졌을 때 그는 비로소 화면 밖으로 빠져나왔다. 화면에서 토해졌다는 게 정확할 것이었다. 그녀는 비디오 정지 단추를 누르고 기지개를 켰다.

"겨우 삼분의 일이 끝났는데 다른 영화들 세 편은 본 느낌이죠. 시간이 너무 빨리 흐르는 것 같아 불안해지면 이런 비디오를 봐요. ……어머, 여기도 비가 내리는군요."

과연 유리문 밖으로는 빗방울들이 흩어지고 있었다. 흙땅을 두들기며, 그래서 자잘하게 바스러지며. 그녀는 문 앞에 주저앉아 턱을 괴었다. 그는 그녀만 보고 있어도 거리에 내리는 어두운 비를 모두 보는 느낌이었다.

"그것 봐요. 제가 그랬죠. 오늘밤엔 비가 올 거라고. 하지만 너무 걱정하진 말아요. 많은 양이 내리지는 않을 거랬거든요."

"갈 곳은 정해져 있어?"

"네. 서울로 올라갈 거예요."

"서울에 누가 있지?"

"많이 있어요. 친구들, 애인…… 어쩌면 결혼을 할지도 몰라요."

"서울에 친구들과 애인이 살고 있단 말이야?"

"그렇다니까요.."

"서울 어디?"

"그건 아직 몰라요.. 가서 만들어야 하니까요."

그녀의 목소리는 밝고 명랑했다. 그는 담배를 꺼내어 물었다.

"같이 피겠어?"

"아뇨."

그녀는 고개를 저었다. 여전히 유리문 밖을 향한 채. 그는 불을 붙이고 천천히 연기를 내뿜었다.

"그러니까 아무도 없다는 얘기군. 갈 곳도 정해져 있지 않고."

"서울로 갈 거예요."

"왜 떠나려는 거야?"

"여긴 제가 속한 곳이 아니에요."

"그걸 어떻게 알지? 만약 네가 속한 곳을 만나면 그게 그곳이라는 걸 알 수 있어?"

"물론이죠. ……삼 년 전까지 전 전곡에서 살았어요. 고등학교를 다녔죠. 아버진 시외버스 운전기사였구요. 어느 날 아침 학교를 가려는데 아버지가 절 불렀어요. 이곳으로 들어가야 한다고 말했어요. 도박판에서 빚을 많이 졌는데 갚을 길이 없다구요. 제가 비디오 가게 일을 일 년만 봐줘야겠다구요. 그날 오후 전 이곳으로 실려왔어요. ……한 달 후에 아버지가 돌아가셨어요. 도박에 알콜에 과로에 뭐 그런 것들이 겹쳤대나봐요. 그래서 제 일 년은 벌써 삼 년이 되어버렸어요."

그는 묵묵히 담배연기를 들이마셨다. 그녀에게 얘기해주고 싶었다. 자신이 이 마을에서 살아야 했던 것도 똑같은 이유에서였노라고. 부친이 죽고 갑작스레 큰 빚을 지게 된 모친이 빚쟁이들을 피해 그를 끌고 들어온 곳이 바로 이 마을이었노라고. 그리고 이 마을의 다른 사람들 대부분도 어슷비슷한 이유로 도시를 등진 이들이었노라고.

"그런데 왜 꼭 오늘이어야 하는 거지?"

"주인이 내일 돌아오거든요. 전곡에서요. 보나마나 돈을 잔뜩 잃고 하수구에 빠진 염소 꼴로 올 거예요. 그럼 한동안 수용소 같은 생활이 이어지는 거죠."

"주인 끗발도 끝장난 모양이지?"

"네. 판이 모두 세대갈이를 했대요. 어쩌면 전 또다른 곳으로 팔려갈지도 몰라요. ……아저씨도 예전엔 이 마을에서 살았죠?"

"그렇게 보여?"

"그렇게 보여요. 표시가 나거든요."

"하지만 벌써 십 년도 넘게 서울에서 살고 있는걸."

그녀의 눈이 반짝였다. 서울이라는 말이 생기를 불어넣어준 것 같았다. 그녀는 자리를 털고 일어나 내실로 들어가더니 잠시만에 두 잔의 커피를 만들어 나왔다.

"드세요. 시골 커피라 맛은 별로 없어요. 저도 서울에 가본 적이 있어요. 미아리랑 혜화동 쪽에요. 대학로에서 비둘기들 모이도 주었구요. 종로도 갔었던 것 같아요. 아저씨 사는 곳은 어디예요?"

"오금동이라고 들어봤어?"

그녀는 잠시 양미간을 모으더니 고개를 저었다.

"못 들어봤어요. 오금이 저린다고 할 때 그 오금인가요?"

"글쎄."

그는 웃음이 터지려는 것을 참았다. 그건 그 오금이었을까.

"하지만 그곳에도 비디오 대여점은 있을 테죠? 아니면 커피 숍이나 당구장 같은 거라도 말예요."

"그럴 테지."

"그리고 그런 곳에는 아저씨가 아는 사람들도 있을 테죠?"

"글쎄."

그는 무뚝뚝히 대답했다. 그녀가 종잡을 수 없도록. 그녀의 표정에 실망스런 기색이 스쳐갔다.

물론 그런 곳에는 그가 아는 사람들이 있었다. 커피숍이나 당구장뿐 아니라 최고급 레스토랑과 볼링장에도. 그런 곳에 그녀를 위한 자리 하나를 마련하는 것은 어려운 일이 아니었다. 게다가 그녀는 충분히 용모가 단정한 편이었으니까. 하지만 그가 자신할 수 없는 점은 그녀의 삶을 그곳들로 좌표 이동시키는 게 과연 현명한 일인지였다. 그런 곳에서 웃음을 팔고 몸매를 팔며 돈의 노예가 되어가는 게 한적한 시골 마을의 비디오 가게 점원으로 남는 것보다 바람직한 일인지 어떤지.

"상관없어요. 어쨌든 전 올라갈 거니까."

그녀가 다부진 목소리로 말했다.

시계는 이제 열시 이십 분 전을 가리키고 있었다. 그건 막차 출발시간이 이십 분 남았음을 뜻했다. 그런데 유리문 밖으로는 여전히 비가 내리고 있었다. 많이 내리지는 않을 거라던 그녀의 말과는 달리 빗줄기는 점점 굵어졌고 세차졌다. 그는 커피잔을 비웠다.

"시간이 다 되었어. 이젠 정류장으로 나가봐야지."

"우산이 없어요."

정작 출발시간이 되었기 때문일까. 아니면 우산이 없다는 사실 때문이었을까. 그녀는 상기되어 중얼거렸다.

"우산이 없어요."

"아무것도 없어? 망가진 비닐우산이라도?"

"없어요. 비가 오면 나갈 필요가 없었거든요."

그는 잘된 일이라고 생각했다. 그녀가 우산이 없어 떠날 수 없다고 말한다면 그냥 내버려두고 혼자서 가리라. ……그러나 생각과는 달리 그는 엉뚱한 소리를 하고 있었다.

"내가 나가서 구해보지."

신문지 몇 장을 덮어쓰고 그는 유리문 밖으로 나섰다. 쏟아지는 비 때문이었을까, 거리는 한결 차가워져 있었다. 한기가 두터운 외투처럼 온몸을 휘감았다. 비에 젖은 손과 얼굴은 금세 감각을 잃어버렸다. 그는 멀리 드문드문 보이는 불빛들을 향해 달렸다. 우산을 구하는 것은 그런데 쉬운 일이 아니었다. 시골 마을이었고, 게다가 비까지 쏟아지는 탓이었는지, 가게들은 대부분 문을 닫은 상태였다. 결국 그는 버스정류장 부근까지 달려가서야 비닐우산 두 개를 구할 수 있었다. 우산을 판 상점주인은 마침내 그날 업무에 마침표를 찍었다는 듯 함석 문짝을 옮기기 시작했다.

정류장에는 버스 한 대가 회색 연기를 내뿜으며 서 있었다. 기사는 운전석에 앉아 박카스 드링크를 마셨다. 한쪽 손엔 드링크병을 들고 또 한쪽 손엔 담배를 들고. 문득 그녀의 부친이라는 양반이 생각났다. 그 남자도 저렇게 드링크를 마셔댔겠지. 그러면서 차를 몰았고 포카판에서 카드패를 받았겠지. 저 버스기사도 오늘 운행이 끝나면 도박판으로 어슬렁어슬렁 기어들어갈까. 전곡으로, 혹은 의정부로. 더 큰 도시로 삶을 옮긴다는 건 결국 더 크고 험악한 도박판으로 기어들어간다는 얘기가 아니었을까. 이길 확률이 그만큼 작아지는.

비디오 가게로 돌아가는 길 중간쯤에서 그는 커다란 쓰레기통을 보았다. 그는 두 개의 우산을 모두 그 속으로 쑤셔넣어버렸다.

"맙소사!"

비에 젖어 얼어붙은 그를 보고 비디오걸은 어쩔 줄 몰라했다. 그가 자신의 모습을 거울로 보았더라도 마찬가지일 것이었다.

그녀는 내실로 쫓아들어가 수건을 한 뭉치 가져왔다. 그는 우선 얼굴을 닦았다.

"우산을 구하지 못했어. 가게들이 모두 문을 닫았더군."

"이젠 다시 감기약을 구하러 나가야겠군요."

그녀는 그의 외투를 벗겼다. 그는 수건으로 머리카락과 목덜미를 닦았고 그녀는 그의 외투를 난로 위에 걸었다. 물방울들이 난로 뚜껑에 떨어지며 지직거렸다.

"세상에. 마을을 열 바퀴쯤 돌았나보군요. 바지도 다 젖지 않았어요? 구두랑 양말도?"

"괜찮아. 보기보단 양호해."

"그렇겠죠. 지금 아저씬 얼어죽은 송장처럼 보이니까. 모두 벗으세요. 담요를 갖다 드릴게요."

그녀는 정말 담요를 가지러 내실로 들어가려 했다. 그는 그녀를 만류하며 난로 곁에 앉았다.

"그럴 필요 없어. 여기 이렇게 앉아 있으면 한 시간이면 뽀송뽀송해질 거야."

그가 시간이라는 말을 내뱉자 그녀는 생각난 듯 벽시계를 보았다. 이미 시간은 열시에서 오 분 가량 지나가고 있었다.

"버스가 떠났겠군요."

"참, 그랬겠군. ……미안해."

"비가 내린 게 어디 아저씨 탓인가요. 할 수 없죠. 내일 새벽 첫차를 타야죠. 그런데 정말 괜찮으시겠어요?"

마지막 버스를 놓쳤다는 사실에 대해 그녀는 크게 실망하는 모습은 아니었다.

"괜찮고말고. 하지만 뜨거운 걸 마시면 좀더 빨리 좋아질 것 같은데."

"뜨거운 거라구요? ……알았어요."

그는 뜨거운 차를 얘기한 것이었다. 커피라든가 다른 어떤 종류의 차라도. 그녀가 내실에서 가져나온 것은 그런데 포도주병이었다. 그녀는 그걸 건네주고 빙그레 웃었다.

"이 정도면 충분히 뜨겁겠어요?"

병은 아직 개봉되지 않은 것이었다. 그는 마개를 열고 한 모금 마셨다. 뜨거운 기운이 아랫배로 퍼지면서 환각 같은 느낌이 잠시 그의 몸을 떨게 했다. 내장의 뜨거움과 겨울비에 젖은 피부의 차가움이 서로 부딪쳐 총격전이라도 벌이는 느낌이었다. 다시 한 모금을 마시자 숨쉬기가 조금 편안해졌다.

"술을 마시나?"

"아뇨. 몇 달 전 어떤 군인이 제대한다면서 주고 갔어요. 전잘 모르는 사람이었는데…… 필요없는 물건이어서 버릴까 했었어요. 아저씨가 마시게 되어 기뻐요."

그녀는 소파를 난로가로 끌어왔다. 그를 비스듬히 마주 보며 앉았다.

"아저씨도 누군가를 붙잡고 불평불만을 늘어놓는 경우가 있나요?"

"무슨 소리야?"

"그냥 묻는 거예요. 그런 경우가 있나요?"

"글쎄. 잘 모르겠어."

"좀처럼 없을 거예요. 그렇죠?"

"그렇게 단단해 보여?"

"그게 아니구요, 불평이나 불만 따윌 가지려면 동경이 있어야 하잖아요. 적어도 희망사항이라도요. 그런데 아저씬 그런 게 전혀 없는 사람 같아요. 그냥 세상에는 조금도 새로울 게 없다는 걸 확인하기 위해서 하루하루를 살아가는 사람 같거든요."

"영혼이 죽었다는 얘기군."

"그럴지도 모르죠."

그는 가슴 주머니에서 담배를 꺼내었다. 담배는 말끔히 젖어 있었다. 그녀가 내실에서 새 담배 한 갑을 꺼내어왔고, 그들은 두 개의 담배에 불을 붙였다. 그는 젖은 담배들을 석유난로 가장자리에 한 개비 한 개비 늘어놓았다.

"영혼이 죽지 않은 사람들은 어떻게 살지?"

그녀는 기다랗게 연기를 내뿜었다. 연기는 난로 위에서 폭포수를 촬영한 필름을 거꾸로 돌렸을 때처럼 밀려 올라갔다.

"전 무료할 때면 우두커니 앉아 한 가지 사물을 지켜봐요. 아주 오랫동안. 책상 위의 전화기라든가 세면장의 비누라든가 아니면 선반에 꽂힌 비디오테이프 케이스라두요. 그러면서, 기다려요……"

"무얼?"

"시간의 단절을요."

"시간의 단절을?"

"네. 시간의 단절을요. 어느 순간 그 사물이 움직여져 있기를 기대하는 거예요. 아주 조금이라도…… 그럼 우린 그 순간 우리가 알지 못하는 시간의 정지가 있었음을 알 수 있잖아요. 그 정지와는 무관한 누군가가 와서 주변의 물건들을 흩뜨렸다가 다시 제자리로 돌려놓고 가는 거죠. 하지만 이따금 원상태로의 복원은 아주 완전하지는 못해서 약간의 흔적이 남겨지는 거예요."

"이상한 나라의 앨리스 같은 얘기군."

"전 그걸 경험한 적이 있어요. 일곱 살 때였는데, 엄마랑 목욕탕엘 갔었어요. 엄마가 머리를 감기고 세수를 시켜주었죠. 세수를 마칠 즈음 갑자기 아주 이상한 느낌이 찾아왔어요. 주변의 모든 것들이 정지해버린 듯한 느낌이. 그건 잠깐 만에 사라졌지만 그때 전 바로 코앞에 놓여 있던 비누가 한 뼘쯤 옆으로 옮겨져 있는 걸 보았어요.”

“어머니가 들었다 놓은 거겠지. 물에 밀렸거나.”

“그렇지 않아요. 그건 순수하게 초자연적인 이동이었어요. 그때 전 벌써 일곱 살이었다구요.”

그는 담배연기를 들이마셨다.

“아무튼 그래서? 그런 시간의 단절이 실제로 존재한다면 뭐가 달라지지?”

“희망이 생기는 거죠. 어느 순간 제가 다른 사람이 되어 다른 곳으로 옮겨가 있을 수도 있고, 제 삶이 아닌 다른 삶의 주인이 되어 있을 수도 있고, 저 가방은 초라한 시골 비디오 가게를 떠나 서울의 커다란 저택에 놓여져 있을 수도 있구요. ……너무 엉뚱한 소리들이죠. 아까 보던 비디오나 마저 보실래요?”

“그래. 그게 좋겠군.”

“지루하면 다른 걸 봐도 돼요. 스티븐 시걸이나 성룡 같은 것요.”

“아니야. 그걸 마저 보지.”

그녀는 다시 테이프를 돌렸다.

이번 화면은 한 아리따운 여인의 샤워로부터 시작되었다. 욕실 창유리 너머로 떨어지는 물줄기, 여인의 살색 곡선, 일렁임. 그리고는 다시 길고 지루하고 숨통을 조여오는 시간이 이어졌다. 화면, 목소리, 음악 등등 그 테이프가 제공하는 모든 것들은 하나의 끈적한 그물망이 되어 그를 조여들었다. 그는 달아날 곳이 없다는 것을 알고 있었고 그래서 그 속에서 시간을 잊고 정지해버렸다. 아주 오랜 시간이 지난 후, 이번에도 화면은 총성과 죽음과 비와 함께 아스라해졌다. 집시풍 음악으로 흐느끼면서.

그녀가 말했다.

"얘기해봐요. 아저씨는 왜 갑자기 옛고향을 찾아온 거예요?"

"고향이 아니야."

"어쨌건요."

그는 포도주를 한 모금 마셨다. 아직 척척하긴 했지만 몸은 많이 따뜻해져 있었다. 그는 그녀에게 병을 내밀었다. 그녀는 잠시 망설이는 듯했지만 병을 받아들었고 제법 긴 호흡으로 마셨다. 눈살을 찌푸리며 입술을 떼더니 그에게 돌려주었다.

"이딴 걸 왜 마시죠?"

"사람을 죽였어."

"정말이에요?"

그녀는 놀라는 표정은 아니었다. 재미있는 얘기가 시작되었다는 듯 눈빛을 반짝였을 뿐.

"아저씨도 총을 쏘았어요?"

"난 사채업자와 손잡고 일하고 있어. 말하자면 고리대금업이지. 그 사람이 돈을 빌려주면 난 이자와 원금을 받아내는 일을 맡는 거야."

"쉬운 일은 아니겠군요."

"그래. 쉬운 일이 아니야. 빌려간 사람들은 속 썩이지 않고 갚으면 손해보는 일인 줄들 알고 있으니까. 할 수 없이 아이들도 풀게 되고 차압에 들어가 경매에도 넘기게 되고 그러지. ……그런데 얼마 전 한 중소기업의 여사장이 부도를 냈어. 비교적 양식이 있는 사람 같아서 난 아이들은 풀지 않고 조용히 찾아갔어. 여자는 사정을 하더군. 한 달만 기한을 달라. 한 달이 지나서

274

찾아갔더니 또 한 달을 요구했어. 그리고는 행방을 감춰버렸어."

"그래서요?"

"그 여잘 뒤쫓는 빚쟁이들이 제법 많았던 모양이야. 전국 방방곡곡으로 그녀가 도피중이며 수많은 사람들이 그녀를 쫓아다닌다는 이야기가 들려왔어. 하지만 난 그 대열에 합류하지 않고 그녀의 서울 아파트를 지켰어. 집에는 아이들이 남겨져 있었고, 그녀는 언젠가 아이들을 보러 몰래 숨어들 거라고 짐작했거든."

"짐작이 맞았군요."

그는 고개를 끄덕였다.

"며칠 전 새벽 여사장의 아파트를 감시하던 부하직원이 전화를 걸었어. 그녀가 들어왔다는 거야. 아마 두시쯤 되었을 거야. 난 그곳으로 달려가 조용히 벨을 눌렀어. 아이가 나오길래 엄마를 만나러 왔다고 말했지. 거기 있는 걸 알고 있다고. 그랬더니 그녀가 나타났어. 그녀는 옷을 갈아입겠으니 잠시만 기다려달랬어. 그리고 문을 닫았는데, 잠시 후 비명소리가 들린 거야."

"자살인가요?"

"확실히는 모르겠어. 아이 말로는 엄마가 베란다를 통해서 옆집으로 넘어가려 했었대."

"그랬었군요. ……그런데 그 여자 빚이 모두 얼마나 되었어요?"

"그건 나도 몰라. 우리한테만 이삼억 되었으니까."

"한땐 굉장히 잘살았겠군요."

"그럴 테지."

그녀의 얼굴이 빨갛게 물들고 있었다.

"정말 술을 못 하는군."

"너무 더워서 그래요. 조금 있으면 괜찮아질 거예요."

그녀는 아니라고 우겼지만 술기운이 번지는 게 역력했다. 그
녀는 눈을 힘겹게 껌벅였고 어깨를 소파 등받이 깊숙이 묻었다.

"갑자기 더워졌어요. 조금 있으면 괜찮겠죠. ……그런데 지금
몇 시나 되었죠? 차시간은 멀었나요?"

"아직 멀었어. 이제 겨우 한시야."

"첫차는 여섯시에 있어요. 제가 잠들더라도 혼자 가버리진 않
겠죠."

"물론이지. 두들겨 깨울 거야. 걱정 말고 푹 자."

"잠들지는 않을 거예요. 일곱 살 이후로 전 한번도 잠들어본
적이 없거든요. ……여사장은 잊어버리세요. 어쩌겠어요. 우리
아버지 같은 사람도 있었는데……"

그녀는 그렇게 중얼거리며 잠들었다.

혼자 남겨진 그는 무슨 일을 해야 할지 알 수 없었다. 거리에
는 여전히 비가 내리고 있었다. 비디오테이프들이 빼곡히 꽂힌
진열대 앞을 서성거리다가 그는 스티븐 시걸의 영화 한 편을 집
어들었다. 그녀의 수면을 방해하지 않도록 소리를 완전히 죽이
고 비디오를 재생시켰다. 특별히 재미있는 영화는 아니었다. 오
히려 어디선가 몇 번쯤 본 듯한 내용이었다. 그러나 달리 할 일
이 없었던 그는 끈기있게 화면을 지켜보았다.

이윽고 영화가 끝났고 화면은 먹통으로 변했다. 그 모든 일들
이 아무런 소리도 없이 진행된다는 사실이 약간은 그의 무료함
을 달래주었다. 그러다가 그는 그녀를 보았다. 그녀는 여전히 깊
은 잠에 빠져 있었다. 소파 등받이에 깊숙이 어깨를 묻고서. 그
녀는 이상한 나라의 엘리스처럼 투명하고 순수해 보였다. 그녀
의 말이 다시 그의 귓가에서 소곤거려졌다. 무료할 때면 전 우

두커니 앉아 한 가지 사물을 지켜봐요. 책상 위의 전화기라든가 세면장의 비누라든가 아니면 선반에 꽂힌 비디오테이프 케이스라두요. 그러면서, 기다려요. 시간의 단절을요. ……그럼 우린 그 순간 우리가 알지 못하는 시간의 정지가 있었음을 깨닫게 되는 거예요. ……그는 오래도록 그녀를 지켜보았다. 아주 오래도록. 그래서 그가 알지 못하는 시간의 단절이 발생하고, 그녀가 어딘가로 사라져버리기를 기원했다. 그녀가 그토록 원하는 서울의 어느 부잣집으로라든가. 그러나 결국 그런 일은 일어나지 않았다.

새벽 첫차 시간이 되었을 때까지도 그녀는 잠들어 있었다. 일곱 살 어린아이처럼 평화로운 얼굴로.

그는 조용조용히 돌아갈 준비를 했다. 먼저 그녀의 커다란 가방을 들어서 내실로 옮겼다. 그 가방에 원래 놓여 있었을 자리를 찾는 일은 어렵지 않았다. 바닥에는 가방 크기만큼 색이 바랜 부분이 있었으니까. 그는 또 술병과 잔을 치웠고, 의자를 정돈하여 그가 머물렀던 모든 흔적을 지웠다. 의자가 움직이며 얼핏 소리를 내었을 때 그녀가 몸을 뒤척였다. 그러나 그뿐, 그녀는 깨어나지 않았다. 마지막으로 석유난로 위에 늘어두었던 담배를 담뱃갑에 챙겨넣고, 그는 밖으로 나왔다. 비는 말끔히 개어 있었지만 하늘엔 아직 별이 보이지 않았다.

젖은 땅을 조심스럽게 밟으며 그는 버스정류장으로 향했다. 날이 밝으려면 아직도 긴 시간을 기다려야 할 것이었다.

족자카르타의 베착

인도네시아는 무척 아름다운 나라다. 커다란 섬들의 여기저기로는 하늘을 지워버릴 듯한 열대림이 있고 끝없이 이어지는 모래해변이 있다. 그리고 그 곳곳으로는 자연을 사랑하는 이들의 낭만이 모여들었다 흩어지곤 한다. 해변에서, 혹은 기차역에서 마주치는 사람들은 한결같이 친절하다. 고향집 어딘가에 두고 온 누이나 조카들처럼, 그들은 스스럼없이 따뜻한 마음씨를 열어 보여준다. 마음이 따뜻하지 못한 사람들은 스스로에 대한 부끄러움으로라도 그들의 사랑을 배우고자 애쓰게 된다. 한 가지 아쉬운 점이라면 그처럼 아름다운 이들의 삶이 안쓰러운 가난의 굴레에 묶여 있다는 사실을 들어야 할까.

아내와 내가 족자카르타에 도착한 것은 해가 발갛게 기울어

278

가던 유월의 어느 늦은 오후였다. 자바 섬을 여행하기 시작한 지 꼭 이 주일째가 되던 날이었다. 자카르타를 출발하여 우리는 반둥과 팡간다란을 거치면서 동진하고 있었다. 자바 섬의 동단에 이르면 배를 타고 살짝 발리 섬으로 건너가는 것이 우리의 계획이었던 것이다.

기차역을 벗어나자마자 우리는 예상했던, 그러나 원치 않았던 일군의 환영객들과 맞닥뜨려야 했다. 베착을 모는 사람들이었다. (인도에서는 릭샤라 하고 인도네시아에서는 베착이라고 하는 이것은 일종의 대중 교통 수단이다. 자전거의 앞이나 뒤에 작은 수레 같은 것을 연결하여 두 사람이 앉을 만한 자리를 만들어두고는 손님을 싣는다. 과히 멀지 않은 거리를 오가거나 관광 등의 목적을 위해서는 그야말로 안성맞춤인 탈것이다.) 적도의 태양 아래서 하루 종일 베착 페달들을 밟는 까닭인지 그들은 하나같이 검게 탄 피부를 갖고 있었다. 거기에다 쉴새없이 흐르는 땀은 그들의 피부를 윤이 나서 반들거리게 했다.

이렇게 얘기하면 이 글을 읽는 사람들은 그들이 무척 건강하고 탄탄한 육체를 가진 것으로 생각하기 쉬우리라. 그러나 사실은 정반대였다. 지나치게 많은 운동량에 비해서 먹는 음식은 참으로 보잘것없었으므로 그들은 대체로 꼬챙이 같은 팔다리에 탈진한 몸을 갖고 있었던 것이다. 그래서 때로는 그들이 힘껏 페달을 젓는 베착 위에 편안히 걸터앉는다는 것이 미안하기까지 할 지경이었다.

그런 느낌은 그러나 우리의 것이었을 뿐, 그들 베착꾼들은 손님을 끌기 위해서 몹시 열심들이었다. 단 한 사람이라도 더 손님을 받기 위해 서로 얼굴을 들이밀며 자기가 모는 베착을 가리켰다. 새 거다, 튼튼하다, 싸게 해주겠다, 아주 좋은 게스트하우

스를 알고 있다, 값도 무척 싸고 주인도 친절하다, 만디(화장실)
도 깨끗한 곳이다……

그 저녁에 아내와 나는 베착을 사용할 일이 없었다. 기차 속
에서 우리는 이미 우리가 묵을 곳을 결정해두었었고 그 여관은
기차역으로부터 겨우 세 블록 정도 떨어진 곳에 위치해 있었다.
무거운 배낭을 메고서도 충분히 걸어갈 수 있는 거리였던 것이
다. 열심히 따라붙는 그들에게 우리는 반쯤은 무감각해진 표정
으로 고개를 저어주어야 했다. 오늘은 베착이 필요하지 않다, 우
리가 묵을 숙소는 아주 가까운 곳이다.

반 블록 남짓을 걷는 사이 그들은 대부분 기차역으로 돌아갔
다. 포기할 손님은 빨리 포기하고 다른 손님들을 찾기 위해서였
다. 그런데 그들 중 한 명은 무척 끈질기게 우리를 따라왔다. 별
로 성가시게 굴지도 않으면서 그저 터벅터벅, 베착을 끌며 따라
왔다. 혹시 그가 소용없는 기대라도 갖고 있을까봐 아내는 다시
한번 이야기해주었다. 오늘 우리는 베착을 쓸 일이 없다, 그러니
까 빨리 다른 손님을 찾아보도록 해라. 무슨 이야긴지를 알아들
었을 게 분명한데도 그는 여전히 우리를 따라 걸으며 빙그레 미
소를 지었다. 그제서야 찬찬히 그를 살펴보니, 그는 제법 나이가
많이 든 중년의 남자였다. 언뜻 보기에도 쉰은 넘었을 성싶은.
그리고 그의 팔과 다리는 어느 누구보다도 가늘고 위태로워 보
였다.

우리가 정한 숙소 앞에 도착해서야 그는 처음으로 우리에게
말을 건넸다.

"저녁식사 후에 시내를 한 바퀴 둘러보지 않겠습니까. 야경이
참 아름다운데요."

행여 아내가 다른 소리라도 할까봐 나는 서둘러 말했다.

"아닙니다. 오늘은 피곤해서 일찍 쉬어야겠습니다. 고맙습니다."

내 대답에 그는 다시 말을 덧붙이지 않고 고개를 숙여 인사했다.

"그럼 편히 쉬십시오."

저녁식사를 하고 간단히 짐정리를 하는 동안 내 머릿속에서는 이상하게도 그 남자의 모습이 떠다니고 있었다. 친절한, 그러나 너무 허약하게만 보이는 그 남자의 모습이. 그의 모습을 지우려 애쓰며 나는 혼자 속으로 이런 말을 하고 있었다. 설사 베착을 탈 일이 있더라도 그의 손님이 되지는 않을 거야. 그런 몸매의 남자에게 중노동을 맡기고 어떻게 편안히 거리를 구경할 수 있겠어.

물론 우리는 곧바로 잠자리에 들지는 않았다. 그러기에는 말리오보로 거리의 유혹이 너무 강렬했다. 뚜구 기차역으로부터 브링하르조 시장까지 이어지는 그 거리에는 갖가지 종류의 상점들이 줄지어 늘어서 있었다. 그러나 그 거리를 둘러보기 위해서 베착이 필요한 것은 아니었다. 천천히 걸어도 십오 분이면 한 바퀴를 돌아볼 수 있을 정도의 거리였다. 물건들을 구경하기 시작한다면 열다섯 시간도 부족할 거리였지만.

수예로 수를 놓은 갖가지 종류의 천, 그림들, 금과 은으로 장식된 각종 장신구들, 전통양식인 바틱 공법으로 염색된 아름다운 살론, 닭고기와 양고기를 꼬챙이에 끼워 구운 먹음직스러운 사떼, 버터를 발라 구운 옥수수, 자바 섬의 아름다운 자연이나 코란을 새겨넣은 나무장식들…… 그 많은 유혹들의 열병식장에서 아내는 끊임없이 비명을 질러대었다. 너무 많은 호사스러움들이 너무 싼 가격에 진열되어 있는 사실에 대한 경탄이었다.

그녀는 나를 쉴새없이 이쪽저쪽으로 끌고 다녔다. 그러다가 거리의 어느 한 모퉁이에서는 오래도록 움직일 줄을 몰랐다. 그곳에서는 한 소년이 털이 온통 새까만 원숭이 한 마리를 팔려고 하고 있었다. 자신이 직접 정글로 들어가서 잡아왔다는 그 원숭이를 소년은 천 루피아에 팔고 싶어했다. 천 루피아라면 우리 돈으로는 고작 사백 원이었다. 맙소사, 원숭이 한 마리의 가격이 고작 사백 원이라니! 그 대목에서는 나도 고개를 젓지 않을 수 없었다. 비행기에 실을 수만 있었다면 아내는 아마 분명히 그 원숭이를 샀을 것이었다.

이튿날 우리는 아침부터 마음이 바빴다. 족자카르타에 우리가 할당한 시간은 겨우 사흘이었지만 돌아보아야 할 곳은 너무 많았던 것이다. 인도네시아에서 가장 웅장한 것으로 알려진 보로부두르 사원을 비롯하여 그 길목에 있다는 므라피 산, 가장 화려한 라마야나 공연을 야외무대에서 연출한다는 프람바난 사원 등등. 게다가 족자카르타에는 빼놓지 말아야 할 아름다운 옛 건물들이 무척 많이 있었다. 자카르타가 수도로 되기 전까지 자바 섬의 수도였던 까닭에 여러 곳에 아름다운 왕궁과 옛 건물들이 흩어져 있었다.

아침식사를 마치고 숙소를 나서니 다시 여러 명의 베착꾼들이 모여들었다. 나는 그들 중의 한 명과 흥정을 해서 가격을 정해야겠다고 생각하고 있었다. 그날의 목표는 우선 시내관광에 있었으므로 베착이 필요했다. 그런데 그 얼굴들 중에는 전날 밤의 예의바른 남자도 섞여 있었다. 이디오피아에서 전송되어온 사진보다 아주 조금 나을까 말까 싶은 몸매를 가진.

나는 무슨 까닭인지 자꾸 그의 얼굴을 피하려고 했다. 그러나 아내는 그의 인상이 나쁘지 않았던지 그쪽으로 내 팔을 끌었다.

그리고 우리는 결국 그의 베착 위에 올라앉게 되었다. 내 표정이 마음에 걸렸던지 아내는 이렇게 물었다.

"이 사람이 마음에 안 들어요?"

"그게 아니라……"

"무슨 얘길 하려는지 알아요. 하지만 지금 이 사람에게 가장 필요한 건 손님이에요. 그렇지 않아요?"

할말이 없어 나는 입을 다물어야 했다.

"어디로 모실까요, 선생님."

남자는 제법 활기찬 목소리로 물었다. 손님을 얻었다는 사실이 그를 무척 기쁘게 만들어준 모양이었다. 대답하는 아내의 목소리도 상냥했다.

"시내를 좀 돌아보고 싶어요. 크라톤이랑 타만사리를 돌아보구요, 그리고 오후에는 바틱 그림들을 구경하고 싶어요."

"그럼 먼저 크라톤부터 가보도록 할까요?"

"그래 주세요."

"알겠습니다. 정말 아름다운 곳이죠."

남자는 페달을 밟으며 베착을 움직이기 시작했다. 온갖 종류의 탈것들이 줄지어 움직이고 있는 말리오보로 거리를 그는 요령 좋게 누비며 빠져나갔다. 가늘기 짝이 없는 팔다리에서 어떻게 저런 힘이 나올까 싶을 지경이었다. 하지만 잠시 후부터 그의 몸에서는 굵은 땀방울들이 흘러내렸다.

"이 고장 사람들은 모두 너무 친절한 것 같아요."

아내는 여행하는 곳마다 그 고장의 원주민들과 이야기하기를 좋아했다. 그리고 이상하게도 그들은 쉽게 아내와 친구가 되었다.

"그래요. 사람들이 친절한 곳이죠."

"이곳 족자카르타 태생이세요?"

"아니에요. 바랑트리티스라고 아세요?"

"네, 알아요. 여기서 남쪽으로 조금 내려가면 있죠."

"잘 아시는군요. 거기서 서쪽으로 조금만 더 가면 제가 태어난 마을이 있어요."

아내는 고개를 끄덕였다.

"바닷가 마을이겠군요."

"가난한 어촌이죠. 배도 몇 척 없고, 모두 너무 가난해요."

"하지만 아름답겠죠?"

"물론이죠. 아름답기는 말할 나위가 없죠……"

아내는 마술사처럼 그들 삶의 비밀을 이끌어내었다. 그녀는 남자에게 가족관계에 대해서 물었고 그는 자신이 12년 전에 결혼을 했으며 아들과 딸을 각각 하나씩 두고 있다고 말했다. 하지만 그들은 그와 함께 있지는 않았다. 고향마을에 아내와 함께 살고 있었으며 그는 일주일에 한 차례씩 그들을 방문할 뿐이었다. 때로는 이 주일이나 삼 주일에 한 차례씩. 그들을 모두 데려온다거나 더 자주 방문하는 일은 생각지도 못할 것이었다. 비용이 너무 많이 들기 때문이었다.

크라톤에서는 많은 시간을 보내지는 않았다. 들었던 대로 그것은 크고 웅장한 왕궁이었다. 많은 시종들이 아직도 그곳을 지키고 있었고 넓은 대청에서는 악사들이 음악을 연주했다. 하지만 그 모습은 말레이시아에서 보았던 다른 궁전들과 크게 다르지 않았다.

우리의 다음 행선지는 타만사리였다. 타만사리는 그들 말로 '물의 궁전'이라는 뜻이었는데 크라톤에서 과히 멀지 않았으므로 산드라는 땀을 많이 흘릴 필요는 없었다. 산드라는 크라톤에

284

서 아내가 내게 가르쳐준 그 남자의 이름이었다.

"여긴 아주 재미있는 곳이에요. 괜찮으시다면 제가 안내해드려도 좋겠는데요."

"베착을 여기다 세워두는 건 괜찮을까요?"

모든 왕궁과 유적지는 베착의 출입을 통제했다. 그래서 입구 밖에다 세워두어야 했는데 나는 혹시 누군가가 그의 베착을 가져가지나 않을까 걱정이 되어 그렇게 물어보았다. 그는 빙그레 미소를 지으며 괜찮다고 말했다. 그가 우리를 안내하겠다는 제의는 무척 고마운 것이었다. 대부분의 베착꾼들은 목적지에 도착하면 그늘로 들어가 담배를 피워물기 바빴던 것이다. 그가 휴식해야 할 시간을 우리에게 할애하는 것 같아 내키지 않았지만 어쨌든 우리는 함께 물의 궁전이라는 타만사리로 들어갔다.

그가 얘기한 대로 그곳은 무척 재미있는 곳이었다. 사람들이 비밀리에 모여 집회를 갖곤 했다는 지하구조물도 있었고 힌두교의 삼 대신인 브라마, 비즈누, 시바를 모신 신전도 있었다. 또 그곳은 크라톤과는 달리 건물들이 오랫동안 방치되어 폐허화되어 있었는데 그 덕분에 한결 고풍스러운 분위기가 연출되고 있었다. 나는 사방으로 카메라를 들이대고 셔터를 누르느라 분주해야 했다.

"저건 뭐죠? 꼭 수영장 같군요."

높은 담에 둘러싸인 넓은 마당에 이르렀을 때 아내가 산드라에게 물었다. 그 마당에는 아내 말처럼 수영장 비슷한 것이 몇 곳 있었다. 꽤 큼직한 것이 두 개, 자그마한 것이 하나, 그리고 그 중앙에는 이층 높이의 누각이 있었다. 산드라는 빙그레 웃었다.

"옛날 왕에게는 부인이 아주 여러 명이 있었어요. 백 명이 넘을 때도 있었어요. 그 여자들이 매일 이곳으로 와서 목욕을 했답니다. 그러면 왕은 저기 누각으로 올라가서 내려다보고는 그날 밤 그를 수청들 부인을 고르는 거죠."

"저런……"

아내는 눈살을 찌푸리고는 할말을 찾지 못했다.

"하지만 실질적인 결정권은 왕보다 오히려 내시에게 있었어요. 국사를 보느라 바쁜 왕이 여자들의 얼굴을 기억할 수는 없는 노릇이었거든요. 그래서 왕이 고른 여자가 나중에는 내시에 의해 다른 여자로 둔갑하는 경우도 많았대요. 여자들은 내시에게 잘 보이려고 온갖 짓을 다 하구요. 하하하."

그의 장난기 어린 웃음이 재미있어 나는 따라 웃었다. 그의 영어는 우리가 충분히 알아들을 만했다. 비록 이따금씩 모르는 말을 찾기 위해서 자신의 수첩을 들척이긴 했지만.

타만사리를 나온 다음 그가 우리의 다음 행선지를 물었다. 아내와 나는 이제 점심식사를 하리라 마음먹고 있었다. 식사를 하고 싶다는 말에 그는 우리가 정해둔 식당이 있는지를 물었다. 나는 그에게 싸고 맛있는 식당이 있으면 안내해줄 수 있겠느냐고 되물었다. 그런데 그건 내가 좀처럼 하지 않는 일이었다. 베착꾼들에게 식당이나 쇼핑가게를 안내받는다면 바가지요금을 뒤집어쓰기가 십중팔구였기 때문이었다. 하지만 어쩐지 산드라는 믿어도 좋을 성싶은 생각이 들어서 나는 상당히 느슨해져 있었다. 그는 고개를 끄덕이고는 오 분쯤을 달려 어느 식당 앞에 베착을 세웠다.

"아얌고랭(닭튀김)이 아주 맛있는 집입니다. 마음에 들지 않으면 다른 곳으로 가죠."

"아뇨. 냄새가 아주 구수하군요."

286

베착에서 내린 나는 그에게 함께 들어가 식사를 하자고 권했다. 그것은 진심이었다. 지난번에 한 차례 식사와 베착꾼과 더불어 좋지 못한 기억을 가진 이후로 나는 가능하면 그들의 식사를 먼저 챙기고 있었던 것이다. 하지만 그는 단호히 거절하고는 삼십 분 후에 돌아오겠다며 베착을 몰고 가버렸다. 식당으로 먼저 들어가 있던 아내는 그와 함께 들어오지 못한 나를 무척 나무랐다.

그가 얘기한 대로 닭튀김은 아주 맛이 좋았다. 그리고 삼십 분 후에 그는 약속대로 돌아와서 다음 행선지로 우리를 실어 날랐다.

그와 함께 있는 시간들은 참으로 유쾌했다. 그는 늘 미소를 짓고 있었고 무언가를 우리에게 설명해주려 했다. 그러면서도 절도를 지켰다. 그가 온몸에서 팥죽처럼 땀을 흘리지만 않았더라면 그 시간들은 훨씬 더 즐거웠을 것이었다.

바틱 그림가게들을 둘러보느라 두어 시간을 보낸 다음 또 다른 가게들이 있는 거리로 옮겨가는 사이, 아내는 그에게 비스킷 한 봉지와 귤 두 개를 주었다. 그가 점심을 어떻게 해결했는지가 걱정이 되었던 그녀가 몰래 준비한 것이었다. 산드라는 고맙다고 고개를 끄덕이며 그것들을 받았다. 그러나 그 모두를 자신의 의자 아래에 챙겨넣을 뿐 먹을 생각을 하지 않았다. 비스켓이야 그렇다 치더라도 귤은 당장 먹고 싶을 텐데. 이처럼 땀이 흐르는 시간에는…… 아내는 귤 하나를 까서는 내게 건네주며 산드라에게도 어서 먹으라고 손짓을 했다. 그러자 그가 또 예의 그 미소를 머금으며 말했다.

"오는 주말에는 시골집을 꼭 방문할 거예요. 벌써 두 주일 동안 못 가봤거든요."

나는 내심 고개를 끄덕여야 했다. 그는 자신도 무척 먹고 싶었을 테지만 아이들에게 가져다주려고 아끼고 있었던 것이다. 그 말을 들은 아내는 또 하나의 귤을, 이번에는 껍질을 벗겨서 그에게 건네주었다. 그것을 받아들고서야 산드라는 겸연쩍은 미소를 짓더니 자신의 입으로 가져갔다.

"아이들이 무척 보고 싶겠네요."

아내의 말에 그는 연신 고개를 끄덕였다.

"얼마나 보고 싶은지 몰라요. 늘 눈가에 어른거린답니다."

"언제부터 족자카르타에서 베착을 모셨어요?"

"십일 년 되었어요. 아내가 첫아이를 가졌다는 걸 알았을 때부터였죠."

"그랬었군요……"

아내는 가슴이 아팠는지 이야기를 돌렸다.

"이 베착은 언제 장만하신 거예요. 아주 깨끗한데요?"

"이건 제 것이 아니에요. 족자카르타 시내에 자기 것 가지고 장사하는 사람이 몇 되지 않아요. 베착을 대여해주는 큰 회사가 있는데 거기 가서 돈을 주고 빌리는 거죠. 이게 제 거라면 더 바랄 나위가 없게요."

다 찌그러져가는 자전거수레 하나를 갖는다면 더 바랄 나위가 없다니. 아내의 화제전환은 별로 성공적이지 못한 모양이었다.

저녁시간이 가까워 우리는 그의 베착을 한 커다란 레스토랑 앞에 세우게 했다. 저녁식사와 더불어 와양 그림자 인형 공연을 하는 곳이었다. 지난 두 주일 동안 버스와 만원기차에 시달리며 검소한 여행을 했던 우리 부부는 모처럼 기분을 내기로 작정하고 있었던 것이다.

레스토랑으로 들어가기에 앞서 나는 산드라에게 그날의 운임을 지불해주었다. 애당초 약속한 금액에다 적지 않은 보너스를 얹어서. 하지만 그것은 그가 우리에게 보여준 친절함에 비한다면 결코 큰 금액이 아니었으므로 나는 조금도 아쉽지 않았다. 오히려 기쁜 마음이었다. 산드라도 그 돈을 받고는 흡족했는지 고개를 꾸벅이며 고맙다는 말을 계속했다. 그러더니 그가 말했다.

"인형극이 끝나는 건 보통 두 시간쯤 걸리죠. 그때 다시 와서 숙소로 모셔다드리고 싶은데요."

나는 그가 다른 일이 없다면 그렇게 해도 좋겠다고 말해주었다. 그러나 만약 다른 손님을 만나서 바쁘게 된다면 신경쓰지 말라고. 알아서 돌아가겠노라고.

손을 흔들며 그가 떠나고 식당으로 들어간 지 십 분이 지나지 않아서 나는 그러나 아주 당혹스런 상황에 빠지고 말았다. 내가 늘 지니고 다니던 손가방을 산드라의 베착에 두고 내린 사실을 깨달은 것이었다. 허리춤의 전대를 열어 그에게 운임을 지불하느라 잠시 한눈을 팔다가 가방은 까맣게 잊어버린 모양이었다. 그 가방 속에는 몇 가지 중요한 물건들이 들어 있었다. 불과 한 달 전에 싱가포르에서 산 카메라가 있었고 지난 두 주일 동안 자카르타와 반둥, 팡간다란 등지에서 찍은 필름 두 통이 들어 있었다. 카메라보다도 오히려 그 필름들이 더 중요했다. 게다가 그 가방 속에는 지난 몇 달 동안 언제나 나를 떠나지 않았던 수첩이 함께 있었다. 동남아시아의 각 나라들을 여행한 기록이 고스란히 담겨 있는 수첩이었다.

식사시간과 공연시간 내내 나는 행여 그가 돌아와주지 않을까 창밖을 기웃거렸다. 그러다가 마침내는 가방을 잃어버린 사실을 아내에게 들켜버리고 말았다. 그러나 그는 나타나지 않았다.

"설사 그가 돌아오지 않는다 해도 그건 당신 잘못이에요."

아내는 아주 냉정하게 그렇게 말했다. 나도 그녀의 말에 동감할 수밖에 없었다. 내게는 이미 찍힌 필름이나 수첩이 더 중요했지만 그에게는 카메라가 너무 큰 유혹일 것이었다. 그것의 가격이라면 산드라의 일 년치 수입보다 클 것이기 때문이었다.

식사도 맛있어 보였고 공연도 아름다웠지만 나는 그것들을 제대로 감상할 수 없었다.

정확히 두 시간 후 우리는 레스토랑 밖으로 나갔다. 어딘가에서 그가 기다리고 있다가 반겨주기를 기대하면서. 하지만 그것은 아주 허황된 기대였다. 그의 모습은 어디에도 보이지 않았다. 몇 대의 베착들이 다가와서 서로 얼굴을 들이밀었지만 산드라의 것은 아니었다.

십 분을 더 기다려보았지만 마찬가지였다. 아내는 내게 조심스럽게 말했다. 그만 돌아가는 게 어떠냐고. 나는 오 분만 더 기다려보자고 말했고 아내는 고개를 끄덕였다. 그녀나 나나 산드라에 대한 기대를 쉽게 포기하고 싶지는 않았던 것이다.

다시 십 분이 지난 다음 우리는 기다림을 포기하기로 했다. 주위를 배회하는 베착 한 대를 불러 숙소 이름을 이야기해주고 자리에 올라앉았다. 아쉽지만 어쩔 수 없는 일이었다. 나는 그것이 모두 나의 잘못이었다고 생각했다. 바보 같은 실수로 카메라도 잃어버렸고 친구도 잃어버린 것이라고. 그런데 베착이 움직이기 시작할 순간이었다. 나는 맞은편으로부터 무언가가 아주 빨리 달려오는 것을 보았다. 낯이 익은 그 무엇은 바로 산드라의 베착이었다. 그리고 그 위에는 산드라가 올라앉아 열심히 페

290

달을 젓고 있었다. 그는 우리를 보고는 환하게 웃으며 손을 흔들었다.

"마앗, 마앗, 마아프."

그가 여전히 달려오며 큰 소리로 말했다. 미안, 미안합니다, 용서하세요라는 뜻이었다.

베착을 세운 다음 그는 이번에는 영어로 아이엠 소리를 연발하며 자신의 손목을 가리켰다. 텅 빈, 시계라고는 한 번도 차본 적이 없는 듯한 왼쪽 손목을.

"시계가 없어요. 미안해요."

시계가 없어서 정확한 시간을 알 수 없었다는 얘기였다. 무척 긴 거리를 마구 달려왔는지 그는 온몸에서 땀을 흘리고 있었다.

그는 자신의 의자 밑을 열더니, 그곳은 그가 가장 소중한 것들을 모아두는 장소였다, 비스킷과 귤 틈에서 조그만 내 가방을 꺼내었다. 그리고는 다시 환한 미소를 지으며 내게 건네주었다. 묵직하게 잡혀오는 무게만으로도 나는 모든 것이 안전하게 보관되어 있었음을 알 수 있었다. 나도 그에게 환한, 그러나 겸연쩍은 미소를 지어주어야 했다.

숙소로 돌아가는 길에 아내는 그에게 지난 두 시간 동안 무엇을 했느냐고 물었다. 그랬더니 그는 인도네시아 사람 두 사람을 태웠고 나머지 시간은 쇼핑을 했노라고 대답했다.

"쇼핑을 했어요?"

아내는 약간의 놀람으로 반문하더니 곧 여자다운 직감을 발휘했다.

"아이들 선물을 샀군요."

"그렇습니다. 오늘은 두 분 덕분에 적지 않은 돈을 벌었어요. 그래서 약간 여유가 생겼죠."

"뭘 샀는지 여쭤봐도 괜찮을까요?"

"그냥, 장난감이죠. 태엽을 감는 새 인형이에요. 그리고……
아내 양말을 샀어요. 그런데 무슨 색깔을 골라야 할지 알 수가
없었어요."

"그래서 고민하느라 시간 가는 줄 몰랐군요."

"그래요."

그는 또 빙그레 미소를 머금었다. 아내는 그가 가족을 위해
산 선물들을 보고 싶다고 말했지만 그는 한사코 거부했다. 너무
보잘것없는 물건들이라 창피하다고. 하지만 한편으로는 그도 분
명히 즐거워하고 있었다.

숙소에 도착해서 나는 다시 운임을 치르려 했다. 그러나 그는
받지 않았다. 저녁에 받은 돈만으로도 오늘분은 넘으며 이번 것
은 자신의 서비스라는 것이었다.

"잠은 어디 가서 자죠?"

아내가 또 물었다.

"그냥, 아무 데서나요. 여기가 제 잠자리죠."

그가 가리킨 것은 자신의 베착이었다. 더이상은 설명하지 않
아도 알 수 있었다. 거리의 골목골목에서 이미 우리는 좁은 베
착에 새우처럼 몸을 웅크리고 잠들어 있는 사람들을 여럿 보았
던 까닭이었다.

이어지는 이틀 동안 우리는 이따금 그를 지나쳤다. 그러나 그
의 손님이 될 수는 없었다. 보로부두르와 프람바난을 돌아보느
라 시내에서의 일정이 불규칙했기 때문이었다. 다만 그를 지나
쳐가며 손을 흔들고 미소를 교환하곤 했다. 가늘고 위태로워 보
이는 다리로 무거운 페달을 밟으면서도 그는 늘 밝은 미소를 짓
고 있었다. 어디에선가 아내가 이런 말을 그에게 했다.

"내일은 집으로 내려가겠군요."

"그래요. 아내와 아이들을 보러 간답니다."

그는 너무 행복해 보이는 표정으로 그렇게 대답했다. 그런데 그것은 우리가 그에게서 들은 마지막 대답이기도 했다.

그로부터 이 년 반이 흐른 다음 아내와 나는 다시 한번 족자카르타를 방문할 일이 있었다. 실질적인 목적지는 다른 곳이었고 그 하늘을 지나쳐가기만 하면 되는 일이었는데 아내는 구태여 족자카르타에서 하루를 묵어가기를 고집했다. 그 도시의 인상이 너무 아름다웠기에 그냥 지나칠 수는 없다는 것이었다.

예전의 숙소에 도착한 다음 아내가 가장 먼저 한 일은 산드라를 찾는 일이었다. 그녀는 입구에 늘어선 여러 대의 베착을 둘러보고는 그의 모습이 보이지 않자 사람들에게 물어보았다. 혹시 산드라를 모르느냐고. 그들은 한결같이 고개를 저었다. 어느 한 사람은 이렇게 대답했다. 그런 이름은 인도네시아에는 무척 많아요. 그래서 아내는 자신이 찾고 있는 산드라는 바랑트리티스 출신이라고 말해주었다.

결국 아내는 산드라의 소식을 알고 있는 누군가를 찾을 수 있었다. 하지만 그것은 그러지 않았음만 못한 일이 되어버리고 말았다. 그는 산드라가 일 년쯤 전 어느 날 세상을 뜨고 말았다고 알려준 것이었다.

"아침에 너무 늦게까지 일어나지 않길래 깨우려고 가보았죠. 그의 베착으로 말예요. 그랬더니 글쎄, 그는 벌써 숨이 끊어져 있었어요. 몸은 달팽이처럼 돌돌 말려가지고. 참 좋은 친구였는데……"

그 얘기를 들은 아내는 눈물을 글썽였다.

그 저녁 아내는 아무것도 먹지 않았다. 물론 다음날 아침이면 맛있는 음식을 먹을 것이었고 또 실제로 그렇게 했지만, 아무튼 그 저녁 아내는 아무것도 먹지 않았다. 내 가슴에 머리를 기대고는 이런 말만 되풀이할 따름이었다.

"돈이 없으면 없는 대로 행복하게 살 수 있는 그런 곳은 없을까……"

부디 린

그녀를 처음 본 것은 해안을 따라 이어진 넓은 길 어귀에서였다. 자동차와 오토바이가 제법 많이 다니는, 그러나 건널목 따위는 표시조차 없는 그 길 앞에서 나는 그녀가 무척 단단히 준비를 갖춘다는 것을 알 수 있었다. 두 손으로 주머니와 옷자락을 움켜쥐고, 그 움켜쥠이 제대로 되었는지를 확인하고, 이번에는 좌우를 살펴 아무런 바퀴도 굴러오지 않을 때까지 끈기있게 기다린 다음, 그녀는 마침내 길을 가로질렀다. 결과는 성공적이었다. 반대편 인도에 도착한 그녀는 그러나 조금도 방심하지 않고 마지막 점검을 했다. 혹시 무얼 흘리지는 않았는지, 머리카락 모양이 흐트러지지는 않았는지. 그 모든 게 아무 이상이 없음을 확인한 다음에야 그녀는 길게 한숨을 내쉬어 긴장을 풀고는 걸음을 계속했다.

푸켓이라는 작은 바닷가 도시에 도착해서 해변으로 나온 내가 가장 먼저 목격한 장면이 바로 그것이었다. 그리고 가장 인상적인 장면이. 예순은 족히 넘었을 성싶은 그녀는 아마 중국계 동남아시아인쯤으로 보였다. 나는 그녀가 사라지는 뒷모습을 꽤 오랫동안 지켜보았다.

골목 모퉁이 너머로 그녀의 모습이 지워진 다음 나는 한결 아스라해진 느낌 속에서 바닷가를 둘러보았다. 여러 사람들에게서 들었던 대로 푸켓은 아름다운 해변을 갖고 있었다. 인도양을 향해 화사하게 열린 그곳에는 굽이굽이 투명한 백사장이 이어져 있었고, 향료를 뿌린 듯 달콤한 바람이 불어왔다. 사람들의 말소리조차도 산란을 위해 해안으로 돌아온 거북이처럼 낮고 느리고 아름다웠다.

컵군 캅, 사왓디 크랩……

해안도로의 여기저기에 노점을 벌여놓고 물건을 파는 상인들은 여행객들의 어떤 조급함이나 짜증에도 그저 벙긋벙긋 미소를 지을 따름이었다. 그들 중 한 명에게서 나는 챙이 넓은 커다란 밀짚모자 하나를 샀고 바다음식을 잔뜩 얹어둔 수레에서는 약간의 군것질도 했다. 몇 가지 해산물에 태국식 소스와 야채를 곁들인 그 음식은 무척 신선하고 향긋했다. 또 나는 바닷물 속으로 걸어들어가 청바지와 파도의 두 끝자락들이 서로를 적시도록도 했다.

적당히 피곤해진 몸을 숙소로 옮겨왔을 때 그런데 나는 무척 놀라운 일이 나를 기다리고 있음을 알았다. 그건 예사로운 일이 아니었다. 그 즈음 나는 놀라게 하는 일들을 많이 만나지 못하고 있었던 것이다.

"오늘 온 모양이죠?"

도미트리(넓은 방에 여러 개의 침대를 놓아두고 여행자들에게 하나씩의 침대를 제공하는 간편한 숙박시설)에 들어섰을 때 내게 첫마디를 건넨 사람은 뜻밖에도 바로 그녀였다. 두 손으로 주머니와 옷자락을 움켜쥐고 큰길을 가로지르던. 그녀는 공교롭게도 나와 대각선으로 마주보는 침대의 주인이었던 것이다. 나는 고개를 끄덕여주었다.

"그렇습니다. 할머닌 어떠세요?"

"난 벌써 오래 되었어요. 두 달이 가까워온다우."

"정말 오래 계셨군요. 여기가 무척 마음에 드시나보죠."

"그 이상이에요. 여기서 석양을 본 적이 있던가요? 내 말은, 예전에라도 말예요."

"없습니다."

"그럼 놓치지 마세요. 깜짝 놀랄 일이 벌어질 거예요."

그녀는 거기서 입을 다물고는 한쪽 눈으로 찡긋 윙크를 했다. 주름진 얼굴이었지만 그녀에게서는 어쩐지 수줍은 향기가 풍겼다. 단정하게 빗어넘겨 묶은 머리 때문일지도 몰랐다. 깜짝 놀랄 일이 벌어질 거예요, 라는 말의 뜻을 나는 물론 알 수 있었다. 그 석양이 믿을 수 없을 만큼 아름다우리라는 얘기이리라. 그런데 그 말이 왠지 또다른 놀람을 안고 있는 듯 느껴졌던 것은 무슨 까닭이었을까.

그 시각 이후로 나는 이따금씩 그녀와 얘기를 나누게 되었다. 그녀는 바닷가가 아니면 대부분의 시간을 자신의 침대 위에 단정하게 앉아서 보내었고 나는 그런 모습이 좋아서 자꾸 말을 건네고 싶었던 것이다. 그러면 그녀는 더없이 상냥하게 말벗이 되어주었다. 아주 완벽한 미국식 영어를 구사하는 그녀는 자신의 이름이 부디 린이며 벌써 생일을 일흔세 차례나 맞았노라고 말했다. 나는 놀라서 고개를 저었다. 예순이 넘었으리라고 짐작했지만 그렇게 많을 줄은 몰랐다. 나이보다 훨씬 젊어 보인다. 그녀는 빙그레 웃으며 눈가의 주름을 만졌다.

"칠 년 전까지만 해도 나 자신도 그렇게 생각했었죠. 그땐 일을 하고 있었으니까. 하지만 이제는 그렇지 않아요. 누가 무슨 소리로 나를 젊었다고 해도 그게 다 농담이라는 걸 알고 있어요. 혹은 따뜻한 위안이거나."

"칠 년 전까지 무슨 일을 하고 계셨는데요? 실례가 될지도 모르겠군요."

"괜찮아요. 개인 간호원 일을 하고 있었어요. 나보다 더 늙은 노인의 집에서 말예요. 그러니까 십삼 년이 연상인 할머니였어요. ……그 집에서 꼭 십이 년 동안 그녀를 돌봤군요."

"그러다 그 할머님은 먼저 돌아가셨군요."

"맞아요. 그래서 실직자가 되었죠."

우리는 가볍게 함께 웃었다.

놀라운 일은, 이야기가 계속될수록 그녀의 모습이 점점 젊어진다는 사실이었다. 수줍은 듯 다소곳이 시선을 내린 그녀의 얼굴에는 차츰 화색이 돌았고, 피부도 윤기를 띠어가는 듯했다. 나는 어떻게 그녀를 예순이 넘을 것이라고 짐작할 수 있었는지가 의심스러울 지경이었다.

나의 다른 짐작은 그러나 크게 어긋나지가 않았다. 그녀는 부모님이 모두 중국인들이셨다. 정확하게 얘기하자면 화교들이셨다. 그녀는 이곳 태국에서 태어나 열한 살까지의 시간을 보낸 다음 부모님과 함께 미국으로 건너간 것이었다. 거기서 중학교와 고등학교를 다니고 간호전문대학까지 마친 다음 여러 가지 일들을 했다. 간호원과는 전혀 무관한 자그만 무역회사의 경리 일을 보기도 했노라고 했다. 물론 그러는 사이사이 자신이 태어난 나라를 찾아오기도 했다. 중국이 외국인들의 여행을 자유롭게 한 다음 부모님들의 고향이었다는 곳을 찾아가보기도 했지만 자신에게는 역시 태국이 더 친근감을 느끼게 한다는 얘기도 했다.

해가 기울기 시작했을 때 그녀는 갑작스레 밖으로 나를 내몰았다.

"어서 나가봐요. 노을이 하늘을 물들일 거예요. 놓치지 말아야죠."

나는 그녀에게 함께 나가지 않겠느냐고 물었다. 그러나 그녀는 고개를 저었다.

"난 걸음이 아주 느려요. 바닷가에 도착할 즈음이면 벌써 자정이 되었을걸요. 게다가 난 벌써 수십 번도 더 푸켓의 석양을 보았다우."

그래서 나는 혼자 바닷가로 나갔다. 석양이 부서진 하늘은 과연 그녀의 말처럼 아름다웠다. 그녀가 찡긋 윙크를 했던 대로, 그것은 깜짝 놀랄 사건이었다. 그 이전에도 그 이후에도 나는 그처럼 아름다운 푸른색을 본 기억이 없다. 하늘은 가장 아스라한 가을 하늘의 기억처럼 푸르게 부서져서는 내 영혼을 어루만지는 듯했다. 그리고 그 틈새로는 탈색된 붉은 태양이 조용한 몸부림을 치고 있었다. 바다는 마치 그들 두 광휘의 세력다툼 아래서 갈피를 잡지 못해 헤매이고 있는 듯했다. 시간이 흐르면서, 승부는 탈색된 붉음 쪽으로 기우는 것도 같았다. 하지만 결국은 어느 누구도 완전한 승리를 거두지는 못했다. 무채색 어둠이 두 광휘를 차근차근 탈진시키더니 이윽고는 하늘을 온통 장악해버리는 것이었다.

해가 진 바닷가에서 나는 꽤 오랜 시간을 앉아 있었다. 두 시간이나 혹은 네 시간쯤. 숙소로 돌아왔을 때 부디 린은 커다란 타올을 가슴까지 덮고는 반듯하게 누워 잠들어 있었다.

이튿날은 그녀와 많은 이야기를 나눌 수가 없었다. 아침부터 나는 여러 가지 일을 계획하고 있었고, 또 그것들을 하나하나 실행했다. 푸켓의 정경이 그려진 기념품 티셔츠를 한 장 샀고, 석 장의 그림엽서를 사서 가족과 친구들에게 보내었다. 또 내가 보관하고 싶은 그림엽서도 따로 두 장을 샀다. 그런 다음 나는 오토바이 한 대를 빌려서 푸켓 섬 전체를 돌아보았다. 파톤 비치로부터 카타, 카론 비치들을 차례로 돌아보고 남동쪽 언덕길을 달려 시내까지 가보았다. 그러다가 배가 고프면 아무 곳에서나 군것질을 했다. 태국식 카레를 얹은 국수는 아주 독특했다. 뚜껑을 잘라내고 스트로를 꽂아 통째 마시는 코코넛은 달콤하게 갈증을 풀어주었다.

저녁 식탁에서 잠시 그녀를 마주할 기회는 있었다. 그러나 역시 별다른 얘기를 나누지는 못했다. 그녀는 혼자 조용히 앉아 수프를 떠먹고 있었는데 나는 다른 여행객들과 그날 서로가 둘러본 곳을 이야기하느라 정신이 없었던 것이다.

"지난 밤엔 제대로 잠을 자지 못하셨겠군요."

그렇게 그녀에게 말을 건넨 것은 다음날 아침이 되어서였다. 그즈음엔 저녁이 차츰 시끄러워지고 있었다. 크리스마스가 며칠 후로 가까이 다가오고 있었으므로 사람들은 괜스레들 들떠서 부산해졌다. 홀에는 음악이 넘쳐흘렀고 밤이 늦도록 사람들은 일어설 생각을 않고 있었다.

"그렇긴 했어요. 하지만 기분은 좋아요. 젊은 사람들의 활기

있는 모습을 보면 이 늙은이도 왠지 함께 젊어지는 듯한 느낌이 거든요."

어쩐지 나는 그녀가 좋았다. 일흔셋이라는 나이에 도달하기 위해서 그녀는 무척 많은 일들을 겪어왔을 것이었다. 가슴속에 세 개의 나라를 간직하고 있다는 사실만 보아도 충분히 짐작할 수 있는 일이었다. 그러나 그녀의 표정은 여전히 어린아이처럼 맑고 평화로워 보였다. 나는 그녀에게 차를 한잔 사겠노라고 제의하여 함께 바깥의 발코니로 나왔다. 조금 덥기는 했지만 햇살이 아름다운 발코니였다. 비치파라솔 아래서는 몇몇 사람들이 커피를 마시며 나직한 대화를 나누고 있었고 발 아래로는 열대의 정원이 펼쳐져 있었다. 바닷바람이 이따금 아침의 침묵 속으로 스며들어오곤 했다.

"어쩐지 말예요."

커피 한 모금을 마신 다음 나는 그녀에게 미소를 지으며 말했다.

"부디 린을 보고 있으면 이런 생각이 들어요."

"어떤 생각요?"

내가 금방 말을 잇지 않았으므로 그녀는 뒷이야기를 재촉했다.

"누군가를 기다리고 있는 듯하다는 생각이에요."

그건 전적으로 그 아침의 내 느낌이었다. 그 얘기를 꺼낼 때까지도 나는 그런 생각은 해본 적이 없었다. 그냥 불쑥, 마치 지난 새벽의 꿈이 떠오르듯, 그런 생각이 떠오른 것일 따름이었다. 그런데 그 순간 그녀의 눈빛은 왜 그리 달라졌을까.

당황스러움이 역력한 그녀의 표정은 오히려 나를 당황하게 만들었다. 그래서 나는 얼른 이야기를 돌려야 했다.

"이 게스트하우스의 주인아주머니는 원래 이 고장 사람은 아닌 것 같더군요. 차림새가 몹시 세련된 게 큰 도시에서 오신 분 같아요."

"그래요. 예전엔 파타야에서 가게를 했다는데 그 동네가 너무 싫어져서 다시 이리로 옮겨왔다죠. 하지만 그전엔 원래 어디였는지 나도 몰라요."

"그럴 거예요. 정이 많으셔서 파타야 같은 곳에서 견디기는 힘들었을 거예요."

그녀는 내가 태국의 어디어디를 둘러보았으며 그 지방들에서의 느낌이 어떠했는가 등을 물어보았다. 불편했던 순간이 무사히 넘어간 것을 기뻐하며 나는 열심히 그녀의 질문에 대답을 해주었다. 치앙마이는 아름다웠다. 산수도 아름다웠고 사람들도 아름다웠다. 하지만 그런 아름다움과는 달리 삶은 너무 힘겨워 보였다. 사람들은 매일 밤 아편을 피웠고 아침이면 빈속을 게워올렸다. 그처럼 커다란 야시장이 있고 그처럼 많은 관광객이 모여드는 곳에서 사람들이 할 일을 찾지 못한다는 것은 선뜻 이해되지 않는 일이었다……

한동안 그런저런 이야기를 주고받다가 우리는 말을 멈추고 주변의 정경을·감상했다. 두 마리의 새들이 잔디밭 위를 통통거리며 뛰어다니다가 나선형으로 비틀며 날아올라갔다. 멀고 가까운 곳들에는 야자나무들이 무거운 잎을 늘어뜨리고 서 있었다. 한 곳에서는 야자열매 수확이 진행되고 있었다. 한 남자가 꼭대기까지 올라가 매달려서는 낫으로 열매를 쳐 떨어뜨리는 중이었다.

"왜 그런 생각을 했죠?"

그녀는 이제 웬만큼 정리가 된 모양이었다. 물론 나는 그녀가 무슨 얘기를 하는 것인지 알 수 있었다.

"모르겠습니다. 그냥 그런 생각이 들었어요."

"자기를 속이려는 사람은 오히려 남에게 들켜버리고 마는 모양이군요."

한결 담담해진 미소로 그녀는 빙그레 웃었다.

"기다리는 게 한두 가지겠어요. 이렇게 나이가 들면 모든 일들이 아쉬운 기억이 되고 알고 지냈던 모든 사람들이 기다려지는 법이라우. 딸아이 소식도 궁금해지고…… 혹시 결혼을 하셨던가요?"

"아직 미혼입니다."

"그렇다면 자식도 없겠군요. 제 딸아이는, 이젠 아이가 아니죠, 아마 댁보다 십 년쯤은 나이를 더 먹었을 테니까, 아무튼 제 딸아이는 뉴저지에 살고 있는데 여간 바쁜 게 아니에요. 연말에 크리스마스카드 한 장 띄우는 것도 어떨 땐 시간이 없어서 힘들 대요. 추운 날씨에 사는 사람들은 무척 부지런하다죠. 아마 그래서 난 텍사스를 떠나기 싫어했었나봐요."

"중국보다 태국을 더 좋아하는 것도 그런 까닭인지 모르겠군요."

"그럴지도 모르죠. 호호호."

그녀는 아마 자신이 기다리는 사람은 자신의 딸아이라는 듯 얘기하고 싶은 모양이었다. 나는 그녀가 그렇게 얼버무릴 수 있도록 무관심해주기로 했다. 다른 어떤 사연이 있으리라는 것을 충분히 짐작할 수 있었지만.

그날 늦은 저녁, 그러나 그녀는 스스로 내게 그 사연을 들려주게 되고 말았다.

그날 따라 홀에 모여든 젊은이들은 몹시도 시끄러웠다. 크리스마스이브가 불과 이틀 뒤로 다가와 있었기에 주인아주머니는 그들이 음악소리를 꽤 높게 올리도록 허락해주고 있었다. 임시직으로 그곳의 일을 돌봐주며 지내는 스웨덴 출신의 유씨라는 친구는 가뜩이나 음악과 맥주를 좋아했던 까닭에 그 기회를 최대한으로 이용하고 있었던 것이다.

시끄러운 모임을 별로 좋아하지 않았던 터라 나는 바닷가에서 밤이 늦을 때까지 시간을 보내었다. 열한시가 가까워서 숙소로 돌아왔을 적에도 그 소란은 여전히 계속되고 있었다. 홀의 의자에 잠시 엉덩이를 붙이고 앉아 그들과 얘기를 나누다가 나는 슬그머니 빠져나와 도미트리로 돌아왔다. 어둠 속을 더듬어 세면도구를 꺼내어 양치질을 하고 샤워를 했다.

잠을 청하기 위해 일찍 자리에 누웠지만 쉽사리 잠을 이룰 수는 없었다. 홀에서 울리는 음악소리는 내가 누워 있는 방에서도 작지 않게 들렸다. 누군가가 드나들며 문을 열 때마다 그 소리는 엄청난 강도로 증폭되었다. 게다가 간혹 그들은 문을 제대로 닫지 않고 내버려두었으므로 음악소리는 꽤나 오랫동안 이어지기도 했던 것이다. 그러다가 나는 맞은편 침대 위에서 누군가가 역시 잠을 이루지 못하고 뒤척이고 있음을 알게 되었다. 그것이 부디 린임을 기억해내는 데는 아주 잠깐의 시간밖에 필요하지 않았다.

다시 누군가가 문을 닫지 않고 나갔을 때 나는 내키지 않는 몸을 일으켜 문을 닫았다. 침대로 돌아와 앉으려는데 그녀의 목소리가 들렸다.

"올해는 산타가 조금 일찍 오려는 모양이에요."

그녀는 몸을 절반쯤 일으키더니 비스듬히 기대어 앉았다. 그 방에는 그때 그녀와 나밖에 남겨져 있지 않았다. 다른 침대의 주인들은 모두 홀에서 캔맥주와 음악을 벗하고 있었다.

"태국 사람들도 크리스마스를 지내는지 모르겠군요."

"대다수는 상관이 없어요. 태국은 불교의 전통이 가장 철저하게 보존되고 있는 나라잖아요."

"그렇군요."

그녀의 설명에 나는 고개를 끄덕였다.

"새해가 되기 전에는 이곳을 떠나야겠어요……"

"가야 할 곳이 있나요?"

"그런 건 아니지만…… 새해는 새로운 장소에서 새롭게 시작해야겠죠."

그녀의 그런 얘기는 결코 일흔세 살 할머니의 것이 아니었다. 나는 머뭇거리면서도 다시 이런 말을 묻지 않을 수 없었다.

"역시 누군가를 기다리고 계셨군요."

그녀의 대답을 얻어내기까지는 제법 한참의 시간이 걸렸다.

"기다린 게 아니라, 사실은 누구를 찾아온 길이었다우. 아주 아주 오래된 사람이죠."

나는 가능한 한 길게 침묵을 지키기로 했다. 그녀가 그 오래 묵은 이야기를 서랍 속에서 꺼내어 정리할 수 있는 시간을 주려고. 그 이야기를 다시 더 깊은 서랍 밑바닥으로 감춰버리지는 않기를 바라면서. 그러자 멀리서 파도 부서지는 소리가 들려왔다.

"옛날에 알고 지냈던 사람이에요. 벌써 사십 년도 넘어 전의 일이에요. 같은 동네에서 살았었는데 나한테 늘 아주 친절했었죠. 난 그때 간호원 일을 보고 있었고 그 사람은 대학교를 다니고 있었어요. ……사실은 그저 친절한 정도가 아니었어요. 나도 그 사람을 많이 좋아했었죠. 아주 애틋한 감정으로 말예요. 늙은이가 주책이죠. 호호호."

이야기를 시작하고서도 약간은 멋쩍음이 가시지 않았는지 그녀는 말끝을 흐렸다. 햇살 아래였다면 아마 발갛게 상기된 얼굴을 볼 수 있었을 것이었다.

"잠을 자려는 걸 괜히 방해한 것 같군요."

"아닙니다. 어차피 잠을 자기엔 너무 요란한 밤인걸요."

나는 서둘러 부인하며 그녀의 이야기를 재촉했다. 그녀는 아직 멋쩍어하면서도, 이야기를 끊지는 않았다. 괜히 아무에게나 자신의 지난 일을 들려주고 싶은 그런 기분에 스스로 젖어든 모양이었다.

"그 사람은 인류학을 공부하고 있었어요. 박사과정까지 올라가 있었는데, 그래서 늘 어딘가로 답사니 뭐니를 떠나버리곤 했어요. 그러다가는 이따금씩 불쑥 나타나 내게 구혼을 하곤 했죠. 우습죠. 그때도 난 우스웠어요. 그런 식의 구혼을 받는다는 게 말예요. 그런데 어느 날인가는 콜로라도 강변의 탐사에서 돌아오더니 문득 함께 태국으로 돌아가자고 말하지 않겠어요. 그 사람도 태국에서 태어나 미국으로 건너온, 나와 흡사한 형편이었거든요."

"그래서 문제가 발생했겠군요."

"그때는 아직 철이 없었어요. 왜 그랬는지는 모르겠지만, 미국을 떠나면 미개인이 되는 줄로 생각하고 있었죠."

그로부터 이어진 약간의 이야기는 어렵지 않게 짐작할 수 있는 것들이었다. 두 사람 사이에는 말다툼이 시작되고, 그가 먼저 태국으로 떠나게 되고, 이따금씩 전화를 통해서 싸우고, 편지가 오고가고, 그러다가 차츰 서로에게 지쳐서 모든 감정이 식게 되었다는 그런 이야기였다. 몇 해 후 그녀는 중국계 미국인 남자

를 만나 결혼을 했다. 딸도 하나를 낳았다. 그러나 그와의 관계
도 이상적인 것은 아니어서 그들은 결혼 8년 만에 갈라서기로
결정을 내렸다. 그녀의 말에 따르면 그들 사이의 부부관계가 끝
난 것은 8년보다도 훨씬 이전이었다고 했다. 그 후 그녀는 딸아
이를 맡아 기르면서 온갖 일을 했다. 물론 전남편으로부터는 약
간의 양육비가 송금되어왔지만 결코 충분한 생활비가 되지는 못
했다.

가끔 그녀의 생활 속으로 다른 남자가 끼어들 적도 있었다. 하
지만 그녀는 무의식적으로 그들에게 거리를 유지하려 애쓰고 있
었다. 이유가 무엇인지 당시로서는 알 수가 없었지만, 어쩌면 그
것은 억지스럽게 헤어진 첫 남자친구에 대한 미련 때문이었을지
도 몰랐다. 이따금 그녀는 그에 대한 소문을 들었다. 그도 결혼을
했다더라, 아이를 낳았다더라, 방콕 대학의 주임교수가 되었다더
라…… 그런데 그나마 그런 소식도 이십 년쯤 전부터는 전혀 접
할 수가 없었다. 그가 대학교수를 그만두고 어딘가로 틀어박혔는
데 아무도 그게 어딘지를 알지 못했다는 것이었다.

"그러다가 다시 그 사람의 소식을 듣게 된 게 작년 이맘 때였
어요. 누군가가 그를 이곳 푸켓에서 보았다는 거예요. 아담한 커
피숍을 열고 있었다는군요. 하지만 그것도 몇 해 전이었대요. 그
러니까 그 누군가가 그 사람을 본 것도 말예요."

"일 년 가까이 갈등을 많이 하셨겠군요. 그래, 만나보셨나
요?"

"그가 운영했다는 가게까지 찾아가보았어요. 하지만 그 사람
은 보이지 않았어요. 주인에게 물어봤더니 삼 년 전에 가게를
인수했다더군요."

"그래도 그분의 소식을 알 수는 있지 않았을까요?"

"그랬을 거예요. 가게주인이 묻더군요. 어떻게 되는 사이냐구요. 아마 그 사람을 조금은 아는 것 같았어요. ……난 그냥 빙그레 웃고는 아무런 사이도 아니라고 말했어요. 옛날에 한 번 손님으로 지나쳤을 뿐이라구요. 그래도 그 사람이 자꾸 무언가를 물으려 하길래 도망쳐 나와버렸어요. 그런데 이상한 건 말예요, 지금에야 생각이 든 건데, 그 새 가게주인의 모습이 그 사람과 많이 닮은 것 같았어요. ……모습이라기보다는 느낌이라고 해야 할 것 같군요. 그럴 수밖에 없었겠죠. 그 자리엔 그 사람이 있기를 기대하고 갔었으니까요."

"그분을 만나는 게 두려우신 모양이군요."

나는 괜한 아쉬움을 느끼며 그렇게 말했다.

"아마 그럴 거예요. 너무너무 오래 전의 사람이었거든요."

아쉬움은 가득했지만 나는 무슨 말을 해야 할지 알 수가 없었다. 그녀도 마찬가지 느낌에 빠져 있었을 것이다. 그래서 우리는 제법 오랫동안을 말없이 앉아 있었다. 어둠 속으로 뿌연 서로의 모습만 응시하며. 그러자 문이 열리고 두어 명의 젊은이들이 들어왔다. 홀에서는 이제 파티가 끝난 모양이었다. 우리는 약속이나 한 듯이 각자 자신의 타월 속으로 기어들어갔다.

내게 그 이야기를 들려준 다음 그녀는 한결 지치게 된 모양이었다. 이튿날 하루 종일 그녀는 별다른 말도 없이 혼자 속에 웅크리고만 있었던 것이다. 나를 보아도 특별히 반가운 표정을 짓지 않았고 예전처럼 먼저 말을 거는 따위 일은 없었다. 그런 그녀의 모습을 보며 나는 나 자신의 미래를 생각해보았다. 만약 내가 일흔셋이라는 나이까지 살게 된다면 그때 나는 어디서 무엇을 하고 있을까. 어느 창가의 침대에 걸터앉아 누구를 그리워하고 있을까. 혹은 그 무렵쯤 어딘가에서 절실히 나를 그리워하는 사람이 있을까……

크리스마스 이브날 아침, 아침식사를 마치고 나는 배낭을 다시 꾸렸다. 원래는 이삼 일쯤 더 머물며 휴식을 취할 생각이었다. 크리스마스 기간을 특별히 생각한 것은 아니었지만 아무튼 노을이 아름다운 푸켓에서 최소한 일주일쯤은 그 노을에 몸을 적실 계획이었다. 그러나 무언가가 자꾸 나를 불편하게 만들고 있었고 나는 다시 철길을 따라 남쪽행을 계속하기로 작정했다.

배낭을 꾸리는 내 모습을 부디 린은 담담한 눈길로 지켜보았다. 담담한 부러움과 격려의 말을 이따금씩 던지며. 나는 배낭 한구석에서 열쇠고리 하나를 꺼내어 주머니에 넣어두었다. 한복을 예쁘게 차려입은 인형이 있는 그 열쇠고리는 내가 한국에서 준비해온 것이었다. 꼭 기억하고 싶은 누군가가 있으면, 혹은 나를 기억하게 하고픈 누군가가 있으면 선물하려고.

마지막으로 비누와 칫솔 등을 비닐봉지에 넣는데 나는 누군가가 머뭇머뭇 도미트리의 문을 들어서는 것을 보았다. 다시 한번 돌아보니 그는 무척 나이가 많은 태국 노인이었다. 기품있어 보이는 얼굴에 턱수염이 희끗희끗한. 그의 시선은 방안을 한 바퀴 둘러보더니 부디 린의 모습에 가 꽂혔다. 그녀는 이미 그를 알아보았는지 아무 말 없이 그를 응시하고 있었다. 얼음조각처럼 조용하게.

나는 얼른 내 침대 위의 배낭으로 시선을 돌렸다. 가능한 한 자연스럽게, 배낭 꾸리기를 계속했다. 아무런 소리도 내지 않으려는 노력 때문에 그건 쉬운 일은 아니었다. 그가 천천히 그녀가 있는 곳으로 움직여간다는 것을 나는 알 수 있었다.

"역시 당신이었구려. ……왜 여기 있다는 걸 내 아들에게 이야기하지 않았소. 지난 한 달 동안 내가 푸켓 바닷가의 게스트하우스들을 모조리 뒤지고 다녔다는 걸 아시오……"

내가 알아들을 수 있었던 말들은 그것뿐이었다. 그 다음엔 그들의 목소리가 아주 작게 잦아들었기 때문이었다. 그리고 부디 린은 그를 따라 밖으로 나갔다.

삼십 분쯤 후 내가 모든 정리를 끝내고 나갔을 때 그들은 햇살이 아름다운 발코니에 앉아 정다운 얘기를 나누고 있었다. 바다 쪽을 향하고 있었으므로 나는 그들의 뒷모습만을 볼 수 있었다. 등에는 배낭을 짊어지고, 한 손에는 주머니 속의 열쇠고리를 느끼며 나는 잠시 망설였다. 그러나 그건 별로 바람직한 생각은 아닌 것 같았다. 지금 이 순간 그들의 분위기를 깨뜨린다는 것은. 나는 열쇠고리를 다시 배낭의 옆주머니 속으로 밀어넣었다. 그녀에겐 들리지 않을 목소리로 인사말을 주었다.

안녕, 부디 린. 행복하세요.

괜히 서둘러 이곳을 떠나기로 했다는 아쉬움도 없지 않았다. 며칠을 더 눌러 있었더라면 훨씬 아름다운 모습을 볼 수도 있었을 텐데.

그러나 떠나기를 작정하고 있었던 터라 다시 눌러앉을 생각은 없었다. 그리고 그 아름다움은 그들의 것이지 내 것은 아니었다. 이미 아름다운 일이 시작되었다는 사실을 아는 것만으로도 내게는 충분한 힘이 되었다. 석양을 본 적이 있던가요. 깜짝 놀랄 일이 벌어질 거예요. 눈을 찡긋하며 그렇게 속삭이던 부디 린의 목소리가 달콤한 종소리처럼 귓가를 울렸다. 아름다운 석양에겐 깜짝 놀랄 사건을 만들어내는 힘이 있는 것일지도 모른다는 생각이 들었다.

주체의 부재와 자유의 고통

류 보 선(문학평론가)

1

　채영주는 항시 뒷모습만을 보여주는, 그리고 그 뒷모습이 아
름다운 작가이다.

　그는 자신이 매번 여행을 떠나면서 구체적인 목적지를 정하
지 못하며 또 어떤 목적지에 도달하는 순간 그 출발점을 기억하
지 못하는 존재라는 사실을 알면서도, 다수의 인간존재에 의해
권위를 인정받은 중심담론보다는 그 담론에 비하면 왜소하기 짝
이 없는 자기 자신의 개념과 판단을 소중하게 생각한다. 또한
그는 현재 자기 자신의 개념과 판단을 이미 존재하는 담론보다
풍부한 것으로 만들기 위해 여행이 끝나는 순간, 또다른 여행을

준비한다. 위대한 소설이란 작가의 자율적인 의지(자유의지)를 통해 이미 정형화되어버린 보편성의 어떤 특정한 내용을 부정하고 보다 고차의, 보다 새로운 보편성을 창출할 때 가능하다면, 하여 소설가란, 특히 위대한 소설을 꿈꾸는 소설가란, 이전의 문제틀이 포괄하지 못한 혹은 새롭게 발생한 사회적 내용과 인간의 본성을 찾아 헤매는 유랑민의 삶을 살 수밖에 없다면, 채영주야말로 때로는 벗어던지고 싶은 저주스러운 굴레를 힘겹게 지고 떠도는 작가임에 틀림없다.

채영주는 비켜갈 수 있는 여러 혹독함을 감내한다. 아니, 자기 자신을 혹독한 상황 속으로 밀어넣는다. 그가 이 선택을 마다하지 않는 이유는 그가 간직하고 있는 어떤 목적, 혹은 꿈 때문이다. 그는 자신이 설정한 목적에 가까운 인물이나 대상을 발견할 경우 생의 윤기를 회복하며, 또 그 목적과 멀리 떨어진 인물이나 대상 앞에선 그것이 아무리 사소한 것일지라도 전율하며 깊은 허무의 심연으로 빠져든다. 그는, 한 시대의 중심담론이 한 번 힐끗 시선을 던지고는 곧 고개를 돌려버리는 사물이나 현상 앞에서 편집광적인 희열과 죽음에 가까운 공포를 경험하곤 한다. 즉, 채영주는 자신이 설정한 어떤 목적 때문에 이 시대의 중심담론과 같은 방식으로 사유하거나 세상을 읽어내지 않는다. 한 시대의 중심담론과 다르게 사유한다는 것, 곧 자유롭고자 한다는 것은, 흔히 한편으로는 축복이고 다른 한편으로는 저주라고 말해진다. 하지만, 오늘날 우리 사회처럼 "가족과 돈과 탄생과 죽음에는 이의없이 감격하며, 이권과 권력과 민족과 핏줄에 대해서는 세 줄을 넘지 않는 논의 끝에 무조건 동의하는 사람들, 선과 악, 상과 하, 전과 후, 안과 밖에 대해 불변의 지식을 소유하고 있는 사람들……"(최윤, 「푸른 기차」)이 지배하는 곳에서 자유의지를 고집하는 길은 수많은 안락함을 포기해야 하는 그런 선택임에 틀림없다. 그럼에도 불구하고 채영주는 자유로부터 도피하지 않으며, 오히려 이러한 우리의 상황 때문에 그는 더욱더 자유의지를 굳건하게 밀고 나간다.

그를 이처럼 예외적인 개인으로 살아가게 하는 추동력인 그의 소망은 사실 소박하다. 아니, 소박하다는 표현은 정확하지 않다. 현대라는 시공간에서는, 모든 것이 복잡하게 얽힌 우리네 삶에선, 소박한 꿈이야말로 가장 도달하기 힘든 자리이므로. 그는 여타의 존재들이 도달하기 힘들다는 이유만으로 포기한 그 소박한 꿈을 지향한다.

결혼식을 올린 후에도 영인은 철저히 자기 방과 자기 물건들의 독립성을 고수하고 있었던 것이다. 그걸 잃으면 자기라는 존재가 지워지기라도 하는 듯. 달라진 점이 있다면 아마 이따금, 특히 바람이 많이 부는 밤, 그녀의 침대나 내 침대 중 하나가 빈다는 사실과, 그녀의 방 한쪽 구석에는 이제 두 개의 감색 배낭이 세워져 있다는 사실 정도였다. 길 떠날 채비를 하는 두 마리의 털강아지들처럼. 꼭 지점을 향해. (채영주, 『웃음』, 문학과지성사, 1996, 363쪽)

채영주는 타자 혹은 사회적 형식(제도) 속에 자기를 외화시킨 상태 속에서도 자기를 유지하는 창조적 주체 혹은 창조적 개인을 소망하고 있거니와 궁극적으로는 밀실과 광장, 개인과 사회, '나'와 '너' 혹은 '우리', 개인의 모험과 사회적 발전의 조화가 가능한 세계를 꿈꾸고 동경한다.

그렇다고 그가 현실의 엄정함에서 시선을 거두어들인 작가인가 하면, 그렇지 않다. 그는 측정, 계량, 계산의 정확성만을 진리로 규정하는 자본주의 사회에서, 그리고 "최소한의 투자로 최대한의 이윤을!"이라는 무언가의 희생을 강요하는 논리가 진실로 자리한 이 사회에서, 창조적 주체 그리고 개인적 모험과 사회적 발전의 조화를 꿈꾸는 자들은 유배의 삶을 살 수밖에 없다는 사실을 누구보다도 잘 알고 있다. 그는 인간의 삶 속에서 사물의 핵심, 구체적인 가치, 독특성, 비교 불가능한 성질들이 계량, 측정, 계산의 정확성이라는 원리와 돈이라는 무서운 잣대에 의해 이미 다시 회복할 수 없는 방식으로 소진해버렸으며, 이제 인간이 창조적 주체가 아니라 이미 하나의 생명력이 빠져나간 기호에 불과하다는 사실을 인정한다. 마찬가지로, 그는, 이 거짓된 세계에서는 모든 쾌락이 거짓이고 이러한 시대에서 행복하기 위해서는 행복을 거부해야 하니, 결국 인간을 기호가 아닌 창조적 주체로서 부활시키려는 꿈은 이미 실현 불가능한 것인지도 모른다는 점도 부정하지 않는다

그러나, 아니 그렇기 때문에, 그는 자신의 꿈을 포기하지 않는다. 그는 거짓된 세계에서 모든 쾌락이 거짓이라면 금욕에서라도 진실을 찾아야 하고, 다수의 사람들이 불행이라고 말하는 곳에서라도 행복의 징후를 발견해야 한다고 믿는다. 어떤 경로를 통해서건 이 타락한 세계에서 벗어날 길을 찾아내야 한다는 것, 이것은 채영주 소설의 출발점이다. 이러한 출발점에 서 있기에 채영주는 자신이 설정한 목적에 누구보다도 헌신적이며 또 그 목적을 달성하기 위해 치열한 쟁투를 거듭하고 있다.

『연인에게 생긴 일』은 『가면 지우기』(1990) 이후 꽤 오랜만에 상자된 채영주의 두번째 창작집이다. 『연인에게 생긴 일』에는 만약 자신이 설정한 목적에 헌신하지 않는다면 자기 자신은 아무것도 아닌 존재로 전락할 수 있다는 절대적인 공포감을 경

험한 존재만이 만들어낼 수 있는 아우라가 있으며, 동시에 그러한 작가에게서만 찾아볼 수 있는 자기인식과 사회적 총체성과의 대화적 관계가 숨죽인 채 빛난다.

2

『연인에게 생긴 일』이라는 성에서 길을 잃지 않기 위해서는 먼저 「겨울 소묘」를 자세히 검토할 필요가 있다. 『연인에게 생긴 일』은 비유컨대 입구를 찾기 힘든, 그리고 입구에 들어섰다 하더라도 길을 잃기 쉬운 성과 같다. 채영주 작품을 처음 접해 본 독자는 물론이고, 채영주의 소설을 꽤 차근히 따라 읽었다고 자신하는 독자들도, 일단 『연인에게 생긴 일』이라는 성에 들어서려면 자주 멈칫거릴 수밖에 없을 것이다. 『연인에게 생긴 일』에는 양립하기 힘들어 보이는 다양한 주제, 어조, 분위기 등이 공존하고 있으며, 그 때문에 어떤 법칙성이나 질서, 혹은 그 다양한 색조를 아우르는 문제틀을 찾아내기가 쉽지 않다.

『연인에게 생긴 일』에 수록된 전체 작품들에서 가장 핵심적인 단어는, 다시 말해 『연인에게 생긴 일』을 관류하는 기본적인 행위소는 '떠나다'이다. 이 '떠나다'라는 단어는 '떠나고 있다' '떠나 있다' '언젠가 떠난 적이 있었다' '떠날 것이다', 혹은 '기어든다' '내려간다' '숨어든다' 등으로 변주되어 나타난다. 채영주는 자신이 설정한 목적에 도달하기 위해 '떠나다'라는 행위를 중요한 수단으로 설정하고 있는 셈이다. 억제할 수 없는 일탈, 출가, 탈향에의 의지, 이것이야말로 『연인에게 생긴 일』에 수록된 모든 소설들의 내용과 형식, 서사와 묘사를 결정짓는 핵심적인 서사원리이다.

『연인에게 생긴 일』 전체를 관류하는 탈향에의 의지는 주목을 요한다. 그 이유는 첫번째 작품집 『가면 지우기』와의 미세한, 그러나 분명한 차이 때문이다. 『가면 지우기』의 핵심적인 원리는, 비유하자면, '떠나고 싶다. 하지만 떠날 수 없다'로 압축할 수 있는 어떤 것이다. 이를 우리는 현실과 이상(꿈), 존재와 당위, 그리고 현실원리와 쾌락원리, 사적 개인과 공적 개인의 갈등이라고 부를 수도 있을 것이다. 『가면 지우기』의 여러 가지 이유로 인물들은 떠나지 못한다. 대신에 그들은 수많은 사물 속에 한 정물로 살아가는 노점 사내에게서 자신을 발견하고 그 사내에 대한(곧 자신에 대한) 살인충동을 느낌에도 불구하고 쉽게 결단을 내리지 못하거나(「노점 사내」), 수몰되는 땅을 떠날 수 없어 고대의 무덤 속에 스스로 갇히는(「순장, 순장」) 길을 선택한다.

『연인에게 생긴 일』에서 이 갈등은 해소된다. 작가는 '떠나고 싶다'는 욕망을 넘어선다. 아니, 그 욕망을 '떠나야만 한다'는 당위의 차원으로 격상시킨다. 한 개인을 떠나지 못하도록 묶어두는 질긴 끈(다시 말해 현실원리, 제도, 일상성)을 끊어내는 의지를 절대화시킨다. '떠나기 힘든 것이 사실이지만 그래도 떠나야만 한다'는 것이다. 따라서 우리의 일차적인 관심사는 『연인에게 생긴 일』의 등장인물들이 어디로, 무엇을 위해서 떠나는가 하는 것에 모아질 수밖에 없다. 이 문제에 대한 답이 어느 정도 마련된다면, 때로는 이질적으로까지 느껴지는 『연인에게 생긴 일』의 다양한 세계를 관류하는 법칙성을 찾아낼 수 있을 뿐 아니라 이 작품집의 미적 가치도 추출해볼 수 있겠기 때문이다.

「겨울 소묘」는 작가의 어떠한 인식이 등장인물들을 삶의 터전으로부터 이탈시키는지를 확인해볼 수 있는 바로 그 소설이다. 「겨울 소묘」는 『연인에게 생긴 일』의 핵심적이고 보다 본질적인 서사원리를 해명해주는 중요한 열쇠에 해당하며, 따라서 우선 주목할 필요가 있다. 「겨울 소묘」는 한 화가의 방황과 좌절, 그리고 성공의 과정을, 독백의 형식으로 서술한 작품이다. 어느 큰 미전에서 상을 받은, 그러니까 세인의 관점에서 보자면 큰 성공을 거둔 작중화자의 어조는, 뜻밖에 씁쓸한 페이소스로 가득 차 있다. 미전에서 상을 받았다는 것(사회로부터 인정받는다는 것)은 곧 자신이 여타의 미술가보다 보다 높은 정신적·예술적 성취를 이루었음을 공인(公認)받는 과정이며, 이 경험은 타자에게 나의 독립적 가치를 인정받는 몇몇 예외적인 존재만이 경험할 수 있는 황홀경의 순간일 터이다. 하지만 작중화자는 황홀경 대신에 특이하게도, 아니 어떤 점에서는 역설적이게도 자기모멸(환멸)의 고통에 전율한다.

사회적 공인이란, 코제브식으로 말을 바꾸면, 위신투쟁(Prestigekampf)에서의 잠정적인 승리라 할 수 있다. 코제브는 인간 주체란 '나'의 가치를 타자가 자신의 가치로 인정(Anerkennung)해주기를 의욕하며, 이 인정에 대한 욕구는 자기의식과 인간적 현실을 산출하는 모든 인간적·인간발생학적 욕구라고 규정한 바 있다. 인간은 타자에게 인정받기 위해 자신의 전 존재 즉 생명을 걸며, 이 생사를 건 위신투쟁이야말로 인간의 욕구를 동물의 욕구와 구분시키는 원천이며 동시에 인간존재를 지상에 가능케 한 동력이라는 것이다. 미전에서 상을 받는다는 것은 곧 여러 사람에게 '나'의 가치를 자립적인 가치로 인정받은 것이니, 이 순간은 죽음의 두려움을 이겨낸 자만이 맛볼 수 있는 환희의 정점이어야 할 것이다. 그러나 작중화자는 사회적 공인 앞에 환희에 두 손을 불끈 쥐기보다는 오히려 좌절, 절망의 깊은 수렁에서 허덕인다.

왜 자기모멸에 빠지는가. 작중화자가 얻어낸 사회적 공인이 '그'의 자립적인 가치를 타자가 자신의 가치로 인정해줌으로써 얻어진 것이 아니라 역으로 사회적 공인을 받기 위해 그의 자립적 가치를 포기하고 대신에 타자의 가치를 전적으로 수용하는 과정에서 이루어지기 때문이다.

작중화자는 한때 어떤 자립적인 가치를 가지고 있었고 그 가치를 타자가 타자 자신들의 가치로 인정해주기를 바라고 있었다. '권위의 벽' 혹은 '집단의 권위와 독선'으로부터 일탈하여 자신만의 세계를 구축하려는 강렬한 욕구를 지녔던 것이다. 이 욕구는 인간을 인간이게끔 하는(혹은 인간을 동물과 구분시키는) 최소한의 욕구이기에 그는 '집단의 권위와 독선' 따위는 그리 큰 장애요소로 상정하지 않았다. 그는 집단 혹은 제도로부터의 이탈을 감행했다. 하지만 지금, 이곳이란 창조적 주체의 모험적 행동과 사회적 발전이 원환적으로 얽혀 있는 사회는 아니다. 때문에 창조적 주체를 꿈꾸는 한 개인의 모험적 행동은 사회적 발전을 저해하는 행위로 규정되고, 그럼에도 불구하고 모험적 행동을 불사하는 개인들에게는 혹독한 감시와 통제장치가 주어지거나 아니면 아무와도 의사소통을 나눌 수 없는 절대고독의 상태로 빠져든다. 즉 "홀로 판단하고 홀로 움직"이려는 욕구를 실현하기 위해서는 생사를 걸어야 하는 것이다. 작중화자는, 이 생사를 건 싸움에서 살아남고자 한다. "통제가 사라진 진공상태에서의 외로움은 터져버릴 듯한 폭발성으로 팽창하고 있었"고, 그는 이 절대고독의 상태를 이겨내지 못한다. 그는 결국 그가 한때 그토록 거부했던 집단으로, 제도 속으로 터벅터벅 걸어들어온다. 이 귀환의 모습은 회개의 눈물을 가득 담은 '돌아온 탕아'의 형상이다.

좌절이 가져다준 순종이라고 할까요 혹은 절망의 끝에서 움켜 쥔 어이없는 희망이라고 할까요.

새로이 시작된 학교생활에 나는 아주 열심으로 매달렸습니다. 탈출구를 찾아 떠났던 여행의 실패는 나를 더없이 초라하게 위축 시켰습니다. 나는 내 몸부림의 한계를 본 셈이었고 그 끝까지 우격다짐으로 부딪쳐갔다가 되돌아온 셈이었으니까요. 그렇게 초라 해진 인간이 살아남기 위해서 할 수 있는 일이 달리 어떤 게 있었 겠습니까. 집단의 지시에 충성을 다하는 수밖에. (「겨울 소묘」)

생사를 건 위신투쟁에서 그는 그의 자립적 가치를 인정받기 위해 죽음의 공포를 견뎌낸 것이 아니라 타자의 가치를 절대적 으로 인정하면서 다만 살아남은 것이다. 그에게 주어진 사회적 공인은 비굴한 자에게 주어진 승자(타자)의 혐오감 실린 아량 일 뿐이다. 그는 사회적 공인을 받았음에도 불구하고 "부채의 식"에 시달리거나 "너무 빨리 늙어버린" 자신에 대한 모멸감에 시달리며, 따라서 세인에 논리에 따르면 성공한 작중화자는 자 신의 성공 앞에서 울먹여야 하는 이율배반적인 감정을 느낄 수 밖에 없는 것이다.

자립적 가치를 포기해야만 사회적 공인을 받을 수 있는 곳, 또 사회적 공인을 받기 위해서는 자신의 가치를 포기해야만 하 는 곳, 하여 사회적 공인을 받아도 불행하고 사회적 공인을 받 지 않으면 더더욱 불행하며 또 자립적 가치를 지켜낸 상태에서 사회적 공인을 받았다 하더라도 그 개체는 어떤 부채의식에 시 달릴 수밖에 없는 곳, 작가는 지금 이 시대를 이렇게 규정하고 있는 것으로 보인다. 한마디로 작가는 개개인의 자립적 가치가 존재할 최소한 틈, 혹은 최소한 가능성도 남겨지지 않은 곳, 그만큼 견고한 '집단의 권위와 독선'이 철옹성과도 같은 굳은 장벽을 구축한 곳으로 지금, 여기를 인지하고 있다.

　작가는 한 개인이 우연히 겪은 특수하다면 특수하다고 할 수 있는 이 경험을 이 시대의 보편적인 특성으로 설정한다. 작가에 따르면 「겨울 소묘」의 작중화자는 지금, 이곳을 살아가는 모든 인간 존재의 전형적 형상이며, 또 작중화자가 겪는 자기모멸은 지금, 이 시대에서 사회적 공인을 얻어낸 존재라면 반드시 경험할 수밖에 없는 보편적인 정서이다. 채영주는 타자의 인정을 받는 순간 필연적으로 자기모멸을 경험해야 하는 시·공간이라는 문제틀을 통해 이 시대를 읽어내고 표현한다. 사회적 공인을 받은 인간존재의 자기모멸감은, 그가 현실을 읽어내는 잣대나 거울로 설정한 개념틀을 제시하기 위한 매개물, 혹은 상징물이다. 여기, 수많은 사람들의 박수 속에서 자신의 머리를 쥐어뜯는 한 개인이 거울에 비쳐져 있다. 그 개인의 뒤로는 각자의 자립적 가치를 실현하지 못해 몸부림치는 인간 군상 곧 현대인들이 도열해 있고, 또 창조적 주체의 자기활동성을 철저하게 통제하는 장치들, 굳이 개념화하자면 현대라는 문명사가 펼쳐져 있다. 채영주가 사회적 공인을 받은 존재의 자기모멸을 통해 궁극적으로 말하고자 하는 것은, 인간존재의 자립적 가치가 자리할 틈이 없는 황폐한 현실이다.

　이러한 소여(所與)적 조건 속에서 지금, 이곳을 살아가는 인간이 살아가는, 그리고 선택 가능한 삶의 방식은 두 가지일 뿐이라고 작가는 못 박는다. 하나의 길은 자신의 자립적인 가치(구체적인 가치, 독특성, 비교 불가능한 성질 등)를 유지하면서 절대고독을 견디는 방식이고, 다른 하나는 그 모든 차이를 스스로 지우고 집단이라는 물신의 논리 속에서 평온함을 향유하는 방식이다.

　난 다만 우리가 집단이라는 이름의 관행을 어느 정도까지 무비
판적으로 받아들여야 할 것인가를 묻고 싶었던 거죠. 집단 속에
매몰되어 집단의 주문에 따라 무의식적으로 수족을 움직이는 인
간이 진정한 인간인지 혹은 반대로 집단으로부터 철저히 떨어져
나와 홀로 판단하고 홀로 움직일 수 있는 인간이 진짜 인간인지
를 말입니다. (「겨울 소묘」)

　작가는 그 외의 가능성이란 없다고 믿는다. 집단 속에서 자신
의 자립적 가치를 보존하거나, 그 자립적 가치를 타자의 가치로
전이시켜 집단의 논리를 변화시킬 가능성은 존재하지 않는다고
믿는다. 그만큼 구조(혹은 제도, 작가의 표현대로 하자면 집단)와
주체성의 관계에 대한 작가의 생각은 확고하다. 너무나 확고해
서 작가는 구조와 주체라는 상호대립자를 해체하고 이 양자의
상이한 비율관계로 인해 발생하는 다양한 결합방식을 추출해보
려 하지 않는다. 동일한 집단 속에 놓여 있는 존재들이라 하더
라도 어떤 존재는 그 집단의 논리에 충실한가 하면 또다른 존재
는 집단의 권위와 독선으로부터 이탈하고 또 어떤 존재는 집단
의 논리 속에서 자기를 소멸시키면서도 자기를 보존하기도 하는
다양한 삶의 방식이 존재한다는 사실을, 그리고 이 다양한 주체
들의 실천에 따라 집단의 논리 자체가 변화할 수도 있다는 사실
을, 작가는 인정하지 않는다.
　그 결과 채영주는 구조와 주체와의 관계를 문제삼을 때 당연
히 제기됨직한 질문들(예컨대 제도라는 틀 속에서는 자기활동성이
나 자기의식을 유지할 수 있는 개인·집단·계층은 불가능한가, 또

제도가 인간의 개성적인 목소리를 불가능하게 한다면 이때의 제도란 어떤 제도이고 언제 어느 때 형성된 것이며 또 그 제도가 계속 유지되는 원천은 무엇인가, 관료제인가 문화산업의 논리인가 언어라는 의사소통 및 의식형성의 도구[혹은 기호] 때문인가 아니면 아들을 충분히 거세시킬 수 있을 정도로 강인한 아비들 때문인가)을 던지지 않는다.

뿐만 아니라 제도를 부정하려고 한다면 반드시 고려해야 할 문제들에 대해서도 그는 단호하다. 제도가 부정적이라고 해서 제도 전반을 부정한다면 당연히 각 인간은 단자화될 수밖에 없을 것이니 그러면 인간간의 관계 혹은 인간과 사회의 관계는 어떻게 되는가, 또 현실의 원리가 인간을 억압한다고 해서 각 인간의 쾌락의 원리를 무조건적으로 허용한다면 인간은 원시공동체로 돌아가야 한다는 말인가, 문명의 역사가 억압의 역사인 것은 최소한의 억압(마르쿠제의 용어를 빌리자면 기본억압)을 구실로 인간의 모든 자유, 개별성, 창조의지마저도 억압하는 과잉억압이 사회를 지배하고 있는 것 때문이 아닐까. 그렇다면 제도를 모두 부정하는 것이 아니라 기본억압과 과잉억압을 구분하고 그 중 과잉억압이라는 특정 부분을 부정하는, 어떤 특정한 내용에 대한 부정정신이 요구되는 것은 아닌가. 그렇다면 제도의 과잉억압의 양상을 부정하려 했음에도 불구하고 급기야는 이제까지 인류가 쌓아온 전 자산을 부정하는 결과로부터 자유로울 수 있는 것 아니겠는가.

그러나 채영주는 이러한 문제들 앞에서도 머뭇거리지 않는 듯이 보인다. 이 질문들이 모두가 구조와 주체라는 상호대립자 사이에는 수많은 결합방식을 전제할 때 제기될 수 있는 것이라면, 채영주는 삶과 죽음, 의식과 무의식, 정신과 육체, 자기보존과 자기소멸, 남성성과 여성성, 자기동일자와 타자, 중심부와 주변부, 영원한 것과 일시적인 것, 주체(개인)와 구조(집단), 실재와 환상, 희망과 절망, 모험적 행동과 환멸 사이에서 의미 있는 병존의 길을 찾지 않는다. 아니, 현 사회에서 이 상호대립자의 병존 가능성 혹은 변증법적 소통 가능성은 없다고, 확신한다.

"물론 나는 믿어. 서울이 나날이 새로워지고 있으리라는 걸. 젊은이들이 기지개를 켜고 새로운 집단들이 만들어지겠지. 그러나 난 이제 아무런 집단에도 발을 들여놓고 싶지 않아. 어느 곳에든 한 귀퉁이라도 발을 디밀게 되면 결국 온통 중심을 못 잡을 만큼 휩쓸려들게 될 게 뻔하단 말이야."(「겨울 소묘」)

이미 구조는 어떠한 창조적 주체의 어떠한 자기활동성도 무화시킬 정도로 전지전능하며, 이 전지전능한 신 앞에서 인간은 무력한, 너무나 무력한 존재일 뿐이다.

만약 이러한 현실인식에도 불구하고 한 개인이 창조적 주체의 자기활동성을 인간됨의 기본적인 욕구로 상정한다면, 그가 선택할 길은 이제 하나밖에 없는지도 모른다. 한 인간이 자신의 자립적 가치를 보존하기 위해서는, 즉 "홀로 판단하고 홀로 움직일 수 있는 인간" 혹은 "자신의 감각과 충동에만 충실"한 "보다 자유롭고 활발하게 뻗어나가"는 인간이 되기 위해서는, "집단으로부터 철저히 떨어져나"오는 것. 인간이 인간의 편의를 위해 고안한 현대의 사회적 구조는 이미 자립화되어 각 인간 주체의 비교 불가능한 가치마저도 수량화하거나 평균화시켜버렸으며 따라서 이 구조로부터 떨어져나오고 떠나야만 자신의 가치를 보존할 수 있다라고, 채영주는 현재의 소여적 조건들을 읽어낸다. 『연인에게 생긴 일』의 등장인물들이 한 곳에 머물지 못하고 거듭 떠나는 것은 이런 까닭이다.

3

자율적 자아이기 위해서 집단(제도)으로부터 철저히 떨어져 나와야 한다는 채영주의 선택은, 그를 이율배반적인 상황 속으로 밀어넣는다. 채영주는 자신이 설정한 목적지에 다가서려면 다가서려 할수록 그 목적지에서 멀어진다. 그의 등장인물들은 혼자만이 자유롭고자 길을 떠나지는 않는다. 그들의 여행은 자유의 왕국을 건설하기 위한 것이며, 동시에 나와 나 이외의 존재들 간의 원활한 소통이 가능한 세계를 만들기 위한 것이었다. 채영주는 자유의 왕국이라는 궁극적인 목표에 도달하기 위해서는 자율적인 자아라는 가까운 목표가 달성되어야 한다고 믿었으며, 이 자율적인 자아의 완성을 위한 방법으로 "집단으로부터 떨어져나"오려는 의지와 행동을 선택했다. 이 선택은 그러나 그를 그의 궁극적인 목표에 근접시키는 것이 아니라 그 목표로부터 멀어지게 한다. 만약 채영주 식의 논리에 따르자면 채영주가 상정하는 자율적인 자아란 "아무런 집단에도 발을 들여놓"지도 않고 아무런 집단도 형성하지 않으려는 개인이 된다. 그런데 문제는 바로 이 지점에서 발생한다. 이러한 인물이 채영주의 궁극적인 목표, 즉 나와 나 이외의 존재들(혹은 사회적 발전) 간의 원활한 소통이 가능한 사회와는 오히려 배치되는 인간상이기 때문이다.

채영주는 궁극적인 목표와 가까운 목표 사이에서, 혹은 목적과 수단(방법) 사이에서 흔들린다. 이 때문에 채영주는 동일한 삶의 방식을 보이는 인물에게 어떤 경우는 긍정적인 시선을 어 떤 경우는 비판적인 거리를 취한다.

내 속에는 또다른 한 인간을 받아들일 자리가 없었다. 내 삶에 는 애당초 인간들에 할당된 부피가 있었다. 그런데 그 부피는 나 자신만으로도 이미 넘쳐나고 있었으므로 도무지 또 한 사람을 구 겨넣을 여지가 없었던 것이다. (「도시의 향기」)

"그런데 그건(다른 사람들의 집착—인용자) 집을 떠나서도 달 라지지 않았어. 점원으로 들어간 양품점의 여주인은 그애를 친딸 처럼 대했어. 십 년이고 이십 년이고 함께 일하다가 자기가 죽거 든 가게를 이어가달라고 부탁했어. 그앤 여주인을 좋아했지만 그 런 생각은 견딜 수가 없었어. 양품점 옆에는 오래된 세탁소가 있 었고 그곳에는 붙박이장처럼 들어앉아 하루 열 시간씩 양복을 다 리는 남자가 있었는데 어느 날 그 남자가 이십칠 년째 그 일을 계 속하고 있다는 얘기를 듣고 그애는 점원일을 그만뒀어. ……그리 고 몇 가지 일을 더 거치다가, 술 따르는 여자가 되었어."
"집착이랑 제일 거리가 먼 일 같아서?"
"글쎄, 그렇게 생각했겠지. 하지만 그것도 사실과 달랐어. 술집 에는 또 수많은 남자들의 집착이 기다리고 있었거든(……)"(「미 끄럼을 타고 온 절망」)

「도시의 향기」의 '나'나 「미끄럼을 타고 온 절망」의 '그녀' 는 타인과의 소통체계를 완강히 거부하고 자신만의 공간에 칩거 하는 인물이다. 그런데 작가는 한 인물은 한껏 희화화시키는 반 면 또 한 인물은 신비화시킨다. 한편으로 작가는 광장으로 통하는 문을 스스로 닫아건 밀실의 삶을 사는 한 자유의 왕국의 신민이 될 수 없다고 판단(「도시의 향기」에서 이루어진 이 판단은, 그러나 애매하다. 이 애매함은 작가가 이러한 인간상을 비판적으로 바라보기는 하지만 그 비판의 기준이 분명하지 않다는 데 기인한다. 작가는 밀실의 삶을 비판하기 위해 광장의 삶을 거울형상[혹은 짝패]으로 내세우는데, 이 짝패 역시 희화화되어 있어 밀실의 삶을 비판하는 기준이 불분명하다)하며, 또 한편으로는 타인들의 개입을 거부해야만 자율적인 자아일 수 있다고 평가한다. 즉 채영주에게 인간 사이의 관계맺기를 거부하는 삶은 부정적인 대상으로 다가오기도 하고 동시에 "집착을 혐오했으며 오고 싶으면 오고 가고 싶으면 떠나는 자유인"의 초상으로 비쳐지기도 한다. 결국 채영주에게 이러한 인간상은, 비유하자면 '뜨거운 감자'인지도 모른다. 궁극적인 목표에는 위배되지만, 그의 가까운 목표에는 근접한 인물인 것이다.

채영주의 이러한 흔들림은 작가가 제도(집단)에 속한 인간 존재들에게서 그 존재들이 지닐 수 있는 어떠한 잠재적 가치도 인정하지 않는다는 점과 관련이 있다. 현대인들은 이미 존재하는 사회적 구조(제도) 혹은 말의 질서 속에서 의식을 형성하고 삶을 영위하며 거대한 집단 속의 한 개인으로 살아가며, 따라서 어떠한 개인에게도 제도나 집단의 논리는 스며들어 있기 마련이다. 그런데 채영주는 집단이나 제도 자체를 부정한다. 다시 말해 한 인간의 자기활동성을 충일하게 할 수 있는 제도나 집단이 있을 수 있음을 부정한다. 만일 이러한 논리에 집착할 경우, 그 개인은 어쩔 수 없이 나 이외의 존재에 대한 불신에 빠진다. 그가 직면하는 타인들에게는 이미 그가 그토록 불신하는 제도가 스며있기 때문이며, 또 타인과의 관계를 형성할 경우 "오고 싶으면 오고 가고 싶으면 떠나는 자유"가 침해당하기 때문이다. 급기야 그는 타자와의 관계 속에서 자기를 소멸시키고 동시에 보존하는 과정을 통해 자기의식을 완성케 하는 중요한 통로인 낭만적 사랑마저 부정하는 양상을 보이며, 더 나아가 어떤 강박증에 시달리게 된다. 자신의 자유의지에 의해 촉발된 사랑의 감정에도 불구하고 그 감정이 타인의 자유를 구속하거나 아니면 자신의 자유를 구속할지도 모른다는 두려움에 사랑의 감정을 애써 외면하는 강박증. 하여, 채영주의 인물들은 "그녀를 끌어안고 싶다는 생각"이 간절함에도 불구하고 "휘적휘적 밤거리 속으로 사라"지는 사랑의 대상을 붙잡지 못하거나(「미끄럼을 타고 온 절망」) 아니면 그토록 원하던 사랑이 결실을 맺으려는 순간 그 자리로부터 도피한다(「당신을 찾아드립니다」).

『연인에게 생긴 일』의 등장인물들은, 그들을 창조한 신의 강박증으로 인해, 어느 곳에서건 잠시만 머물 수 있는 운명을 타고났다. 찰나적인 머묾 이상은 허용되지 않는다. 낯선 공간에 눈이 익어 그곳에도 역시 제도나 집단의 견실한 그물망이 드리워져 있다는 사실을 확인하는 순간 그들은 또다시 떠날 채비를 해야 한다. 그러나 어느 곳에나 현실(제도)적 구속력이 존재하며 또 그 현실적 구속력이 인간의 자유를 지워내고 있다는 사실을 확인하는 것은 그리 전율스러운 상황은 아니다. 정작 그들을 더할 수 없는 공포로 몰아넣는 것은 그곳의 낯선 존재들과의 관계가 형성되는 순간이다.

이들은 사랑에 공포를 느낀다. 사랑이라는 욕망은 걷잡을 수 없이 강한 향기로 그들을 머물도록 유혹한다. 그들은 이율배반에 빠진다. 자유의 왕국의 신민이 되기 위해, 「겨울 소묘」의 표현을 빌리자면 "자신의 감각과 충동에만 충실"하기 위해 떠난 여행에서, 그들은 "자신의 감각과 충동"이 오히려 자신의 손발을 묶는 기제로 작용하는 역설적인 상황에 직면하는 것이다. 이 역설적인 상황을 그들은 "자신의 감각과 충동"을 억제함으로써 해결한다. 이제 이들에게서 목적은 사라지고 목적 없는 합목적적 행위만이 남는다. "자신의 감각과 충동에 충실"하기 위해 "자신의 감각과 충동"을 억누르며, 동시에 자유를 위해 자유의지를 스스로 억제한다. 자유를 찾아 떠난 여행이 어느새 떠나야만 자유의지를 보존할 수 있다는 관념으로 바뀌어진 것이다. 때문에 그들은 어떤 계기에 의해 머물러야 하는 상황에 직면할 경우 집단의 논리를 수용하게 된다는 공포감에 자신의 욕망을 억누르며 서둘러 짐을 챙긴다. 좀더 주변부로, 좀더 인적이 드문 곳으로, 내가 묶일 가능성이 없는 이국으로, 제도의 바깥으로, 전근대적인 시·공간으로 그들은 그렇게 자리를 옮겨간다.

문제는 여기부터이다. 그 다음은 어디인가. 절해고도? 아니면 죽음? 여기에서도 작가가 설정한 목적이 이루어지지 않는다면, 이제 자신이 설정한 목적을 포기해야 하는가? 사랑과 자유를 찾고자 떠났음에도 불구하고 사랑과 자유를 억누른 채 이루어지는 이 악무한적이고 금욕적인 여행은 이처럼 막다른 골목에 다다를 수밖에 없다. 이 악무한의 반복을 끊어내는 방법은 물론 여러 가지가 있을 터이다. 작가는 이 방법으로 두 가지를 상정하고 있다. 하나는 죽음(「겨울 소묘」「미끄럼을 타고 온 절망」). 그리고 다른 하나는 자율적인 의지의 확립이라는 자신의 목적을 포기하는 길. 어느 길을 선택해도 채영주가 애초에 설정한 목적으로부터 멀어지기는 마찬가지이다.

그렇다면 채영주가 애초에 설정한 꿈은 불가능한가. 아니다. 아니, 적어도, 아니어야 한다. 채영주의 꿈이야말로 그의 문학을 보편적이게 하는 원동력이며, 동시에 우리가 직면한 타락한 현실을 부정할 수 있는 마지막 보루 아닌가. 다만 문제는 이 역설적인 상황을 넘어설 수 있는 통로의 확보인 셈이다. 앞서 지적한 것처럼 사랑을 위해 사랑을 단념해야 하고 자유를 위해 자유를 포기해야 한다는 역설적인 상황에 빠진 것이 전적으로 타인에 대한 불신(혹은 인간의 삶에 배어 있는 제도에 대한 불신)에 연유하는 만큼 죽음을 향해 치닫기만 하는 악무한의 반복을 끊어내고 개인과 사회의 원환적 발전관계를 모색하는 길은 현대라는 사회적 구조 속에 무리지어 살아가는 인간들에게서 잠재적 가치를 찾아내는 것인지도 모른다. 다시 말해 채영주에게는 "그러나 난 이제 아무런 집단에도 발을 들여놓고 싶지 않아. 어느 곳에든 한 귀퉁이라도 발을 디밀게 되면 결국 온통 중심을 못 잡을 만큼 휩쓸려들게 될 게 뻔하"다는 자기확신적인 판단을 유보하는 것이다. 아니면 인간의 주체성이나 자기활동성이란 나를 둘러싼 사회적 관계 속에서 나의 위치를 정확히 읽어내어 실천하고 또 그 실천의 결과를 전유하는 과정에서 발휘된다는 사실을 상기하거나, 잘못된 보편성(제도)을 전면적으로 부정하는 것이 아니라 그 보편성의 특정한 내용을 부정하는 방식을 통해 보다 고차의, 보다 새로운 보편성을 모색하려는 노력이야말로 자율적인 의지를 실현하는 길이 아니겠느냐라는 문제틀을 가져보는 것.

이러한 인식상의 전환을 이루어내기 위해서는 무엇보다 집단(제도)에 대한 두려움을 떨쳐내는 것이 필요할 터이다. 사실 채영주의 단호한 탈향에의 결단에는 두 가지의 감정 즉 양가감정(emotional ambivalence)이 동시에 작용하고 있다. 즉 변혁에의 열정이 하나의 감정이라면 다른 하나의 감정은 현실에 대한 두려움이다. 채영주는 자신이 발딛고 있는 현실을 하나하나 개선하는 것은 불가능하다는 사실을, 현실은 그만큼 철옹성이라는 사실을, 그 현실에 계속 머물 경우 자신도 그토록 자신이 부정했던 존재들과 동일한 삶을 살 수밖에 없다는 사실에 전율한다. 내가 보다 높은 위치의 나로 발전하여도 세상은 여전히 그 자리이다. 아니, 오히려 더욱더 타락해간다. 이런 환경에 놓인 개인은 먼 목표를 향해 가까운 목표를 하나하나 실현하고 나와 나의 주변을 변화시키려 하기보다는 세계를 전면적으로 새롭게 기획할 근본적인 원리를 찾아 새로운 세계상을 건설하고자 한다. 현실 속에서 이상을 발견하거나 이상에 근접하기 위해서 현실을 냉정하게 분석하는 시도 자체가 무의미하게만 느껴지는 것이다.

그는 자기 주변의 사람들이란 다른 사람의 지도 없이는 자신의 자유의지를 형성할 수 없는 존재들이라는 사실을 의식적이든 무의식적이든 전제하고 있다. 이러한 존재들은 특유의 결속력으로 집단의 권위와 독선이라는 굳은 장벽을 쌓아놓기 마련이다. 이 장벽은 움직일 가능성조차 없다. 장벽에 둘러싸여 그는 고독하다. 주위에 누군가가 있다 하더라도 그 누군가는 소수, 아주 극소수일 뿐이다. 그는 굳건한 장벽, 즉 타락한 현실을 근본적으로 극복할 수 있는 전혀 새로운 가치를 정립해야 한다고 믿는다. 몇 사람이 자유의지를 확립하는 동안 현실적인 장벽은 더욱 견고해진다고 믿기 때문이다. 이 견고한 장벽은 한편으로는 감시와 통제를 통해서, 다른 한편으로는 진실을 넘겨주면 안락한 삶을 제공한다는 악마적 목소리로 그를 유혹한다. 악마의 유혹은 독버섯처럼 화려하고 달콤하다. 제공받을 수 있는 안락한 삶 때문만이 아니라 안락한 삶을 선택해도(즉 자기의 목적을 포기해도) 그 행위를 합리화할 수 있는 수많은 알리바이들이 널려 있기 때문이다. 이 유혹까지를 뿌리치기 위해 그는 더욱더 단호하게, 그리고 현실의 논리(제도의 중심부)로부터 더욱더 먼 지점으로 이탈한다.

4

채영주는 인간존재의 자율적인 의지를 인정하지 않는 제도 바깥에서 이것과 맞설 수 있는 삶의 감각들을 찾아나선다. 그가 찾아헤매는 삶의 감각은 제도 안에서의 삶의 방식보다 좀더 나은 어떤 것이 아니다. 제도 속의 삶과 근본적으로 다른 어떤 것, 그는 이것을 찾아 끊임없이 떠난다. 떠나서 무엇을 찾는다. 그 힘겨움 속에서 찾은 것, 순수한 영혼이다.

「족자카르타의 베착」과 「부디 린」은, 먼 이국에서 찾아낸 순수한 영혼에 대한 헌사이다. 이 두 작품 속에 그려진 인물들은 마치 니체가 그려낸 순진한 어린아이의 형상을 닮아 있으며, 현실적 구속력을 훌쩍 넘어선 순수한 영혼들의 얽매이지 않는 삶은 마치 한 폭의 투명한 수채화를 연상시킨다. 이 투명한 거울 앞에서 우리는 회복할 수 없을 정도로 더럽혀진 현대인의 자화상을 발견한다. 그러나 거울에 비쳐진 추악한 현대인에겐 원근법적인 시선이 주어져 있지 않다. 다시 말해 인류가 순수한 영혼을 상실한 것은 어느 시기부터인지, 만약 아직도 인간의 내면 깊숙한 곳에 순수함이 남아 있다면 어떤 이유로 우리네 삶의 중요한 부분으로 작용하지 못하는지, 그리고 이 순수함(소박함)을 내어준 대신에 인류가 얻어낸 것은 없는지 등에 대한 성찰적인 질문이 빠져 있는 것이다.

작가는 순수한 영혼을 아름답다고만 표현할 뿐 그것을 인류의 문명사와 관련시켜 개념화하지 않고 있는 것이다. 또한 그는 문명(제도) 속에서 혼탁하게 살아가는 작중화자와 그 대상 사이의 유비관계를 설정하지 않는다. 하여 작중화자와 아름다움과 순수함의 정점으로 묘사된 대상 사이에는 어떠한 동일화나 타재화, 자기보존이나 자기소멸 등의 관계도 성립되지 않는다. 그 결과 우리가 살고 있는 현실과 이상적으로 묘사된 대상 사이의 거리가 얼마인지도 측정되지 않은 채 순수한 영혼을 지닌 존재들은 신격화·물신화된다. 작가가 찾아낸 순수한 영혼의 형상이 단지 과거의 모습만이 아니라 우리가 앞으로 그렇게 되어야 할 모습이라면, 중요한 것은 그 아름다움을 상실할 수밖에 없었던 요인을 분석하고 현대인의 삶 속에서 잃어버린 순수함을 복원할 수 어떤 잠재적 가치(이성, 자유, 자기의식, 부정성, 계급의식, 생명사상 등)를 복원하는 길일 터이다. 「족자카르타의 배착」과 「부디 린」에서 이루어지는 순수한 영혼에 대한 예찬에는 아쉽게도 이 중요한 문제가 심각하게 고려되어 있지 않으며, 그 결과 순수한 영혼에 대한 전원시적인 예찬으로 흐른 감이 없지 않다. 결과적으로 이들에게서 발견되는 아름다움은 영원한 파괴와 쇄신이라는 광물적인 운동성을 지닌 모더니티의 테러와 맞설 수 있는 따스함으로 다가오지 않는다.

영혼이란 형태가 없는 어떤 것이다. 따라서 어떤 객관적인 참조물과 비교되지 않으면 그것은 현실과 절연된 추상물이 된다. 「족자카르타의 베착」과 「부디 린」은 바로 이런 경우이다. 이 두 소설은 우연히 발견한 순진한 영혼들에게서 객관적인 참조물과 유비 없이, 즉 현실과 이상 양자 사이의 면밀한 거리설정의 노력 없이 이상의 실현 가능성을 성급하게 확인함으로써 추상적이고 자족적인 가능성을 제시하는 것에 멈춘다. 결국 때문지 않은 영혼, 다시 말해 인류의 역사적 경과의 흔적이 새겨지지 않은 순수한 영혼을 통해 지금, 이곳의 위치와 그 현실을 움직이는 동력을 비추거나 판독하려 한다면, 그것은 지금의 소여적 조건과 순진한 영혼 간의 관계설정이 이루어질 때 가능한지도 모른다.

채영주는 차디찬 현실과 따스한 영혼 간의 관계를 웃음이라는 스펙트럼으로 연결시킨다. 즉 영혼이라는 미정형의 사유영역을 웃음의 해석학이라는 기제를 통해 구체화시키고 정신의 운동으로 전환시키는 것이다. 웃음이란 듣는 자, 그리고 전언하고자 하는 대상보다 높은 위치에 설 때에만 만들어진다. 듣는 자의 웃음을 유발시키기 위한 농담이란 고도의 지적 조작에 의해서만 가능하며, 따라서 자신이 전달하고자 하는 대상(내용)이 현실 속에서 어느 위치에 자리하고 있는가를 정확히 자리매김해야만 웃음이라는 효과를 유발시킬 수 있다. 채영주는 웃음이라는 장치를 위해 현실과 이상이라는 양 극단의 축을 연결시키고자 한다. 그리하여 순진한 영혼을 내밀하게 동경하면서도 다른 한편으로 그가 꿈꾸는 상태란 실현 불가능할지 모른다는 허무에 시달린다. 아니, 역인지도 모른다. 현실과 이상 사이의 메울 수 없는 간극으로 인한 절망감이 그를 웃음이라는 장치로 이끈다. 선후야 어떠하건 제도 바깥에서 어떤 가능성을 찾으려는 작가적 노력은 웃음이라는 장치로 구체성을 획득하며, 그리고 웃음이 현대성의 빛이자 그늘이며 중심부이자 주변부인 병원이라는 공간과 겹쳐질 때 그의 소설적 마성은 읽는 이들의 정신을 아득하게 할 정도로 강렬해진다.

광기와 웃음이 조우할 때 채영주의 소설이 정점에 오르는 이유는 작가가 웃음을 유발시키기 위해 나름대로 구사하는 전략과 관계가 깊다. 작가는 엄숙한 것을 가볍게 만들고 진지한 것을 말장난으로 희화화함으로써 웃음을 유도한다. 그의 소설은 동시대인들에게서 숭고한 것으로 떠받들어지는 상징물, 혹은 그것만 연상하면 두 손이 모아지는 엄숙한 대상들을 여지없이 비하시킨다. 이 불손한 전복의지에도 불구하고 그의 소설은 무시하기 힘든 긴장감을 획득하는 바, 이는 작가의 독특한 상황설정 방식과 설화 방식에 연원한다.

채영주의 웃음의 소설은, 그의 중요한 장편 『시간 속의 도적』이 그러하듯, 일단 전혀 개연성이 없으며 너무 거리가 멀어 어떠한 연관관계도 찾기 힘든 요소들을 강제적으로 결합시킨 상황이 설정되면서 시작된다. 먼저 「춤추는 멍텅구리배」를 보자. 여기 거대한 폭풍우가 몰아치는 바다에 두 사내가 흔들리고 있다. 그들은 자신들을 구원해주면 천배의 인원을 바다에 바치겠다고 기도한다. 그러자 세상의 모든 것을 집어삼킬 듯 포효하던 폭풍우가 멈추고 그들은 구원받는다. 폭풍우의 멈춤과 기도 사이에는 어떤 연관성을 찾을 수 없는 것인지도 모른다. 그러나 이들은 이 약속을 지키기 위해 진지해진다. 현실성이라곤 전혀 없는 상황 속에서 이들이 보이는 진지함은 동시대인들의 인식적 패러다임 바깥에 있다. 이 불일치가 웃음을 유발시킨다. 기존의 인식 패러다임으로는 전혀 개연성을 발견할 수 없는 상황, 따라서 시선을 한번 힐끗 던지고 웃어 넘어갈 문제 앞에서 보이는 작중인물들의 진지함은 웃음을 촉발시키는 중요한 장치이다.

진지할 필요가 없어 보이는 문제에 대한 작중인물들의 과대망상적 집착이라는 상황설정을 통한 웃음의 유도는 채영주가 웃음을 의도하며 창작한 소설들의 일관된 창작방법이다. 사소한 사건에서 인류 혹은 민족의 미래를 발견하고 그 사건에 편집광적으로 집착하는 인물들의 예측하기 힘든 착상은 읽는 이들에게 웃음을 제공하기에 충분하다. 그러나 텍스트가 진행될수록 우리는 웃음을 거두어들일 수밖에 없다. 그들의 과대망상 속에서 역사나 타인에 대한 신뢰나 헌신, 혹은 최대한의 투자로 최소한의 이윤을 얻어도 좋다는 인류적인 모랄, 파시스트적 속도감 속에서 현대인이 잃어버린 안식처에 대한 갈망 등을 발견할 수 있기 때문이며, 이것을 발견하는 순간 우리는 우리가 합리적이라고 이름붙이며 평온함을 느끼는 정신상태가 또다른 한편으로는 불완전하며 어느 경우에는 정신적 동물의 그것과 근사하다는 사실을 아프게 깨달아야 하기 때문이다. 채영주의 웃음은 "웃음도 눈물도 은총의 천국에서는 나타날 수 없다. 양자는 모두 슬픔의 아들이며, 쇠약해진 인간이 자신을 통제할 힘을 잃었을 때 등장한다"는 보들레르의 탁월한 성찰을 연상시키며, 그의 웃음, 가벼움 속에는 이처럼 현재의 인식적 패러다임이 감당하기 힘든 무거운 주제들이 담겨 있다.

이 대목에서 우리는 「족자카르타의 베착」과 「부디 린」에서는 천상의 덕목으로 부유했던 순수한 영혼이 지상의 윤리로 뿌리내리는 장관을 경험할 수 있는데, 이는 전적으로 병원이라는 근대적 장치와 웃음이라는 기제에 의해서 이루어진 것이다. 웃음은 어떤 대상에 대한 숭고미적 접근이나 섣부른 신성화를 거부한다. 사물과 사물을 연관시키는 현재의 보편적인 문제틀을 정확히 읽어낼 때 웃음은 가능하기 때문이다. 웃음이라는 작품 내적 총체성을 유지하기 위해서는 따라서 리얼리스트가 될 수밖에 없는 것이다. 병원이라는 장치 또한 마찬가지이다. 병원이란, 특히 정신병원이란 현대라는 사회적 구조를 지탱하는 집결체인만큼 작가는 작가 자신이 지향하는 인간적 따스함이 어떤 이유로 유폐되어야 하는지를 직시할 수밖에 없게 된다. 이 현실 직시의 결과가 「백치 세습」이나 「상자 속으로 사라진 사나이」의 미적 의의를 가능케 했음은 물론이다. 특히 「상자 속으로 사라진 사나이」는 그 미적 환기력이 더더욱 강렬한데, 이 작품에서 작가는 「족자카르타의 배착」과 「부디 린」「춤추는 멍텅구리배」 등에서 보였던 순진한 영혼이라는 단순한 거울을 해체하여 보다 복합적인 스펙트럼을 동원하고 있기 때문이다. 「상자 속으로 사라진 사나이」에서 작가는 제도 바깥의 삶을 두 가지로 유형화한다. 즉 밀실중독증의 인간과 광장중독증의 인간 유형이 그것. 현대를 지탱시키는 장치들은 이 시대를 살아가는 인간 모두의 영혼에까지 스며들어가 있으며 이제 이것으로부터 자유로운 존재는 없다는 것, 따라서 우리가 어떠한 숭고한 영혼을 완성하기 위해서는 바로 이러한 극단들까지 넘어서는 바로 세울 수 있는 사유의 과정이 필요하다는 것을, 채영주는 말해준다. 이 성찰은 채영주 소설의 중요한 도달점이자 동시에 한국소설의 중요한 성과 중의 하나임에 틀림없다.

5

채영주는 자유의 왕국을 꿈꾸는 자이다. 그를 위해 머물고 싶어도 머물 수 없는 악무한적인 이탈을 감행했던 자이다. 그는 이 이탈을 통해 자신의 존재를 증명하고자 했으며, 이탈을 멈추는 순간 자신은 아무것도 아닌 존재로 전락한다는 공포를 짊어지고 다녔다. 한마디로 그는 자신이 설정한 목적을 위해 생사를 건 싸움을 마다하지 않았던 것이다. 생사를 건 위신투쟁에서 그는 자유를 억압하는 실체(제도와 그 제도에 영혼의 상당 부분을 내준 현대인들)를 깨달았으나, 동시에 각각의 개인이 이탈한다고 해서 자유의 왕국이 가능한 것도 아니며, 또 어떤 존재가 떠돌아다닌다고 해서 자유의 왕국의 신민이 될 수 있는 것도 아니라는 예상치 못한 결론도 얻은 것으로 보인다. 그러나 출발선에서의 기대치와 다른 결론을 얻었다고 해서 『연인에게 생긴 일』에서 펼쳐진 그의 소설적 모험이 무의미한 것은 아니다. 아니, 그는 예상치 못한 결과로 인해 자유의 왕국에 한 발 더 가까이가 있다고 해야 하리라. 이제 그는 또다른 출발점에 서 있다. 『연인에게 생긴 일』의 출발점이 집단의 권위와 독선이 두려워 이탈하는 존재였다면, 여행을 마친 그는 권위와 독선이 희석된 제도, 소통체계의 가능성을 모색하는 존재로 바뀌어 있다.

반성과 재정립으로 요약될 채영주의 이 변화는 기억할 만한 것이다. 우리 문학사에서는 아주 보기 드문, 그래서 장관이라 표현할 수 있는 장면이기 때문이다. 한국소설의 주인공들이 변혁에의 열망과 늪과 같은 현실에 대한 두려움 때문에 하나같이 탈향을 감행했음은 잘 알려진 사실이다. 그들은 자기 주변의 사람들이란 다른 사람의 지도(권력에 의한 중앙집권식 통제) 없이는 자신의 지성을 사용할 수 없는 존재라는 것을 의식적이든 무의식적이든 규정해왔다. 따라서 권력을 확보해야 한다고 믿으며, 권력에 의해서만 가능한 계몽의 형식을 통해 자기 주변의 현실을 전면적으로 변화시키고자 욕망한다.

정치(혁명)의 미학화를 꿈꾸건 혹은 미학의 정치(혁명)화를 모색하건, 한국근대소설의 주인공들은 타락한 현실을 쓸어내고 전면적으로 새로운 시대를 건설하고자 하며 때문에 항시 집, 고향을 떠난다는 점에서는 동일하다. 하여 한국근대소설의 주인공들은 고향에서 점점 더 멀리 떠나고자 하며, 만일 집으로 돌아올 경우 패배자의 모습이나 아니면 현실의 논리에 순응하는 모습으로 귀환한다. 현실 속에서 이상을 발견하거나 이상에 근접하기 위해서 현실을 조금씩 변화시키려는 시도는 몇몇 예외적인 경우를 제외하고는 이루어지지 않는다. 하여 한국근대소설의 주인공들은 이상을 좇을 경우 일상적인 삶의 방식을 멀찌감치 던져버리며, 일상적인 삶의 양식을 수용할 경우 이상을 폐기처분하고 자신이 거부했던 삶의 방식 속에 자기를 해소시킨다. 이러한 방식으로 한국근대소설의 주인공들은 집을 떠나 돌아오지 않거나, 귀환할 경우 마치 '돌아온 탕아'처럼 자신의 꿈을 헛된 것이었다고 속죄한다. 일제시대 때부터 계속되어오던 이 악순환의 고리는 아직도 진정될 기미가 없는 것이 사실이다.

　채영주는 역시 집을 떠났었고, 이제 돌아와 있다. 그러나 자신의 꿈을 향한 의지는 여전하다. 아니 현실적 지지물을 획득했기 때문에 한결 자신감이 붙어 있다. 이 작품집의 표제작인 「연인에게 생긴 일」의 다음과 같은 마지막 대목은 따라서 채영주에게 거는 우리의 기대를 더욱 배가시킨다.

　햇살은 이제 내 방에서 사라지고 없었다. 그러나 그 자리에는 그녀가 몸을 감쌌던 커다란 타월이 떨어져 있었다. 나는 그것을 접어 내일이면 다시 해가 들어올 자리에 놓아두었다. 그리고 작업대 위에 걸려 있는 바다장어의 액자를 내렸다. 구석으로 치워버리기 위해서였다. 액자 위로 얼핏 한 남자의 모습이 스쳐갔다. 턱수염이 텁수룩하고 두 눈이 퀭한 남자였다. 그는 내가 지난 삼십여 년 동안 알아왔던 남자 같기도 했고 조금 전 그녀를 찾아왔다가 떠나간 선반공 같기도 했다. 자기 속의 불확실성에 대한 환멸 때문에 아무것도 책임있게 사랑할 수 없었던 남자. 그는 이제 과연

338

사람들과 더불어 사는 법을 체득한 것이었을까. 그가 떠나가는 뒷모습을 보지 못했다는 사실이 문득 아쉬움으로 남았다. (「연인에게 생긴 일」)

아쉬움을 느꼈다는 것 이것을 그 아쉬움을 메우겠다는 의지로 읽을 수 있다면, 이제 채영주는 소통체계의 일반에 대한 강박증을 떨어내고 있다고 해도 지나친 비약은 아니리라. 하여간 채영주는 이탈하는 것에 대한 확신을 심어주던 바다장어의 액자(「도시의 향기」를 참조하라)를 구석으로 치웠다. 사랑과 남과 더불어 사는 법에 대해 모색하기 시작했으며, 그 모색을 제도 바깥에서가 아니라 제도 속에서 그리고 역사적 과정 속의 한 개인에게서 찾기 시작했다.

현실의 중심으로 다시 돌아온 채영주의 앞모습이 문득 보고 싶다.

작가의 말

또 책을 묶어냅니다.

언젠가는 이곳과는 아주 다른 세상에서 살았으면 합니다. 아무 일 하지 않아도 배가 고프면 맛있는 음식을 먹을 수 있고 잠이 오면 따뜻한 침대에서 잠잘 수 있는 세상에서 말입니다. 저울질하지 않고도 친구를 사귈 수 있고 사랑이 떠나가도 슬퍼할 필요가 없는 그런 세상에서 말입니다. 그곳에서는 굳이 소설을 쓰지 않아도, 그림엽서 한 장으로 안부를 묻는 것만으로도 충분히 아름다운 삶이 꾸며지겠지요.

이따금은 방바닥에 배를 깔고 드러누워 그런 세상으로 가는 길을 궁리해보곤 합니다.

1997년 2월
채영주

연인에게 생긴 일

1판1쇄·1997년 2월 10일
1판2쇄·1997년 3월 5일
지은이·채영주/펴낸이·강병선
펴낸곳·도서출판 문학동네
주소·110-521 서울시 종로구 명륜동 1가 31-9
출판등록·1993년 10월 22일 제22-188호
전화번호·765-6510~2, 743-2036/팩스·743-2037

값 6,500원

ISBN 89-85712-87-✕ 03810